Der Totenversteher

Sue & Wilfried Schwerin von Krosigk

DER TOTENVERSTEHER

Kriminalroman

berlin.krimi.verlag
be.bra verlag

Die Personen und Handlungen dieses Romans sind frei erfunden. Ähnlichkeiten mit tatsächlichem Geschehen und Örtlichkeiten sind zufällig und nicht beabsichtigt.

Bibliografische Information der Deutschen Nationalbibliothek

Die Deutsche Nationalbibliothek verzeichnet diese Publikation in der Deutschen Nationalbibliografie; detaillierte bibliografische Daten sind im Internet über http://dnb.d-nb.de abrufbar.

KulturBrauerei Haus 2
Schönhauser Allee 37
10435 Berlin
post@bebraverlag.de
Lektorat: Gabriele Dietz, Berlin
Umschlag: Ansichtssache, Berlin
Satzbild: Friedrich, Berlin
Schrift: Stempel Garamond 9,5/13,5 pt
Druck und Bindung: Multiprint, Kostinbrod
ISBN 978-3-89809-550-1

www.bebraverlag.de

Aunts aren't gentlemen.

P. G. Wodehouse

Aus dem offenen Grab kam ein Stöhnen

Hartung Siegward Graf von Quermaten zu Oytinghausen, seit frühester Kindheit kurz Hasi gerufen, trug einen langstieligen Rosenstrauß unter dem Arm und ging gemessenen Schrittes – nicht eiliger, als es die Friedhofsruhe an diesem lauen Sommernachmittag erlaubte, aber auch nicht so langsam, dass ein zufälliger Beobachter ihm unbotmäßige Neugierde hätte vorwerfen können – an einem frisch ausgehobenen Grab vorbei. Als Spross einer Familie, deren Stammbaum viele Jahrhunderte zurückreichte, war ihm die Etikette im Umgang mit Toten zur zweiten Natur geworden, denn schließlich bestand der weitaus größte Teil seiner Verwandtschaft aus längst Verblichenen. In Gestalt von düsteren Ahnenporträts sahen sie aus ihren prunkvollen goldenen Bilderrahmen auf die noch lebenden Verwalter ihrer Gene und Traditionen und wachten darüber, dass diese ihnen mit der gleichen ernsten Würde gedachten, mit der sie selbst auf ihre Nachkommen herabblickten.

Hasi schaute über eine Rasenfläche mit Kriegsgräbern, die wie große Schokoladentafeln ordentlich aneinandergereiht im Gras lagen, und bog in einen von Kiefern und Birken verdunkelten Seitenpfad ab. Der Waldfriedhof machte seinem Namen alle Ehre, er war weitläufig und unübersichtlich und die einzelnen Grabsteine lagen fast versteckt unter Bäumen und Büschen, sodass er insgesamt den Eindruck eines natürlich gewachsenen Waldes machte. Hasis verstorbene Tante Pudel hatte ihm immer geraten, bei Stress einen Waldspaziergang zu machen, um seine Gedanken zu sortieren und sich zu entspannen. Doch heute sah er weder einen Grund, sich entspannen zu müssen, noch gab es irgendetwas in der Welt, um das er sich Gedanken zu machen hatte. Genüsslich sog er die frische Waldluft ein. Früher war er als arbeits- und mittelloser Verwandter der geduldete Dauergast seiner weitläufigen Familie gewesen – gerne gesehen zwar, aber doch immer wieder weitergereicht wie ein überzähliges Hochzeitsgeschenk. Seitdem Tante Pudel ihn jedoch unerwartet zum Alleinerben eingesetzt hatte, war er gänzlich sorgenfrei. Außer der traurigen Tatsache natürlich, dass die alte Baronin, um ihm das Vermögen überhaupt vermachen zu können, vorher hatte sterben müssen. Heute jährte sich zum ersten Mal der Tag, an dem sie ihren letzten Atemzug getan hatte. Und daher besuchte er nun ihr Grab, wie immer mit ihren Lieblingsblumen und, wie es sich für diesen Anlass gehörte, im dunklen Anzug. Er mochte sich zwar nur ungern ein Leben nach dem Tod vorstellen, es wären ja auch schrecklich viele Leute, die da auf einen Haufen zusammenkämen, aber man konnte trotzdem nicht sicher sein, ob Tante Pudel ihn nicht vom Jenseits aus kritisch ins Visier nahm, nur um sich davon zu überzeugen, dass er der guten Form Genüge tat. Sie war schon immer einen Tick anstrengend gewesen, was den Dresscode anging. Bis zu ihrem Tod hatte sie ihn mietfrei in ihrem Souterrain wohnen lassen und jetzt gehörte ihr Haus am Fischerhüttenweg ihm allein. Von Finanzen verstand er nichts, aber seinem väterlichen Vetter Brezel war es gelungen, Tante Pudels Vermögen bei einem angesehenen Berliner Investmentfonds so gut anzulegen, dass Hasi bis an sein Lebensende eine monatliche Apanage ausgezahlt bekam.

So in Erinnerungen an seine Tante versunken, schritt Hasi über den federnden Waldboden voran. Nach einer Weile mündete der Pfad in einen breiteren Weg. Direkt gegenüber bemerkte er schon wieder ein frisch ausgehobenes Grab. Wenn die Beerdigungen in diesem Tempo weitergingen, dürften in Berlin bald nicht nur Wohnungen knapp werden, die Toten müssten auch noch mit einer Bankbürgschaft in der Hand Schlange stehen, um hier einen Liegeplatz zu ergattern. Oder war er womöglich im Kreis gegangen, so wie die Verdurstenden in der Wüste es zu tun pflegten, anstatt schnurstracks zur nächsten Getränkeoase zu laufen?

Ein dumpfes Husten ließ ihn aufhorchen.

»Hallo«, rief er nicht allzu laut, »ist hier jemand?«

Aus dem offenen Grab kam ein Stöhnen und eine Hand streckte sich heraus. Ein Mann mit fettigem Haarzopf richtete sich in der Grube auf.

»Ey, Meesta! Willste mir uffn Federball jehn? Dit nennt man Störung der Totenruhe.«

Eine würzige Duftschwade Marihuana wehte Hasi direkt in die Nase.

Er warf einen Blick in das ausgehobene Grab. Ein Spaten stand neben einem Klappstuhl und es lagen einige leere Bierflaschen herum. Das Ensemble macht den Eindruck, als hätte der Mann es sich da unten häuslich eingerichtet.

»Wenn Sie hier arbeiten, dann kennen Sie sich doch bestimmt aus?«, fragte Hasi vorsichtig. In Berlin konnte man nie wissen, ob man gleich umarmt oder angepöbelt würde.

»Willste auch mal schnuppern?« Der Totengräber zeigte auf den Joint in seiner Hand.

»Vielen Dank.« Hasi schüttelte den Kopf. Vor einem feierlichen Grabbesuch gehörte es sich ganz und gar nicht, sich durch Drogenkonsum in beschwingte Stimmung zu bringen.

Der Mann nahm einen Zug und blickte Hasi fordernd an. »Hast mir schon mal irgendwo gesehen, oder?«

»Nicht dass ich wüsste«, sagte Hasi, denn mehr als ein mildes Interesse für sein Gegenüber zu zeigen, galt in seiner Familie als unfein.

»Immer mit der Ruhe. Denk erst mal nach.«

Hasi kratzte sich am Kinn. Der Mann duzte ihn wie ein guter Bekannter.

»Kleena Tipp vom Fachmann. Du hast doch 'n Fernseher, oder?«

»Ach so! Sie sind vom Fernsehreparaturdienst!«

»Pillepalle!« Er nahm noch einen Zug. »Noch 'n Tipp: Das Camp.«

Hasi sah ratlos in das erwartungsvolle Gesicht. »Tut mir leid, ich komme gerade nicht darauf.«

»Da red ick mir 'n Zahn locker!« Der Totengräber schlug sich gegen die Stirn. »Mann, die Reality Show!«

»Bedaure.«

Der Mann in der Grube schüttelte gerührt den Kopf. »Fünfzig Tage mit Typen, die alle 'n Sprung in der Glocke hatten.

Nicht mal schiffen kann man, ohne dass die Kamera draufhält.«

»Das tut mir leid.« Hasi merkte, dass seine Antwort den armen Kerl nicht zufriedenstellte. »Ich meine, wirklich fabelhaft, wie Sie das überstanden haben.«

Der Mann strahlte wieder. »Dit is amtlich, Meesta! Ick war am Ende der Clou vom Ganzen, alle Scheißkameras auf meine Visage, kann mir keiner mehr nehmen.«

»Freut mich für Sie«, sagte Hasi. »Könnten Sie mir vielleicht sagen, wo ich die Grabstätte der Familie von Rettwitz finde? Ich fürchte, ich habe ein wenig die Orientierung verloren.«

»Gloobste, ick latsche hier durch die Floristik und kieke uff Leichensteine?«

»Kein Grabstein. Ein Pavillon in weißem Marmor mit schwarzen Tafeln.«

»Hättste ooch gleich sagen können. Den Waldweg zurück und hinter der Säule mit dem goldenen Kopp rechts ab.«

Ein Windstoß trieb die Marihuanaschwaden in Hasis Gesicht, sodass es ihm fast den Atem nahm, bevor er sich mit leichterem Kopf wieder auf den Weg machte. Als der Pavillon zwischen den Baumstämmen hindurchschimmerte, wischte er sich ein unpassendes Lächeln aus dem Gesicht. Die Grabstätte war flankiert von weißen Marmorsäulen und die einheitlichen schwarzen Marmortafeln trugen Namen in goldenen Lettern und Daten, die bis ins achtzehnte Jahrhundert zurückreichten. Mit dem Fuß fegte Hasi ein paar Kiefernnadeln von den Stufen. Die Rosen, die er das letzte Mal mitgebracht hatte, waren inzwischen verwelkt, und er stellte den neuen Strauß in die Vase. Tante Pudel hatte Rosen geliebt und jetzt kümmerte er sich um ihre Rosenrabatte vor der Terrasse, goss sie jeden Morgen und deckte sie im Winter mit Tannenzweigen gegen die Kälte ab. Er wohnte nach wie vor im Souterrain. Aus irgendeinem Grund hatte er Hemmungen, Tante Pudels Wohnräume im Obergeschoss zu beziehen. Er beließ es dabei, alles mit dem Federbusch abzustauben und einmal im Monat die Teppiche im Garten auszuklopfen, so wie sie es zu Lebzeiten von ihm erwartet hatte. Aber inzwischen kam es ihm doch etwas mühsam vor, dass er sich in ihrem Haus immer noch bewegte wie auf Zehenspitzen, und manchmal fragte er sich, ob seine Tante selbst nicht wollen würde, dass er sein Erbe endlich in Gebrauch nahm. Er war schließlich jung und sie war tot, das sollte doch zumindest eine Änderung in ihrer Beziehung bewirken.

Hasi gähnte. Das nutzlose Grübeln strengte seinen Kopf an und auch die Rauchschwaden des Totengräbers waren nicht ohne Wirkung geblieben. Er setzte sich auf eine Marmorbank. Die Grabpflege konnte noch warten. Der Himmel war strahlend blau, nur ganz oben sah er die zarten weißen Kondensspuren der Flugzeuge, die den Himmel wie mit Kreidestrichen durchkreuzten. War es nicht wunderbar, nicht arbeiten und nirgendwo anders sein zu müssen als hier und jetzt auf einer kühlen Friedhofsbank? Was für eine herrliche Ruhe. Er lehnte sich gegen eine der Säulen und gähnte noch einmal herzhaft. Während seine Augenlider schon schwer wurden und der Kopf langsam nach vorn sackte, fiel ihm eine schadhafte Stelle am Ärmelaufschlag seines Jacketts auf. Das war noch lange kein Grund, den Kittel zu entsorgen, denn mit Textilkleber und schwarzem Filzstift würde sich die Kalamität leicht beheben lassen, dachte er noch, bevor er langsam wegdriftete.

Plötzlich hörte Hasi ein Geräusch und war sofort hellwach. Aus dem Augenwinkel sah er etwas Verhuschtes, nur eine winzig kleine Bewegung, wie von einem Hasen auf der Wiese oder einem Staubkorn in seinem Auge. Er drehte sich um. Im Schatten eines mit Efeu bewachsenen Kieferstamms stand Tante Pudel, keine zwanzig Meter von ihm entfernt. Es war nicht etwa eine der alten Witwen, die hier die Gräber ihrer Gatten wässerten. Tante Pudel war unverkennbar. Ihre Frisur war wie immer akkurat hochgesteckt, sie trug ihre doppelreihige Perlenkette um den dünnen Hals und einen knielangen Schottenrock im Tartanmuster des MacDarroch-Clans, mit dem die Rettwitz-Familie um einige Ecken verwandt war. Dazu wie zu Lebzeiten ihr Lieblingstwinset aus sandfarbener Kaschmirwolle. Die Erscheinung schaute in seine Richtung, als erwartete sie etwas von ihm. Das war natürlich unmöglich, denn Tante Pudel war ja schließlich tot und lag einen Meter tiefer in ihrem pompösen Marmorgrab, zusammen mit ihrem Ehemann und all den Rettwitzen, die vor ihr gegangen waren. Hasi glaubte zwar nicht an Geister, aber trotzdem wäre es sehr unhöflich gewesen, seine Tante nicht in aller Form zu begrüßen, da sie nun einmal leibhaftig, wenn man das so nennen konnte, vor ihm stand. Also erhob er sich – niemand saß, wenn eine Dame stand – und rückte seine Krawatte zurecht.

Er machte eine kleine Verbeugung und wartete höflich darauf, dass sie ihn begrüßte oder willkommen hieß, aber sie blieb wortlos neben der Kiefer stehen. Lebendig war sie redseliger gewesen.

»Es freut mich, dich zu sehen, Tante Pudel!« Sicher war Hasi sich nicht, wie man einen Geist ansprechen sollte, aber er freute sich wirklich. »Ich wollte gerade dein Grab – ich meine, deine Wohnstätte auf Vordermann bringen. Schau mal, die Rosen aus deinem Garten. Sind sie nicht herrlich dieses Jahr?«

Tante Pudel sagte immer noch nichts, stattdessen nickte sie ihm streng mit ihrem kleinen vogelartigen Kopf zu. Wollte sie ihm auf diese Weise etwas signalisieren? Vielleicht konnten Tote nicht sprechen. Möglicherweise war es ihnen sogar verboten. Woher sollte er schon wissen, wie die Gepflogenheiten unter Gespenstern waren? Vorsorglich brach Hasi der Schweiß aus, so wie es zu Lebzeiten seiner Tante immer gewesen war, wenn er ihr gegenüberstand. Sie war unberechenbar und hatte die Angewohnheit, ihn ständig in den Senkel zu stellen wie einen unartigen Schuljungen.

»Ist alles in Ordnung? Tante Pudel! Möchtest du mir etwas mitteilen? Ich bin ganz Ohr. Oder ein Zeichen vielleicht? Auch sehr gerne. Frau von Rettwitz! Ich bin's, Hasi. Hartung Siegward, Neffe mütterlicherseits!«

Es konnte ja auch sein, dass sie etwas verwirrt war, wer wäre es nicht an ihrer Stelle? Wenn man schon gestorben ist, erwartet man vielleicht nicht unbedingt, ausgerechnet vor seiner eigenen Grabstätte aufzutauchen. Hasi ging ein paar Schritte auf die Erscheinung zu. Tante Pudel machte eine kleine Handbewegung, wie um eine lästige Fliege zu verscheuchen. Diese Geste, herrisch allein schon in ihrer Sparsamkeit, war ihm von früher sehr vertraut. Sie bedeutete nichts Gutes. Bevor er nachfragen konnte, womit er sie mal wieder brüskiert haben könnte, hatte sie sich abrupt zum Gehen gewandt.

»Warte doch bitte!«, rief er ihr hinterher. »Tante Pudel, bitte – ich muss mit dir sprechen.«

Sie blieb stehen und drehte sich wieder um. Hasi räusperte sich und nahm Haltung an, so wie er es zu ihren Lebzeiten getan hatte, wenn sie ihn zum Rapport bestellte. »Als Erstes möchte ich mich in aller Form für mein Erbe bedanken. Ich weiß gar nicht, womit ich das verdient habe, und kann dir nur versprechen, dein schönes Haus immer tipptopp in Schuss zu halten. Ich habe da nur eine Frage, wenn du erlaubst. Ich wohne ja immer noch im Keller und – –«

Doch Tante Pudel drehte sich auf dem Absatz – falls man das bei einem Geist so nennen konnte – um und verschwand hinter einem großen Rhododendron. Als Hasi die Stelle erreichte, war weit und breit niemand mehr zu sehen. Für alle Fälle rief er in das Gebüsch hinein. »Tante Pudel! Es tut mir leid, falls es dir gerade ungelegen kommt, aber ich hätte bei Gelegenheit wirklich gerne gefragt, ob ich vielleicht in deine Zimmer ziehen dürfte. Wenn du noch Privatsphäre benötigst, habe ich natürlich volles Verständnis. Ich würde es nur gerne wissen und mich sehr freuen, wenn du mir – wenn es dir zeitlich passt – ein Zeichen geben könntest!«

Als Antwort schlug ihm nur Schweigen aus dem Busch entgegen, der auch nicht anfing zu brennen und nicht einmal ein kleines Wispern von sich gab, nur ein gleichgültiges Rauschen der Blätter allenfalls wie ein Radio ohne Empfang, und schließlich wandte Hasi sich zum Gehen. Es musste eine Sinnestäuschung gewesen sein, alles andere war undenkbar. Dabei kam er sich ziemlich dumm vor, so kindisch reagiert zu haben. Wie ein Hornochse, hätte Tante Pudel gesagt. Denn er konnte natürlich nur Opfer einer Halluzination geworden sein und Tante Pudels Geist war in Wirklichkeit ein Spiel der Schatten gewesen. Das war die einzige logische Erklärung. Er hatte sie nicht wirklich gesehen, wiederholte er sich wie ein Mantra. Sie war seit einem Jahr tot, und falls es einen Ort für die Toten gab und wo auch immer das dann auch wäre, würde sie es sich dort mit Sicherheit aufs Schärfste verbitten, als Geist albern in der Gegend herumspuken zu müssen. Zu Lebzeiten hatte sie sich oft genug über irgendwelche Spökenkieker mokiert. »Kitsch und Blödsinn obendrauf«, sagte sie immer, wenn irgendjemand von unbeweisbaren Phänomenen faselte, und Hasi war da ganz ihrer Meinung. Das Leben im Diesseits war schon kompliziert genug.

Er beendete seine Arbeit an der Grabstätte und wunderte sich, dass die Sonne schon unterging, als er sich auf den Weg nach Hause machte. Er schien ja Stunden hier verbracht zu haben, und zwischendurch musste es sogar geregnet haben, ohne dass er es bemerkt hatte. Während er ein paar Regentropfen von seinem Jackett fegte, fiel ihm ein alter Ratschlag seiner Tante wieder ein. »Es gibt kein Problem, das sich nicht mit einer kalten Dusche lösen lässt.«

Und schon hatte er das Gefühl, dass sich alles zum Besten fügen würde.

Am Tod war nur der Schmerz zu fürchten

Auf dem Monitor verfolgte der Mann, der sich für seinen nächsten Auftrag Gabriel de Ville nennen würde, wie sein Attachékoffer durch die Handgepäckkontrolle glitt. Schemenhaft zeigte der Bildschirm einen schlichten Kulturbeutel, eine Lesebrille, zwei Bücher und einen Stadtplan, Schreibmaterial sowie einige Broschüren und Zeitschriften. Weder Röntgenstrahlen, Metalldetektoren noch die neu eingesetzten Terahertzwellenscanner hatten jemals etwas Verdächtiges an dem Handgepäck entdeckt, dessen Rahmengestänge sich mit wenigen Griffen in eine Spezialwaffe verwandeln ließ. Es war kurz nach 18 Uhr und Terminal 5 in Heathrow war gedrängelt voll mit Reisenden. Die junge Security-Frau hinter dem Förderband strich sich über die Haare und machte den Eindruck, als sehnte sie ihren Feierabend herbei. Gabriel griff nach seinem Koffer und nickte ihr zu. »New haircut? I like it.«

»Thank you.« Die junge Frau errötete und ein scheues Lächeln huschte über ihr Gesicht. Der Mann sprach mit einem leichten französischen Akzent, und mit seinem zerfurchten Gesicht und silbergrauen, kurz geschnittenen Vollbart war er wahrscheinlich Mitte sechzig, dachte sie, während sie ihm noch einen Moment hinterhersah. Im dunkelgrauen Anzug aus teurem Stoff und schwarzem Hemd mit offenem Kragen konnte er Drehbuchautor sein, vielleicht auch Professor für französische Literatur oder Fotograf, der elegante Schwarz-Weiß-Aufnahmen von melancholisch in die Kamera blickenden Frauen machte.

Gabriel hatte unterdessen einen freien Sessel ausgemacht, von wo aus sich die Security gut im Auge behalten ließ. Zwei Uniformierte mit Maschinengewehren patrouillierten davor. Routinemäßig überflog er mit einem schnellen Blick seine Umgebung. Es hielten sich insgesamt fünfzehn Personen in dem Sitzbereich auf, darunter ein Mädchen im Rollstuhl, eine junge Frau mit zwei plärrenden Kleinkindern und zwei alte Männer, einer davon mit Hörgerät. Nicht unproblematisch, aber als

Gruppe zur Not groß genug für eine Geiselnahme, um auf Augenhöhe über einen Rückzug verhandeln zu können.

Ein Schmerz zuckte durch Gabriels linke Hüfte. Seine Arthrose machte immer häufiger Probleme. Ein letztes Mal aber würde das verschlissene Gelenk noch durchhalten müssen. Das Honorar des neuen Auftraggebers aus Berlin war zu gut, um den Job abzulehnen. Doch danach musste Schluss sein. Den Millionären der IT-Branche, die gerade mal ihre Zahnspangen abgelegt hatten, fehlte der Respekt vor seiner Erfahrung und seiner handwerklichen Perfektion. Diese Frischlinge, die, noch keine dreißig Jahre alt, schon die Autobiografie ihres Erfolgs schrieben und sein Honorar aus der Portokasse hätten bezahlen können, akzeptierten keinen, der älter war als die eigenen Väter. Ihm blieb als Klientel nur der spießige Mittelstand, kleinkarierte Geschäftsleute, die versuchten, ihn im Preis herunterzuhandeln. Revierkämpfe, Erbschaftsstreitigkeiten und familiäre Zwistigkeiten musste er heutzutage auf seine Weise schlichten. Er hätte genauso gut eine psychologische Praxis eröffnen können, dachte er manchmal, wenn er die Aufträge mit seinen vor Angst und Gier innerlich zerfressenen Auftraggebern besprach. Manche Klienten versuchten, ihm mit weitschweifigen Erklärungen Verständnis für die bedauerliche Unvermeidlichkeit seiner Beauftragung abzuschwatzen, gerade so als ob er ihr Beichtvater sei, und glaubten wohl, seine Absolution müsste im Preis inbegriffen sein. Gerade war er mit dem Zug aus Manchester gekommen, wo er einen Möbelfabrikanten im Auftrag seines Konkurrenten diskret beseitigt hatte. Am Montagmorgen würden die Angestellten die Leiche ihres Chefs hinter seinem Schreibtisch entdecken und von einem Herzinfarkt ausgehen. Das Nervengift in der verborgenen Spitze unter dem roten Carneol seines Siegelringes wäre selbst bei einer Obduktion nur mit großem Aufwand nachzuweisen, und ohne begründeten Verdacht gab es keinen Grund für solche Untersuchungen. Wie immer hatte er seinem Opfer in den letzten Sekunden in die Augen gesehen und beobachtet, wie das Gesicht des Mannes im Augenblick des Ablebens einen glücklichen und auch ein wenig überraschten Ausdruck annahm. Am Tod war nur der Schmerz zu fürchten und Gabriel war stolz darauf, dass er seinen Opfern überflüssiges Leiden ersparen konnte. Für ihn selbst hatte der Tod keinen Schrecken. Es gab Bäume, die mehrere tausend Jahre alt wurden, Pflanzensporen überdauerten ganze Erdzeitalter, Einzeller mussten überhaupt nicht sterben und die Atome waren so alt wie das Universum selbst. Solange sie existierten, konnte nichts zu Ende gehen. Alles befand sich in ständigem Wandel, der Tod war nur der Übergang in einen anderen Zustand. Und dieser versprach etwas Schönes, zumindest wenn er den verklärten Gesichtsausdruck der Sterbenden richtig zu lesen verstand.

Er fühlte sich ganz flau im Magen

Hasi stellte seine dampfende Teetasse auf den Gartentisch. Hier auf der Veranda hatte Tante Pudel gerne am Nachmittag mit einer Tasse Darjeeling und einem Marmeladentoast gesessen und seine Gartenarbeit dirigiert. Durch die Terrassenfenster sah er seine Cousine Kiki im Wohnzimmer herumrumoren. Heute Morgen hatte sie bei ihm Sturm geklingelt.

»Guten Morgen, Häschen. Ich bringe was zum Futtern.« Damit hatte sie ihm einen Geschenkkorb voller Spezialitäten in die Arme gedrückt.

»Aber – –«

»Keine Widerrede. Wir haben das Ding für irgendein dämliches Jubiläum gekriegt, aber Johannes frisst das Zeug nicht.«

»Danke, Kikilein, dann musst du aber mit mir frühstücken. Sieht ja bombig aus. Hast du Lust, eine dieser Teesorten mit mir zu testen?« Er war sich ziemlich sicher, dass sie den Korb in Wirklichkeit für ein horrendes Geld gekauft hatte, um ihr schlechtes Gewissen zu besänftigen, weil sie keine Zeit gehabt hatte, ihn an Tante Pudels Todestag zum Friedhof zu begleiten.

Beim Tee fragte Kiki ihn dann auch gleich, ob ihr Grab gut gepflegt werde.

»Alles tipptopp. Ich habe sie übrigens gestern gesehen.«

»Wen hast du gesehen?«

»Tante Pudel. Sie stand da plötzlich hinter ihrem Grab herum.«

»Ach nee, und wie geht es ihr so?«

»Schwer zu sagen. Glaubst du, Geister können sprechen?«

»Warum nicht? Wenn sie schon mal da sind.«

»Sie hat aber kein Wort gesagt. Das passt doch gar nicht zu ihr, oder?«

»Stimmt. Was wollte sie denn?«

»Ich weiß nicht. Sie hat mich nur angesehen. Ziemlich streng. Ich glaube, sie war sauer. Und als ich näherkam, verschwand sie hinter einem Busch.«

»Vielleicht wollte sie dich erschrecken.« Kiki prustete los.

»Huhhuh – hat sie auch ein weißes Bettlaken angehabt?«

»Das ist nicht lustig. Sie trug das Übliche, wie zu Lebzeiten.«

Kiki musterte ihn schweigend.

Er schüttelte den Kopf. »Ich weiß selber, dass es keine Geister gibt. Aber ich habe sie trotzdem gesehen, genauso deutlich und lebendig wie dich jetzt hier.«

»Das ist schlimmer, als ich dachte.«

»Du denkst, ich bin verrückt.«

»Natürlich nicht. Wenn Tante Pudel vor deinen Augen auf dem Friedhof oder sonst wo herumgeistert, dann ist das eine Projektion deiner Wunschvorstellungen – oder auch deiner Ängste, wie man's nimmt. In jedem Fall bist du total unfrei.«

»Überhaupt nicht. Ich habe mich noch nie so frei gefühlt. Ich kann machen, was ich will.«

»Ach ja? Und warum wohnst du dann immer noch im Souterrain wie ein Untermieter? Das ist dein Haus und kein Schrein für Tante Pudel.«

»Ja, schon.« Hasi strich sich die Haartolle aus der Stirn. Ihm wurde plötzlich heiß und er fühlte, wie er zu schwitzen anfing. »Man muss doch nichts überstürzen. Ich will erst noch ein bisschen umräumen, bevor ich – –«

»Gute Idee«, unterbrach Kiki. »Der erste Schritt zur Befreiung ist die Veränderung. Und dabei brauchst du dringend meine Hilfe.«

»Danke, Kiki, ich komme schon zurecht.«

»Tante Pudel lebt nicht mehr hier, und in deinem Kopf muss jetzt Frühjahrsputz gemacht werden.« Kiki krempelte die Ärmel hoch. »Es geht nicht an, dass du immer noch in dieser muffigen Kellerhöhle haust wie ein Neandertaler. Du bist schließlich kein armer Studienabbrecher mehr, sondern ein vermögender Privatier. Großer Unterschied!«

»Ich weiß, aber – –«

»Kein aber! Setz dich auf die Terrasse, trink einen Tee, genieß die Sonne und lass mich mal machen. Es wird nicht wehtun. Na ja, vielleicht ein bisschen. Besser, du schaust nicht hin und lässt dich überraschen.«

Und so saß er jetzt hier draußen mit seiner Tasse Tee und fühlte sich ganz flau im Magen. Es war nicht in Ordnung, wie sie die Tische und Stühle ohne viel Federlesen herumrückte, den großen Wandteppich abhängte und die Porzellanfigurinen von der Wellington-Kommode nahm. Tante Pudels exotische Sammlung von Kuriosa stammte aus einer Zeit, als das Wort Mitbringsel noch Bedeutung hatte, weil man nicht jedes Souvenir genauso gut bei Ebay kaufen konnte. Als Diplomat hatte ihr Mann von überall in der Welt kleine, nutzlos schöne Kostbarkeiten mitgebracht und sie hatte zu jedem Artefakt eine Anekdote parat gehabt. Nun wanderten die Dinge alle in einen Wäschekorb.

Die Terrassentür ging auf und Kiki trat heraus.

»Kein Wunder, dass du hier nicht einziehen willst! Man könnte ja denken, Tante Pudel würde jeden Moment hereinplatzen. Es riecht sogar noch nach ihrem Altweiberparfüm. Das Schlafzimmer mache ich dir komplett neu, du willst ja wohl nicht in Tante Pudels Bett schlafen, das wäre glatter Inzest. Also: Arsen und Spitzenhäubchen wandern in die Tonne, stattdessen alles minimalistisch, elegant, lichtgrau und klare Linien. *Simplified* ist die neue Extravaganz.« Sie stockte und musterte ihn. »Was ist los, Hasi? Hast du noch einen Geist gesehen? Du siehst so bleich aus.«

»Entschuldige, Kiki, es geht schon wieder.« Er hob schnell seine Tasse an den Mund. »Ist das nicht ein bisschen viel Veränderung?«

»Aber das ist doch gerade der Trick. Du musst hier deine persönliche Note einbringen. So befreit man sich! Erst dann fühlst du dich wohl und brauchst dich nicht mehr vor einem Gespenst auf dem Friedhof zu rechtfertigen.« Sie hakte sich bei ihm unter. »Komm rein, ich zeige dir, was ich mir noch so gedacht habe.«

Er ließ sich von ihr ins Wohnzimmer führen und betrachtete bekümmert, was sie angerichtet hatte.

»Gefällt es dir?«

»Sehr schön. Anders. Schön anders, meine ich.« Er quälte sich ein Lächeln ab.

»Ich denke, diese alten Schinken können auch weg.« Kiki wies auf Tante Pudels Sammlung alter Landschaftsmalereien, die in Petersburger Hängung über alle Wände verteilt waren. »Die sind doch schrecklich gruselig.«

»Stimmt. Nur ein Bild möchte ich gerne behalten.«

»Bist du jetzt etwa unter die Kunstkenner gegangen?«

»So schlimm ist es nicht. Aber es war Tante Pudels Lieblingsbild und ich hänge irgendwie daran.«

Kiki folgte ihm zu einer kleinen ungerahmten Komposition in Gelb und Rosa, die in der hinteren Ecke des Raumes hing. Zwei Rechtecke waren in dicker Farbe grob auf einen orangefarbenen Hintergrund gemalt und durch einen dunkelroten Balken in der Mitte getrennt.

»Du meine Güte, das ist ja scheußlich. Und schlampig gemalt ist es auch.«

»Ich denke, sie hat es selbst gebastelt. Sie hat mir mal von ihrer Zeit in New York erzählt, weißt du, als ihr Mann dort Konsul war. In den fünfziger Jahren. Ich glaube, sie hatte da mal einen Malkurs besucht.«

»Toll! Hätte ich gar nicht von ihr gedacht.« Kiki lachte. »Ich frage mich, ob das Bild nur misslungen ist oder ob sie absichtlich versucht hat, abstrakte Kunst nachzumachen.«

»Jedenfalls gefiel ihr das Resultat offenbar. Es hängt hier schon, seit ich mich erinnern kann.«

»Du solltest es wenigstens rahmen lassen. Ich kenne da jemanden.« Kikis Handy klingelte in ihrer Handtasche. Sie schaute auf das Display. »Oh, ich muss los. Therapiesitzung.«

Hasi brachte sie zur Haustür und wartete, bis sie abgefahren war. Dann machte er sich an die Arbeit, um alles wieder umzuräumen. Es brauchte zwei gute Stunden, bis die Wohnung wieder so aussah, dass Tante Pudel ihre Freude daran gehabt hätte.

Er hatte die Sache in den Sand gesetzt

Baron Ludwig von Ettal, in Familienkreisen Brezel genannt, beendete mit einem zackigen Schnaufen seine Morgengymnastik. Er schaffte immer noch dreißig Liegestütze ohne Pause, zwar nicht mehr einhändig abwechselnd, wie er es in seiner aktiven Dienstzeit den Kadetten beim Morgenappell demonstriert hatte, aber er konnte durchaus mit seiner Kondition zufrieden sein, fand er, als er einen passenden Anzug für den heutigen Einsatz auswählte und seine Gesamterscheinung im Spiegel überprüfte. Dass er etwas zugelegt hatte, war ein Begleitumstand seiner neuen Aufgaben im Trockendock. Als ehemaliger Korvettenkapitän war er jetzt für das Verteidigungsministerium zweiter Mann im Protokoll. Hier in der neuen Verwendung hatte er die vielen Empfänge außerhalb der üblichen Dienstzeiten schätzen gelernt. Er genoss den maritimen Smalltalk mit seinen ausländischen Gästen, dessen Themen so viel unterhaltsamer waren als die militärischen Lagebesprechungen. Vor allem aber waren die köstlichen Appetithäppchen einem frugalen Abendbrot in seiner Junggesellenbude allemal vorzuziehen. Ein dezenter Rettungsring um die Hüfte deutete sich unter dem weißen Hemd an, aber sein Kinn war mit Mitte fünfzig noch kantig und sein blondes Haar, das er wöchentlich auf militärische Einsatzlänge stutzen ließ, noch voll und ohne eine Spur von Grau.

Bevor er sich wegdrehte, fiel ihm an der unteren Naht der rechten Außentasche des dunkelgrauen Anzugs eine kleine glänzende Stelle auf, wo der Stoff dünn geworden war. Ein typischer Fall von Materialermüdung. Das Jackett war reif für die Ausmusterung, was bedeutete, es war noch hervorragend als Geschenk für seinen jungen Vetter geeignet. Hasi war sein Sorgenkind, wie der Sohn, den er nie hatte, und für den Brezel sich nach dem tragischen Freitod des Vaters als männliches Rollenvorbild angeboten hatte. Durch eine komplizierte Generationenverschiebung war Brezel eine halbe Generation älter als sein Cousin Hasi, und so fühlte er sich verpflichtet, seine schützende Hand über den Schlacks zu halten, vor allem nachdem der

Junge Vollwaise geworden war. Brezel half mit seiner militärischen Erfahrung aus, wo er nur konnte, denn mit drei älteren Schwestern als Ratgeberinnen hatte Hasi einen schweren Stand. Brezel selbst war der einzige Junggeselle und Kinderlose unter den Ettals, die in der Regel jung heirateten und in schneller Folge selten weniger als sechs Sprösslinge pro Einheit hervorbrachten. Was ihn betraf, so hatte sich das Unterfangen, eine brauchbare Frau an Land zu ziehen, mit den vielen Fallstricken und undurchsichtigen Regeln des richtigen Werbens zu wenig mit seinen militärischen Einsätzen vereinbaren lassen. Und nun, wo sein Dienstplan ihm endlich mehr Luft ließ, verstand er die Damenwelt noch weniger als damals. Es war einfacher, ohne Verzicht auf liebgewonnene Gewohnheiten gelegentlich den Dienst eines exklusiven Escort Service in Anspruch zu nehmen mit seinem Katalog an schönen und unkomplizierten jungen Frauen, die nicht mit ihm älter wurden, sondern ewig achtundzwanzig blieben.

Während er sich die Krawatte band, bedauerte er, dass sich in diesen Tagen zu selten die Gelegenheit ergab, Uniform zu tragen. Bei Staatsbesuchen merkte er immer wieder, dass sich die Galauniform nicht nur besser trug als Zivil, er fühlte sich in militärischem Zwirn auch insgesamt wohler in seiner Haut. Gerade heute hätte ihm die militärische Kluft gute Dienste leisten können, um die vor ihm liegende Aufgabe mit Würde und Anstand zu bewältigen. Aber leider ziemte es sich nicht, in dieser sensiblen Angelegenheit offiziell aufzutreten. Niemand sollte ihm vorwerfen können, sich hinter seiner Uniform versteckt zu haben. Den ersten Schritt hatte er getan: sich einzugestehen, dass er es verbockt hatte. Nun ging es darum, Meldung zu machen. Er hatte die Sache in den Sand gesetzt, da half kein Schönreden. Brezel warf einen Blick aus dem Fenster. Der Himmel schimmerte bläulich wie blank geputzte Kanonenrohre zwischen den Bäumen der Thielallee. Zumindest schien es ein kapitaler Tag zu werden. Als Letztes nahm er seinen Siegelring von der Garderobenablage im Flur und streifte ihn über, bevor er mit beherztem Schritt die Wohnung verließ.

Hatte es sich schon bis ins Jenseits herumgesprochen?

»So kann man nicht spielen!«, brüllte Kris mit rot angelaufenem Gesicht und rammte den Krokettschläger in den Rasen.

»Warum denn nicht? Ich dachte, wir hätten die Tore jetzt richtig aufgebaut.« Hasi unterdrückte ein Stöhnen. Dieser Junge war für sein Alter – er war gerade erst zehn – ganz schön rechthaberisch.

»Die Spielfläche hat zu viele Hubbel. Der Rasen muss gemäht werden!«

In dem Moment tauchte auf der anderen Seite der Hecke ein älterer Herr mit einer großen Gartenschere in der Hand auf. »Quermaten! Sagen Sie dem Kind, hier wird nicht rumgeschrien!«

»Wir spielen Krocket. Das ist ein Gartenspiel, Herr Krasko. Wenn es Ihnen zu laut ist, kann ich Ihnen gerne ein Päckchen Ohrstöpsel geben. Meine Tante hat darauf geschworen.«

Der pensionierte Lehrer war Tante Pudels Erzfeind gewesen. Ständig hatte er sich über ihre verwilderte Rosenhecke beschwert. »Und im Übrigen, die Rosen meiner Tante werden nicht angerührt«, rief Hasi dem grummelnden Nachbarn hinterher.

Dann wandte er sich wieder an Kris. »Wollen wir jetzt zusammen den Rasen mähen?«

»Geil. Hast du einen Mähtrecker? Darf ich?«

»Kannst du gerne. Es gibt aber keinen Trecker, nur einen Rasenmäher.«

»Benziner oder elektrisch?«

»Original Handbetrieb!«

»Ach so«, sagte Kris und zog eine Schnute.

»Ich wette, so ein – echtes analoges Gerät kennst du gar nicht. Möchtest du ihn nicht mal ausprobieren?«

»Nö, lass mal. Kriege ich noch ein Glas Schokomilch?«

Hasi strich sich die Tolle aus der Stirn. Die Sprunghaftigkeit seines jungen Gastes war wirklich mühsam. Und die Worte

»bitte« oder »danke« schienen in seinem Wortschatz nicht zu existieren.

»Klar, Kris. Ich mache dir so ein Schokoladen-Smusi.« Zu Hause bekam der arme Junge am Nachmittag nur dickflüssiges Zeug aus Grünkohl und Apfel, das aussah, als wäre es drei Mal wiedergekäut worden. Kein Wunder, dass er so bedürftig war.

»Aber auch Kekse!« Kris folgte Hasi ins Haus und blieb abrupt im Wohnzimmer stehen, um sein Smartphone aus der Hosentasche zu ziehen.

»Warte mal, ich muss dir was zeigen!«

Hasi wappnete sich schon in Gedanken gegen einen neuen Schülerwitz. Man verstand sie nur in den seltensten Fällen, aber eins hatten sie alle gemeinsam, sie brachten ihn immer ein wenig in Verlegenheit.

»Hier!« Kris stieß das Handy blitzschnell wenige Zentimeter vor Hasis Gesicht. »Achtung, jetzt!«

Vor Hasis Augen erschien eine pralle Schönheit, die das Glas des Bildschirms von innen zu putzen schien. Ihre voluminösen nackten Brüste quetschten sich dabei gewissenhaft von oben nach unten an der Scheibe entlang wie ein professioneller Fensterputzer, während ein realistisches Quietschen aus dem Lautsprecher den Vorgang akustisch untermalte.

Kris schaute ihn mit großen Augen an. »Geilomat, oder?«

»Nun ja, ich weiß nicht recht. Als Fensterputzerin scheint mir die Dame keine besondere Leuchte zu sein. Fingerabdrücke sind doch eher außen auf dem Display, oder?« Hasi versuchte das Thema auf unverfänglichere Gleise zu bringen. »Sag mal, warum nennt dich deine Mutter eigentlich Krishnadevi? Ich dachte, Kris kommt von Christian.«

»Nee, Krishnadevi ist schon richtig. Ich muss so heißen, weil ich doch ein indischer Sex-Gott bin. Wenn ich erwachsen bin, dann kann ich ganz viele Frauen ficken.« Kris rollte dramatisch mit den Augen. »Shitkack! Ich würde lieber bei meinem Vater wohnen, der nennt mich wenigstens nur Kris.« Er zuckte mit den Schultern. »Aber der alte Sack hat keine Zeit. Der findet mich blöd.«

»Der findet dich bestimmt nicht blöd, das kann ich mir gar nicht vorstellen.«

»Doch, mein Vater will mich nicht, weil ich ein Gott bin.«

»Wer sagt denn so einen Quatsch?«, fragte Hasi bestürzt, weil der sonst so robuste Junge mit den Tränen kämpfte.

»Meine Mutter. Sie denkt, ich höre das nicht, was sie mit meinem Vater redet. Sie geht nämlich zum Telefonieren immer in den Keller. Da ist aber ein Schrank im Flur unter der Treppe. Wenn man da reinklettert, kriegt man alles mit.«

Es klingelte an der Haustür. »Das wird deine Mutter sein«, sagte Hasi. Er nahm sich vor, Meike diskret vorzuschlagen, ihre Telefonstube im Keller doch lieber schalldicht zu machen. Doch es war gar nicht Meike, sondern Vetter Brezel, der in dunklem Anzug mit besorgter Miene vor ihm stand.

»Brezel, was ist passiert? Ist jemand gestorben?«

»Was? Tot? Wieso?«

»Ich mein ja nur.«

»Nein, nein, keine Sorge, nichts dergleichen.« Brezel lächelte gequält. »Darf ich reinkommen?« Er stand bereits im Hausflur.

Kris stellte sich neben Hasi. »Wer ist das?«

»Mein Cousin«, sagte Hasi und schaute Brezel unschlüssig an. Der Vetter kam sonst nie unangekündigt vorbei. »Ich wollte gerade für Kris eine Schokomilch machen. Möchtest du auch eine?

»Nicht jetzt. Können wir reden?«

Brezel benahm sich wirklich höchst ungewöhnlich. Kris zupfte Hasi am Ärmel. »Ich kann mir die Schoki auch selber machen.«

»Gute Idee, Kris. Aber iss nicht zu viele Kekse.«

Hasi folgte Brezel, der an ihm vorbei ins Wohnzimmer marschierte, wo er in der Sitzecke gegenüber dem großen Sprossenfenster Platz nahm und es schaffte, noch im Sitzen so zu wirken, als ob er stünde.

»Darf ich dir denn einen Tee anbieten? Oder vielleicht ein Glas Wasser?«

»Bitte setz dich, Hasi. Ich habe eine Mitteilung zu machen.«

»Ja natürlich, gerne.« Hasi setzte sich auf Tante Pudels Lieblingssessel. Er bemerkte einen Schweißtropfen auf Brezels Stirn, dabei war es hier im Zimmer angenehm kühl. Der Cousin hustete trocken und trommelte mit den Fingern einen Marsch auf die Sofakante. Dann holte er tief Luft und ließ seine Hände auf die Oberschenkel knallen, so laut wie der Startschuss bei einem Rennen.

»Folgendes: Dieser Berlin-Investmentfonds, in dem ich Tante Pudels – also dein – Geld angelegt habe, ist insolvent«, spulte er so schnell herunter, dass Hasi kaum mitkam.

»Würdest du das bitte noch einmal wiederholen, ich habe das nicht ganz – –«

»Ähem. Der Vermögensverwalter, dem ich dein Geld anvertraut habe, ist bankrott.«

Hasi hob die Hand. »Bankrott. Entschuldige, wie meinst du das?«

»Pleite. Immerhin, nicht nur wir – die ganze Berliner Gesellschaft ist auf diesen feinen Herrn hereingefallen. Bertram Schmidt-Rodenkamp hatte einen exzellenten Ruf, beste Empfehlungen, erstklassige Anlagen, sicher, kompetent, seriös. Sogar sehr, sehr seriös, sonst hätte ich dein Geld niemals bei ihm angelegt. Jahrelang hat keiner Verdacht geschöpft, weil dieser Psychopath die Zinsen offenbar immer mit dem Geld der neuen Anleger auszahlen konnte. Du hast ja schließlich auch einen guten monatlichen Zinssatz bekommen, kannst dich also nicht beklagen! Auch wenn es nur drei Monate waren. Aber jetzt brauchten immer mehr Anleger ihr Geld zurück, und dann bricht so ein Schneeballsystem sofort zusammen. Unglaublich. Einfach unglaublich.«

Brezel schwieg abrupt und schaute aus dem Fenster, als ob zwischen den Kiefern im Garten plötzlich ein blaues Wildschwein erschienen wäre und seine ganze Aufmerksamkeit verlangte.

Hasi beobachtete seinen Cousin schweigend. Ihm fiel dazu nichts ein, aber was hätte es auch zu sagen gegeben? Obwohl Brezel sich offenbar sehr zusammennahm, meinte Hasi zu erkennen, wie er eine Träne wegblinkte. Und sein markantes Kinn zitterte verdächtig. Hasi sah diskret zur Seite, um den Korvettenkapitän, der so viel Wert auf soldatische Haltung legte, nicht in Verlegenheit zu bringen. Nach einer Weile räusperte er sich, um die angespannte Stille zu unterbrechen. »Besteht denn noch eine Chance, dass die Anleger, also ich zum Beispiel, ihr Geld zurückbekommen? Oder einen Teil davon, wenigstens?«

Brezel erklärte ihm nun wortreich, dass selbstverständlich jede rechtliche Möglichkeit ausgeschöpft werde, aber nach allem, was er wisse, sei der Mann nicht nur pleite, sondern auch noch hoch verschuldet. »Einem nackten Mann kann man nicht in die Tasche fassen«, schloss er und nickte gewichtig, als wäre ihm diese Einsicht gerade gekommen.

»Na ja. Da kann man nichts machen«, sagte Hasi leise. Vielleicht war es der Fluch der Quermatens. Es war ja schon immer so gewesen. Alle zwei Jahrhunderte hatte seine Familie ihre Besitztümer verloren, sodass die nächste Generation wieder von vorne anfangen musste. Eigentlich ein ganz dynamischer Prozess, dachte Hasi, während sich betretenes Schweigen im Raum ausbreitete. Oder war es nur eine endlose Sisyphusarbeit? So wie er sich als Kind am Strand bei Ebbe jeden Tag aufs Neue eine Sandburg gebaut hatte, die dann von der Flut zerstört wurde. Vielleicht lag es in seinen Genen. Eine sich ewig hinziehende Zeit saßen sie da, ohne etwas zu sagen, und blickten aus dem Fenster in den Garten.

»Seid ihr jetzt endlich fertig mit reden?«, unterbrach Kris ihr Schweigen und kam mit mehreren Keksen in das Zimmer.

»Üb doch schon mal ein bisschen deine Schlagtechnik auf dem Rasen«, sagte Hasi. »Ich komme dann gleich.«

Brezel schaute auf seine wuchtige Taucheruhr und erhob sich. »So, jetzt bist du auf dem Laufenden. Gut. Ich muss dann weiter.«

»Ich danke dir jedenfalls für deine Mühe«, sagte Hasi.

Brezel legte ihm bekümmert die Hand auf die Schulter. »Alter Junge, es tut mir alles so leid.«

»Wenigstens habe ich ja noch das Haus. Ich könnte ja die Souterrainwohnung vermieten, dann hätte ich immerhin ein kleines Auskommen, was meinst du?«

Brezel war schon fast rückwärts aus der Haustür getreten und stoppte abrupt. »Ach so, der Grundbesitz. Den mussten wir doch beim Kauf deiner Anteile als Sicherheit einbringen. Eigentlich nur eine Formsache, aber wie ich schon sagte, der Mistkerl hat sich hoch verschuldet. Und die Banken haben ihr Geld natürlich mit den Hypotheken ihrer Kunden abgesichert.« Er schaute konzentriert auf einen Punkt auf dem Fußabtreter. »Dumme Sache.«

»Das verstehe ich nicht. Was meinst du mit *als Sicherheit einbringen*?«

»Das Haus geht in die Konkursmasse. Und wird wohl geschätzt, zwangsversteigert und pipapo. Schätze, du wirst in den nächsten Tagen Post bekommen.«

»Von *wem*?« Hasi strich sich die Haartolle aus der blassen Stirn.

»Vom Gerichtsvollzieher, natürlich. Der Mann wird sich doch ein Bild machen wollen!«

»Es tut mir leid, aber mir schwirrt ein wenig der Kopf.«

»Völlig normal. Hat mich auch umgehauen. Schließlich hat man mir felsenfest garantiert, dass die Anlage bombensicher ist. Und hochprofitabel dazu.« Brezel ballte die Fäuste. »Dieser Gauner! Das wird noch ein Nachspiel haben. Glaub mir, da ist noch nicht das letzte Wort gesprochen.«

»Aber was mache ich denn jetzt, wenn die mir das Haus wegnehmen? Wo sollen denn Tante Pudels Sachen hin?«

Brezel schien bei der Frage wieder aufzuleben. »Ich werde dir den Umzug organisieren, mach dir keine Sorgen! Die Möbel und den ganzen Krempel stellen wir vorläufig in meinem Keller unter.«

»Danke. Sehr nett von dir.«

Brezel schlug feierlich die Hacken zusammen.

»Ich verspreche dir, ich tue mein Bestes.«

Hasi schaute ihm hinterher, als er sich in sein Auto schwang und noch einmal winkte, bevor er die Fahrertür mit einem Knall schloss.

Als der Vetter losgefahren war, ging er langsam ins Haus zurück. Im Wohnzimmer bemerkte er, dass Tante Pudels Lieblingsbild schief hing, und rückte es gerade, bevor er sich auf das Sofa sinken ließ. Die alten Möbel, die dreiarmigen Silberleuchter, die Perserteppiche und die schöne Wellington-Kommode mit den chinesischen Porzellanfigurinen – Tante Pudel musste ja im Grab rotieren. In nur einem Jahr hatte er es geschafft, ihr gesamtes Hab und Gut, das sie ihm anvertraut hatte, zu verlieren. Ob sie ihn wohl deshalb auf dem Friedhof aufgesucht hatte? Hatte es sich schon bis ins Jenseits herumgesprochen, dass er ihr ganzes Vermögen in den Sand gesetzt hatte?

Etwas Nasses rann über seine Wange, und als er nach einem Taschentuch in seiner Hosentasche kramte, schossen ihm die Tränen erst richtig in die Augen. Plötzlich meinte er, Tante Pudels Stimme zu hören, klar und deutlich, als ob sie in ihrem Lesesessel neben dem Bücherregal sitzen würde. »Contenance bewahren, du Hornochse! Mit Herumjammern ist niemandem geholfen.«

Durch seinen Tränenschleier hindurch musste er unwillkürlich lächeln. Wie oft hatte er das von ihr gehört?

Kris erschien Krocketschläger schwingend in der Terrassentür. »Hasi, kommst du mal? Dein doofer Nachbar sagt schon wieder, ich dürfte in deinem Garten nicht üben, weil das zu viel Krach macht!«

Hasi wischte sich die Tränen aus dem Gesicht. »Auf unserem eigenen Rasen nicht Krocket spielen? Das wäre ja noch schöner!« Er schniefte noch einmal und stand auf. Tante Pudels hässliches kleines Bild hing schon wieder schief und er rückte es noch einmal gerade, bevor er auf die Terrasse trat, um sich dem Kinderfeind Krasko zu stellen.

Der Mann war ein skrupelloser Schuft

Brezel hatte das elektrische Verdeck seines Saab Cabrios geöffnet und ließ sich eine frische Brise durch die verschwitzten Haare wehen. Das satte Röhren des Motors beruhigte ihn etwas, während er am Ufer des Landwehrkanals entlangglitt. Für einen Zivilisten hatte Hasi vorbildlich Haltung gezeigt. Kein Gejammer, keine Vorwürfe. Respekt. Obwohl ein ordentlicher Anschiss ihm persönlich lieber gewesen wäre. Ein Anschiss mit großem A, und damit wäre die Angelegenheit erledigt gewesen. Aber so? Brezel haute mit der Faust auf das Lenkrad und traf die erschrockene Hupe. Wie ein Echo trötete es keck zurück. Von der benachbarten Fahrspur grinste ihn eine junge Frau mit verfilzten Haaren in roten und grünen Strähnen aus einem mit bunten Schnörkeln und Spiralen bemalten VW-Bus an. Das Mädchen war hübsch, trotz ihrer seltsamen Haartracht.

»Love and Peace!«, rief sie.

Brezel grüßte mit einem knappen Nicken zurück, woraufhin sie ein gefaltetes Flugblatt von oben auf seinen Beifahrersitz warf. Bevor er die Chance hatte, sich das unerwartete Werbegeschenk anzusehen, war das Hippiemädchen schon an ihm vorbeigefahren.

Am gegenüberliegenden Ufer tauchte jetzt die Fassade des Bendlerblocks auf und er bog nach links über die Kanalbrücke ab. Der neoklassizistische Bau hatte immerhin maritime Tradition, was Brezel seine neue Verwendung als Bürohengst ein wenig leichter verschmerzen ließ. Der Schlagbaum an der Einfahrt ging hoch, als er seinen Dienstausweis zeigte. Er schnappte sich seine Aktentasche und das Flugblatt und schwang sich aus dem Saab. Das bunte Druckerzeugnis entpuppte sich als Einladung zu einer gewaltfreien Protestaktion gegen Kapitalismus und Spekulanten. Er überflog den Text, der die kriminellen Praktiken anprangerte, mit denen Investoren die Stadt ruinierten und Menschen mit normalen Einkommen aus ihren Wohnungen trieben. Gewaltfreier Protest? Über so viel Naivität konnte man nur lachen! Gegen gewissenlose Psychopathen vom Typ Schmidt-Rodenkamp nützte das gar nichts.

Der Lift brachte ihn vier Stockwerke tief in einen alten Bunker, der erst bei Sanierungsarbeiten nach der Wende, als das Verteidigungsministerium hier einen zweiten Dienstsitz bezog, wiederentdeckt worden war. Unten in den Fluren roch es nach Staub und Putzmitteln und im Hintergrund lieferten die Pumpen, die dafür sorgten, dass der Landwehrkanal und das tückische Grundwasser nicht einsickerten, den tiefen Grundton des Bunkers. Nicht viele hielten das dumpfe Wummern auf die Dauer aus und Brezel hatte deswegen freiwillig auf ein Sekretariat verzichtet. Ihn selbst störte dieser vibrierende *Basso continuo* nicht im Geringsten. Es klang wie die beiden Dieselmotoren einer Korvette, wenn sie mit voller Kraft den Ozean durchpflügte, und erinnerte ihn an Gischt und offenes Meer. Gerne dachte Brezel an die Zeiten als Geschwaderkommandeur am Horn von Afrika zurück, wo er mit seiner Korvette *Rostock* Jagd auf somalische Piraten gemacht hatte. Heute musste er sich stattdessen durch furztrockene Berichte quälen. Um sein Fernweh zu lindern, hatte er die Wände seines Büros mit Teakholz auskleiden und ein Schiffsparkett legen lassen, sodass der Raum halbwegs einer Kapitänskajüte glich. An den Wänden hingen ein Schiffsbarometer aus Messing, zwei ausgestopfte Piranhas und eine ozeanografische Karte aus dem neunzehnten Jahrhundert, in Mahagoni gerahmt. Brezel setzte sich hinter seinen Schreibtisch und fuhr den Computer hoch. Es war streng genommen nicht ganz korrekt, während der Dienstzeit etwas anderes zu tun, als dem Staat zu dienen, aber streng genommen hatte er auch im Dienst für das Vaterland oft genug am Rande der Legalität operieren müssen und etliche Male sogar darüber hinaus. Beruflich oder privat, wenn es um die Ehre ging, heiligte der Zweck die Mittel.

Auf dem Monitor erschien Schmidt-Rodenkamp in maritimem Blazer auf dem Deck seiner Yacht *Bianca* und hatte ein so treuherziges Lächeln im Gesicht, dass Brezel für einen Augenblick an einen Irrtum glaubte. Konnte dieser Mann wirklich über Jahre alle seine Anleger, seine Freunde, die Vereinsmitglieder des vornehmen Wannsee-Segelclubs, dessen gewählter Präsident er war, und die ganze Berliner Gesellschaft in voller Absicht hintergangen haben? Brezel klickte das Bild weg. Der Mann war ein skrupelloser Schuft, ein Mann, der sein ehrlich wirkendes Gesicht dazu nutzte, die Existenz seiner Mitmenschen zu vernichten. Noch einmal würde er nicht auf ihn hereinfallen. Er scrollte durch die letzten Berichte. Auch die Staatsanwälte und Richter waren gegen Schmidt-Rodenkamps Lächeln offenbar nicht gefeit. Es war unerhört. Dem Betrüger schien es doch tatsächlich zu gelingen, um seine verdiente Strafe herumzukommen. Es war sogar noch einiges an Geldern vorhanden, las er, doch darauf hatten die Gläubiger keinen Zugriff, da Schmidt-Rodenkamp rechtzeitig sein eigenes Vermögen völlig legal an seine Frau Bianca übertragen hatte. Was für ein raffinierter Hund! Bei der Vorstellung, dass diese Ratte es sich mit Hasis Erbe gut gehen ließ, rammte Brezel vor Wut sein schweres Kapitänsmesser in den Schreibtisch.

»Ihr Kaffee, Herr Kapitän.«

Er wirbelte reflexartig herum, als erwarte sein Körper einen Nahkampfangriff, noch bevor sein Geist es gemerkt hatte. In der offenen Türe war eine Rekrutin mit einem Tablett erschienen.

»Können Sie nicht anklopfen?«

»Tür stand offen, Herr Kapitän.« Erschrocken salutierte sie, wobei das Tablett bedenklich in Schieflage geriet. »Soll ich später wiederkommen?« Sie war schon rückwärts halb wieder aus der Tür.

»Schon gut. Stellen Sie das Tablett auf den Tisch, bevor es noch runterfällt.«

Die Soldatin warf einen scheuen Blick auf das in der Schreibtischplatte steckende Messer. Sie war eine zierliche, feminine Gestalt mit kurz geschorenem Haar und großen blauen Augen.

»Entschuldigen Sie, Herr Kapitän. Soll das weg?« Sie hob das Flugblatt der Anarchistin vom Boden auf, das ihm aus der Tasche gefallen sein musste. Brezel bemerkte, wie sie auf den

Aufruf zum gewaltfreien Protest gegen kriminelle Spekulanten starrte, und nahm ihr das bunte Papier aus der Hand. Für einen Moment überlegte er, wie sie wohl zu dem Aufruf stehen würde, aber das hätte er sie natürlich niemals gefragt. Die jungen Leute waren heutzutage alle so ängstlich und kleinkariert. Doch dann sah er, wie ein anerkennendes Lächeln ihre Lippen umspielte.

»Alles Amateure!«, murmelte er unwirsch und legte das Flugblatt beiseite.

Die Rekrutin versuchte sich ein Grinsen zu verkneifen und salutierte ein wenig salopper als sonst. Brezel sah ihr nach, und für einen Moment wünschte er sich, er wäre zwanzig Jahre jünger, dann würde er die hübsche junge Kameradin vielleicht zum Essen einladen. Doch nun musste er sich auf seine Mission konzentrieren. Er trommelte »Frisch auf, ihr Matrosen« auf die Schreibtischkante, um besser nachdenken zu können. Sein Blick fiel auf den Aufruf zum gewaltfreien Protest. Plötzlich zog ein Lächeln über sein Gesicht. Um seine Ehre wiederherzustellen gab es viel bessere Waffen als die gewaltfreien Rechtsmittel dieser Papiertiger. Und er verfügte über so eine hoch effiziente Präzisionswaffe. Er zog sein privates Handy heraus und wählte eine kurze Nummer. »Ich brauche das Team. Es passt doch wohl noch jeder in seine Taucherausrüstung, nehme ich an?«

Er wappnete sich gegen einen Farbschock

Mit einem kleinen Blumenstrauß in der Hand stand Hasi kurz nach sieben vor einer rustikalen Haustür, um die herum eine Girlande mit tibetischen Fahnen drapiert war. Ein selbst getöpfertes Schild über der Klingel wies Meike und Krishnadevi Wagner als die Bewohner aus. Meikes Ex-Mann Andreas Wagner war Hasis Zahnarzt. Im Wartezimmer seiner Praxis waren ihm vor einiger Zeit Kris und seine Mutter begegnet und dabei hatte sich herausgestellt, dass sie in seiner Nachbarschaft wohnten. Seitdem kam Kris regelmäßig zu ihm zu Besuch. Hasi hatte sich bereit erklärt, gelegentlich auf ihn aufzupassen, da Meike es als alleinerziehende Mutter nicht leicht zu haben schien. Es war ihm nur ein Rätsel, warum sie ihren Sohn so verwöhnte, ja geradezu vergötterte. Trotz seines exotischen Namens schien er doch ein ganz gewöhnlicher, nicht besonders reinlicher Junge zu sein, mit Manieren, die durchaus verbesserungswürdig waren.

Meike hatte Hasi schon seit Langem bedrängt, sich mit einer Einladung zum Abendessen für seine Hilfe revanchieren zu dürfen, bis es allmählich an Unhöflichkeit grenzte, die Nachbarin noch länger hinzuhalten. Abgesehen davon war ihm in seiner neuen Lage eine Ablenkung nicht ganz unangenehm. Allein zu Hause, ging er nur von Zimmer zu Zimmer. Seit Tagen versuchte er vergeblich, so etwas wie ein Inventar von Tante Pudels Sammelsurium zu erstellen, da ihr gesamtes Hab und Gut ja nun in Kisten verfrachtet werden musste. Doch was sollte er machen mit den Stapeln von alten Ausgaben des *Deutschen Adelsblattes*, wohin mit ihren vergilbten Taschenbüchern oder mit der Plattensammlung, die zu schwer war, um sie hochzuheben, ohne sich den Rücken zu verrenken? Er hatte eine Schallplatte mit alten Schlagern auf den Plattenspieler in Tante Pudels vorsintflutlicher Musiktruhe gelegt, doch beim Klang der Stimme von Caterina Valente war er schon wieder fast in Tränen ausgebrochen.

Meike, in orangefarbenem Gewand und mit einem Tupfen Lippenstift mitten auf der Stirn, öffnete die Tür. Sie strahlte

Hasi an, dann legte sie ihre Handflächen zusammen und neigte den Kopf. »Namaste.«

»Guten Abend, Meike«, erwiderte er mit einer angedeuteten Verbeugung und überreichte ihr sein Blumensträußchen. »Vielen Dank für die nette Einladung.«

»Blumen, das ist so lieb! Wie schön, dass du endlich kommen konntest, Hasi! Krishnadevi freut sich schon so auf deinen Besuch.«

Meike sprach mit einer sanften Stimme und jeder Satz kam so sorgfältig aus ihrem Mund wie geschenkverpackt. Hasi folgte ihr unter einem Windspiel hindurch, das im Luftzug ein melodisches Bimmeln von sich gab. Er hatte durch Meikes wechselnde Gewänder in allen Farben der jeweiligen Jahreszeit bereits einen Eindruck von ihrem Geschmack bekommen und wappnete sich gegen einen Farbschock. Er wurde nicht enttäuscht, die Wohnzimmereinrichtung war in verschiedenen Rottönen gehalten und stimmungsvolle Sonnenuntergänge in Orange und Gold hingen an den Wänden. Nur Kris, der sich auf dem Sofa fläzte und in ein Computerspiel vertieft war, störte in seinem blauen Hertha-T-Shirt die Farbkomposition. Dem Jungen stand der Schweiß auf der Stirn. Er stierte mit glasigen Augen auf sein Handy, während er mit seinen Daumen hektisch auf dem Display herumfummelte. Meike strich dem Jungen über den Kopf wie verliebt.

»Hasi, möchtest du Krishnadevi nicht guten Tag sagen?«

Er begrüßte den Jungen, der etwas Unverständliches zurückbrummte, ohne aufzusehen. Es wunderte Hasi wieder einmal, wie wenig der Sohn seiner Mutter glich. Während sie mit blassem Teint und dünnem, weißblonden Haar zerbrechlich, fast durchsichtig wirkte, hatte der kräftige Junge eine pechschwarze Mähne und eine samtige Bräune, die seiner Haut einen südländischen Einschlag gab. Auch von seinem Vater, dem rothaarigen Andreas, konnte Kris das kaum haben.

Meike lächelte ihrem Sohn liebevoll zu. »Wann wollen wir denn essen, Krissilein? In einer halben Stunde?« Der Junge nickte knapp und Meike zog Hasi von ihm weg. »Magst du ayurvedische Küche? Wir kochen vegan und glutenfrei.«

»Klingt wunderbar.«

»Die Pitta-Energie von scharfem Essen entfacht unser inneres Feuer und ist gut für die Sexualität und die Augen.«

»Wie interessant. Für die Augen kann man ja sonst so wenig Gutes tun. Und dabei sind sie doch – sehr wichtig.«

Meike strahlte ihn an. »Wie recht du hast! Die Augen sind das Tor zur Seele. Es ist so schön, wenn wir Menschen uns gegenseitig unsere Weisheit schenken können.«

Bevor er sich versah, umwirbelte sie seinen Kopf mit schnellen Wischbewegungen. Der ganze Spuk dauerte nur wenige Sekunden, aber Hasi brauchte ein paar Atemzüge, um sich von dem Schreck zu erholen. Meike inspizierte die Luft um ihn herum mit prüfendem Blick.

»Deine Aura ist an den Rändern extrem ausgedünnt.«

»Das tut mir leid.«

»Ich werde dir eine Energiesitzung geben. Natürlich umsonst.«

»Vielen Dank. Was ist denn das?«

»Ich lege meine Hände auf deinen Kopf und lasse durch mich hindurch die kosmischen Kräfte zu dir fließen. In zehn Minuten kriegst du mehr Energie als in drei Monaten normaler Meditation.«

»Ich habe aber noch nicht einmal normal meditiert.«

»Das macht gar nichts. Ich bin in Indien in Handauflegen und als *Oneness*-Trainerin ausgebildet worden. Komm einfach mal vorbei, am besten vormittags, wenn Krishnadevi in der Schule ist.«

Meike ging hinaus, um seine Blumen in eine Vase zu stellen. Erleichtert, um eine Antwort herumgekommen zu sein, ließ Hasi seinen Blick durch den farbenfrohen Raum schweifen. Indische Gottheiten, einige mit mehr Armen, als man gemeinhin brauchte, und andere exotische Skulpturen standen in den Ecken. Ein sitzender Elefant in blau, dessen Rüssel sich vor seinem Bauch kringelte, gefiel ihm besonders, und auch die Schalen voller verschiedenfarbiger glatter Steine und Kristalle waren ganz apart. Als Meike zurückkam, lächelte sie ihn an und griff mit einer energischen Bewegung nach seiner Hand. »Komm mit! Krishnadevi und ich, wir haben eine Überraschung für dich.«

Hasi ließ sich von ihr in den ersten Stock führen und von dort eine steile Wendeltreppe hoch ins Dachgeschoss, wo sie die Tür zu einer Kammer öffnete.

»Und? Gefällt es dir?«

Sein Blick wanderte unschlüssig durch die kleine Dachstube. Quer über den Raum war ein Baldachin aus Seide gespannt über einem dünnen japanischen Futon auf dem Fußboden und einem Haufen bestickter Kissen. Eine Lampe aus farbigem Glas warf einen rötlichen Schein über das kleine Ensemble, das ihn an einen Sommer in seiner Kindheit erinnerte, als er mit den Pfadfindern im Wald gezeltet hatte.

»Herrlich urig!«

»Krishnadevi hat mir erzählt, dass du demnächst kein Dach über dem Kopf hast. Da können wir dich doch nicht im Stich lassen! Der Mensch braucht natürlich als Erstes eine spirituelle Heimat, aber ein schönes Zuhause in der materiellen Welt ist genauso wichtig.«

»Ich wusste nicht, dass Kris das mitbekommen hat.«

»Krishnadevi hat ein sehr feines Gespür für die Nöte seiner Mitmenschen.«

Meike nahm Hasis Hände und schaute ihm in die Augen. »Glaubst du nicht auch, dass immer dann im Leben eine Tür aufgeht, wenn eine andere sich gerade geschlossen hat?«

»Ich weiß nicht. Je nachdem, vielleicht – –«

»Aber bevor du mit uns leben kannst, muss ich dir unser Geheimnis anvertrauen. Bitte verrate es niemandem. So viele Leute sind verspannt und *totally* unerlöst, die würden das nicht verstehen. Ich hatte ja gehofft, dass alle Menschen jetzt, wo das Zeitalter des Wassermanns begonnen hat, energetisch auf ein anderes Level kommen, aber es braucht mehr Zeit, als ich dachte. Vielleicht muss Krishnadevi erst erwachsen werden und seine Bestimmung erfüllen.«

Sie legte eine kleine dramatische Pause ein und fuhr im Flüsterton fort. »Krishnadevi ist kein normales Kindwesen. Babaji Charan hat mir während der Schwangerschaft geweissagt, dass mein Baby als Reinkarnation eines sehr berühmten indischen Gurus zur Welt kommen würde.« Meike rückte sehr nah an ihn heran. »Als Kris zur Welt kam, hat Babaji sein wahres Wesen dann auch sofort erkannt. Dafür habe ich von ihm ein schriftliches Zeugnis erhalten. Ich kann es dir zeigen.«

»Und wer ist Babeidschi?«, fragte Hasi, weil Meike ihn erwartungsvoll ansah.

»Mein Guru in Uttar Pradesh. Ein sehr weiser Mann.«

Hasi nickte höflich.

»Krishnadevi mag dich«, überbrückte Meike das Schweigen. »Er respektiert dich und er kann sehr viel von dir lernen. Wie der Dalai Lama von seinem Lehrer Heinrich Harrer. Du hast doch bestimmt *Sieben Jahre in Tibet* gesehen. Den Film mit Brad Pitt.«

Hasi konnte ihren Atem auf seinem Gesicht spüren. Er roch nach Anis und Rosmarin.

»Krishnadevi möchte, dass du bei uns wohnst. Und ich auch. Du musst mir auch keine Miete zahlen. Ich habe Vertrauen in dich.«

»Danke«, sagte Hasi und versuchte seine Gedanken zu ordnen. Es war alles ein wenig verwirrend.

»Krishnadevi braucht wieder einen Mann in seinem Leben. Leider war Andreas als Vaterfigur dieser spirituellen Herausforderung nicht gewachsen.«

»Apropos Vater –« Hasi wollte gerade ansetzen, Meike zu sagen, wie traurig Kris war, weil sein Vater nicht für ihn da sein durfte, doch für Meike war das Gespräch offenbar beendet.

»Mach dir keine Gedanken über Andreas! Krishnadevi und ich, wir haben schon darüber gesprochen. Er könnte sich das gut vorstellen mit dir. Ich trage mal das Curry auf. Du hast doch sicher Hunger. Und dazu gibt es frisches Gurkenwasser.« Sie kam noch näher und hauchte ihn an. »Oder möchtest du lieber noch deine Kopfmassage haben?«

»Danke schön, das ist nicht nötig vor dem Essen. Ich fühle mich schon ganz – erlöst.«

Meike schaute ihn wieder prüfend an. »Du, ich habe das Gefühl, deine Aura ist gar nicht mehr so ausgedünnt.« Sie öffnete ihre Augen ganz weit. »Ich sehe da Vibrationen an den Rändern, wie ein Regenbogen. Das ist ja wahnsinnig schön und *total* durchlässig. Hast du schon mal mit dem Jenseits kommuniziert?«

»Mit *wem*?« Hasi brach der Schweiß aus und er fühlte, wie ihm schwindelig wurde. Er hatte es gerade mal ein paar Stunden geschafft, nicht an seine spukhafte Begegnung mit Tante Pudel zu denken.

»Keine Sorge, wir werden deine spirituellen Kräfte gemeinsam erkunden«, flüsterte Meike und berührte mit den Fingerspitzen sanft seine Wange. »Wir haben ja jetzt viel Zeit.«

Es ging so leicht und schnell, ein paar Leben zu vernichten

Der TGV aus Paris rauschte mit über zweihundert Stundenkilometern sanft durch die schwarze, nur von gelegentlich vorbeihuschenden Lichtstreifen durchschnittene Nacht. Gabriel legte sein Tablet beiseite und schaute aus dem Fenster, vorbei an seinem Spiegelbild, das einen alternden Mann mit grüblerischen Gesichtszügen zeigte. Er mochte diese altmodische Art zu reisen. Flugzeugkabinen waren eng, schlecht belüftet und boten keinen Fluchtweg, zudem bestand die Gefahr, bereits am Check-in von einem der immer raffinierter werdenden Datensuchprogramme herausgefiltert zu werden. Im Bahnverkehr dagegen wurde die Privatsphäre noch weitgehend respektiert, wenn nicht gerade akuter Terror-Alarm herrschte und die Behörden sich in betriebsamem Aktionismus ergingen. Man konnte in der Regel ohne Identitätsüberprüfung nach Belieben einsteigen und aussteigen und mit Bargeld seinen Fahrschein lösen. Gabriel fuhr niemals in der ersten Klasse, obwohl er es sich natürlich leisten konnte. Bescheidenheit war eine gute Tarnkappe.

Es war kurz vor Mitternacht und der Großraumwagen war um diese Zeit fast leer. Nur ein Pärchen schlief eng umschlungen in der nächsten Sitzreihe. Er hatte wie immer die Nacht über nicht geschlafen, sondern die letzten Stunden mit dem Studium von Stadtplänen und Reiseführern im Netz zugebracht, um sich einen Eindruck vom heutigen Berlin zu verschaffen. Bisher war er nur einmal in dieser Stadt gewesen, lange vor dem Fall der Mauer. Er hatte damals in einer Kommune übernachtet, in der ungewaschene Männer geschwollene Reden schwangen und ihre Frauen erniedrigten. *Fotzen* nannten sie die ausnahmslos schönen Frauen, die sich zu Gabriels Erstaunen weder beschwerten noch von der schlechten Behandlung abhalten ließen, die ungehobelten Revolutionäre anzuhimmeln. Nachdem er sich auf dem Kreuzberger Matratzenlager auch noch Filzläuse geholt hatte, war er entnervt ins Kempinski gezogen. Für eine gerechte Welt kämpfen, aber gleichzeitig ein gutes Leben genießen, das war nicht möglich bei den selbstgerechten deutschen Terroristen, mit denen Gabriel nie warm geworden war.

Eine Lautsprecherstimme holte ihn aus seinen Gedanken in die Gegenwart zurück und kündigte die bevorstehende Ankunft in Berlin an. Gabriel steckte das Tablet in seinen Attachékoffer und erhob sich, um seinen Regenmantel überzuziehen.

»Wegen Gleisbauarbeiten endet dieser Zug am Ostbahnhof«, fuhr die Lautsprecherstimme fort. »Alle Fahrgäste werden gebeten, in die bereitstehende S-Bahn umzusteigen. Wir danken für Ihr Verständnis und wünschen Ihnen eine angenehme Weiterreise.«

An der Wagentür hatte sich hinter Gabriel ein kleiner Pulk Mitreisender aus mehreren Waggons gebildet, die angesichts der angekündigten Störung ungehalten herumlärmten. Die lautstärksten Beschwerden kamen seltsamerweise von Berlinern, obwohl gerade die doch mit ständigen Bahneinschränkungen und nie endenden Bauarbeiten vertraut sein mussten, wie er im Netz gelesen hatte. Ihr Lamentieren war völlig sinnlos und rührte offenbar eher von der hiesigen Mentalität mit niedriger Frustrationstoleranz, denn die S-Bahn machte heute Nacht der sprichwörtlichen deutschen Pünktlichkeit alle Ehre. Sie stand einsteigebereit auf dem gegenüberliegenden Bahnsteig und setzte sich in Bewegung, kaum dass Gabriel auf einem der hässlichen Sitze aus bunt bedrucktem Plastik Platz genommen hatte.

»Wegen Gleisbauarbeiten fährt dieser Zug nur bis Jannowitzbrücke. Es besteht Anschlussmöglichkeit an die U-Bahnlinie 8«, meldete sich eine Lautsprecherstimme, und schon nach einer Station musste Gabriel die Bahn wieder verlassen. Gleichmütig ging er die Treppen zu den Gleisen der U-Bahn hinunter. Eine Uhr zeigte 1:25 und der Bahnsteig war wie ausgestorben. Als er das Rumpeln der einfahrenden Wagen hörte, hetzten zwei immer noch schimpfende Berliner die Treppe herunter und schafften es gerade noch hinter ihm in den Wagen.

Eine Station weiter stiegen sie aus und Gabriel befand sich alleine im Abteil. Am Hermannplatz musste er in eine andere Linie umsteigen. Seine Schritte hallten auf dem Beton des menschenleeren Bahnsteigs. Die Wände der U-Bahnstation glänzten in sattem Gelb wie eine deutsche Postfiliale. Ein Schild an einem Zeitungskiosk wies ihm den Weg zur U7 im Untergeschoss. Neben der Rolltreppe bemerkte er drei Gestalten, die dort angelehnt standen und den Eindruck machten, als würden sie an einer Mautstation abkassieren. Eine Dreiergang junger muskulöser Männer, offensichtlich arabischer Herkunft, mit Sonnenbrillen und glänzenden Goldketten. Sie verstellten ihm breitbeinig den Durchgang, als er näher kam.

»Morgen, Alda!«, grüßte der Mittlere, der sich durch die Größe seiner Goldkette als Anführer auswies. Die beiden anderen, offenbar Brüder, grinsten erwartungsvoll.

Gabriel blieb stehen und fixierte die drei Männer ruhig. »Seid ihr hier das Begrüßungskomitee?« Sein Deutsch war akzentfrei.

Für einen Moment schauten sie ihn verblüfft an, dann lachte der Anführer und die beiden Hilfssheriffs stimmten ein. »Begrüßungskomitee. He, he, das war echt witzig, Mann. Hast du 'ne Zigarette?«

»Ich rauche nicht. War's das jetzt?«, fragte er, ohne den Augenkontakt zu verlieren. Mit dem Daumen prüfte er den Auslöser am Handgriff seines Koffers.

»Was ist los? Bist du Nazi, oder was? Hast du Problem mit Ausländern?«

»Nur mit Vollidioten.«

Der Anführer mit der Goldkette warf sich in Pose. »Ey, das war 'ne Beleidigung, Ungläubiger!«

Gabriel sah, dass die Selbstsicherheit des jungen Mannes trotz seiner Aufplusterei erste Risse zeigte. Er stellte seinen Koffer neben sich auf den Boden. Den würde er heute nicht brauchen.

»Hört mal Jungs, ich gebe euch einen guten Rat: Seid so freundlich und lasst mich einfach durch. Dann vergesst ihr das Ganze und geht nach Hause zu Mami.«

»Halt die Fresse, du Muschigesicht.«

Der Goldkettenträger zog ein Messer aus der Hosentasche

und ließ die Klinge herausspringen. Im gleichen Augenblick stieß Gabriel ihm blitzschnell am Messer vorbei mit einer kaum merklichen Armbewegung den Handballen auf das Brustbein, genau in der Höhe des Herzens. Klappernd fiel das Butterflymesser auf den Boden und rutschte nutzlos auf die Bahnsteigkante zu. Der junge Mann stand erstarrt vor ihm und schaute überrascht, als wäre ihm gerade etwas Wichtiges eingefallen. Dann schnappte er nach Luft, knickte in der Mitte leicht ein und kippte nach hinten um. Sein Kopf krachte mit einem hässlichen Geräusch auf die Fliesen. Bevor der zweite Junge aus seiner Schockstarre herausfand, hatte Gabriel ihm ebenfalls einen gezielten harten Schlag an die gleiche Stelle seines Brustkorbs verpasst, der ihn ohne einen Laut kollabieren ließ. Der Dritte griff mit einem Messer fuchtelnd von der anderen Seite an. Gabriel drehte sich halb um seine Achse, während er dem Angreifer die Handkante mit knirschendem Geräusch gegen den Hals schlug. Der Junge taumelte noch zwei Schritte und versuchte vergeblich, durch die zerquetschte Luftröhre Luft zu holen, dann brach auch er zusammen und röchelte leise vor sich hin.

Die Begegnung mit der Neuköllner Jugend hatte keine zwei Minuten gedauert. Gabriel bückte sich zu ihnen hinunter, und ohne sie noch einmal zu berühren, sah er die drei jungen Männer nacheinander an, unverwandt und konzentriert, so als ob er sich ihre Gesichter einprägen wollte. Als kein Lebenszeichen mehr erkennbar war, nahm er den Koffer wieder auf und setzte seinen Weg fort.

Auf der Treppe zum Bahnsteig zuckte er unter einem heftigen Schmerz zusammen. Der kurze Kampf war seiner maroden Hüfte nicht gut bekommen. Erst als die Bahn einfuhr und er in einem Abteil Platz genommen hatte, legten sich die Schmerzen allmählich und er konnte den Zwischenfall noch einmal vor seinem inneren Auge ablaufen lassen. Es war damit zu rechnen, dass eine Überwachungskamera den Vorfall aufgenommen hatte, doch das beunruhigte ihn nicht besonders. Es hatte seit Jahren keine Fahndungsfotos mehr von ihm gegeben. Nur der Mechanismus seines Koffers hätte unnötiges Aufsehen erregen können, weil die selbst entworfene Waffe, die im Rahmen untergebracht war, der Polizei noch nicht bekannt sein dürfte. Aber er brauchte das Teil selten. Es ging so leicht und schnell, ein paar Leben zu vernichten. Die drei jungen Männer hatten ihn im Sterben für einige Sekunden verblüfft angestarrt. Sie hatten gewusst, dass es zu Ende ging. Jeder wusste es. Nur woher kam dieses Wissen?

Einmal hatte er einem Sterbenden die letzten Sakramente gespendet, so wie er es als Novize gelernt hatte. Gabriel selbst glaubte längst nicht mehr daran, dass etwa die *Gnade Gottes* sich dessen Seele erbarmen würde, doch er tat ihm diesen letzten Dienst, damit der Mann in Frieden seine Augen schließen konnte, ohne weiter sinnlos gegen den unweigerlichen Todeseintritt anzukämpfen. Gabriel hatte den Glauben an die Güte Gottes mit seiner Soutane abgelegt, als er auf die andere Seite, die der *Taten*, gewechselt war. Ein Schöpfer, der von seinen Geschöpfen Glaubensbeweise für seine Existenz einforderte, musste doch ernsthafte Probleme mit seinem Selbstbewusstsein haben und führte sich damit selbst ad absurdum. Und ein höheres Wesen, das Gabriel für seine Mordtaten bestrafen würde, gab es erst recht nicht. Wozu auch? Die Menschheit, angeblich Gottes Schöpfung, war in der hässlichen Banalität ihrer Existenz ein Witz. Dieser Gott müsste sich doch vor Lachen auf dem Boden wälzen oder, wahrscheinlicher noch, in Tränen ausbrechen wie ein kleiner Junge, dessen neues Spielzeug kaputtgegangen war, kaum dass er es ausgepackt hatte.

Genau genommen hatte er die drei Araber aus Notwehr umgebracht, überlegte Gabriel, als er aus der U-Bahn auf die Straße in die kühle Nacht trat. Was für eine Ironie des Schicksals, wenn er, der demnächst sein achtzehntes Auftragsopfer professionell und reibungslos wie immer aus dem Leben befördern würde, stattdessen ausgerechnet für diese kleine Zufallsbegegnung zur Rechenschaft gezogen werden würde. So einen köstlichen Scherz würde ein Gott, der einen Menschen wie ihn geschaffen hatte, sich bestimmt nicht entgehen lassen. Das wäre immerhin mal ein Gottesbeweis, der ihn überzeugen könnte.

Deutlich fühlte er die Präsenz der Toten

Schon von Weitem sah Kriminalhauptkommissar Torsten Nagel die Blaulichter der Polizei- und Krankenwagen, die vor dem U-Bahneingang auf dem Hermannplatz aufgereiht waren und ihre blauen Lichtreflexe auf die Scheiben der gegenüberliegenden Kaufhausfassade warfen. Drei Tote hatte man gemeldet, als sein Diensthandy ihn abrupt aus dem Tiefschlaf gerissen hatte. Er gähnte und rieb sich den Schlaf aus den Augen. Um halb vier Uhr morgens war der Kottbusser Damm menschenleer. Die Nachtluft war kühl und er zog den Reißverschluss seiner abgewetzten Lederjacke hoch, als er die Kreuzung überquerte. Hinter den Polizeiwagen war der Eingang zur U-Bahn bereits mit rot-weißem Flatterband abgesperrt. Ein junger Polizist, den Torsten im Kiez noch nie gesehen hatte, hielt ihn auf, und er zeigte seinen Dienstausweis.

»Wozu der Krankenwagen? Gibt es Überlebende?«

»Nee. Aber der Zeuge, der sie gefunden hat, steht unter Schock.«

Torsten ging hinüber zum Krankenwagen, in dem ein Mann saß und mit glasigen Augen vor sich hinstarrte, während ein Sanitäter eine Decke um ihn legte. Bei näherem Hinsehen machte der junge Polizist den Eindruck, als ob auch er eine Decke gebrauchen könnte.

»Spurensicherung schon da?«

Der Polizist schüttelte den Kopf.

»Ach nee. Aber mich müsst ihr aus dem Bett klingeln. Bist du neu im Job?«

Der Polizist nickte verunsichert. »Merkt man das etwa?«

»Wie heißt du denn?«

»PM Peter Ullermann.«

»Keine Sorge, PM Peter Ullermann, es wird jeden Tag leichter«, sagte Torsten und klopfte ihm ermunternd auf den Arm, obwohl das mit dem Leichterwerden nun wirklich nicht stimmte. Torsten hatte sich mit Mitte vierzig immer noch nicht daran gewöhnt, dass er jeden Tag den Dreck anderer wegmachen musste. Und das in einer Stadt, in der die Müllmänner mehr Ansehen genossen als die Polizei.

Er ging an dem unglücklichen Polizisten vorbei in die Station. Raubüberfälle, Messerstechereien und Prügeleien gehörten zur Folklore des Hermannplatzes. In Wilmersdorf wurde man mit Sicherheit gesitteter umgebracht. Trotzdem hatte er keine Lust, in eines der gentrifizierten Stadtviertel umzuziehen, wo überall gesichtslose Spießerburgen aus dem Boden schossen mit pompösen Namen wie Stadtpalais oder City Carrée, in denen Menschen lebten, die aus Berlin ein Disneyland für Reiche machen wollten. Abgesehen davon, konnte sich sowieso bald kein normaler Mensch mehr die Mieten in der Innenstadt leisten. Polizisten schon gar nicht. Torsten wunderte sich, dass seine alten Weggefährten aus der Hausbesetzerszene sich das gefallen ließen. Wo blieben die Parolen an den Wänden, die brennenden Autos, die Pflastersteine, die früher schon bei weit weniger skandalösen Gelegenheiten durch die Gegend geflogen waren? Die Hausbesetzer von damals hatten inzwischen Mietverträge und waren offenbar zu müde und satt geworden, um sich noch einmal zum Widerstand aus ihren Designersesseln herauszubequemen. Sogar der 1. Mai, die traditionelle Machtprobe mit der Staatsgewalt, war längst zu einem artigen Straßenfest der Spaßgesellschaft verkommen. Die Einzigen, die heutzutage dafür sorgten, dass nicht alle Stadtteile in Spießerhand gerieten, waren junge Türken und Araber der Parallelgesellschaften mit ihren Integrationsdefiziten, die sich zu Gangstern stilisierten und Spekulanten und Neuankömmlinge bis jetzt noch davor abschreckten, hier zu investieren. Torsten behielt seine klammheimliche Freude darüber natürlich schön für sich. Er war schließlich für Recht und Ordnung zuständig. Die Frage war nur, wie lange diese unfreiwillige Abschreckungstaktik in seinem Kiez funktionierte. Es musste dringend etwas Nachhaltiges getan werden, um die endgültige Verödung der Stadt aufzuhalten. Aber was konnte er schon machen? Als Beamter durfte er eigentlich noch nicht einmal bei einer friedlichen Demo mitmarschieren, und er hatte im Grunde genommen überhaupt kein Recht, das mangelnde Engagement seiner früheren Weggefährten zu kritisieren, solange er nicht selbst mit gutem Beispiel voranging.

Die Sicht über den Bahnsteig wurde in der Mitte durch ein Zeitungshäuschen unterbrochen, aber die dort versammelten Kollegen zeigten ihm, wo der Tatort sein musste. Hinter dem Kiosk führte eine Rolltreppe zu den unteren Bahngleisen der U7, und dort lagen drei junge Männer fast malerisch auf dem Boden drapiert, als wollten sie sich nur ein bisschen ausruhen. Als er näher herantrat, erkannte er die drei Toten. Jeden Abend lungerten sie vor einer Shisha Bar am Kotti, der sogenannten »Achse des Bösen«, herum und machten ihn mit einem dummen Spruch an, wenn er von der Arbeit kam. Es waren die libanesischen Zwillinge Hakim und Hilal, Söhne des Import-Exporthändlers im Kotti-Koloss, und ihr breitmäuliger Anführer Ali, unverwechselbar wie die Karikatur eines levantinischen Gangstas mit akkuratem Undercut – an den Seiten frisch rasiert, oben gebremste Locken – und in seiner weißen Sportkleidung mit der obligatorischen Sonnenbrille und Goldkette. Den schweren Klunker hatte der Täter nicht mitgehen lassen, Raubmord konnte er daher schon mal ausschließen. Eine Überdosis schloss er ebenfalls aus. Die drei waren keine Junkies, das hätte er sonst im Laufe der Zeit mitgekriegt. Ein offenes Butterflymesser, das nicht weit entfernt auf dem Bahnsteig lag, sprach eher für eine Auseinandersetzung, die aus dem Ruder gelaufen war. Auf den zweiten Blick bemerkte Torsten eine rötliche Schwellung am Hals des einen Zwillings. Er streifte sich einen Latexhandschuh über, holte seine kleine Taschenlampe aus der Jackentasche und sperrte den Mund des Toten weit auf. Im Schein der Lampe sah er, dass der Rachen mit zum Teil geronnenem Blut und Knochensplittern verstopft war. Hakim war offensichtlich erstickt. Ein Schlag gegen den Hals hatte seinen Kehlkopf zersplittert und in die Luftröhre hineingedrückt. Seine rechte Hand, die halb unter dem Körper verborgen war, hielt immer noch ein Messer umklammert. Der Angriff musste sehr schnell erfolgt sein.

Bei den anderen war es schwieriger zu sehen, wie es sie genau erwischt hatte. Torsten richtete sich wieder auf. Ein bisschen Fleißarbeit musste man ja auch noch der Pathologie überlassen. Er hörte Stimmen hinter sich und wandte sich um. Die drei Halbstarken waren im Anmarsch – obwohl der Begriff Synchronschlendern eigentlich besser auf ihre unbeteiligte Gangart passte.

»Morgen, Chef.« Sie klangen verschlafen.

»Morgen! Nett, dass ihr euch auch aus dem Bett bequemt habt. Am besten macht einer sich mal nützlich und organisiert uns Kaffee, aber extra stark. Schätze, den können wir brauchen.«

Die Halbstarken betrachteten die Leichen. Einer gähnte verstohlen. Torsten schaute auf die Uhr.

»Sobald die Spusi Fotos gemacht hat, lasst ihr die Leichen in die Gerichtsmedizin bringen. Ich will den Tatort freigeben, bevor hier der Berufsverkehr einsetzt.«

»Hat ja wenigstens die Richtigen erwischt«, stellte der zweite Halbstarke fest.

»Jo. Erspart uns die Arbeit«, sagte der dritte Kollege und nickte selbstgefällig.

»Kaum wach und schon Stammtischparolen. Überrascht mich doch mal mit was Originellem. Und jetzt besorgt endlich Kaffee und checkt die unteren Bahngleise aus. Nicht dass da noch mehr rumliegen.« Torsten warf ihnen einen müden Blick zu. Es war immer dasselbe mit den dreien. Er hatte sie Halbstarke getauft, weil sie ihn in ihren glänzenden Lederjacken, Röhrenjeans und ihrem betont lässigen Gehabe an Filme aus den fünfziger Jahren erinnerten. Und genauso waren ihre Vorurteile und dummen Sprüche, die auch von seinem Vater hätten stammen können.

Die Halbstarken zogen ab und Torsten blieb allein zurück. Auch die Streife hatte sich vom Bahnsteig an die beiden Eingänge verzogen, um den Tatort vor frühmorgendlichen Passanten abzusichern. In der Stille fühlte er deutlich die Präsenz der Toten. Unwillkürlich sträubten sich seine Nackenhaare, obwohl das gespenstische Phänomen ihm durchaus vertraut war. Dass man an den Tatorten noch für eine gewisse Zeit die Gegenwart der Mordopfer zu spüren glaubte, war so etwas wie eine Art atmosphärischer Nachhall der Toten und im Morddezernat allgemein bekannt. Manche rätselten oder philosophierten darüber, andere machten flaue Witze, und der Polizeipsychologe versuchte, die Sache als stimmungsbedingte Projektion der am Tatort Beschäftigten abzutun. Torsten trat dichter an die drei Leichen heran. Fast erwartete er, dass Ali sich aufrichten würde, um ihn zu grüßen – halb respektvoll, halb ironisch, so wie er es zu Lebzeiten immer getan hatte. Torsten achtete sehr darauf, wenn sein Instinkt oder Bauchgefühl, wie die Kollegen es nannten, sich meldete. Jedes Gefühl, wie irrational auch immer es anmutete, war eine Botschaft aus seinem Unterbewusstsein und konnte eine Bedeutung haben, die sich mit dem Verstand nicht fassen ließ. Manchmal war dieser Teil des Gehirns auch einfach schneller als der Rest. Seit seinen frühen Erfahrungen mit LSD war das seine Überzeugung, und obwohl er schon seit Ewigkeiten keinen Trip mehr geschmissen hatte und sich in Erinnerung an die alten Zeiten nur gelegentlich einen Joint gönnte, hatte er mit seiner Innenschau einige verblüffende Erfolge gehabt, wo andere mit dem sogenannten gesunden Menschenverstand nicht weitergekommen waren. So war er Leiter der achten Mordkommission geworden.

Ein kalter Lufthauch strich über sein Gesicht. Wollten die Toten ihm etwas sagen? Doch dann merkte er, dass es nur eine U-Bahn war, die in die Station einrauschte und ihm die Haare aus dem Gesicht blies. Die erste Bahn am Morgen. Torsten hielt seinen Dienstausweis hoch und signalisierte dem Fahrer, ohne anzuhalten durchzufahren.

Die an ihm vorbeiziehenden Abteile waren noch so gut wie leer und durch die zerkratzten Fenster sah er nur wenige verärgerte Gesichter. Leute, die jetzt mit Verspätung ihre Schicht antreten würden. Vom Eingangstunnel kamen zwei der Halbstarken mit einem Tablett voller Kaffeebecher und einer Frühstückstüte herüber. Hinter ihnen erschien Karl, der übergewichtige Leiter der Spurensicherung, im Gefolge seiner Truppe, die in ihren weißen Schutzanzügen aussahen wie Astronauten. »Kann man einem doch nicht zumuten, diese Uhrzeit.«

Torsten nickte »Wem sagst du das.« Er nahm sich einen Kaffee und ein Croissant vom Tablett. »Ihr solltet euch lieber beeilen, sonst müssen wir noch den Berufsverkehr lahmlegen.«

»Keine Sorge.« Karl musterte die Leichen. »Sieht doch ganz manierlich aus.«

»Checkt das aus.« Der dritte Halbstarke kam von unten die Rolltreppe hoch und wies auf eine über den Gleisen angebrachte Überwachungskamera. »Könnte von dem Winkel aus alles aufgezeichnet haben.«

Er musste sich zwingen, den Blick gleich wieder abzuwenden

Hasi stand im Esszimmer und schaute ratlos in die Biedermeiervitrine. Wie sollte er je diese Stapel vom guten Porzellan verpacken, die Tante Pudel in grauer Vorzeit für ihre Aussteuer erhalten hatte? Und dann das schier endlose Silberbesteck! Natürlich wusste er gutes Tafelsilber zu schätzen, und als Student war es ihm immer ein wenig unangenehm gewesen, mit Stahlbesteck in der Mensa essen zu müssen. Tante Pudel schien jedoch eine wahre Sammlerwut gehabt zu haben, denn wie sonst erklärten sich ihre Kollektionen von Queen-Anne-Teekannen, Tabletts und Tellerchen, Fischmessern mit Wappen und ziselierten Tortenschneidern? Wer brauchte zum Leben schon einen Tortenschneider? Früher, als er noch arm war, hatte er sein eigenes Tafelbesteck bestens in einer kleinen, mit Moiréseide gefütterten Schatulle unterbringen können, die zusammen mit seiner kompletten Garderobe in einen alten Lederkoffer passte.

Sein Blick fiel auf das Schreiben eines Gerichtsvollziehers, das er zur Erinnerung und als Mahnung, die Arbeit nicht schleifen zu lassen, gut sichtbar auf dem Esstisch platziert hatte. Durchaus höflich formuliert, kündigte der gute Mann seinen baldigen Besuch an, um das Haus zu besichtigen. Es half daher nichts, die lästige Einpackerei noch weiter hinauszutrödeln, denn Tante Pudels private Besitztümer einfach den Banken zu überlassen, kam nicht infrage.

Er nahm einen Karton und ein paar alte Tageszeitungen und fing an, das »Neuosier«-Service in Zeitungspapier einzuschlagen. Trotz seines schlechten Gewissens, die Erwartungen der Tante so enttäuscht zu haben, fühlte er sich seltsam erleichtert, geradezu wie ein vorzeitig aus der Haft entlassener Sträfling. Seine Cousine Kiki hatte recht, in diesem Haus würde er immer unter Tante Pudels Fuchtel stehen, egal wie lange sie schon tot war. Selbst jetzt konnte er sich des Gefühls nicht erwehren, dass sie ihn beim Verpacken ihres Geschirrs überwachte. Bereits zweimal war die Tür zum Esszimmer zugefallen, wahrscheinlich weil er nicht jeden Teller einzeln eingewickelt hatte.

Wenn das wirklich ein Zeichen von Tante Pudel aus dem Jenseits war, konnte er darin beim besten Willen nichts Ermutigendes sehen und auch keine Botschaft, dass sie ihm etwa nicht die Schuld an der Misere geben wollte. Dafür war wenigstens die Aussicht, ohne Grundbesitz unbelastet von häuslichen Pflichten und Vermögensverwaltung einfach wie in früheren Zeiten ein bescheidenes und unkompliziertes Leben zu führen, gar nicht so unangenehm. Bis dahin war es nötig, weiterhin jeden Tag die Rosen zu gießen, damit sie nicht vertrockneten, bevor der neue Eigentümer einzog. Und wenn die Möbel, Teppiche und Gemälde abtransportiert waren, musste er noch einmal ordentlich Staub wischen. Um Tante Pudel keine Schande zu machen, würde er dem Gerichtsvollzieher ein Haus in 1a-Zustand übergeben, das war Ehrensache.

Die Haustürklingel schreckte Hasi aus seinen Gedanken und er warf einen Blick auf die englische Standuhr. Dieser Gerichtsmensch schien es ja sehr eilig zu haben.

Wenn der seriöse ältere Herr, der sich am Eingang mit einer eleganten Verbeugung vorstellte, tatsächlich Gerichtsvollzieher war, dann hatte Hasi ihn schon einmal irgendwo kennengelernt, so unwahrscheinlich das auch war. Bedauerlicherweise verstand er seinen Namen nicht, weil gerade in diesem Augenblick ein schwerer Lastwagen den Fischerhüttenweg entlangpolterte.

»Entschuldigen Sie«, begrüßte er den Mann, »so ein Verkehr ist hier eigentlich nicht üblich. Aber am Schlachtensee wird eine neue Wohnanlage gebaut. Als Landhausvillen wird das Ganze angepriesen, doch was diese Betonsilos mit Villen zu tun haben, ist mir ein Rätsel.«

Der Herr nickte. »Schlimm genug, wie unsere Stadt verbaut wird. Aber wenigstens sollte man den Lastern verbieten, die schönen kleinen Nebenstraßen als Umgehung zu benutzen.«

»Das wäre fabelhaft.« Hasi trat einen Schritt nach draußen. Der Gerichtsvollzieher durfte auf keinen Fall Tante Pudels Inventar sehen und ihn dazu noch in flagranti beim Einpacken erwischen. Damit wäre ja alles verdorben.

»Ich hatte Sie ehrlich gesagt heute nicht erwartet.«

Der Mann machte ein reumütiges Gesicht. »Es tut mir leid, Sie so unangekündigt zu überfallen. Ich war gerade in der Nähe und wollte Ihnen zum Jahrestag des Dahinscheidens Ihrer Tante persönlich mein Beileid aussprechen.«

»Das ist nett von Ihnen. Kannten Sie meine Tante?«

Der Mann lächelte. »Wir waren alte Freunde. Sie kam oft in meine Galerie, und ich erinnere mich immer gerne an die vielen Diskussionen über Kunst, die wir miteinander geführt haben.«

Jetzt fiel es Hasi wieder ein. Das war dieser Galerist Mellenhoff! Tante Pudel hatte ihn einen aufdringlichen Halunken genannt, der ihr die besten Stücke ihrer Kunstsammlung abschwatzen wollte. Der Mann war also nicht viel besser als ein Gerichtsvollzieher.

»Was kann ich denn für Sie tun, Herr Mellenhoff?«

»Ich weiß nicht, ob Sie es wissen, aber ich bin ein großer Bewunderer der Kunstsammlung Ihrer Tante. Ich wollte nur, wenn Sie mir erlauben, noch einmal diese herrlichen Bilder sehen. Das Haus steht doch zur Veräußerung, wenn ich richtig informiert bin?«

Das war natürlich eine sehr freundliche Umschreibung für Zwangsversteigerung, die Mellenhoff sich auf dem Weg zurechtgelegt hatte. Er wusste über die Umstände Bescheid, denn auch er war auf Schmidt-Rodenkamp reingefallen und hatte ordentlich Federn lassen müssen. Aber es führte zu nichts, verlorenem Geld nachzuweinen. Auf dieser Welt gab es genug günstige Gelegenheiten und man brauchte dafür nur einen guten Riecher. Ein einziger hochkarätiger Fund und seine eigenen Liquiditätsprobleme wären mit einem Schlag gelöst.

»Wenn Sie hereinkommen möchten?« Hasi ging voraus und öffnete die Tür zum Wohnzimmer. »Sie haben Glück, alles hängt noch an Ort und Stelle.«

Mellenhoff stockte der Atem. Nichts hatte sich verändert, seitdem er das letzte Mal hier gewesen war, sein visuelles Gedächtnis war unfehlbar. Dort in der hinteren Ecke, an der gleichen Stelle wie vor vierzig Jahren, hinter einem silbernen Kerzenleuchter, erblickte er die kleine Rothko-Studie. Eine echtes Kleinod moderner amerikanischer Kunst aus den fünfziger Jahren und vorsichtig geschätzt fünf Millionen Euro wert. Die Farben, Goldgelb und Hellrosa, leuchteten selbst im Halbdunkel der stiefmütterlichen Hängung. Er musste sich zwingen, den Blick gleich wieder abzuwenden, und betrachtete mit geheucheltem Interesse zwei verhunzte Landschaftsbilder aus dem späten neunzehnten Jahrhundert, die über der Anrichte hingen. Abgesehen von dem Rothko bestand die ganze Sammlung aus wertloser Flohmarktware.

»Zwei echte Wollbergs, wundervoll!« Das war natürlich ein Test. Den Künstlernamen hatte Mellenhoff spontan erfunden, aber der junge Mann nickte höflich beipflichtend. Von Kunst hatte er also keinen blassen Schimmer. Im Gegensatz zu der zänkischen alten Schachtel würde er mit diesem blassen Jüngling mit links fertig werden. Er schlenderte von Bild zu Bild und blieb vor jedem Gemälde bewundernd stehen. »Wunderbar, ganz wunderbar. Ihre Tante hatte ja zeitlebens ein Faible für die deutsche Gründerzeit, die heute wieder sehr im Kommen ist.«

Hasi trat zu ihm heran. »Ja, meine Tante war eine leidenschaftliche Sammlerin.« Was an diesen Machwerken wunderbar sein sollte, konnte er sich nicht vorstellen, aber er war ja auch kein Profi.

Mellenhoff schüttelte den Kopf. »Oh nein, sie war viel mehr als das! Diese Werke sind einzigartig. Wollberg, Nieversburg, Maiwild, sogar ein Strohböck. Fantastisch.«

»Aha«, sagte Hasi.

»Ich weiß genau, was Sie meinen! Das waren natürlich Maler der zweiten Reihe, die heute alle in der Versenkung verschwunden sind, aber gerade das ist das Besondere an dieser Sammlung. Vielleicht hängt hier sogar der einzige Strohböck, den es in diesem hervorragenden Zustand auf der Welt noch gibt.«

Hasi konnte sich nicht erinnern, dass Tante Pudel jemals von einem Strohböck oder wem auch immer gesprochen hatte. Die Gemälde sollten zum Mobiliar passen, darauf kam es ihr an.

Außerdem hasste sie es, Handwerker im Haus zu haben, und ein Wasserschaden auf der Tapete ließ sich schließlich genauso gut mit einem Gemälde verdecken.

»Was werden Sie denn mit der Sammlung machen, wenn ich fragen darf?«

Hasi zögerte. Mellenhoffs höfliche Frage war offenbar die Einleitung zu Verkaufsverhandlungen. »Wissen Sie, ich hänge natürlich an den Bildern. Sie sind sehr – ästhetisch. Aber ich weiß nicht, ob ich in der nächsten Zukunft genügend Platz dafür haben werde.«

»Ich verstehe. Aber das ist ein Problem, das sich durchaus lösen lässt. Ich würde Ihnen gerne dabei helfen.«

»Wie nett, ganz herzlichen Dank. Haben Sie vielleicht eine günstige Wohnung für mich?«

»Leider nicht, mein Lieber. Der Wohnungsmarkt in Berlin wird immer enger. Deshalb möchte ich Ihnen ein anderes interessantes Angebot machen, wenn Sie gestatten.«

»Ein Angebot?«

»Ja, und entschuldigen Sie, wenn ich so mit der Tür ins Haus falle. Es spricht hier nur die Begeisterung eines Kunstliebhabers. Verkaufen Sie mir die Sammlung! Komplett. Sie ist bei mir nicht nur in guten Händen, sondern ich werde sie auch in ihrer Gesamtheit belassen. Zu Ehren Ihrer Tante. Was sagen Sie dazu?«

»Darüber habe ich noch nie nachgedacht.«

»Könnten Sie denn in Betracht ziehen, sich davon zu trennen?«

»Es wäre schon schmerzlich.«

»Ich könnte Ihnen ein Angebot machen, das Ihren Schmerz etwas lindert. Sagen wir fünfzehntausend Euro für alles.«

Irgendwo hatte Hasi gelesen, dass man ein erstes Angebot niemals annehmen sollte, selbst wenn dieser Preis für die alten Schinken ihm schon unverschämt übertrieben erschien. Er betrachtete die Landschaftsbilder über der Anrichte und dem Biedermeiersofa und tat so, als ob er nachdachte.

»Wissen Sie was?«, unterbrach Mellenhoff nach ein paar Minuten das Schweigen. »Ich gebe Ihnen das Doppelte. Dreißigtausend, das ist weit über jedem vernünftigen Verkaufspreis, aber in Gedenken an Ihre verehrte Tante ist es mir das wert.«

»Einverstanden.« Er hoffte, dass Tante Pudel ihm den Abverkauf verzeihen würde. Vielleicht wäre sie ja sogar ein wenig stolz über sein Verhandlungsgeschick.

»Wunderbar!« Mellenhoff nahm Hasis Hand und schüttelte sie ergriffen. »Geben Sie mir Ihre Bankverbindung, dann überweise ich Ihnen die Summe noch heute. Und in den nächsten Tagen lasse ich die Bilder abholen.«

Hasi hüstelte. »Es gibt momentan ein Problem mit meiner Bank. Wäre es eventuell möglich – –«

»Bargeld lacht, selbstverständlich.« Mellenhoff zog seine Brieftasche hervor und zählte ein Bündel Geldscheine ab. »Hier sind schon mal fünfhundert Euro Anzahlung.«

»Das ist doch nicht nötig«, sagte Hasi, aber Mellenhoff hatte ihm das Geld schon in die Hand gedrückt.

»Ich will Ihre wertvolle Zeit nicht länger in Anspruch nehmen, Herr Graf.« Mellenhoff tat so, als würde er sich zum Gehen wenden. An der Schwelle zum Wohnzimmer blieb er stehen, als käme ihm noch ein Gedanke, und schaute zurück. »Ach, das kleine Bildchen in Gelb und Rosa da hinten könnte ich schon mal mitnehmen. Es ist ja nichts Besonderes, aber ich glaube, meiner Enkelin wird es für ihr Kinderzimmer gefallen.«

Gleich war es geschafft! Er ging auf den Rothko zu, um ihn flugs abzuhängen.

»Es tut mir leid, Herr Mellenhoff«, hörte er den blassen Adeligen wie durch eine Wand aus Watte. Hasi trat an seinem Besucher vorbei und stellte sich vor den Rothko. »Dieses Bild ist privat.«

Das Gemälde hing schon wieder schief, ohne dass einer der beiden Männer es berührt hatte, vielleicht bebte ja die Erde in Zehlendorf. Er rückte es gerade.

»Privat? Aber wir hatten uns doch geeinigt«, protestierte Mellenhoff mit schwacher Stimme.

»Entschuldigung, da müssen wir uns missverstanden haben. Die Landschaftsansichten von – Maiwild und Kollegen überlasse ich Ihnen gerne. Und ich freue mich für Sie, wenn die Gründerzeit heute so gut verkäuflich ist. Aber dieses Bild gehört eindeutig nicht in diese Sammlung. Meine Tante hat es selbst gemalt und es wäre einfach nicht recht, es wegzugeben.«

»Ach so. Selbst gemalt, natürlich, das ist etwas anderes. Bitte denken Sie noch mal darüber nach, ein – äh – Objekt des eigenen kreativen Ausdrucks wäre schon ein – äh – wichtiges Statement für die Sammlung.«

Mellenhoff merkte, dass er ins Stottern geriet und ihm der kalte Schweiß ausbrach. Seine Hände zitterten und er faltete sie schnell hinter seinem Rücken. Er war so nah dran gewesen. Der junge Mann hatte nicht die Spur einer Ahnung, was für ein Millionenwert in seinem Wohnzimmer hing, lieblos an die Wand geknallt wie ein Kühlschrankmagnet in einer Kleinbürgerküche! Es war bestimmt nicht einmal versichert. Mellenhoff warf einen letzten Blick auf den Rothko und verabschiedete sich dankend mit dem Versprechen auf ein baldiges Wiedersehen. Nur keinen Argwohn erwecken, um die zarte Pflanze der Geschäftsanbahnung nicht gleich wieder auszureißen. Erst als er in seinem Wagen saß und den Motor anließ, konnte er seinem Ärger Luft machen. Dieser schnöselige Neffe war genauso arrogant wie seine Tante! Auch die dürre Baronin mit ihrem winzigen Vogelgesicht hatte immer so gewirkt, als ob ein Windhauch sie umwehen könnte. Und dann hatte sie sich als zäher Knochen herausgestellt, der seine Gutmütigkeit ausnutzte und ihn am Ende kalt abservierte, wenn es zum Angebot kam. Aber dieses Bild würde er, Justus Mellenhoff, bekommen. Das schwor er sich. Es war nur eine Frage der Zeit und der richtigen Strategie.

Nur reines Nichtstun hatte wahre Größe

Torsten Nagels Schritte hallten durch das pompöse Gewölbe, als er die breiten Treppenstufen emporstieg. Warum war das Kriminalgericht in Moabit ausgerechnet im Stil einer Kathedrale errichtet worden? Geradeso als ob man der irdischen Gerechtigkeit durch religiöse Einschüchterung noch etwas auf die Sprünge helfen müsste. Er warf einen Blick auf die von zwei fünfarmigen Leuchten eingerahmte große Uhr über dem ornamentalen Mittelportal im Treppenhaus. Es war kurz nach achtzehn Uhr. Der neue Staatsanwalt, der ihn mit einer unpersönlichen Mail herzitiert hatte, ein Dr. C. Fischer, schien gerne Überstunden zu machen. Aber höflicherweise nachzufragen, ob man vielleicht schon andere Pläne zum Feierabend hatte, kam dem Kollegen offenbar nicht in den Sinn. Ebenso wenig wie sich erst einmal persönlich vorzustellen. Torsten hatte seit jeher ein gesundes Misstrauen gegenüber Juristen, die völlig unnötig einen hübschen Doktortitel auf ihr Staatsexamen draufgesattelt hatten. Für die tägliche Praxis als Staatsanwalt war akademischer Ehrgeiz eher kontraproduktiv und der »Dr.« ließ ahnen, dass die Schufterei im Gericht wohl mehr als Sprungbrett für eine politische Karriere oder ein saftiges Beraterpöstchen gedacht war. Wahrscheinlich war Fischer auch noch FDP-Mitglied.

Zu den Büroräumen der Staatsanwaltschaft führte ein gewundener langer Flur mit unzähligen Kreuzungen und Abzweigungen. Zu Beginn seiner Laufbahn bei der Kripo hatte Torsten einmal eine falsche Abbiegung genommen und sich daraufhin so tief im Labyrinth der Gänge verlaufen, dass eine Gerichtsverhandlung ohne seine Aussage zu Ende gebracht werden musste und er wegen des daraus resultierenden Freispruchs vom zuständigen Staatsanwalt einen gewaltigen Rüffel bekommen hatte.

Er klopfte an die Tür und trat ein, ohne auf eine Antwort zu warten. Unhöflich sein konnte auch er.

Eine junge Frau mit Hipster-Brille und straff zusammengebundenen blonden Haaren blickte von ihrem aktenbeladenen

Schreibtisch auf. Doch dann erhob sie sich und lächelte ihn an. »Ach, der Herr Hauptkommissar Nagel. Das freut mich jetzt aber.«

»Sie sind Doktor Fischer?«

Sie trat an ihn heran. »Du erkennst mich nicht, oder?« Sie nahm ihre Brille ab. »Ich kann auch die Haare öffnen und schütteln, so wie im Film.«

»Das wäre natürlich sehr schön, ist aber nicht nötig«, sagte Torsten. »Ich freue mich, dich zu sehen, Conni. Die Brille ist neu, oder?«

»Du hast dich aber kaum verändert«, sagte sie, und Torsten fasste sich unwillkürlich an die etwas schmuddelige Lederjacke, die er im Dienst immer trug. Wenigstens rasiert hatte er sich heute Morgen.

Ein Hauch von Lavendel und Rosenholz stieg in seine Nase, als sie ihm einen Kuss so leicht wie ein Schmetterling auf die Wange hauchte. Conni benutzte immer noch das gleiche Parfüm wie damals.

»Seit wann bist du denn in Berlin?«

»Vier Wochen erst. Ich war zwei Jahre bei der Staatsanwaltschaft in Oranienburg und habe nachts meine Doktorarbeit fertiggeschrieben, aber dann habe ich die Versetzung in die Hauptstadt gekriegt.«

Sie strahlte ihn an, aber die Temperatur im Raum sank merklich und das Lächeln wirkte wie ausgesucht aus einem Katalog mit passenden Gesichtsausdrücken für jeden Anlass. Da war keine echte Freude, ihn zu sehen, dachte Torsten, und er überlegte fieberhaft, wie sie damals eigentlich auseinandergegangen waren. Er konnte sich beim besten Willen nicht erinnern. Ihre Affäre war sehr kurz gewesen, und dann war sie verschwunden, ohne sich von ihm zu verabschieden. Warum eigentlich?

»Setz dich doch. Schon witzig, dass wir wieder zusammenarbeiten.«

Nur dass sie damals seine Praktikantin und jetzt seine Vorgesetzte war. Kleiner, feiner Unterschied.

»Wir haben uns ja lange nicht gesehen, Conni«, sagte er vorsichtig. »Wie viele Jahre ist es her ...?«

Sie sah ihn wieder an mit ihrem Gefriereislächeln. »Ja, wie die Zeit doch vergeht! Wollen wir zum Geschäftlichen kommen?« Conni packte ihr kollegiales Strahlen weg, öffnete eine Akte und breitete die Tatortfotos auf dem Schreibtisch aus. »Drei Tote auf einen Streich. Fast wie das tapfere Schneiderlein. Und du warst gleich am Tatort?«

Torsten nickte und zog einen Speicherstick aus der Tasche. »Die Überwachungskamera vom U-Bahnsteig hat alles aufgezeichnet.«

»Dann lass mal sehen.«

Sie schloss den Stick an und öffnete die erste Datei.

»Das sind sie.« Er deutete auf drei Gestalten, die neben der Rolltreppe herumlungerten. Einer trat auf die Startautomatik der Treppe, sodass der zweite vom Geländer abrutschte und sich verärgert die Hose abklopfte, während die anderen beiden sich beölten.

Conni schüttelte den Kopf. »Kleine Jungs.«

Torsten spulte den Film ein Stück nach vorne, bis sich ein mittelgroßer Mann in schwarzem Kurzmantel mit dem Rücken zur Kamera näherte. Er blieb stehen, als das Trio ihm in den Weg trat. Ein paar Worte wurden gewechselt, worauf der Mann ohne Eile seinen Handkoffer neben sich auf den Boden stellte.

»Leider haben wir keine Tonaufnahme«, sagte Torsten.

Conni deutete auf die Aktentasche. »Ein Geldkoffer? Könnte doch sein, dass hier ein Deal ablaufen sollte. Was ist denn jetzt los?«

Einer der drei hatte plötzlich ein Messer gezogen und fuchtelte damit wild herum. Der Mann im schwarzen Mantel machte eine kaum wahrnehmbare Armbewegung. Das Messer flog auf den Bahnsteig und der Angreifer sackte in sich zusammen. Im nächsten Moment ging sein Komplize zu Boden. Und auch der Dritte, der, anstatt zu fliehen, mit einem Messer von der anderen Seite angriff, hatte keine Chance.

»Wahnsinn«, murmelte Conni. »Hey, was tut er denn jetzt?«

Sie beobachtete, wie der Mann sich dicht über die drei Leblosen beugte und ihnen in die Gesichter sah. »Was soll das?«

»Offenbar will er sichergehen, dass sie tot sind.«

Conni schaute nachdenklich zu, wie der Mann gelassen seinen Koffer aufnahm und die Rolltreppe hinunterfuhr, ohne sich noch einmal umzusehen. »Der macht das nicht zum ersten Mal, würde ich sagen.«

Torsten nickte. »Ich kenne diese Schlagtechnik. Ist inzwischen verboten – aus allen offiziellen Trainingsprogrammen der Selbstverteidigung verbannt. Wenn so ein Schlag mit Wucht ausgeführt wird, zerplatzt dem Opfer förmlich das Herz.«

»Also ein Profi. Schätze, das war doch ein Drogendeal, der aus irgendeinem Grund eskaliert ist.«

»Hm, ich weiß nicht. Für diese drei Jungs aus dem Kiez scheint mir das ein paar Nummern zu groß.«

»Dann frage ich mich aber, warum er nicht danach die Polizei alarmiert hat. Er kann sich auf Notwehr berufen, die haben ihn immerhin mit Messern angegriffen.«

»Er könnte die drei aber auch in voller Absicht provoziert haben.«

»Warum sollte er das tun? Schade, dass wir sein Gesicht nicht sehen können.«

»Merkwürdig, nicht? Als ob er einen siebten Sinn dafür hätte, der Überwachungskamera immer den Rücken zuzudrehen.«

»Da interpretierst du aber viel rein.«

»Warte es ab. Ich habe noch eine Aufnahme von ihm aus dem Untergeschoss.«

Conni öffnete die nächste Datei und beobachtete, wie der Mann mit dem schwarzen Kurzmantel den unteren Bahnsteig betrat. Wieder war er nur von hinten zu sehen, als wüsste er tatsächlich, wo sich die Überwachungskamera befand.

»Jetzt pass auf«, sagte Torsten.

Gerade als die Bahn einfuhr, drehte der Mann sich halb um. Ganz kurz war sein Profil zu erkennen, körnig und unscharf. Im nächsten Augenblick schob sich die U-Bahn vor die Kamera. Als der Zug wieder anfuhr, war der Bahnsteig leer.

»Wir haben ein Einzelbild davon. Geh mal auf die nächste Datei.«

Das körnige Gesicht des Mannes erschien auf dem Monitor. Tief eingegrabene Furchen in der Wange, umrahmt von einem akkurat geschnittenen, graumelierten Bart.

»Der Typ ist doch mindestens sechzig. Respekt«, sagte Conni. Sie deutete auf seinen zusammengekniffen Mund. »Sieht aus, als hätte er Schmerzen. Ob er sich beim Angriff verletzt hat?«

»Schön wär's. Dann geben wir die Meldung an alle Krankenhäuser raus. Denn als Fahndungsfoto bringt das hier nicht viel.«

»Warum nicht gleich eine Ringfahndung? Jetzt bleib mal auf dem Teppich, Kollege. Jeder Richter wird den Mann freisprechen, falls das kein Drogengeschäft war.«

»Er will offensichtlich den Kontakt mit der Polizei vermeiden. Und er ist ein Profi, wie du schon sagtest. Ich würde schon gerne wissen, was der noch so vorhat.«

»Dass der Mann eine Nahkampfausbildung hat, kann viele Gründe haben. Er muss nicht gleich kriminell sein. Er könnte auch ein Kriegsveteran sein oder ein Shaolin-Mönch.«

»Ich habe nur so ein Gefühl.«

»Aha. Gefühle sind noch kein Verdacht.«

»Du meinst, ich soll die Ermittlung einstellen?«

»Natürlich nicht. Wir haben drei Tote. Ich brauche eine ordentliche, substanzielle Erklärung, kein Gefühl. Also, du weißt, was du zu tun hast. Finde mir Zeugen, dann reden wir weiter.«

»Okay«, sagte Torsten irritiert.

»Danke für deine Zeit.«

Torsten war noch nicht aufgestanden, da hatte sich Conni bereits die nächste Akte von ihrem Stapel genommen. Er steckte den Speicherstick wieder ein und verabschiedete sich mit der Zusicherung, sie auf dem Laufenden zu halten. Erst nachdem er die Türe zum Büro seiner neuen Vorgesetzten hinter sich geschlossen hatte, kam sein Ärger richtig hoch. Sie hatte ihn abgekanzelt wie einen Anfänger.

Vor dem Kriminalgericht nahm er den nächsten Bus zur U-Bahnstation Turmstraße und schaffte es gerade noch, sich in eine überfüllte Bahn zu zwängen.

Am Ausgang zum Hermannplatz warf er einem schlafenden Penner einen Euro in seinen Plastikbecher. Spenden gab er grundsätzlich nur an solche, die ihm keine Obdachlosenzeitung ins Gesicht stießen und keinen Vivaldi aus ihren Akkordeons herausquetschten, sondern einfach still in der Ecke saßen. Schlechte Straßenmusiker waren eine Landplage, aber klassisches Betteln sollte ordentlich entlohnt werden. Schließlich hatte nur reines Nichtstun wahre Größe.

Der Himmel über Neukölln hatte die Farbe einer verwaschenen Jeans und die dönerfettgeschwängerte Abendluft fühlte sich sommerlich mild an. Er überquerte den Hermannplatz, der in seiner Übergröße hoffnungslos trist blieb, trotz der anorektischen Skulptur zweier goldener Figuren, die in einem halbherzigen Verschönerungsversuch in der Mitte des Platzes aufgestellt worden war. Ein Schwarm junger Türkinnen zog, in ihre Smartphones gackernd, vorbei, hybride Neuköllner Modegeschöpfe mit Miniröcken über züchtigen langen Hosen und mit hochgetürmten Haaren, die unter ihren Hijabs thronten wie drapierte Fußbälle.

Torstens Bleibe lag ein paar Gehminuten entfernt in einer Seitenstraße vom Kottbusser Damm. Von einer Baustelle auf der anderen Straßenseite schallte Hämmern und Drillen zu ihm herüber. Auch durch Neukölln fraß sich die Gentrifizierung wie eine nimmersatte Raupe. Es war nur eine Frage der Zeit, bis die luxusrenovierten Bürgerhäuser mit Geländewagen davor in der Überzahl sein würden. An der Kreuzung zur Sonnenallee kam er an den üblichen Kapuzentypen vorbei, die in der hereinbrechenden Dämmerung vor einer Shisha Bar herumlungerten. Heute war die Stimmung gedrückt. Ein Muskelpaket hob seine mit überdimensionalen Goldringen bestückte Hand.

»Ey Cop, wer war das Schwein?«

Torsten blieb stehen und zog einen Fotodruck hervor. »Schon mal gesehen?«

Das Muskelpaket schob die Sonnenbrille hoch. »Kann ich haben?«

»Von mir aus. Aber sag mir Bescheid, wenn er hier aufkreuzt.«

Das Muskelpaket lachte und die anderen stimmten ein. »Wir können uns schon drum kümmern.«

»Das hat dein Freund Ali auch geglaubt.«

Die Männer kannten den Angreifer nicht, so viel war trotz ihres großspurigen Verhaltens klar. Also war er offenbar keiner der Drogendealer, von denen sie ihre Vorräte bezogen.

Im Erdgeschoss seiner Pension in der Pflügerstraße, einem früheren besetzten Haus, residierte ein Internetcafé, das gleichzeitig als Tattoostudio ausgewiesen war. Torsten wunderte sich, dass man mit Tattoos, die nun wirklich nichts anderes waren als ein künstlerischer Auswuchs von Selbsthass, immer noch Geld verdienen konnte. Der Laden war jedenfalls so gut besucht, dass es bald im ganzen Kiez keine freie Hautfläche mehr geben konnte. Ein grün und rot blinkendes Neonschild aus den neunziger Jahren des vorigen Jahrhunderts, das »Zimmer frei« verkündete, flankierte den Eingang zur Pension Pflüger hinter ein paar mit Graffiti besprühten Treppenstufen im Hochparterre. Über einen Fußabtreter mit dem Bild eines grinsenden Katers betrat Torsten den Empfangsbereich, der gleichzeitig als Frühstücksraum diente und mit gehäkelten Ziergardinen, rosa gemusterten Tapeten, liebevoll gedeckten Tischchen und einem üppigen Blumenarrangement aus Seide und Plastik das ehrliche Bemühen erkennen ließ, den Gästen etwas Gemütlichkeit angedeihen zu lassen. Aus einer alten Jukebox tönte Schlagermusik. *Moskau, Moskau, Liebe schmeckt wie Kaviar, Mädchen sind zum Küssen da, ho ho ho ho hey!*

Ecki, Pensionswirt und Musikliebhaber, thronte hinter dem Tresen und hatte sich in einen Fantasyschmöker vertieft. Er war ein Riese mit einer Tätowierung, die sich als blassblaues Geschwür von der Mitte seines kahlen Schädels über den Nacken bis auf die muskulösen Arme ausbreitete. Ein Kunstwerk frei Haus vom Untermieter. Neben Ecki saß seine Mutter und strickte wie üblich an einem endlos langen Schal. Sie hatte in den ganzen Jahren, seitdem Torsten sie kannte, nicht mehr als drei Worte gesagt, aber sie gehörte zum Raum wie die Blumendeko oder der Kaktus auf dem Fensterbrett. Wenn ihr Platz gelegentlich doch leer war, dann hatte ihr Sohn sie an einen Performancekünstler vermietet. »Mutti« hatte sogar einen gewissen Ruhm als mongolisches Mütterchen erlangt, und nach der letzten Ausstellung im angesehenen Zehlendorfer Kunstverein war ihr Marktwert hochgeschnellt, wie Ecki stolz erzählt hatte.

»Willkommen in der Zentrale, Nullnullsieben.« Ecki zog einen imaginären Colt aus dem Halfter und hielt ihn hoch wie in einem James-Bond-Vorspann.

Torsten lächelte gequält. Ecki hatte ihm die Zimmernummer sieben verpasst und konnte sich immer wieder über den eigenen Witz beölen. Er war ein paar Jahre älter als Torsten und sie kannten sich noch aus der alten Hausbesetzerszene. Ecki hatte vor zwanzig Jahren zu den Kreuzberger Autonomen gehört, und manchmal, wenn sie sich bei einem Joint über ihr altes SO 36 unterhielten, fing er an, vom Mariannenplatz zu singen und zu schwadronieren wie ein Kriegsveteran. Dafür hatte er sich heute, wie fast alle von damals, gemäß der *normativen Kraft des Faktischen* ganz gut mit den neuen Zeiten arrangiert. Er hatte den Jugendtreff für undogmatische Linke in der Pflügerstraße durch Nutzungsverträge legalisieren lassen und in eine florierende Pension verwandelt.

»Na, haste schon wieder 'n schönen Fall gelöst?«

Torsten winkte ab. »Für mich ist jetzt Feierabend. Übrigens, ich habe gerade gesehen, dass sie auch noch abends an der Baustelle gegenüber arbeiten. So eine Arbeitsmoral ist doch nicht normal.«

»Die malochen rund um die Uhr, damit sie den Kiez möglichst schnell mit reichen Spießern upgraden können.«

»Und das sagst du so ruhig! Warum tut denn keiner was dagegen? Früher hätte man sich das nicht gefallen lassen.«

»Wer sagt, dass wir uns das gefallen lassen? Der Widerstand lebt.«

»Wann denn? Zwischen Power-Yoga und Pilates? Oder nachdem sich alle mit einem Grünkohl-Smoothie Mut angetrunken haben?«

»Seit wann bist du unter die Zyniker gegangen? Glaub mir, hier im Kiez ist noch nicht das letzte Wort gesprochen. Aber nicht weitersagen. Shit! Ich vergesse immer, dass du bei den Bullen bist.«

»Von mir erfährt niemand was, solange ihr keinen umbringt.«

»Wir sind doch keine bescheuerten Terroristen. Außerdem trifft Sachbeschädigung die Spießer am Bankkonto. Dort wo es ihnen am meisten wehtut.«

»So gesehen wäre das Notwehr, würde ich sagen. Wir dürfen uns die Stadt nicht wegnehmen lassen.«

Ecki grinste. »Du bist der einzige Bulle, der so redet. Ich hoffe, das artet nicht noch in echte Schizophrenie aus.« Er gab ihm den Zimmerschlüssel, und seine Mutter legte das Strickzeug beiseite, um eine Schachtel unter dem Tresen hervorzuholen.

»Als Belohnung hat Mutti noch was für dich.«

»Von Yogibär?«

»Nee, wir haben einen neuen Lieferanten. Ein Drehbuchautor, dessen Telenovela eingestampft wurde. Ohne Arbeit kann er seine große Wohnung in Charlottenburg nicht mehr bezahlen. Dafür hat er sein wahres Ich entdeckt und nutzt die Räume für den Anbau. Praktisch, nicht?«

Ecki öffnete die Schachtel und präsentierte eine Reihe perfekt gedrehter Tüten. Torsten sog den würzigen Duft des Marihuanas ein und nahm sich einen Joint.

»Setz es auf die Rechnung.«

»Lass mal. Auf die guten alten Zeiten, Mensch Meier.«

»Danke, Ecki.«

Torsten wandte sich zum Gehen, doch dann drehte er sich wieder um und zog einen der Fotodrucke aus der Jackentasche. »Nur so eine Idee. Hast du den vielleicht schon mal gesehen?«

»Wer soll das sein. Der Mörder oder der Gärtner?«

»Immerhin jemand, der drei Leute auf dem Gewissen hat.«

Ecki betrachtete das Gesicht nachdenklich und zeigt es seiner Mutter, die es in die Hände nahm und schließlich schweigend mit den Achseln zuckte. So viel Regung hatte Torsten noch selten bei ihr erlebt.

»Ist nur so ein Gefühl, aber mir kommt er irgendwie bekannt vor«, sagte Ecki nach einer Weile.

»War er vielleicht Gast in deiner Pension?«

»Das muss viel länger her gewesen sein. Sorry, Alter, ich komme einfach nicht drauf. Und Mutti auch nicht.« Ecki wollte das Foto zurückreichen.

»Kannst du behalten. Vielleicht fällt es euch ja noch ein.«

Torsten stieg zwei Treppenstufen hoch zu einem mit hellblauem Teppichboden ausgelegten Korridor, von dem links und rechts die Gästezimmer abgingen. Auch hier herrschte überall ein Dekor, das in grauen Vorzeiten wohl als geschmackvoll gegolten hatte. An den Wänden hingen Alpenlandschaften, die sich bei näherem Hinsehen als fixierte Puzzles offenbarten, die Ecki lackiert und gerahmt hatte.

Er schloss die Zimmertür mit der verschnörkelten Sieben auf. Sein Zuhause war ein bescheidener Raum mit Blick auf einen trostlosen Hinterhof, aber mit allem, was er zum Leben brauchte: Bett, Stuhl, ein winziger Tisch, gerade groß genug für einen Laptop, und ein Ikea-Kleiderschrank, dessen Türe man vorsichtig öffnen musste, damit sie einem nicht entgegenfiel. Seit er Single war, zog er es vor, aus einem Koffer zu leben, der alles fasste, was er zum Anziehen hatte, drei Paar Jeans, einige Hemden und Pullis und genauso viele Unterhosen wie Wochentage. Eigene Möbel waren unnötiger Ballast und ein Mietvertrag für eine Wohnung machte unfrei.

Er hängte seine Jacke über den Stuhl, zündete den Joint an und ließ sich auf sein Bett fallen. Während er langsam den schweren Rauch inhalierte, ging er das Szenario vom Morgen noch einmal durch. Dabei versuchte er, sich in den Mann mit dem Silberbart hineinzuversetzen. Wieso war er nach Mitternacht alleine in der U-Bahn unterwegs? Jeder wusste, dass es nachts auf einsamen Bahnsteigen gefährlich war. Warum hatte der Mann kein Taxi genommen? Er wirkte gepflegt, mit teurer Kleidung, leisten konnte er sich das bestimmt. Also gab es einen anderen Grund. Suchte er vielleicht die Anonymität? Hatte er etwas zu verbergen? Die telefonische Umfrage bei allen Berliner Krankenhäusern hatte kein Ergebnis gebracht. Torsten nahm noch einen tiefen Zug. Andererseits war es Notwehr, eindeutig. Der Mann war bestimmt nur froh, mit heiler Haut davongekommen zu sein. Wer hätte in so einer Situation Lust, sich noch vor der Polizei zu rechtfertigen?

Allmählich entspannte er sich unter der heilsamen Wirkung des Joints. Doch dann schob sich ein Bild von der schönen Staatsanwältin vor sein inneres Auge. Und plötzlich erinnerte er sich wieder an die Affäre von damals, die sich bis zu diesem Moment erfolgreich geweigert hatte, wieder in sein Bewusstsein zu treten. Vor sechs Jahren – er war noch Oberkommissar gewesen – hatte Conni als Jurastudentin kurz vor ihrem Staatsexamen ein Praktikum bei der Kripo gemacht und ihn total angehimmelt, was nur allzu verständlich war, denn er war auch ein ziemlich cooler Typ gewesen. Das ganze Team hatte nach einem gelösten Fall ausgelassen gefeiert und sie beide hatten entschieden zu viel intus gehabt. In seinem Büro war sie dann mehr oder weniger über ihn hergefallen. Eigentlich ganz schön, erinnerte er sich jetzt, sie war jung und wild und ungehemmt gewesen. Aber nach der Nacht hatte er, um emotionale *Komplikationen* zu vermeiden, Conni sicherheitshalber ignoriert und so getan, als wäre nichts gewesen. Kurz darauf war sie nach Bonn zurückgekehrt, verständlicherweise ohne sich von ihm zu verabschieden. Trotz seines benebelten Hirns merkte Torsten, wie die Schamesröte in ihm aufstieg. Was für ein Idiot er früher gewesen war. Er war immer noch kein großer Menschenkenner, aber wenn er eins wusste, dann das: Schlecht behandelte Frauen hatten ein langes Gedächtnis und waren rachsüchtig. Er seufzte und nahm noch einen tiefen Zug.

Eine Frau auch nur zu observieren war Neuland für ihn

Gabriel folgte seinem Zielobjekt vom Hotel Adlon über den Pariser Platz, wo die Abendsonne den Himmel hinter dem Brandenburger Tor bereits rötlich einzufärben begann wie auf einer Urlaubspostkarte. Die unvorhergesehene Konfrontation in der U-Bahnstation machte es ratsam, zügiger als sonst vorzugehen, um keinen Tag länger als unbedingt notwendig in dieser Stadt zu bleiben. Den Rest der letzten Nacht hatte er in seinem Hotelzimmer verbracht, natürlich wie immer ohne Schlaf, während seine Hüfte ihm bei jeder Bewegung Schmerzen wie Blitze ins Bein schoss. Erst ein heißes Bad und ein paar Aspirin hatten zu einer Besserung geführt. Die Pension am unmodischen Adenauerplatz verließ er am frühen Morgen, ohne den Frühstücksraum zu betreten. Niemand unter den Gästen und dem Personal sollte sich an sein Gesicht erinnern. Er hatte seine Observierung in Sichtnähe der Villa Schmidt-Rodenkamps begonnen. Das Zielobjekt wohnte offenbar immer noch im gleichen Haus, einem überdimensionierten Bunker aus Beton und Glas, obwohl die Scheidungsverhandlungen auf vollen Touren liefen. Aber das Gebäude war wohl groß genug, um sich nicht über den Weg laufen zu müssen, und offenbar gab keine der beiden Kriegsparteien freiwillig auch nur einen Zentimeter ihrer Kampfzone auf. Gabriel hatte wenig Verständnis für seinen Auftraggeber, der ihm bei ihrem Treffen vorgejammert hatte, wie ihn seine Frau durch die hinterhältigen Scheidungsverträge über den Tisch ziehen wollte. Bertram Schmidt-Rodenkamp schien dabei vergessen zu haben, dass er in Sachen Leute über den Tisch ziehen auch nicht gerade zimperlich war, denn schließlich hatte er Bianca sein Vermögen in genau der Absicht überschrieben, seine Gläubiger leer ausgehen zu lassen. Die einzige Möglichkeit, um zu verhindern, dieses vorsorglich geparkte Geld nun tatsächlich an seine Ehefrau zu verlieren, schien ihm ihr zeitnahes Ableben – in diesem Fall unbedingt als natürliche Todesursache getarnt und selbstverständlich bevor die Scheidung rechtskräftig geworden war.

Von allen kriminellen Spezies fand Gabriel die Investmentbetrüger am widerlichsten. Denn ihre Krankheit – pathologische Habsucht – war ansteckend. Sie waren nicht nur selber gierig, sie lockten auch ihre Klienten mit unwiderstehlichen Gewinnaussichten, mit Angeboten, die an deren niedrigste Instinkte appellierten. So wuchs das Krebsgeschwür der Raffgier immer weiter und leidlich gute Menschen wurden bald zu schäbigen Pfennigfuchsern. Seit Jahren schon litt Gabriel unter dem moralischen Mittelmaß, das ihm seine Auftraggeber mit ihren verschämt vorgetragenen Wünschen aufdrückten. Sie waren allesamt gefangen in ihrem engherzigen, egoistischen Weltbild und ihre Motive waren geprägt von Geiz und Verlustangst. Doch er war es, der den Gekränkten immer wieder zu dem verholfen hatte, was sie für ihr Recht hielten. Was also unterschied ihn eigentlich noch von diesen scheinheiligen Spießern? Waren seine Hüftschmerzen vielleicht nur ein Zeichen – eine Botschaft an ihn, dass er endlich aussteigen sollte? Hören Sie auf die Signale Ihres Körpers, hatte der Arzt ihm geraten. Sein Handwerk aufzugeben, dafür gab es jedoch noch keinen Grund, denn der Kapitalismus war bis ins Mark verrottet, und die Welt hatte ihn dazu bestimmt, einer seiner Totengräber zu werden. Die kleinmütigen Opfer verdienten es nicht weiterzuleben, und das Einzige, was er zuweilen bedauerte, war der Umstand, dass er die nicht minder kleinmütigen Auftraggeber nicht gleich mit erledigen konnte. Es gab nur eins – ein leichtes Ziehen jetzt gerade in der Magengegend –, was Gabriel als körperliches Warnsignal ernst nahm. Noch nie zuvor hatte er ein weibliches Zielobjekt eliminieren müssen und spontan hatte er den Auftrag deswegen ablehnen wollen. Doch das Honorar war so hoch wie seine letzten vier Aufträge zusammen und er brauchte das Geld, um sich endgültig aus dem Geschäft zurückzuziehen.

Eine Frau auch nur zu observieren war Neuland für ihn. Er hatte sich Zeit seines Lebens von Frauen ferngehalten. Seine früheren Gefährten aus der Zeit des bewaffneten Kampfes hatten sogar vermutet, dass er schwul war, und Gabriel hatte es nicht bestritten, nur um eine Diskussion über irgendwelche persönlichen Dinge beenden zu können. In Wirklichkeit hatte er einfach nicht genügend sexuellen Antrieb, um dafür eine lästige Liebesbeziehung mit ihren Verstrickungen und Verpflichtungen in Kauf zu nehmen. Schon damals hatte er die Ordination zum Priester als Erleichterung empfunden, weil er damit seine Asexualität in aller Ruhe leben konnte, ohne sich rechtfertigen zu müssen. Er war ein überzeugter Einzelgänger und hatte nie gedacht, dass seine mangelnde Erfahrung mit Frauen ihm einmal Probleme bereiten würde.

Er war sich wie ein Voyeur vorgekommen, als er Bianca Schmidt-Rodenkamp beim morgendlichen Joggen um den Schlachtensee beobachtete und Zeuge wurde, wie sie sich nach dem Laufen auf einer Parkbank ausruhte, um sich dann nackt auszuziehen und in den See zu springen. Anschließend war er ihr zunächst in wechselnden Taxis auf einen erratisch wirkenden Shopping-Trip hin und her durch die halbe Stadt gefolgt, wobei sie immer wieder Pausen einlegte, in denen sie sich in Straßencafés mit diversen Damen oder auch Herren traf. Diese Begegnungen waren nicht zufällig, da war sich Gabriel sicher, denn Bianca war eine bekannte Lobbyistin. Wie sie ihrer Lobbyarbeit nachkam, befremdete ihn, es wirkte alles spielerisch und launisch, obwohl es auf einem undurchsichtigen Ordnungssystem zu beruhen schien, das viel komplexer strukturiert war als alles, was er von seinen männlichen Zielpersonen gewohnt war.

Von der Friedrichstraße aus war er ihr zu Fuß bis zum Adlon gefolgt, wo sie mit zwei gleichaltrigen Frauen zum Tee verabredet war. Die beiden Damen begleiteten die Zielperson jetzt quer über den Pariser Platz unter dem Brandenburger Tor hindurch in Richtung Reichstag. Gabriel schlenderte hinterher. Völlig unauffällig, er war schließlich nur ein x-beliebiger älterer Herr, der sich nach einem anstrengenden Tag einen Abendspaziergang gönnte. Der Platz leerte sich um diese Zeit. Von ihren Reiseleitern angetriebene Touristengruppen marschierten zu wartenden Bussen, die sie zu ihren Abendveranstaltungen in

Theatern oder Varietés bringen würden. Ein paar Jongleure packten ihre Bälle und Keulen ein, und nur vor dem Reichstag standen die Menschen Schlange, um in das Restaurant neben der Dachkuppel eingelassen zu werden. Die drei Frauen beabsichtigten glücklicherweise nicht, dort zu speisen, sondern gingen am Reichstag vorbei.

Von der Spree wehte Gabriel eine nach Moos und brackigem Wasser riechende Abendbrise ins Gesicht. Für einen Augenblick verlor er das Zielobjekt aus den Augen, weil eine Gruppe kichernder japanischer Mädchen über die Straße hüpfte und dabei Selfies in hysterischen Posen machte. Das Zielobjekt und ihre beiden Begleiterinnen überquerten jetzt eine missglückte Brückenkonstruktion, die von seltsam verrenkten Straßenlampen wie von ausgestanzten Ypsilons flankiert wurde, die Marschallbrücke, wie er sich mit einem schnellen Blick auf sein Handy informierte. Das Zielobjekt peilte ein dahinterliegendes Gebäude an. Als er den Eingang erreichte, waren die drei Frauen längst im Inneren verschwunden. Ein Schild wies darauf hin, dass sich hier ein Institut für politische Kommunikation befand. »Stiftung Bianca Schmidt-Rodenkamp« stand darunter. In dieser Stiftung also wurde das Geld der betrogenen Anleger gebunkert. Gabriel hatte genug gesehen. Hier im Regierungsviertel wäre es viel zu riskant, das Zielobjekt auszuschalten. Inzwischen war die Sonne fast untergegangen und er machte sich auf den Rückweg.

Die Dämmerung war schuld daran, dass Gabriel die Männer erst bemerkte, als er sich schon in der Mitte der Brücke befand. Neben einem gemauerten Sockel kauerte ein bärtiger älterer Bettler mit einem durchsichtigen blauen Plastiksack voller Pfandflaschen vor zwei jungen Männern, die sich einen Spaß daraus machten, ihn mit ihren klobigen Stiefeln zu traktieren. Es war normalerweise nicht seine Art, sich einzumischen, aber Gabriel hatte noch immer Sympathie mit den Unterdrückten, die sich nicht wehren konnten, auch wenn sich die Welt geändert hatte und er schon lange nicht mehr für ihre Befreiung kämpfte. Er blieb stehen.

»Hey, lasst den Gentleman in Ruhe, verstanden?«
Die beiden starrten ihn verdutzt an und ließen von dem Bettler ab.

»Wassislos?«, fragte der Größere und trat zur Bekräftigung heftig gegen den Plastiksack, sodass er aufplatzte und ein paar Flaschen durch die Gegend kullerten. Der Bettler rutschte im Sitzen von seinen Peinigern weg.

»Hast du was gesagt, Arschloch?«, fügte der Dünnere schrill hinzu und kam mit einem Baseballschläger in der Hand einen Schritt näher. Er hatte ein Dutzend fetter Aknepickel im Gesicht und konnte höchstens siebzehn sein.

Gabriel sah, wie der Bettler hinter dem Rücken der beiden Männer aufstand und leise murmelnd davontorkelte.

»Ihr habt mich gehört.«

Gabriel wollte weiter, doch der Größere der beiden versperrte ihm den Weg.

»Hassn Problem, oder was?«

»Wenn ihr so freundlich wärt, zur Seite zu treten.«

»Hasse das gehört, Tommi? Der Typ will, dass ich scheißfreundlich bin! Hallo, verpiss dich, du Wichser – *bitte.*«

»Scheißopfer – *und einen schönen Tag noch*«, keckerte der Picklige mutig und hob seinen Baseballschläger. Gabriel machte eine kaum sichtbare Bewegung und schon hatte er den Holzschläger in der Hand und der Picklige ging mit einem winselnden Schmerzenslaut zu Boden.

»Noch so ein Versuch und ihr seid tot, ich sage es nicht zweimal.«

»Scheiße, der Typ hat sie doch nicht alle«, jammerte der Picklige und erhob sich mit wackligen Knien.

Sein Kumpan zog einen Schlagring über die Finger und holte aus.

»Jetzt bist du fällig, Wichser.«

Einen Moment später sackte er mit verblüfftem Gesichtsausdruck zusammen und bewegte sich nicht mehr. Gabriel drehte sich zu dem Pickligen, doch der hatte sich inzwischen aufgerafft und rannte davon wie eine aufgeschreckte Kakerlake.

Überlebende Zeugen waren ein Risiko, aber angesichts seiner Hüfte sah Gabriel keine Chance, ihn einzuholen. Stattdessen nahm er den Schläger und warf ihn dem Flüchtenden in hohem Bogen hinterher, sodass er ihn in den Rücken traf. Der Picklige stolperte und fiel zu Boden, doch bevor Gabriel ihn erreichen konnte, rappelte er sich wieder auf und lief mit dem Baseballschläger in der Hand in Richtung Reichstag davon. Gabriel fluchte leise. Überall nichts als unnötige Komplikationen. Aber wenigstens würde dieser Zeuge wohl kaum eine glaubwürdige Figur abgeben.

Was war nur los mit dieser Stadt, dachte Gabriel auf dem Rückweg. Woher kam nur diese Übellaunigkeit, diese Aggressivität? An ihm konnte es nicht liegen, er hatte alles getan, um beide Konflikte ohne Gewalt zu lösen. Ein Schmerz schoss durch seine Hüfte. Schon bei seinem ersten Besuch hatte er diesen verrohten Typus des Berliners nicht ausstehen können. Das war noch zu West-Berliner Mauerzeiten gewesen, aber die Wiedervereinigung schien die Menschen weder glücklicher noch friedfertiger gemacht zu haben. Vielleicht sollte er zum Abschluss seiner Karriere noch eine gute Tat begehen. Etwas wahrlich Menschenfreundliches. Sein Restvorrat des Botulinumtoxins würde glatt ausreichen, um die gesamte Berliner Bevölkerung über ihre Trinkwasserleitungen auf einen Schlag zu entsorgen. Dann wäre endlich Ruhe und Frieden in der Stadt.

Er merkte, dass sein Herz schneller schlug, obwohl sie doch genau genommen überhaupt nicht sein Typ war

Das Clubhaus des Yachtclubs Wannsee war eine schlossartige Villa mit schneeweißer Fassade und einem von klassizistischen Säulen flankierten Portal. Hob der Besucher den Blick über die zierlichere zweite Etage bis ganz oben auf die Vereinsflagge, die stolz über dem Dach flatterte, so konnte er sich an eine überdimensionale Hochzeitstorte erinnert fühlen. Ein marineblauer Teppich führte über die Stufen zu den massiven Flügeltüren des Eingangs, die an diesem Sommerabend weit geöffnet waren, in einer eher seltenen offenherzigen Willkommensgeste an alle Mitglieder und Freunde, ja sogar an sonst eher abschätzig betrachtete Landratten wie Hasi. Wenn er das geringste Talent zum Segeln gehabt hätte, wäre er gerne diesem vornehmen Traditionsverein beigetreten, der sich damit rühmen konnte, bereits Kaiser Wilhelm als Mitglied geführt zu haben. Aber obwohl er im Sommer gelegentlich zum Glienicker Schloss zu radeln pflegte, um sich im Schlosspark auf einer Bank am Ausblick über den malerischen Wannsee zu erfreuen, so wurde ihm auf dem Wasser grundsätzlich schlecht. Die eleganten Mahagoniboote, deren flotte weiße Segel aus der Ferne formidablen Spaß und Erholung versprachen, hatten sich für ihn als tückische Fallen entpuppt. Fast hätte Hasi die heutige Einladung zum Sommerfest abgelehnt, da ausgerechnet der Betrüger Schmidt-Rodenkamp derzeit den Vorsitz im Segelclub innehatte, aber dann hatte er beschlossen, erst recht herzukommen, um sich den Lump, der ihn um sein Erbe gebracht hatte, wenigstens einmal aus der Nähe anzusehen.

Während er am Eingang auf seine Cousine Kiki wartete, rauschte die Berliner Gesellschaft an ihm vorbei. Viele der Clubmitglieder waren ihm von anderen Anlässen her bekannt und er grüßte links und rechts und tauschte Liebenswürdigkeiten aus, die ihm mühelos über die Lippen gingen. Smalltalk war eine Fertigkeit wie Fahrradfahren, man musste es nur einmal richtig gelernt haben. Alles, was man brauchte, war ein halbwegs gutes Gedächtnis für das eine oder andere persönliche Detail – das Hobby des Gatten, die Privatschule der Kinder oder die Gartenkünste der Schwiegermutter. Es machte auch nichts, wenn man die Dinge verwechselte, da sowieso niemand genauer hinhörte. Smalltalk verfolgte schließlich nicht den Sinn, Informationen oder gar Meinungen auszutauschen. Es war vielmehr eine Art soziales Grundrauschen, ähnlich dem Summen der Bienen, das erzeugt wurde, um die Gäste von der Außenwelt der Nichtsummenden abzuschirmen. Von sich selbst erzählte Hasi selbstverständlich nichts, denn es gab kaum etwas Unhöflicheres, als die eigene Person in den Vordergrund zu drängen.

Plötzlich spürte er eine Hand, die sich von hinten an seinen Nacken legte. »Wartest du etwa auf mich, mein Lieber?«, sagte eine rauchige Stimme.

Er fuhr herum und blickte in ein von Malt Whisky und Zigarillos gezeichnetes Gesicht. »Frau von Oltingen!«

»Kein Grund, sich so zu erschrecken. Ich beiße nicht. Begleitest du mich in den Clubraum?«

»Tut mir leid, aber ich bin leider hier draußen verabredet.«

»Dann hat man dich wohl versetzt, du Armer. Komm schon, tu mir den Gefallen. Ich brauche dringend einen Drink.«

Frau von Oltingen griff nach seinem Arm und hakte sich so fest bei ihm unter, dass es kein Entkommen gab. Er lächelte verbindlich, um seinen Unmut zu unterdrücken. Es war immer das Gleiche. Ältliche Damen konnten nicht genug von ihm kriegen, während junge Frauen in heiratsfähigem Alter einen vorsichtigen Bogen um ihn zu machen pflegten. Als potenzieller Ernährer war er eine absolute Niete, wie Kiki ihn klarsichtig einschätzte. Tante Pudels Vermögen hätte seine Chancen in der Damenwelt vielleicht zu erhöhen vermocht, aber damit war es ja auch schon wieder vorbei.

»Nein, nein, Frau von Oltingen, ich möchte meine Cousine nicht umsonst auf mich warten lassen, wirklich – –«

Hasi spürte eine erlösende Hand an seiner Schulter.

»Da bist du ja! Darf ich?« Kiki verstellte Frau von Oltingen mit einer geschickten Drehung den Weg und befreite Hasi mit einem austarierten Mix aus Wangenküsschen und Ringkampf aus den Klauen seiner Begleiterin, die mit einem verächtlichen Schnauben davonstolzierte.

Kiki wirbelte vor Hasi herum, sodass er ihren knallrosafarbenen Minirock bewundern konnte, der ihr Gesäß gerade so bedeckte. »Was meinst du, Hasi? Kann man sich mit mir sehen lassen?«

»Fabelhaft. Unsere Großmutter wäre stolz auf dich!«

Sie lachte und wuschelte ihm durchs Haar, bevor er sich wehren konnte. Dann stutzte sie und zupfte am Ärmel seines marineblauen Club-Blazers, einer ausrangierten Gabe aus Vetter Brezels Garderobe.

»Shit! Dir fehlt ja ein Knopf am Ärmel.«

»Oje«, sagte Hasi. »Als ich den Kittel das letzte Mal anhatte, war er noch dran.«

»Es wird Zeit, dass du jemanden findest, der für dich die Knöpfe annäht.«

»Also wirklich, Kiki. Glaubst du im Ernst, ich würde jemanden heiraten, um mir die Garderobe in Schuss halten zu lassen?«

»Nein, ich weiß doch, dass tief unter deinem mottenlöcherigen Club-Blazer das Herz eines wahren Feministen schlägt. Ich wollte eigentlich sagen, du könntest dir jetzt eine Haushälterin leisten«, erklärte Kiki, aber er war sich gar nicht sicher, ob sie das auch so meinte und ihn nicht doch für einen hoffnungslos altmodischen Stoffel hielt.

»Wie auch immer. Hauptsache, du bist endlich mal flüssig.«

Bevor Hasi ihr erklären konnte, dass schon wieder das Gegenteil der Fall war, hatte sich Kiki bereits auf eine kleine Gruppe von Gästen gestürzt, die sie begeistert begrüßte. Er folgte ihr in den Empfangssaal. Der öffnete sich auf eine ausladende Terrasse, die für das Sommerfest von Palmen in großen Körben umsäumt wurde und dem Ausblick auf den abendlichen Yachthafen des Clubs eine karibisch anmutende Note gab. Hasi betrachtete die an den Stegen aufgereihten Segelboote aus poliertem Holz und glänzendem Messing mit ihrem Gerippe aus Masten, Stäben und dem Gewusel aus gespannten Seilen, die alles irgendwie zusammenzuhalten schienen. Selbst hier auf dem sicheren Parkett fühlte er, wie der Boden unter seinen Füßen zu wanken schien, ihm wurde schwindelig und er wandte seine Augen von den schwankenden Masten ab. Auf dem Wasser hob sich ein hell erleuchtetes Schiff gegen die schnell einsetzende Dunkelheit ab. *Bianca* stand in schwungvollen Buchstaben an der Bordwand, und er fragte sich, ob es üblich war, seinem Schiff einen Frauennamen zu geben. Hatten ernst zu nehmende Schiffe nicht eher Namen wie *Kaiser Wilhelm*, *Hindenburg* oder *Bismarck*? Er kniff die Augen zusammen. Es kam ihm vor, als ob sich dort neben dem Boot etwas Dunkles im Wasser bewegte. Für einen Moment reflektierte ein Schatten im Schein der Positionslaterne. Wie ein schwarz glänzendes Tier, eine Robbe vielleicht, und noch eine zweite, dann war die Wasseroberfläche wieder still. Aber im Wannsee gab es mit Sicherheit keine Robben. War es vielleicht der sagenhafte Wels, der angeblich im See sein Unwesen trieb und wie das Loch-Ness-Monster immer in den Sommermonaten gesichtet wurde, wenn in der Stadt sonst nichts los war?

»Bewunderst du gerade den Angeberkahn von Schmidt-Rodenkamp?«, fragte Kiki, die neben ihn auf die Terrasse getreten war. »Er muss immer mit dem Beiboot anlegen, weil die fette *Bianca* nicht in den Hafen passt. Wenn ich seine Frau wäre, würde ich mich beleidigt fühlen, so ein dickes Ding nach mir benannt zu kriegen.«

Hasi fragte sich, wie Schmidt-Rodenkamp eine derart protzige Yacht besitzen konnte, wenn er doch so pleite war, dass seine Gläubiger keinen Cent von ihm zurückbekommen sollten. Aus dem Empfangssaal erklangen die ersten Worte einer Begrüßungsrede. Er bot Kiki seinen Arm.

»Wollen wir nicht reingehen?«

»Ich habe keine Lust, mir Schmidt-Rodenkamps Selbstbeweihräucherung anzuhören. Was für ein Heuchler! Er soll doch einen Haufen Anleger um ihr Geld geprellt haben, oder?«

»Ich habe davon gehört«, sagte Hasi, und dann erzählte er ihr in einer Kurzfassung, dass auch er inzwischen zu den Geprellten gehörte und nun wieder dastand wie vor einem Jahr, als er völlig blank und auf die Wohltätigkeit seiner Familie angewiesen war. Natürlich ohne Vetter Brezels nicht unmaßgebliche Beteiligung an seinem Pech zu erwähnen, das musste die Cousine wirklich nicht wissen. Für einen Moment starrte Kiki ihn nur mit offenem Mund an. Hasi hatte sie noch nie sprachlos erlebt. »Alles halb so schlimm, Kikilein«, sagte er so beiläufig wie möglich. »Ich komme schon zurecht, mit Klammsein kenne ich mich ja glücklicherweise aus.«

»So ein Wichser!« Kiki nahm Hasi in den Arm und drückte ihn so fest, dass ihm die Luft wegblieb. »Das hast du hoffentlich niemandem erzählt, oder? Wehe, du lässt hier irgendwo durchblicken, dass du kein Geld mehr hast. Dann wirst du nie eine Frau finden!«

»Schon gut, ich behalte es für mich. Das interessiert doch auch keinen.«

Es hatte keinen Sinn, Kiki zu widersprechen, auch wenn er den Sinn dieser Strategie nicht verstand. Was sollte es schon nutzen, einer Frau etwas über seinen finanziellen Stand vorzumachen? Er wollte doch keine, die man reinlegen oder wie mit Speck in einer Mausefalle einfangen konnte.

»Warum ist so jemand wie Schmidt-Rodenkamp eigentlich immer noch Präsident des Clubs?«, fragte er, um das heikle Thema zu wechseln. »Ich würde ihn ja sofort stürzen, wenn ich Mitglied wäre.«

Wie zur Antwort traten jetzt einige Clubmitglieder mit abfälligem Gemurmel auf die Terrasse, während Schmidt-Rodenkamps geschmeidige Stimme weiter aus dem Saal herauswehte.

Kiki stieß Hasi in die Rippen. »Siehst du, wir sind nicht die einzigen, die den Kerl loswerden wollen.« Sie blickte wieder zum Wannsee, wo die Lichter der Yacht in der Dunkelheit leuchteten. »Ich habe übrigens gehört, dass seine Frau sich gerade scheiden lässt. Geschieht ihm recht.«

»Dann muss er seine kleine Jolle wohl umbenennen«, sagte

Hasi. Er starrte auf das Wasser. Von dem großen Fisch, den er vor einigen Minuten in der Nähe der Yacht entdeckt hatte, war nichts mehr zu sehen. Dafür flackerte etwas im Inneren der Yacht auf. Er tippte Kiki an. »Komisch, es sieht aus, als ob da was brennt.«

Bevor Kiki etwas erwidern konnte, gab es einen Blitz und die Bullaugen und Fenster der *Bianca* explodierten mit einem vielstimmigen Knall. Glas flog durch die Luft, das Dach der Kajüte brach mit einem dumpfen Puff auf, die Masten schwankten gefährlich und Flammen schossen aus den aufgerissenen Löchern, die vor wenigen Sekunden noch Fenster gewesen waren.

»Wow!«, schrie Kiki. Auf der Terrasse ging ein allgemeines Raunen langsam in grimmigen Applaus über, als den Zuschauern klar wurde, dass es sich um Schmidt-Rodenkamps Yacht handelte. Wie auf Kommando explodierte jetzt auch die Kajüte in einer funkelnden Fontäne brennender Bootsteile.

»Wunderschön!« Kiki lächelte andächtig und Hasi nickte anerkennend. Gegen den dunklen Abendhimmel bot der Funkenregen in der Tat ein herrliches Schauspiel, wie ein über dem Wasser schwebender Weihnachtsbaum, umgeben von glitzernden, schwimmenden Geschenken. Von drinnen strömten die noch ahnungslosen Gäste auf die Terrasse und beklatschten höflich das, was sie für ein Feuerwerk hielten, bis eine dritte Explosion auch den Rumpf des Schiffes in die Luft jagte. Im Anblick dessen, was nun eindeutig kein Feuerwerk war, sondern ein handfestes Attentat, senkte sich ein erschrockenes Schweigen über die Zuschauer.

An der Terrassentür entstand ein Aufruhr, als Schmidt-Rodenkamp sich an den Versammelten vorbei nach draußen drängte. »Um Gottes willen, meine *Bianca*!«, rief er. »Alle Mann zum Löschen. Polizei! Feuerwehr – –«

Hasi schaute neugierig auf den Mann, der Tante Pudels – nein, *sein* Vermögen veruntreut hatte. Es war genau, wie Brezel gesagt hatte. Bertram Schmidt-Rodenkamp wirkte nicht wie ein Schurke, sondern wie ein freundlicher älterer Herr, einer, dem man bedenkenlos vertrauen konnte, eine ehrliche Haut, sodass man sofort Mitleid mit ihm gehabt hätte, wenn man es nicht besser wusste. Er trat einen Schritt zur Seite, um den aufgeregten Yachtclub-Präsidenten vorbeizulassen, als er in unwürdigem Galopp quer über die Terrasse in Richtung der Bootsstege rannte. Niemand folgte Schmidt-Rodenkamp, stattdessen zog sich die Gesellschaft in wortlosem Einverständnis ins Clubhaus zurück.

Hasi blieb noch einen Moment auf der Terrasse stehen und beobachtete, wie Schmidt-Rodenkamp ohne jede Contenance mit fuchtelnden Armen auf den Steg hinauslief, als könnte er die glimmenden Reste seiner Yacht durch bloßes Händeringen retten. Dann trat auch Hasi wieder ins Haus, machte die Terrassentür hinter sich zu und drehte, nach dem Hauch eines Zögerns, dezent den Schlüssel im Schloss herum. Auch wenn es nicht seinem Naturell entsprach, jemanden auszuschließen, war das hier eindeutig Notwehr.

Im Saal hatte sich die verhaltene Stimmung schnell gelöst. Niemand weinte dem Untergang der Yacht des Club-Präsidenten eine Träne nach. Im Gegenteil, von allen Seiten hörte Hasi, wie die Gäste sich über Schmidt-Rodenkamps Reaktion amüsierten. Endlich konnte er am eigenen Leib erleben, wie sich ein Verlust anfühlte, war die einhellige Meinung. Während die meisten Mitglieder noch damit beschäftigt waren, sich in Schadenfreude zu ergehen, nutzte Hasi die Chance, ungestört ans Buffet treten zu können und die Platten nach Leckerbissen abzusuchen, die sich für sein morgiges Frühstück eigneten, also nicht allzu leicht zerdrückbar sein durften. Der Segelclub hatte sich bei der Bewirtung nicht lumpen lassen. Meter um Meter reihten sich die Köstlichkeiten und so konnte er gut ein paar Garnelenspießchen, Wachteleier und Schinkenröllchen in die mitgebrachten Gefrierbeutel stecken. Nachdem er seine Jackentaschen unauffällig gefüllt hatte und sich noch nach einer kleinen transportablen Süßigkeit umsah, die sein Frühstück abrunden konnte, stellte er befriedigt fest, dass es ihm gar nicht schwerfallen würde, ab jetzt wieder sparsam leben zu müssen.

Seine Bevorratung wurde plötzlich von einem lauten Klopfen an der Terrassentür gestört. Draußen rüttelte Schmidt-Rodenkamp an der Klinke und versuchte mit hochrotem Kopf, auf seine Lage aufmerksam zu machen. Von den Anwesenden durchaus gehört, wurde der Noch-Präsident jedoch geflissentlich ignoriert. Auf der Empore begann ein DJ aufzulegen und die Gäste strömten auf die Tanzfläche.

Hasi eilte zum Vordereingang, um auch hier sicherheitshalber abzuschließen. Ein glucksendes Lachen ertönte hinter seinem Rücken und er fuhr ertappt herum.

»Gib's zu, du warst das auch mit der Terrassentür! Schmidt-Rodenkamp tobt da draußen rum wie ein Klabautermann, so nennt man die Dinger doch, oder?«

»Ich glaube schon, aber ich kenne mich damit nicht aus.« Hasi deutete eine kleine Verbeugung vor der Fremden an. »Dafür bekenne ich mich schuldig. Ein unblutiger Staatsstreich, wenn man so will.«

Ein breites Grinsen zog über das Gesicht der jungen Frau. »Hey, du bist ja ein richtiger Anarchist.«

Das Mädchen war Mitte zwanzig und trug eine seltsame Haartracht. Ihre verfilzten Zöpfe, die mit roten und grünen Strähnen durchwoben waren, hatte sie zu einem duttartigen Turm auf ihrem Kopf zusammengebunden, als hätte sie ein lebendiges Tier zu bändigen versucht. Dazu trug sie ein schlichtes schwarzes Etuikleid und flache Ballerinas, sodass ihre Gesamterscheinung wirkte, als hätten bei ihrer Ausstattung Bob Marley und Audrey Hepburn zu gleichen Teilen Pate gestanden.

»Danke für das Kompliment.« Hasi ließ sich von ihrem Lachen anstecken. Anarchist hatte ihn bisher noch keiner genannt! »Du siehst gar nicht aus wie eine Seglerin.«

»Nee. Segeln ist nichts für mich. Ich werde viel zu schnell seekrank.«

»So ein Zufall. Ich auch!« Er reichte ihr die Hand. »Ich bin Hartung Siegward, aber Hasi genügt.«

»Und ich bin Benita, Benny genügt.«

Hasi musterte sie. »Darf ich dir auch ein Kompliment machen, Benny? Schönes Kleid trägst du. Sehr elegant.«

Benny sah an sich herab und verzog den Mund. »Habe ich von meiner Mutter ausgeborgt. Die steht da hinten und tut so, als würde sie mich nicht kennen.«

»Warum sollte jemand dich nicht kennen wollen? Also, von mir brauchst du das bestimmt nicht zu befürchten.«

Benny lächelte. »Ich bin ihr peinlich. Sie kann meine Haare nicht ausstehen.«

»Verstehe. Die sind schon was Besonderes.«

»Dabei bin ich überhaupt nur ihretwegen hier – undankbares Luder.«

»Wegen deiner Mutter im Segelclub? Jetzt machst du mich aber neugierig.«

»Ich habe eine Aktion geplant. Aber wozu lange rumreden? Komm mit, ich zeig's dir. Einem Anarchisten kann man ja wohl vertrauen.« Seine neue Bekannte nahm ihn an die Hand und führte ihn zurück in den Saal zum Buffet, wo sich inzwischen die ersten Gäste bedienten.

»Also«, flüsterte Benny, »fällt dir irgendwas auf?«

»Kaviarhäppchen, gefüllte Wachteleier, Käsebällchen – nicht sehr maritim, wenn du das meinst?«

»Hier!«, rief Benny triumphierend und zeigte auf eine weiße Torte. »Das ist meine! Selbst gebacken und mit einem fetten Pfund Buttercreme umschmiert. Ich habe sie vorhin daruntergeschmuggelt.«

»Komisch. Ich mache es immer umgekehrt und schmuggle Sachen heraus.«

»Ich weiß. Garnelenspieße und ein paar Wachteleier. Du hast also auch eine geheime Agenda hier.«

»Aber sicher nicht so spannend wie deine Aktion.«

»Die Torte war eigentlich für Schmidt-Rodenkamp bestimmt. Aber nicht zum Essen, höchstens zum Ablecken. Ich wollte ihm das Ding am Ende seiner Ansprache ins Gesicht klatschen, aber da ist jemand anders wohl schneller zur Sache gekommen. Toll, wie der Kahn brannte, oder?«

»Ach so. Meinst du, da hat jemand – nachgeholfen?« Hasi stockte, weil ihm der schwarze Schatten im Wasser, den er kurz vor der Explosion gesehen hatte, wieder in den Sinn kam. Woran erinnerte ihn das nur? Eine dunkle Ahnung stieg in ihm auf, leider so vage wie die schwarze Robbe aus dem Wannsee.

Benny zog mit dem Finger ein Augenlid herunter. »Was denkst du denn? Blöd, das mir so was Geiles nicht eingefallen ist, aber für ein echtes Attentat muss man die richtigen Leute kennen.«

»Ja, das muss man wohl.« Hasi machte sich eine mentale Notiz, Brezel nach der Sache zu fragen. »Schade, dass du nicht zum Zug gekommen bist. Schmidt-Rodenkamp mit einer Torte im Gesicht hätte mir gefallen. Bist du so eine Art Robin Hood, oder warum machst du das?«

»Eigentlich habe ich eine politische Kampagne gegen Heuschrecken in Berlin organisiert. Gegen die Gentrifizierungskriminalität. Wir nennen uns die Bunten. Gewaltfreier Widerstand und so.«

»Ich will ja nicht kleinlich sein, aber Torten werfen ist schon ein Tick gewalttätig.«

Bennys Augen blitzten auf. »Was kann es Gewaltloseres geben als eine weiche Buttercremetorte? Und da war auch noch ordentlich Sahne und Zucker drin, kann doch keiner meckern. Außerdem hat Schmidt-Rodenkamp, dieser miese Verbrecher, meine Mutter um ihr Haus betrogen.« Sie zeigte auf eine gut aussehende Mittvierzigerin, die sich gerade angeregt mit einigen Seglern unterhielt. Hasi konnte schon aus der Entfernung sehen, dass sie sich beim Flirten gewaltig ins Zeug legte.

»Mein Alter hat ihr das Haus bei der Scheidung überlassen. Jetzt ist es futschikato und sie muss sich einen neuen Ehemann angeln, der sie durchfüttert. Die Arme ist total abgebrannt.«

»Das tut mir leid für sie«, sagte Hasi. »Ich bin auch jemandem begegnet, der diesem Kerl sein Vermögen anvertraut hat«, improvisierte er, fast ohne ins Stottern zu geraten.

»Echt? Erzähl!«

Irgendwas war an seiner neuen Bekanntschaft, das ihn davon abhielt, ihr etwas vormachen zu wollen. So schoss er Kikis Warnung kurzerhand in den Wind und erzählte Benny einfach frei heraus, dass er auch gerade sein Haus verloren hatte und sich demnächst etwas überlegen müsste, um nicht unter der Brücke zu landen.

Benny sah ihn mit großen Augen an. »Ach du Scheiße! Ich hoffe, du willst dir jetzt nicht auch einen reichen Ehemann anlachen!«

Hasi lachte. »Es wird sich schon eine Lösung finden, ohne gleich bis zum Äußersten zu gehen. Und was machen wir jetzt? Hast du Lust zu tanzen?«

»Tanzen? Nee, schon gar nicht nach diesem Altersheimgedudel. Komm, lass uns woanders hingehen, hier sind doch nur Spießer.«

»Gerne. Wir könnten ein wenig am Ufer spazieren gehen.«

»Wir könnten auch zu mir gehen, ich habe einen Superblick über den ganzen Wannsee.«

»Wohnst du denn hier in der Nähe?«

»Nur um die Ecke. Wir brauchen aber noch was zu trinken.« Benny nahm eine Flasche Prosecco aus einem Eiskübel und stahl sich mit Hasi zum Ausgang. Er folgte ihr an ein paar schönen Wannseevillen vorbei die spärlich beleuchtete Uferstraße entlang.

»Bei deiner Mutter wohnst du aber nicht, oder?«

Benny schüttelte grinsend den Kopf. »Ich wohne allein, wenn du es genau wissen willst.«

Hasi nickte. Sicher hatte sie geerbt, genau wie er, nur dass sie offenbar nicht so blöd gewesen war, ihr Erbe einem Betrüger anzuvertrauen.

Sie bog in einen schmalen Seitenweg ein und blieb stehen. »So, da wären wir.«

Hasi starrte auf eine prachtvolle Villa, deren Dach von mehreren Säulen gestützt wurde, als wäre sie ein griechischer Tempel.

»Willkommen in meinem bescheidenen Heim!«, hörte er Bennys Stimme und drehte sich um. Sie öffnete gerade die Tür eines vor der Villa geparkten uralten VW-Busses, dessen Roststellen mit Lackfarben in psychedelischen Kringeln und mit bunten Tortenbildern übermalt waren. Als sie im Inneren das Licht anmachte, sah Hasi, dass der Bus wie eine gemütliche Wohnstube eingerichtet war. Von oben bis unten stapelten sich Bücher und es gab sogar einen kleinen Fernseher.

»Wohnst du etwa hier?«

»Mal hier, mal da. Kann ich nur empfehlen. Ich bin frei und völlig autark. Nur wenn ich duschen will, muss ich dafür ins Hallenbad. Ansonsten würde ich mit keinem Hausbesitzer tauschen. Und solange Leute wie Schmidt-Rotzverbrecher frei herumlaufen, sieht man ja, dass es nichts bringt, ein Haus zu besitzen. Ich bin dafür, das Eigentum abzuschaffen, dann wird alles weniger kompliziert.«

Benny zeigte ihm, wie man auf einer am Heck befestigten Leiter auf das Autodach klettern konnte. Dort war eine Plane straff über die Verstrebungen des Dachgepäckträgers geschnürt.

»Herrlich gemütlich, wie in einer Hängematte«, sagte Hasi, als er sich neben sie auf die Plane setzte.

»Im Sommer schlafe ich manchmal hier oben. Dann ziehe ich einfach die Leiter hoch.«

»Beneidenswert. Mit einem Ausblick besser als jedes Penthouse«, sagte Hasi und schaute über den Wannsee.

Sie ließ den Sektkorken knallen und trank einen Schluck aus der Flasche. »Jetzt haben wir die Sektgläser vergessen.«

»Haben wir nicht«, sagte Hasi und zog zwei Gläser hinter seinem Rücken hervor, um ordentlich einzuschenken.

»Warte! Ich habe noch eine Ersatztorte unten!« Benny sprang auf und holte einen Karton hoch.

»Noch eine Torte. Bist du Bäckerin?«

»Eigentlich bin ich Aktivistin! Meine Eltern freuen sich, dass ich Ernährungswissenschaft studiere, weil das was ist, womit man noch einen Job kriegt. Aber mein Ding ist es nicht, nur über gutes Essen zu labern. Ich mach lieber was! *Eat Art*.«

»Dann bist du bestimmt bald im Museum zu bewundern.«

Bei Sekt und Bennys Protesttorte genossen sie den Blick auf den See, wo das inzwischen eingetroffene Löschboot der Feuerwehr die letzten kleinen Brände auf dem verkohlten Plastikrumpf löschte, das vor einer Stunde noch die stolze *Bianca* gewesen war.

»Weißt du, was die Definition von Müll ist?«, fragte Benny mit vollem Mund. »Materie am falschen Platz.«

»Du meinst, wie eine abgefackelte Yacht?«

»Genau. Wie eine Ex-Yacht! Und wie ein aufgeblasener Betrüger, der nicht mehr in den Segelclub gelassen wird.«

Hasi hob die Sektflasche. »Auf die Müllbeseitigung!«

Benny wurde ernst. »Das Schlimmste an diesem Typen war, dass er so ehrlich wirkte. Ich kann es nicht vertragen, wenn jemand lügt. Man fragt sich dann, wem man überhaupt noch trauen kann, und ich finde dieses Misstrauen ganz furchtbar. Ich möchte lieber positiv denken, wenn ich jemanden treffe. Was wäre das für ein Leben, wenn man von jedem immer nur erwartet, dass er einen reinlegen will.«

»Das wäre schrecklich«, pflichtete Hasi bei. »Ich vertraue auch lieber auf das Gute. Das ist einfach viel erfreulicher.«

Sie blickte ihn kurz von der Seite an, dann nahm sie die Flasche und prostete ihm zu. »Schön, dass wir uns getroffen haben.«

»Finde ich auch, Benny.«

Eine kühle Brise kam vom Wannsee. Sie leerten die Flasche und kletterten vom Dach herunter.

»Soll ich dich nach Hause fahren?«, überbrückte Benny das Schweigen, als sie etwas linkisch neben dem Wagen standen.

»Danke, nicht nötig, ich bin mit dem Fahrrad hier.« Er zögerte einen Augenblick. »Hast du was zum Schreiben?«

Sie holte einen Stift und einen Notizblock aus dem Wagen und er schrieb ihr seine Adresse auf. »Ich hoffe, du findest das nicht zu forsch, aber wenn du Lust hast, dann kannst du mal bei mir duschen, solange ich das Haus noch habe. Und wir könnten einen Tee auf der Terrasse trinken.«

»Gerne«, sagte Benny. »Ich rufe dich an – oder ich komme einfach vorbei, wenn ich in der Gegend bin.«

Als Hasi sich auf sein Fahrrad schwang, spürte er noch den leichten Kuss, den sie zum Abschied auf seine Wange gehaucht hatte, und als er sich fragte, ob sie wohl wirklich kommen würde, merkte er, dass sein Herz schneller schlug, obwohl sie doch genau genommen überhaupt nicht sein Typ war.

So eine arglose Großzügigkeit kam ihr irgendwie suspekt vor

Meike Wagner saß nackt im Lotussitz in einem flachen Bottich aus Eichenholz und starrte in die mit Wasser gefüllte Kupferschale, die seit einer halben Stunde geduldig zwischen ihren Schenkeln ruhte. Sanfte Astralklänge schwangen im Hintergrund, der Raum war in ein rötliches Halbdunkel gehüllt und es duftete nach Myrrhe und Weihrauch, das als Räucherwerk vor allem dann empfohlen wurde, wenn es darauf ankam, die eine Stimme aus dem chaotischen Chorgesang im universellen Äther herauszuhören. Für den, der sich von der Enge des Denkens befreien und sein Bewusstsein auf Empfang umschalten konnte, öffnete intuitives Wissen das Tor zur supermentalen Wirklichkeit. Vier dicke Kerzen waren um den Zuber herum angeordnet wie die vier Elemente, die in den vier Himmelsrichtungen für die Ordnung des Universums standen.

Meike befand sich in ihrem privaten Heiligtum, das sie im Keller eingerichtet hatte, der vor wenigen Monaten noch der Hobbyraum ihres Ex-Mannes gewesen war, bis Andreas mit seiner Hobelbank und dem Holzwerkzeug die letzten Reste seiner männlichen Energie herausgeräumt hatte. Das Wasser, in das Meike so angestrengt starrte, war natürlich nicht das verhärmte, denaturierte Leitungswasser, das durch die Filter und Rohre der Kanalisation Berlins gepresst wurde, bis es seine gesamte Energie verloren hatte, wenn es schließlich aus dem Wasserhahn kam. Sie hatte es frisch aus dem Schlachtensee geschöpft, um es als Orakel zu befragen. Denn Wasser speicherte das Wissen der Welt von Anbeginn der Zeiten und enthielt die Antwort auf alle Fragen. Wasser war die wahre Intelligenz des Universums.

Meike hatte ihre Wasserschale aus dem Ashram ihres Gurus Babaji in Uttar Pradesh mitgebracht, dem Ort, an dem ihr Kind in einer schwülen Monsunnacht gezeugt worden war. Der dunkle, samthäutige Krishnadevi war das Resultat einer ekstatischen Begegnung, die sich vor elf Jahren an einem Nebenfluss des Ganges zugetragen hatte. Der schöne Rakesh, der tagsüber als Bodyguard und Chauffeur des Gurus fungierte, war zwar ein einfühlsamer und gelenkiger Liebhaber, der Meikes Kundalini-Energie zu wecken vermochte, hatte sich aber nach der einzigartigen Liebesnacht als verheirateter Familienvater entpuppt, der kein Interesse an einer Wiederholung zeigte. Meike war tief gekränkt und erholte sich von ihrem Liebeskummer erst in dem Moment, als ihre Schwangerschaft feststand. Doch bevor sie Rakesh die frohe Botschaft verkünden konnte, damit es ihm endlich gelänge, seine Ehefrau zu verlassen, hatte Guru Babaji ihr eine erstaunliche Prophezeiung verkündet. In einem Traum habe er erfahren, dass ihr Baby als Inkarnation des legendären Weisen Krishnamurti zur Welt kommen werde, um Großes zu vollbringen. Doch um seine zukünftige Bestimmung erfüllen zu können, müsse das Kind im Westen zur Welt gebracht werden. Guru Babaji teilte Meike mit, dass sie ihrem Kind den Namen Krishnadevi geben solle und dass sie die Ehre habe, einen wichtigen spirituellen Auftrag zu erfüllen. Dafür gab er ihr seinen Segen und legte seine Hand auf ihr drittes Auge, das sich zur rechten Zeit öffnen und ihr Erleuchtung schenken werde, wenn sie gleich heute ein Flugticket nach Deutschland kaufe und das nächste Tuk-Tuk zum Airport nehme. Zurück in Berlin, hatte Meike, ohne Zeit zu verplempern und ohne ihre Schwangerschaft mit einem Wort zu erwähnen, die Beziehung zu ihrem Ex-Freund Andreas wieder aufgenommen. Vor der Geburt hatten sie geheiratet und das Haus in Zehlendorf bezogen wie eine normale deutsche Kleinfamilie. Als eher hemdsärmelig aufgelegter Zahnarzt, dessen größtes Glück es war, am Wochenende für »ihr kleines Familiennest« Holzmöbel mit abgerundeten Ecken zu zimmern, war Andreas ihr zwar spirituell nicht ebenbürtig, aber solide und verliebt genug, um die Vaterschaft mit keinem Wort anzuzweifeln, auch wenn der kleine Krishnadevi seinem indischen Vater wie aus dem Gesicht geschnitten war. Nur Meike traute dem Frieden nicht. Eine so arglose Großzügigkeit kam ihr irgendwie suspekt vor.

Es war Guru Babaji selbst gewesen, der sie in die Kunst der Hydromantie, des Wasserlesens, eingeweiht hatte. Für die indische Schale aus gehämmertem Kupfer hatte sie ihre Kreditkarte bis zum Limit ausreizen müssen, aber dafür hatte der Guru das Orakelgefäß feierlich gesegnet und sie als spirituelles Abschiedsgeschenk darin unterwiesen, zu erkennen, wie die Resonanz des Wassers die göttliche Energie des Absoluten widerspiegelte. Das ganze Universum war in einem Tropfen gespeichert. Es kam nur darauf an, mit offenen Augen und offenem Herzen hinzusehen, um die Wahrheit unter der Oberfläche zu erkennen.

In Berlin und ohne einen Guru an der Hand fand Meike es jedoch schwierig herauszulesen, was das Wasser ihr sagen wollte. Beim meditativen Hineinstarren in ihre Schale, meist bis ihre Augen glasig wurden, sah sie die längste Zeit so gut wie gar nichts, außer einer ungetrübten Oberfläche und ihrem eigenen Gesicht im Spiegel des Wassers. Nur in einigen entscheidenden Momenten hatte das Orakel ihr dann doch wichtige Hinweise gegeben. So hatte sie vor einigen Monaten die Notwendigkeit im Wasser entdeckt, Andreas auf die Straße zu setzen, und wenn er noch so gegen diese »unfaire Willkür« protestierte. Es war nicht seine Schuld, das gab sie unumwunden zu, aber die Wahrheit, die das Wasser ihr verkündet hatte, bedeutete, dass sie Andreas aus den falschen – aus ganz und gar weltlichen – Gründen zum Partner genommen hatte. So eine Unwahrhaftigkeit durfte in Krishnadevis Leben keinen Platz haben und keinen Makel auf seine Kindheit werfen. Andreas hatte dafür leider überhaupt kein Verständnis und beteuerte immer wieder, dass er Kris über alles liebe. Aber die Botschaft des Orakels war nun mal stärker als jedes Argument und verschaffte Meike insgeheim sogar ein Gefühl der Erleichterung, denn ehrlich gesagt war es auch ganz schön, kein schlechtes Gewissen mehr haben zu müssen, weil sie Andreas ein Kuckuckskind untergeschoben hatte. Wenn auch ein göttliches.

Meike konzentrierte sich nun auf die wichtige Frage des heutigen Tages. Was hatte es zu bedeuten, dass dieser neue Mann jetzt in ihr Leben trat? War er geeignet, die Leerstelle auszufüllen, die Andreas in ihrem Familienleben hinterlassen hatte? War es wirklich nur Zufall, dass sie Hasi ausgerechnet in der Zahnarztpraxis ihres Ex-Mannes getroffen hatte? Krishnadevi hatte Hasi sofort in sein Herz geschlossen, und auch Meike hatte gespürt, dass dieser Mensch eine außergewöhnlich starke spirituelle Ausstrahlung hatte. Feierlich hob sie die Kupferschale hoch über ihren Kopf. Körper, Seele und Geist waren eins und ihre Haut eine durchlässige Membran, die Schnittstelle zwischen dem Selbst und dem Universum. Sich das Wasser über den Kopf zu schütten, war eine kleine Abkürzung des Rituals, die Meike selbst erfunden hatte, wenn sich das in der Schale ruhende Wasser als allzu widerspenstig erwies und die in ihm gespeicherten Wahrheiten nicht freiwillig hergeben wollte. Auch durch ihre Haut konnten die Botschaften in ihr Inneres eindringen wie nach der homöopathischen Lehre die heilenden Informationen des tausendfach geschüttelten Fläschchens.

Sie warf den Kopf in den Nacken und betrachtete kurz ihre Reflektion im Spiegel an der Kellerdecke. Sie war wirklich eine schöne Frau, dachte sie, und ihre Brüste waren für ihr Alter noch ziemlich fest. Sie hielt die Luft an und goss das Wasser aus dem Schlachtensee langsam über ihren Kopf. Es floss über ihre langen Haare, ihr Gesicht und ihren Rücken herunter. Sie fing zu zittern an und ihre Zähne klapperten unkontrolliert. Es war kalt, so eisig kalt, dass ihr spontan die Idee kam, es beim nächsten Mal vorher in der Mikrowelle vorzuwärmen. Schließlich war auch das Wasser des Ganges angenehm lauwarm gewesen und hatte bestens funktioniert. Dann stellte sie die Schale auf das Beistelltischchen neben dem Bottich und schloss die Augen, um zu fühlen, wie die Botschaften in ihr Bewusstsein eindrangen. Sie spürte, wie sich eine Aura von Verdunstungswärme um ihren Körper bildete. Sie schüttelte leicht den Kopf, damit das Wasser aus den Haaren heruntertröpfelte, auf ihren Oberschenkeln entlangperlte und weiter hinunter auf die glatt epilierte Haut ihrer Scham, in der das sechste Chakra leise zu pulsieren begann. Zwischen ihren verschränkten Beinen hatte sich auf dem Boden des Zubers eine kleine Pfütze gebildet. Auf der Wasseroberfläche war plötzlich etwas zu sehen. Sie beugte sich behutsam vor, um das Zeichen besser zu erkennen. Es war ein Gesicht, das zu ihr emporschaute. Eine Locke fiel ihm in die Stirn. Für einen Moment dachte Meike, es wäre nur ihre eigene Spiegelung. Doch dann erkannte sie ganz deutlich, dass es Hasis Antlitz sein musste, das von unten zu ihr hoch sah. Deutlich lächelte er ihr zu und schien sogar zu nicken.

Ein wohliger Schauer ließ sie auf angenehme Weise frösteln. Er war der Richtige. Hasi würde Ja sagen zu ihrem Anliegen. Er würde Krishnadevi liebevoll begleiten und seine Entwicklung fördern wie ein guter Gärtner, ohne sich in den Vordergrund zu drängen. Und vielleicht, wenn sie sich näher kennenlernten, würde sie sich bei ihm revanchieren, indem sie auch seine Kundalini-Energie weckte.

Er lebte noch, war aber nicht mehr ansprechbar

Torsten drückte seine Kippe auf dem verschnörkelten Brückengeländer aus und blickte zu der in der Sonne wie eine Schneekugel glitzernden Kuppel des Reichstags hoch. Einen der drei Halbstarken hatte er mit einem Fernglas auf die Dachterrasse geschickt. Vielleicht brachte der Überblick von oben etwas, man konnte ja nie wissen. Es war noch nicht einmal Mittag, aber vor dem Eingang hatte sich bereits eine lange Schlange Touristen gebildet, die von oben durch die Glaskuppel die Parlamentarier bei ihrer Arbeit beobachten wollten wie im Zoo. Der einzige Unterschied zu den Faultieren im Tierpark waren die Handys, auf deren Displays die Abgeordneten starrten, als würden sie dort die Antwort auf alle Fragen finden. Früher hätte Torsten der Versuchung widerstehen müssen, von der offenen Kuppel aus Farbbeutel in die Arena zu werfen, um den politischen Diskurs etwas in Fahrt zu bringen. Heutzutage spürte er nicht einmal die Energie, zu überprüfen, ob das überhaupt technisch möglich wäre. Warum kehrten seine Gedanken in letzter Zeit immer wieder zu solchen Vergleichen mit der Vergangenheit zurück, als müsste er sich für irgendetwas rechtfertigen? Er konnte doch ganz zufrieden mit seinem Leben sein. Schließlich war er, nach seiner Erfolgsquote zu urteilen, in aller Bescheidenheit, nicht der schlechteste Hauptkommissar.

Torsten wandte sich vom Reichstag ab, um sich wieder auf den Fall zu fokussieren. Die Müllabfuhr hatte den Toten heute Morgen in aller Frühe auf der Brücke gefunden, einen jungen Mann um die neunzehn, teigiges Gesicht, leicht übergewichtig, mit kahl rasiertem Kopf und Springerstiefeln. Die Leichenstarre zeigte, dass der Tod vor etwa acht Stunden eingetreten war. Die russischen Souvenirverkäufer und die Straßenmusiker, die hier ihre Stammplätze hatten und möglicherweise etwas gesehen haben könnten, waren noch nicht aufgekreuzt. Offenbar hatte mitten auf der Marschallbrücke gestern Abend eine Schlägerei stattgefunden und dabei war die gleiche tödliche

Schlagtechnik zum Einsatz gekommen wie am Tatort U-Bahnhof Hermannplatz. Deshalb war er jetzt auch für diesen Fall zuständig. Man konnte schon fast von einer Mordserie sprechen. Conni würde das anerkennen müssen und ihn nicht mehr wie einen Trottel abkanzeln können.

Die anderen beiden Halbstarken hatte er ausgeschickt, um die Umgebung abzuklappern. Der aufgeplatzte Plastiksack mit den vielen verstreuten Bierflaschen auf der Brücke konnte von einem Flaschensammler stammen, der vor der Schlägerei geflüchtet war. Natürlich hatte er die coolen Kollegen erst mit der Nase darauf stoßen müssen, bevor sie sich auf den Weg machten. Es war nicht zu fassen, wie schwer von Kapee die Jungs waren. Man musste schon aufpassen, sich nicht von ihrer Coolness anstecken zu lassen, die nur auf den ersten Blick lässig wirkte, in Wahrheit aber nichts als Ausdruck ihrer Dumpfbackigkeit war. Ohne echte Neugier darauf, wie Menschen ticken und was sie bewegt, kam man über lahme Routineermittlungen kaum hinaus. *Haben Sie vielleicht was Ungewöhnliches gesehen? Kannten Sie den Toten? Wo waren Sie zur Tatzeit?*

Plötzlich wusste er, was ihn die ganze Zeit wurmte. Es hatte nichts mit diesen drei Langweilern zu tun, sondern mit ihm selbst. War er dabei, seine eigenen Überzeugungen zu verraten? Stand er wirklich noch auf der richtigen Seite, wenn die Politiker die Stadt an Investoren verscherbelten? Und als Polizist musste er diese Politik auch noch schützen. Wäre es nicht ehrlicher, seinen Beamtenjob zu kündigen und wieder auf die Barrikaden zu gehen? Oder war das nur falsche Romantik?

Torsten wandte sich um, als er ein Motorengeräusch hinter sich hörte. Ein schwarzer Audi hielt auf dem Gehweg vor der abgesperrten Brücke. Conni schwang sich aus dem Wagen. Er war irritiert. Staatsanwälte hatten normalerweise andere Dinge zu tun, als sich an Tatorten herumzutreiben.

»Guten Morgen, Conni. Alles in Ordnung?«

»Wie man's nimmt. Der Tatort liegt mitten in der Bannmeile. Ich brauche von dir so schnell wie möglich Material, um die Pressekonferenz zu bedienen. Und gerne was Reales, wenn es geht. Mit undifferenzierten Ahnungen kann ich nichts anfangen.«

»Ich lag aber richtig mit meinem Gefühl, so wie es aussieht.«

Sie verschränkte die Arme und blickte an ihm vorbei. »Das ist kein Witz, mein Job steht auf dem Spiel.«

»Schon gut. Hier hast du die Fakten: Opfer um die neunzehn, keine Papiere, aber eindeutig aus der rechten Szene. Glatze, Runen-Tattoos, volles Programm. Der Täter hat die gleiche Schlagtechnik angewandt wie am Hermannplatz. Aufs Herz. Und genau wie die anderen drei war auch dieser Tote ein Schlägertyp. Man könnte glatt denken, der Täter sucht mit Absicht Streit, um seine Opfer dann abzustrafen. Und dann kann er sich praktischerweise auf Notwehr rausreden, wenn er erwischt wird. Eine Win-win-Situation.«

Conni sah hinüber zur Kanzlerwaschmaschine, wie das Bundeskanzleramt am anderen Ufer genannt wurde. Dann wandte sie sich ihm wieder zu. »Deine Theorie ist ein bisschen zu gefinkelt für meinen Geschmack. Gibt es noch was Konkretes? Zeugen, zum Beispiel?«

»Mein Team schaut sich gerade um.«

»Oh verdammt, eine Politesse. Melde dich, wenn du was hast! Ich will dabei sein. Die Sache hier ist zu brisant.«

Conni hastete zu ihrem Auto. Torsten sah ihr hinterher, als sie der Politesse ihren Ausweis entgegenhielt, einstieg und davonbrauste. Dann schlenderte er zum Reichstag, setzte sich zum Nachdenken auf die Treppe und zündete sich eine an. Conni spielte sich auf. Das konnte so nicht weitergehen. Er musste sie wohl oder übel in die Ermittlungen einbinden.

Aus der Ferne sah er zwei der Halbstarken zurückkommen. Schon an ihren betont gelangweilten Mienen konnte er erkennen, dass sie wahrscheinlich mal wieder nichts erreicht hatten.

»Wir haben den Tiergarten bis zur Siegessäule gecheckt, Chef«, erklärte einer der beiden müde. »Nur ein paar pennende Touris und zwei schwedische Kids, die im Zelt campiert haben. Wir haben schon die Streife angefordert, da mal vorbeizufahren.«

»Gratuliere, damit habt ihr ja euer Tagewerk für heute geleistet. Und sonst?«

Die Halbstarken schüttelten synchron den Kopf. »Nada. Kein Flaschensammler, nirgends.«

»Er muss hier irgendwo sein. Obdachlose sind Gewohnheitsmenschen und haben ihre Reviere.«

»Vielleicht schläft der Penner unter einem Busch seinen Rausch aus«, warf der eine Halbstarke ein.

»Liegt auf seiner faulen Haut«, ergänzte sein Kollege und lachte über den eigenen Witz.

»Strengt mal euren Grips an, anstatt blöde Witze zu machen. Wohin bringt jemand die Pfandflaschen zurück, die er gesammelt hat?«

»Zu einem Getränkeladen?«

»Genau. Und wo ist hier der nächste Supermarkt?«

»In der Dorotheenstraße.« Der Halbstarke nickte selbstgefällig, als hätte er damit etwas Wesentliches zu den Ermittlungen beigetragen, und setzte seine Sonnenbrille auf.

»Yo. Nur ein paar hundert Meter von hier«, sagte der andere und fingerte ebenfalls eine Sonnenbrille aus der Lederjacke, als ob er fürchtete, erblinden zu müssen, wenn er aus dem Schatten des Reichstags trat.

Torsten stand auf. »Dann wollen wir mal. Und gebt dem Kollegen in der Kuppel Bescheid, er darf wieder runterkommen.«

Der Späti hinter dem Reichstag wirkte wie ein Anachronismus zwischen den anonymen Regierungsbauten aus Stein und Glas. Er war gut besucht. Offensichtlich hatte ein Reisebus gerade eine Gruppe Touristen dort abgeladen, die sich lautstark auf Italienisch über die Regale hinweg unterhielten. Torsten schickte die Halbstarken in das Gedränge, um sich nach dem Obdachlosen umzusehen, während er selbst an der Kasse Stellung bezog. Eine blonde, hochtoupierte Kassiererin hatte alle Hände voll zu tun, um die lärmenden Italiener abzufertigen. Torsten drängelte sich an der Schlange vorbei und holte seinen Ausweis heraus.

»So geht das nicht, junger Mann!«, ermahnte ihn die Kassiererin unbeeindruckt von seiner Dienstmarke, und Torsten musste warten, bis er an der Reihe war.

Auf seine Nachfrage hin erinnerte sich die Kassiererin an einen Pfandflaschensammler. »Das müsste der *Doktor* sein. Er liefert bei mir immer sein gesammeltes Zeug ab.«

»War er heute schon da?«

Die Kassiererin schaute auf ihre Uhr. »Ja. Vor zweiundvierzig Minuten.«

»Woher wissen Sie das so genau?«

»Er fragt mich immer nach der Uhrzeit. Keine Ahnung, warum. Ich glaube nicht, dass der noch dringende Termine hat, außer mit seiner Pulle.«

»Wissen Sie vielleicht, wo er jetzt sein könnte?«

»Was wollen Sie denn von ihm? Also, ich kann Ihnen gleich sagen, der Doc ist eine Seele von Mensch. Der würde keiner Fliege was antun.«

»Woher kommt der Name Doktor? War der Mann mal Arzt?«

Inzwischen hatte sich eine kleine Schlange hinter Torsten gebildet und ein Mann im teuren Anzug winkte ungeduldig mit seinem Sandwich. »Wird's bald da vorne? Ich hab nicht ewig Zeit!«

»Ruhe da hinten!« raunzte die Kassiererin über Torstens Kopf hinweg. »Sehen Sie nicht, ich habe hier zu tun?« Sie lehnte sich verschwörerisch zu Torsten hinüber. »Der war mal ein ganz hohes Tier in der Politik. Ist schon ewig her. Hätte sogar Bundeskanzler werden können, sagt man. Aber dann gab es da ein Problem mit seiner Doktorarbeit und schon war es aus mit der Karriere. Wer hoch steigt, kann tief fallen. Sie wissen schon, stand ja alles in der Zeitung! Heute ist er ein bisschen gaga, aber harmlos.«

Torsten nickte. »Ich erinnere mich. Und der Doktor hat sein Quartier auf der Marschallbrücke?«

»Ich habe ihm ja geraten, auf die Museumsinsel zu ziehen, aber er kommt einfach nicht los von der Politik. Und da drüben auf der Brücke, das ist kein guter Ort für ihn.«

»Was meinen Sie damit?«

»Na ja, er ist schon ein paar Mal ziemlich übel vermöbelt worden. Und gestern hätten sie ihn fast in die Spree geworfen. Hat er mir gesagt, als er sich eine Flasche hochprozentiges Schmerzmittel gekauft hat.«

»Aber wo er jetzt gerade ist, können Sie nicht sagen?«

»Keine Ahnung. Entweder ist er auf der Brücke und schwingt Reden, oder er liegt am Ufer und säuft sich das Leben schön mit dem Wodka, den er gerade bei mir gekauft hat.«

Torsten winkte den beiden Halbstarken zu, die unschlüssig zwischen den Touristen im Laden umherschlenderten.

Vor dem Geschäft erwartete sie schon der dritte im Bund und Torsten teilte sie für die Suche am Spreeufer ein. Es dauerte nicht lange, bis sie fündig wurden. Mitten auf dem manikürten Rasen hatte ein abgerissener Mann im braunen Parka sich mit seinen Tüten ausgebreitet. Torsten schickte die hartleibigen jungen Kollegen ins Dezernat zurück. Für diese Befragung brauchte man Einfühlungsvermögen.

Der Mann mit dem zotteligen grauen Bart wirkte wie siebzig, konnte aber, wie Torsten sich erinnerte, höchstens Anfang fünfzig sein. Alk und ein Leben auf der Straße ließen einen früh altern. Wie wenig brauchte es doch, um in eine solche Lage abzurutschen. Auch bei ihm hätten damals ein paar Drogen zu viel, ein nicht gut verkrafteter Liebeskummer, dazu eine vermasselte Prüfung unter Umständen reichen können, um heute selbst hier zu sitzen.

»Guten Tag! Darf ich mich zu Ihnen setzen?« Torsten zeigte seine Dienstmarke.

»Seien Sie mein Gast, geschätzter Kollege vom Dienst.« Der Doktor bot ihm eine halbwegs saubere Plastiktüte als Sitzunterlage an.

Torsten setzte sich und reichte ihm einen Zehneuroschein. »Den können Sie behalten, wenn Sie mir ein paar Minuten Ihrer Zeit geben.«

Der Doktor betrachtete den Geldschein in seiner Hand. »Dass ich das noch erleben darf. Die Welt dreht sich in die Ge-

genrichtung. Jetzt will die Staatsgewalt mich kaufen. Aber die Erfahrung lehrt, es gibt nichts umsonst im Leben. Darf man erfahren, was sie sich für eine Gegenleistung dafür ausbedungen hat?«

»Sie können es einfach als Spende verbuchen. Bitte.«

»Meine Wählerinnen und Wähler werden es Ihnen danken.« Das Geld verschwand in einer der vielen Taschen seines Parkas.

Torsten streckte die Hand aus. »Ich bin Torsten Nagel, vom Morddezernat in der Keithstraße.«

Der Doktor sah Torstens Hand interessiert an, als hätte er eine unbekannte Spezies entdeckt.

»Und ich bin Johannes der Büßer. Früher hatte ich auch einen Nachnamen, aber ich beuge mich dem Willen der Bürgerinnen und Bürger. Namenlos im Schmutz soll ich wandeln, denn ich habe meinen Ruhm nicht verdient.«

»Aber Sie waren mal ein wichtiger Politiker.«

»Wichtig, in der Tat. Aber ich bin aus dem Zusammenhang gerissen worden. Nun bin ich als außerparlamentarische Opposition unterwegs.«

»Das war ich auch mal. Ist kein leichter Job, von außerhalb des Systems zu überzeugen, oder?«

»Leicht, schwer, was heißt das schon? Ich tue meine Pflicht. Politiker sind korrupt, und das Parlament wird es bald nicht mehr geben, wenn es so weiterläuft. Doch ich habe mein Schicksal angenommen und gehe mit gutem Beispiel voran. Das bin ich meinen Wählerinnen und Wählern schuldig, die mich als Sündenbock auserkoren haben, auf dass unser Parlament durch mein Opfer vor dem Untergang bewahrt werde. Von nun an soll ehrliche Politik aus der Gosse kommen, alles andere wäre Lobbyismus. Aber ich warte bislang vergebens.«

»Ich verstehe, was Sie meinen. Ich schaue schon gar keine Nachrichten mehr.«

Die beiden schwiegen einen Moment, dann wies Torsten in Richtung Marschallbrücke.

»Und gestern Abend auf der Brücke? Was ist da passiert?«

»Gestern Abend auf der Brücke – ist das die Strophe oder der Refrain?«

»Sie sind angegriffen worden, erinnern Sie sich nicht?«

»Ach, das! Zwei junge Männer haben ihre Meinungsfreiheit ausgeübt, das war alles. Ein wenig auf meine Kosten, aber das habe ich verdient. Es ist mir eine Ehre, die Strafe des Volkes auf mich zu nehmen.« Er hob seinen schmutzigen Pullover an und seine Rippen kamen zum Vorschein, übersät mit Schrammen und Blutergüssen.

»Das sollte sich ein Arzt ansehen. Es könnte was gebrochen sein.«

Der Doktor winkte ab und nahm noch einen Schluck aus der Wodkaflasche. »Ha! Man sollte die Rippen nicht auf die leichte Schulter nehmen, meinen Sie? Aber Buße muss wehtun, und das Leben ist kein Grillabend, mein Staatsfreund! Unsere Ärztinnen und Ärzte werden im Übrigen gemeinhin überschätzt, was ihre Bedeutung angeht.«

»Wenn Sie es sich anders überlegen, dann gehen Sie zum Zoo. Die Ambulanz am Bahnhof ist wirklich gut. Sie sagten, es seien *zwei* Männer gewesen, die Sie attackiert haben?«

»Versammeln kann man sich nur ab zwei Personen. Ihre Argumentation ist dialektisch, aber das, was als Erstes geht, ist doch immer die Grammatik, finden Sie nicht?«

»Wie sahen die beiden aus? Jung, alt?«

»Zwillinge. Keiner schöner als der andere. Aber was interessieren die schon im Angesicht der Ewigkeit? Die Plebs wird vergehen und die Politik findet neue Wege.«

Der Doktor nahm noch einen kräftigen Schluck aus der Wodkaflasche. Er sah hoch und lächelte an Torsten vorbei den blauen Himmel an. »Der Sündenbock wird zum Propheten, den der Erzengel Gabriel persönlich gerettet hat. Denken Sie nicht, dass es nur ein Bürger gewesen war, der mir zur Hilfe kam. Mitnichten! Erscheinungen sind trügerisch und Einmischung ist kein menschliches Kontinuum! Wahrlich, es war ein dunkler Engel mit bärtigem Antlitz. Gegen jede Vernunft und ohne himmlischen Lohn. So wurde das Schlimmste vom Propheten abgewendet. Mit Psychologie ist dem Phänomen nicht beizukommen, höchstens mit Gnade. Denn ich habe die Last, die mir von den Bürgerinnen und Bürgern auferlegt wurde, getragen, ohne zu murren und zu klagen.« Damit ließ sich der Doktor auf den Rücken fallen und schloss die Augen.

»Einen Moment noch«, sagte Torsten. »Können Sie mir ein paar Details von diesem – dunklen Engel nennen?«

Der Doktor gab keinen Mucks mehr von sich. Torsten blieb noch einen Moment unschlüssig auf dem Rasen sitzen, bis er auf einen Impuls hin das Handgelenk des Obdachlosen fühlte. Er lebte noch, war aber nicht mehr ansprechbar. Wahrscheinlich hätte er sowieso nichts Interessantes mehr erfahren. Immerhin konnte er sich das Geschehen jetzt bildlich vorstellen. Zwei junge Männer, die einen angetrunkenen Flaschensammler auf der Brücke belästigten. Und der Racheengel kam dazu und tötete einen der beiden mit seiner bewährten Schlagtechnik. Doch wo war der andere?

Er ließ alles stehen und liegen und floh aus dem Haus

Normalerweise stand Hasi nie vor neun Uhr auf. Der Morgen war durchaus lang genug, um die Post zu lesen, die Rosen zu pflegen und die Hausarbeit zu erledigen, die jetzt nicht mehr ganz so pingelig gemacht werden musste wie zu Tante Pudels Zeiten. Er hielt ihr Haus mit den eleganten Mahagonimöbeln, den ornamentalen Perserteppichen und dem Sammelsurium aus Sterling und Porzellan natürlich trotzdem gewissenhaft sauber. Solange er hier wohnte, war er ihr das schuldig, und wenn Kiki noch so schlaue psychologische Theorien vorbrachte, dass er an der Nabelschnur seiner Tante hing, was ja schon mal blanker Unsinn war, schließlich war sie nicht seine Mutter und außerdem tot und im Übrigen fand er dieses Bild irgendwie unappetitlich.

Abgesehen von der Pflicht zur Hausarbeit stand ihm der Tag zur freien Verfügung und er konnte aufstehen, wann immer er wollte. Dass er heute Morgen für seine Verhältnisse ungewöhnlich früh auf den Beinen war, hatte mit Benny zu tun. Die vorwitzige Nomadin mit ihrem abenteuerlichen Hippieauto ging ihm nicht mehr aus dem Kopf. Neben ihr auf dem Dach ihres bemalten VW-Busses zu sitzen, über den nächtlichen Wannsee zu schauen und dabei eine stibitzte Flasche Sekt zu trinken und ihre ziemlich gut schmeckende Buttercremetorte zu probieren, war ein wunderbares Erlebnis gewesen. Was eigentlich merkwürdig war, denn bisher hatte er sich ausschließlich von zarten, elfengleichen Wesen mit seidenblonden wehenden Haaren angezogen gefühlt. Dass Benny mit ihrem verfilzten Haargestrüpp und den bunten Strähnen ihn dermaßen faszinierte, war höchst verwirrend. Hatte er etwa all die Jahre völlig daneben gelegen und war einem Hirngespinst hinterhergelaufen? War das vielleicht der Grund dafür, dass bisher keine Beziehung gehalten hatte? Im Gegensatz zu seinen üblichen weiblichen Bekanntschaften hatte es Benny überhaupt nicht interessiert, ob er Geld oder eine Ausbildung oder einen guten Job hatte.

Hasi drückte die Gedanken ans Scheitern zurück in die

Schublade seiner Beziehungserlebnisse und klappte den Deckel zu, um mit Küchenschürze und Gummihandschuhen bewaffnet in die Badestube im ersten Stock zu gehen. Sollte Benny tatsächlich bei ihm duschen wollen, musste alles blitzblank sein und keine grauen Wannenränder durften ihr das Badevergnügen vergällen. Nachdem er die hässlichen Kalkreste von den rosa Kacheln geschrubbt und die altmodische Wanne mit ihrem Durchlauferhitzer, der laut protestierte, wenn man sich mit heißem Wasser duschen wollte, so gründlich geputzt hatte, dass man notfalls vom blanken Emailleboden hätte essen können, kam das Schwierigste. Es war Zeit, sich endlich von dem Drogeriekram zu trennen, den Tante Pudel im Laufe der Jahre auf der Waschmaschine und der Fensterbank angesammelt hatte. Ein Weidenkorb voller alter Haarbürsten, Kämme und Spangen, Fläschchen und Döschen, dazwischen puderige französische Parfüms, die wahrscheinlich ein kleines Vermögen gekostet hatten, aber inzwischen in ihren Kristallzerstäubern ranzig geworden waren – alles warf Hasi beherzt in einen der blauen Müllsäcke, die er für den drohenden Auszug besorgt hatte. Es tat ihm weh, so lieblos mit Tante Pudels Sachen umzugehen, aber zu wissen, wofür er sich von dem Plunder trennen sollte, gab ihm den nötigen Schub.

Das Telefon im Flur klingelte und er eilte zu Tante Pudels vorsintflutlichem Apparat. »Hallo?«

»Selber hallo. Aufwachen, du Zivilist!«

Vetter Brezels militärischer Kommandoton schallte so laut aus der Hörmuschel, dass Hasi der Putzschwamm aus der Hand fiel.

»Guten Morgen, Brezel. Ich bin schon auf.«

»Fabelhaft. Und? Lange Nacht gestern im Yachtclub?«

»Ja – sehr unterhaltsam, danke.«

»Unterhaltsam? Bei diesen Trockenschwimmern? Da hast du dir wohl die Birne zuknallen müssen, um über die Runden zu kommen.«

»Höchstens ein kleiner Schwips. Aber – wo warst du eigentlich? Ich habe dich gar nicht gesehen.«

»Leider verhindert. Ausgesprochen bedauerlich, aber Dienst ist Dienst, da kann man nichts machen. Dringender Sondereinsatz.«

Hasi konnte förmlich durchs Telefon hören, wie Brezel Gänsefüßchen in seine Stimme legte.

»Wie war es denn? Offenbar gute Stimmung, oder wie?«

»Das Übliche, du hast nichts verpasst. Aber ich habe ein Mädchen kennengelernt und wir haben uns blendend unterhalten. Vielleicht kommt sie in den nächsten Tagen zum Duschen.«

»Bei dir duschen? Großartig. Hätte dich nicht für so einen Draufgänger gehalten.«

»Du verstehst das falsch. Sie lebt in einem Bus – –«

»Zu viel Information! Zurück zum Text. Irgendwelche besonderen Vorkommnisse im Yachtclub?«

»Vorkommnisse? Wie meinst du das?«

»Nur so. Hätte ja sein können«, sagte Brezel gedehnt und ließ eine bedeutungsschwangere Pause entstehen.

»Ach so, ja, das hätte ich fast vergessen. Die Clubmitglieder haben diesen Schmidt-Rodenkamp ganz schön abgesnobbt. Und dann ist auch noch sein Schiff in die Luft geflogen.«

»Das sagst du jetzt erst? Wie sah das aus? Ich will Details hören, mein Lieber!«

Brezels Stimme klang viel zu erfreut, um gar nichts zu bedeuten. Bei Hasi läuteten Alarmglocken.

»Du hast doch wohl nichts damit zu tun, oder?«

»Wer? Ich? Wie kommst du denn darauf?« Brezel lachte auf, militärisch knapp. »Und Schmidt-Rodenkamp wurde ordentlich abgewatscht, sagst du?«

»Im Yachtclub ist er auf jeden Fall unten durch. Keiner hatte Mitleid mit ihm, im Gegenteil. Die Party nahm erst richtig Schwung auf, als er weg war. Aber jetzt würde ich gerne wissen, was du da gemacht – –«

»Keine Zeit, muss weg! Wollte dir eigentlich nur sagen, dass ich einen Trupp Grenadiere für deinen Umzug organisiert habe.«

»Grenadiere? Was hat denn ein Korvettenkapitän mit Bodentruppen zu tun?«

»Wo soll ich in Berlin Matrosen herkriegen, du Schlaumeier? Du hast doch schon gepackt, oder? Dann halte dich bereit zum Abmarsch. In einer Stunde sind wir da.«

»Ja, aber --«, protestierte Hasi. Das gehe ihm alles zu schnell, wollte er noch sagen, doch Brezel hatte bereits eingehängt. Gerade jetzt, wo Benny ihn besuchen wollte! Und er hatte es völlig verschwitzt, sie nach ihrer Handynummer zu fragen.

Während er sich anzog, ging er ein paar Alternativen zur Lösung des Benny-Problems durch. Er könnte mehrmals täglich von Meike aus zum Haus zurücklaufen und hoffen, dass Benny gerade in dem Moment vorfuhr. Oder im Yachtclub um die Telefonnummer ihrer Mutter bitten und diese dann anrufen, um Bennys Nummer zu erfragen. Aber wie konnte er die Mutter von Benny ausfindig machen, wenn er nicht einmal wusste, wie sie mit Nachnamen hieß? Ihm schwirrte der Kopf vor unbrauchbaren Ideen. Die immer praktische Tante Pudel hätte sicher gewusst, was in so einem Fall zu tun war. Aber um ihm einen guten Rat zu erteilen, müsste sie ihm erst einmal wieder erscheinen. Und dann zur Abwechslung auch noch mit ihm reden. Als Hasi im Wohnzimmer an dem Haufen Bücher, Porzellan, Nippes und alter Zeitschriften vorbeikam, verließ ihn der Mut. Er hatte keine Chance, binnen einer Stunde den ganzen beweglichen Besitz von Tante Pudel zu sortieren. Dagegen gab es nur ein Mittel. Er drehte sich um, ließ alles stehen und liegen und flüchtete aus dem Haus. Man konnte nur hoffen, dass Tante Pudels Allzweckmittel funktionierte und ein Morgenspaziergang um den Schlachtensee ihn vielleicht auf einen vernünftigen Gedanken bringen würde.

Eine erste Idee kam ihm schon vor dem Haus, noch bevor er den Vorgarten verlassen hatte, sodass er noch einmal umdrehte, um einen Zettel für Benny zu schreiben: Sie möge bitte warten, er sei gleich zurück. Er klemmte den Zettel unter das Klingelschild und machte sich ein wenig beruhigter auf den Weg. Würzige Waldluft war doch nicht in Gold aufzuwiegen.

Wie ein Raubtier war er auf seine Beute fokussiert

Etwa zur gleichen Zeit an diesem frühen Morgen eilte Gabriel de Ville auf die Bushaltestelle hinter dem Adenauerplatz zu. Eilen war zu viel gesagt, eher schleppte er sich so schnell dahin, wie es sein schmerzendes Hüftgelenk erlaubte. Die Fahrgäste stiegen gerade in den Schnellbus nach Zehlendorf, doch die Türen schlossen sich mit einem hämischen Zischen eine Sekunde, bevor er den Bus erreichte. Er klopfte an die Scheibe und gab dem Busfahrer ein Zeichen.

»Siehste doch, dass die Tür zu ist. Tschüssikowski.« Der Fahrer warf ihm nur einen gelangweilten Blick zu, und ein paar Passagiere grinsten, als der Bus anfuhr. Dieser Menschenschlag war gehässig und missgünstig, dachte Gabriel. Schon der Berliner Dialekt klang schlecht gelaunt, und die Sprache eignete sich für nichts anderes als sich zu beklagen und Vorwürfe zu machen. Er hatte gute Lust, den einen oder anderen Passanten, der in ausgeleierter, schlampiger Freizeitkleidung an ihm vorbeischlurfte, für seinen schlechten Geschmack mit dem Tode zu bestrafen.

Ächzend ließ er sich auf der Wartebank nieder und blickte auf seine Uhr. Es war gut, dass er sich so früh auf den Weg gemacht hatte. Seitdem er die Bilder von Schmidt-Rodenkamps brennender Yacht in den Fernsehnachrichten gesehen hatte, wusste er, es gab keine andere Wahl, als jetzt möglichst schnell zu handeln. Die Explosion war Profiarbeit, egal welche wilden Theorien in Radio und Zeitungen diskutiert wurden. Von durchgebrannten Elektrokochern war die Rede, von explodierenden Propangasflaschen oder einem Leck in der Treibstoffleitung – alles Unsinn. Hier war eindeutig ein Kollege am Werk. Ein Profikiller, nur dass Bertram Schmidt-Rodenkamp zur Zeit der Explosion nicht an Bord gewesen war. Künstlerpech, ihm selbst wäre das bestimmt nicht passiert.

Trotzdem konnte der Rivale das nächste Mal Erfolg haben. Die Lage war prekär. Bianca musste ebenfalls einen Auftragskiller für ihren Mann engagiert haben, die beiden Ehepartner schienen sich an Entschlossenheit in nichts nachzustehen. Sollte dieser Kollege es nun schaffen, seinen Auftraggeber auszuknipsen, bevor er selbst Bianca eliminiert hatte, dann konnte er die Abschlussrate seines Honorars vergessen. Also musste er umdisponieren und dem anderen zuvorkommen.

Als der Bus endlich kam, durchfuhr ihn beim Einsteigen eine neue Schmerzwelle.

»Immer sportlich nach hinten durchtreten, junger Mann«, ermunterte ihn der Fahrer, und Gabriel stellte sich kurz vor, wie der Mann mit durchschnittener Kehle über dem Steuer zusammensackte.

Am Mexikoplatz stieg er aus und ging weiter bis zum Schlachtensee. Auf dem federnden Boden des bewaldeten Uferweges war das Gehen nicht ganz so eine Tortur wie auf dem Asphalt. Durch die Bäume glitzerte der See in der Morgensonne. Ein Mann stand bis zum Bauch im Wasser und rief ihm mit hochgerecktem Daumen zu: »Wenn man erst mal drin ist, geht es!«

Gabriel ignorierte den Badenden und warf einen Blick auf seinen schweren Goldring. Die Giftnadel unter dem roten Carneol war bereit. Der Schwimmer befand sich inzwischen draußen auf dem See und die Bank am Ufer, auf der er das Zielobjekt gestern observiert hatte, war unbesetzt. Um diese Uhrzeit waren nur vereinzelte Jogger und wenige Spaziergänger unterwegs. Gabriel ging ein paar Schritte hin und her und verzog sich in einen Seitenweg, als ein älteres Ehepaar herannahte und für einen Moment am Wasser verweilte. Nachdem die beiden Alten weitergegangen waren, musste er auch noch warten, bis ein verschwitzter Jogger mit Kopfhörern vorbeigetrabt war.

Als das Zielobjekt von Weitem herankam, war sonst kein Mensch zu sehen. Manchmal musste man trotz aller Planung auch einfach Glück haben. Das hatte nicht das Geringste mit göttlicher Fügung zu tun, sondern dafür genügten Zufall, Mathematik und Statistik. Gott, wenn es diesen verzogenen Egozentriker denn gab, würfelte er höchstens zu seinem eigenen sadistischen Vergnügen, anstatt mit Sinn und Verstand in die

Geschicke der Welt einzugreifen. Gabriel begab sich langsam auf den Gehweg zurück und ließ sich kurz vor den Sitzbänken von dem Zielobjekt überholen. Wie vorhergesehen, steuerte Bianca Schmidt-Rodenkamp die letzte Bank an und setzte sich, um zu verschnaufen. Menschen waren so einfach zu berechnen. Sie schloss die Augen und hob den Kopf, sodass ein Sonnenstrahl durch die Bäume auf ihr Gesicht fiel. Ihre Mädchenhaftigkeit rührte ihn nur für einen Moment, bevor er den roten Carneol zurückschob, damit die Giftnadel freilag. Dann trat er an die Bank heran.

»Entschuldigen Sie bitte, dürfte ich mich einen Augenblick dazusetzen? Der Blick ist so malerisch von hier.«

Bianca Schmidt-Rodenkamp öffnete die Augen und musterte ihn scharf, dann lächelte sie, als sie einen gepflegten älteren Herrn vor der Bank stehen sah. »Natürlich, bitte.«

Ihr Lächeln war nicht unsympathisch, es wirkte so offen, dass niemand ihr zutrauen würde, ihren Mann mit einem Sprengstoffanschlag aus dem Leben befördern zu wollen. Nur an ihren kalten Augen konnte er sehen, dass sie bestimmt nicht so harmlos war, wie sie sich gab.

»Danke«, sagte er und nahm neben ihr Platz. Dabei hob er seinen Arm, wie um ihn auf der Rückenlehne abzustützen, wobei seine linke Hand wie zufällig ihre Schulter streifte.

»Au!«, rief sie und rutschte ein Stück von ihm ab. »Irgendwas hat mich gestochen.« Sie sah sich um und betastete ihre Schulter, aber es war kein Insekt zu sehen. Dann schüttelte sie den Kopf, wie um den kleinen Schmerz zu verscheuchen.

Gabriel wartete ein paar Minuten, bis sich das Botulinumtoxin im Körper verbreiten konnte. »Nur ein kleiner Einstich«, sagte er dann und zeigte ihr seinen Ring, bevor er den Carneol wieder über den Giftstachel schob.

»Was soll das? Was wollen Sie von mir?« Bianca versuchte aufzustehen, aber ihre Füße rutschten unbeholfen zur Seite und ihre Beine gehorchten ihr schon nicht mehr.

»Entspannen Sie sich, es wird nicht weh tun«, sagte Gabriel. »Sie werden in weniger als fünf Minuten tot sein.«

Er hatte erwartet, dass sein Opfer angesichts des nahenden Todes emotionaler reagieren würde. Stattdessen schaute Bianca ihn mit fast überlegener Ruhe an. »Ich habe Sie doch gestern schon hier gesehen. Seltsam, Sie wirken gar nicht wie ein Mörder.«

»Ja, ich bin Ihnen schon gestern gefolgt. Sie haben mich ganz schön auf Trab gehalten.«

»Hat mein Mann Sie engagiert?«, fragte Bianca. Ihre Stimme wurde leiser.

Gabriel nickte und hielt sie fest, als sie ganz von der Bank zu rutschen drohte. Nach einigen Minuten entgleisten ihre schönen Gesichtszüge, es sah aus, als hätte sie einen beidseitigen Schlaganfall gehabt. Nur die Augen waren noch wach.

»Ich muss Ihnen noch was sagen.« Mühsam hob sie die Hand und strich ihm in einer ungelenken Geste übers Gesicht. Ihr Arm sank herab und das Sprechen fiel ihr bereits schwer.

Er beobachtete die Frau, wie er es immer mit Sterbenden tat. Sie bewegte mühsam die Lippen, und er lehnte sich ganz dicht an sie heran, um ihre letzten Worte zu verstehen. Sie atmete stoßartig ein und aus, ein kehliges Rasseln kam aus ihrem Mund wie die Parodie eines Lachens.

»Mein Mann. Er wird dich nicht bezahlen.« Ihr letzter Satz.

Gabriel wartete noch einige Minuten, bis er sicher war, dass sie nichts mehr sagen würde. Gerade als er aufstehen wollte, um den Ort zu verlassen, kündigte sich ein Spaziergänger durch eine vor sich hin gepfiffene Melodie an. Ein schlaksiger junger Mann im Tweedjackett schlenderte den Uferweg entlang, direkt auf die Bank zu. Gabriel schloss der Toten die Augen und legte seinen Arm um sie, sodass ihr Kopf an seiner Schulter ruhte. Es war einen Versuch wert. Der junge Mann verlangsamte seinen Schritt und wünschte einen guten Morgen, während er Gabriel und die Frau in seinem Arm mit einem Blick musterte, den er nur als forschend deuten konnte.

»Guten Morgen«, flüsterte Gabriel übertrieben leise. Er wies auf die Frau an seiner Schulter und legte einen Finger auf seine Lippen. Der junge Mann nickte verstehend und ging weiter.

Aber dann blieb er unvermittelt stehen und bückte sich, um den Schnürsenkel an seinem Schuh neu zu binden. Dabei drehte er sich noch einmal um. Gabriel hatte den Eindruck, er beobachte ihn und die Tote, und wappnete sich schon für einen Überraschungsangriff, bis der seltsame Spaziergänger sich erhob und weiterging, ohne sich noch einmal umzudrehen.

Gabriel schaute ihm hinterher. Hatte der junge Mann, der so fröhlich tat, seine Inszenierung geglaubt? Sicher konnte er sich nicht sein. Oft kamen Zeugen die Zweifel erst später, wenn sie das Gesehene noch einmal vor ihrem inneren Auge ablaufen ließen. Insbesondere nach der Entdeckung von Biancas Leiche durch die Polizei und dem unweigerlichen Bericht in der Lokalzeitung oder vielleicht sogar im Fernsehen, schließlich war Frau Schmidt-Rodenkamp eine bekannte Persönlichkeit. Spätestens dann würde sich der Augenzeuge an diese Begegnung erinnern. Das war nicht gut.

Gabriel verschränkte die Arme der Leiche hinter der Rückenlehne der Bank, damit sie nicht zur Seite rutschte und vorzeitig Aufmerksamkeit auf sich zog. Dann stand er auf und bemühte sich, das Schmerzsignal von der Hüfte an sein Gehirn zu ignorieren. Dieser Zeuge musste ausgeschaltet werden, bevor er den Waldrand erreichte. Etwa zehn Meter vor ihm bog der junge Mann in der altmodischen Tweedjacke vom Uferweg auf ein paar gepflasterte Treppenstufen ab, die durch den Wald nach oben zum Fischerhüttenweg führten. Gabriel biss die Zähne zusammen und beeilte sich, den Vorsprung des lästigen Spaziergängers zu verkürzen. Der Zeuge hatte es glücklicherweise nicht eilig. Oben angekommen, blieb der Müßiggänger stehen, um ein Eichhörnchen zu beobachten, das gerade eine Kiefer senkrecht hochhuschte. Kurz bevor Gabriel ihn erreicht hatte, setzte er sich wieder in Bewegung und verschwand auf einem schmalen Pfad zwischen den Bäumen. Gabriel eilte lautlos hinterher. Das Adrenalin hatte den Schmerz ausgeschaltet, der Jagdinstinkt hatte ihn wieder gepackt. Wie ein Raubtier war er auf seine Beute fokussiert. Fast hatte er sein Opfer eingeholt, als ein schnaubendes Geräusch ihn in der Bewegung verharren ließ. Aus dem Unterholz brach ein Wildschwein und wühlte mit seinen Hauern den lockeren Waldboden auf. Gabriel hielt inne. Wenn sie gereizt wurden, konnten diese Tiere einen ausgewachsenen Mann umhauen. Er fluchte innerlich, als er sein Opfer unbekümmert davonspazieren sah. Es machte geradezu den Eindruck, als wäre dieses Untier aufgetaucht, um den Zeugen zu beschützen. Jetzt hätte er gerne eine Schusswaffe dabeigehabt, um die beiden in einem Aufwasch zu erledigen.

Langsam setzte er einen Schritt vor den anderen, ohne das Borstenvieh aus den Augen zu lassen, das drohend den Boden weiter aufpflügte und laut vor sich hin schnaubte. Erst als das Wildschwein sich abwandte, traute er sich, wieder schneller zu gehen. Der junge Mann war bereits am Waldrand angekommen und trat auf die Straße. Durch das Unterholz blickte Gabriel ihm hinterher. Der Fischerhüttenweg war menschenleer. Der Zeuge schlenderte auf ein efeumranktes Einfamilienhaus zu und verschwand darin. Gabriel lächelte grimmig über seine Schmerzen hinweg. Ein privates Wohnhaus war der perfekte Ort für eine saubere Eliminierung. Er wartete hinter einem Baum, um einen Jeep und einen Lastwagen vorbeizulassen. Es waren zu seinem Erstaunen olivgrüne Militärfahrzeuge und sie hielten genau vor dem Eingang des Hauses. Gabriel brachte sich unauffällig in Position, um besser sehen zu können.

»Absitzen!«, ertönte ein Kommando. Ein stämmiger Mann in Uniform schwang sich aus dem vorderen Wagen und marschierte, gefolgt von einem halben Dutzend Soldaten in Kampfanzügen, durch die Gartenpforte.

Gabriel beobachtete, wie der Zeuge die Tür öffnete.

»Melde mich zum Dienst!«, grüßte der Uniformierte zackig.

»Guten Morgen allerseits, die Bude ist klar zum Entern!«, rief der Zeuge und machte eine einladende Geste. Es wirkte lächerlich, wie die Soldaten in Reih und Glied mechanisch in das Haus hineintrotteten. Aber so absurd der rätselhafte Aufmarsch erschien, es sah aus, als hätte der junge Mann diese militärische Unterstützung erwartet, die ihm noch einen kleinen Aufschub vor seiner Eliminierung verschaffen würde.

Es war zu spät, um die kleine Schieflage wieder geradezurücken

»Ohne Tritt, Marsch!«

Hasi trat schnell beiseite, damit die Truppe auf Vetter Brezels eigenartiges Kommando hin im Gänsemarsch an ihm vorbei in sein Haus einrücken konnte. Er musterte seinen Vetter und das halbe Dutzend Soldaten, die Brezel als seine Gardisten angekündigt hatte, die aber mit ihrer grün und braun gefleckten Tarnbekleidung eher wie ein Rudel Förstergehilfen aussahen. Dafür war keiner von ihnen weniger als zwei Meter lang, und sie sahen mit ihren ernsten Gesichtern allesamt so aus, als würde in Tante Pudels Wohnstube gleich die Schlacht bei Tannenberg entschieden.

Hasi folgte der Gesellschaft ins Wohnzimmer, wo Brezel seine Männer mit weiteren Kommandos für ihre Aufgaben einteilte. Während sie auf seinen Befehl »Abtreten« in alle Richtungen auseinander stoben, erklärte er Hasi, dass die Soldaten als Rekruten Grenadiere genannt und in einem Wachbataillon im Wedding nicht nur für die vornehmsten Ehrendienste der Bundeswehr ausgebildet wurden, sondern auch noch bis zum Umfallen durch den Wald joggten und so viel Krafttraining machten, dass ein kleiner Sondereinsatz wie dieser Umzug für sie geradezu eine Erholung bedeutete.

Erstaunt verfolgte Hasi, wie die Soldaten in Windeseile Schränke und Schubladen leerten, die Perserteppiche aufrollten und sogar die Samtvorhänge so professionell abhängten, als verrichteten sie solche Aufgaben täglich in ihren Kasernenstuben. Alles wurde generalstabsmäßig katalogisiert und bruchsicher in Umzugskisten verpackt. Er hätte nie gedacht, dass es möglich wäre, so schnell Ordnung in Tante Pudels unübersichtliche Haufen an Krimskrams zu bekommen.

»Das läuft ja wie am Schnürchen!«, lobte er mit lauter Stimme, weil Brezel schweigsam mit grimmiger Miene, die Hände fest in die Taille gestemmt, herumstand, als lauerte er nur darauf, dass einer aus der Truppe etwas falsch machte.

»Du musst die Männer nicht loben, der Soldat kann alles – jedenfalls unter der richtigen Führung«, sagte Brezel und klopfte sich auf den Bauch.

Bald stapelten sich überall im Haus gefüllte Kisten, und als die Möbel herausgetragen und in den Lastwagen verstaut wurden, kam Hasi sich wie der letzte noch übriggebliebene Einrichtungsgegenstand vor, der auf seinen Abtransport wartete. Er rettete schnell ein kleines Meißner Porzellanvögelchen davor, in eine Kiste zu wandern.

Wenigstens ein Souvenir wollte er zu seinem Asyl in Meikes Dachkammer mitnehmen. Insgeheim wunderte er sich, dass Tante Pudel es sich so kampflos gefallen ließ, dass man sie auf diese schnöde Weise posthum mit ihrem ganzen Leben in gesammelten Erinnerungsstücken aus dem eigenen Haus warf. Es hätte ihn nicht im Geringsten erstaunt, wenn plötzlich Gegenstände durch die Luft geflogen wären, Ketten gerasselt hätten, Blut aus den Wänden getropft oder sonst etwas passiert wäre, was Geister so veranstalteten, wenn sie ungebetene Gäste vergraulen wollten. Nur Tante Pudels kleines selbst gemaltes Bild hing wieder schief, aber das war ja nichts Neues. Er rückte es gerade, bevor er sich mit einer Tasse Tee auf die Terrasse flüchtete. Im Küchenschrank hatte er ein vergilbtes Picknickservice aus Kunststoff und eine uralte Packung schottischer Butterkekse entdeckt.

»Die Gartenmöbel können ruhig hierbleiben. Vielleicht kann der nächste Besitzer sie gebrauchen«, sagte er zu Brezel, der zu ihm hinaus kam.

»Richtig so.« Brezel wischte sich den Schweiß von der Stirn.

Ein Soldat tauchte an der Terrassentür auf und schlug die Hacken zusammen. »Melde Operation abgeschlossen, Herr Kapitän.«

»Danke, Gefreiter! Viertelstunde zur freien Verfügung, dann Fertigmachen zur Inspektion.«

»Jawohl, Herr Kapitän.«

»Ich würde die Herren gerne zu Tee und Gebäck einladen«, sagte Hasi.

Der Soldat antwortete nicht, sondern blickte nur seinen Vorgesetzten an.

»Danke, Hasi, ich nehme gerne ein Tässchen Tee, aber die Männer freuen sich jetzt auf den Kasten Pils, den ich ihnen spendiert habe.« Er nickte dem Gefreiten zu. »Abtreten zum Bierfassen.«

»Was ich dich noch fragen wollte, Brezel, wie war das denn nun mit der Explosion gestern Abend?«

»Ein schönes Feuerwerk, oder? Ich habe es vom gegenüberliegenden Ufer aus beobachtet.«

»Herrlich«, bestätigte Hasi. »Und du hättest Schmidt-Rodenkamp sehen sollen. Der hat sich auf der Terrasse sehr unmanierlich ausgetobt. Dann habe ich ihn vom Clubhaus ausgeschlossen, damit er die Stimmung nicht verdirbt.«

Brezel schlug ihm begeistert auf die Schulter. »Bravo. Fabelhafte Teamarbeit!«

Hasi blickte Brezel fragend an. »Ich will ja keine Spaßbremse sein, aber was hast du eigentlich damit bezweckt? Ich meine, jetzt wo er nicht mal mehr die Yacht hat, sind die Chancen, mein Geld zurückzubekommen, doch eher weiter gesunken.«

»Gesunken, wie sein Schiff!« Brezel lachte. »Im Ernst, willst du etwa ruhig zusehen, wie dieser Betrüger ungestraft dein Geld klaut?«

»Natürlich nicht, aber sein Schiff in die Luft jagen ändert doch auch nichts.«

»Oho, mein Lieber, da täuscht du dich aber gewaltig. Die Polizei wird ihn jetzt wegen Versicherungsbetrugs drankriegen. Jeder wird denken, dass er seine gut versicherte Yacht selber versenkt hat, weil er so klamm ist. Für diesen robusten Einsatz habe ich meine Froschmänner reaktiviert. Aber das bleibt unter uns, ist ja klar.«

»Ach so!« Hasi musste einen Moment nachdenken, dann ging ihm ein Licht auf. Brezel grinste wie ein Hai.

»Na, ist der Groschen endlich gefallen?«

»Also, für die Betrügereien, die er gemacht hat, mogelt er sich aus der Verantwortung heraus und wird stattdessen für etwas bestraft, was er gar nicht getan hat. Du bist ja ein raffinierter Hund!«

»Danke für die Blumen! Und sonst? Hast du schon was, wo du jetzt unterkommst? Du weißt, ich habe immer ein extra Feldbett für dich.«

»Gefechtsmäßige Übernachtung? Normalerweise sehr gerne, aber ich komme schon klar. Eine Familie in der Nachbarschaft wird mich fürs Erste aufnehmen. Mein Zahnarzt. Er hat mich eingeladen. Ich passe manchmal auf den Sohn auf.«

Hasi merkte, dass er rot wurde. Warum um Himmels willen log er den Vetter an? Warum sagte er nicht, dass er zu einer alleinerziehenden Mutter zog? Er hatte doch nichts zu verbergen! Aber es war zu spät, um die kleine Schieflage wieder geradezurücken, denn Brezel war schon beim nächsten Thema.

»Das Einzige, was wir nicht eingepackt haben, sind die Bilder. Ich dachte, die legen wir zum Schluss oben auf die Kisten.«

»Nicht nötig, Brezel. Die habe ich schon an einen Galeristen verkauft.«

»Tatsächlich? Na dann. Immerhin etwas. Sag mal, Hasi, wie hat dir eigentlich unser kleiner Einsatz hier gefallen?«

»Imponierend! Großartig, wie flott das hier läuft.«

»Nicht wahr? Die Langen Kerls sind tipptopp in Form. Da kommt so schnell kein Zivilist mit.«

»Bestimmt nicht.«

»Freut mich, dass du das so siehst. Hättest du nicht Lust, bei uns zu arbeiten?«

Hasi verschluckte sich fast am trockenen Keks. »Ich? Wie meinst du das? Soll ich mich jetzt bei der Marine bewerben? Du weißt doch, dass ich seekrank werde, sobald ich ein Schiff auch nur von ferne sehe.«

»Nein, nein, natürlich nicht bei der Marine. Beim Wachbataillon, das ist für die militärische Repräsentation bei Staatsbesuchen zuständig. Du würdest für mich arbeiten, in zivil. Als mein persönlicher Adjutant fürs Protokoll. Ausländische Militärs betreuen, Berlinführungen machen, mit Ehefrauen plaudern, bei den Empfängen dafür sorgen, dass niemand allein steht, pipapo. Smalltalk liegt dir doch und Englisch sprichst du auch ganz passabel.«

»Ja, schon – –«

»Nicht Vollzeit, aber es wird für deine Bedürfnisse schon reichen. Und es wäre immerhin ein reguläres Einkommen.«

»Hm, ein Einkommen könnte ich schon gebrauchen.«

»Prima!« Brezel schlug Hasi auf den Rücken. »Ich rufe gleich die Kostenstelle an, wir haben da noch etwas Spielraum für eine kleine Stelle.«

»Ja, aber – –«

»Wird dir Spaß machen, Hasi. Sieh mich an! Das Militär ist das Beste, was einem Mann passieren kann.«

Sie tranken ihren Tee aus und gingen ins Haus zurück, wo die Grenadiere bereits in einer Reihe standen und auf die Inspektion warteten. Hasi folgte seinem Vetter auf dem Kontrollgang. Es grenzte an Zauberei, dass die Räume in dieser kurzen Zeit so leer geräumt werden konnten, als hätte nie einer darin gewohnt. Das Haus war ihm auf einmal fremd. Wenn die Bilder nicht zurückgeblieben wären, hätte nichts mehr an Tante Pudel erinnert.

»Männer! Rühren!«

Auf Brezels Kommando hin veränderten die Soldaten ihre Haltung und schoben den rechten Fuß ein wenig vor wie zu einem Tanzschritt. Brezel wandte sich an Hasi. »Möchtest du den Männern vielleicht selber etwas sagen?«

»Natürlich, sehr gern.« Hasi blickte erfreut in die Runde. »Liebe Grenadiere, entschuldigen Sie, dass ich Ihnen nur Tee anzubieten hatte, ich war heute kein guter Gastgeber. Aber herzlichen Dank für Ihre Mühe, Sie waren großartig und eine riesige Hilfe.« Er ging die Reihe der Soldaten ab wie ein Staatsoberhaupt bei der Parade und schüttelte jedem der ausdruckslos dreinblickenden jungen Männer die Hand. »Vielleicht kann ich Ihnen wenigstens eine kleine Wegzehrung anbieten? Kekse aus Schottland, schmecken gar nicht übel.« Er zog die Kekspackung aus seiner Jackentasche und ließ sie reihum gehen.

Brezel stöhnte leise. So ging das gar nicht. Der Schlacks würde noch einiges lernen müssen.

Er zögerte keine Sekunde und nahm sofort Reißaus

Torsten wartete mit laufendem Motor vor dem Eingang des Kriminalgerichts und hatte The Clash auf dröhnende Lautstärke gedreht. Genau der richtige Sound, um sich darauf einzustimmen, Conni die Meinung zu geigen. Was auch immer ihr damals gestunken hatte, war inzwischen kalter Kaffee. Im Übrigen hatten sie beide ihren Spaß gehabt, wenn er sich richtig erinnerte.

Die Beifahrertür ging auf und Conni stieg ein.

»Oberstaatsanwalt Müller flippt gerade aus. Ich kriege Druck von oben, weil der Tatort innerhalb der Bannmeile liegt. Ich habe es ja gleich gesagt«, sprudelte sie ohne Gruß los. »Kannst du den Krach vielleicht ausmachen?«

Ohne auf seine Antwort zu warten, drückte sie auf den Aus-Knopf und die Achtzigerjahrepunks sprangen beleidigt aus dem CD-Wechsler.

»Dir auch einen guten Tag, Conni«, sagte Torsten und fuhr los.

»Wie habt ihr den Toten überhaupt identifiziert?«

»Reiner Zufall. Musst du dir mal vorstellen, im Dezernat lag eine Vermisstenanzeige vor, zwei Stockwerke unter uns. Also, keine Fleißkärtchen für die Kommunikation zwischen unseren Abteilungen. Aber einer meiner Leute war gestern mit dem Kollegen von unten zum Squash verabredet. Hat ihn abgeholt und dabei auf dessen Monitor ein paar Bilder vermisster Personen gesehen. Tja, und unsere Leiche darunter erkannt.«

»Mehr Glück als Verstand.«

»Er heißt übrigens Markus Böhm, ein achtzehnjähriger Schüler aus Chemnitz. War mit einer Jugendgruppe in einem evangelischen Jugendheim in Moabit untergebracht.«

»Und deshalb verschwendest du meine Zeit?«

»Ein Obdachloser bezeugt, er sei von zwei Jungs schikaniert worden. Unser Täter hat sich eingemischt und einer der beiden ist ihm dann offenbar entkommen.«

»Was? Ihr habt einen Augenzeugen?« Conni starrte ihn an. »Das sagst du erst jetzt? Seit wann weißt du das?«

»Seit gestern.«

»Du hättest mich sofort anrufen müssen.« Conni schüttelte den Kopf. »Ich habe gesagt, ich will über alles unverzüglich informiert werden. Ist das Absicht? Willst du meine Karriere sabotieren?«

»Kann es sein, dass du was gegen mich hast? Falls ich damals mal irgendwas Falsches gesagt oder getan habe, dann sag es mir doch einfach.«

»Jetzt werd nicht albern, wir haben andere Sorgen. Wo ist der Zeuge, dieser Obdachlose?«

Torsten zuckte mit den Schultern. »An seinem Stammplatz im Tiergarten vermutlich.«

»Ohne festen Wohnsitz – –«

»Wir konnten ihn ja schlecht festnehmen. Außerdem ist er Alkoholiker, vor Gericht kaum zu gebrauchen.«

»Und der Junge – warum hat der nicht die Polizei alarmiert, als sein Freund umgebracht wurde? Direkt vor seinen Augen.«

»Vielleicht fühlt er sich mitschuldig. Oder der Täter hat ihn so eingeschüchtert, dass er sich nicht traut, gegen ihn auszusagen.«

»Ob er auch zu dieser Jugendgruppe gehört?«

»Das werden wir gleich herausfinden.«

»Die Gruppe macht einfach weiter mit ihrem Berlinurlaub?«

»Was sollen sie denn sonst machen? Etwa ohne den fehlenden Teilnehmer zurückfahren?«

Torsten bog in eine Querstraße ein. Das Jugendheim hieß Haus St. Elisabeth und lag in der Zwinglistraße. Er stellte den Wagen im Parkverbot vor einem türkischen Lebensmittelgeschäft ein paar Schritte weiter auf der gegenüberliegenden Straßenseite ab und überflog mit einem Blick den grauen, funktionalen Sozialbau aus den fünfziger Jahren, der eine Lücke zwischen zwei bröckelnden Altbautenfassaden füllte. Hier waren die Mieten noch günstig und für die Hauseigentümer lohnte sich keine Renovierung, solange die Gegend nicht von neureichen jungen Spießern entdeckt wurde.

»Das Mordopfer war doch Neonazi, jedenfalls seiner Erscheinung nach. Was hat so einer mit einem kirchlichen Jugendheim zu tun?« Conni rümpfte die Nase, als sie über das nach starken Putzmitteln riechende Treppenhaus zum Eingang in der ersten Etage hochstiegen.

»Ist doch eine gute Möglichkeit, billig nach Berlin zu kommen. Und die Kirche will solche schwarzen Schäfchen in die Herde zurückholen. Nachts in die Clubs und zur Läuterung Morgenandachten mit gemeinsamem Singen.«

»Kein Wort über den Mord«, sagte Conni unnötigerweise, als er die Klingel drückte.

Ein nicht mehr ganz junger Mann öffnete die Tür und blickte sie fröhlich an. »Einen wunderschönen guten Tag. Womit kann ich dienen?«

Torsten zückte seinen Dienstausweis. »Kriminalpolizei.«

»Haben Sie etwa unseren Ausreißer gefunden?«

»Ich bin Hauptkommissar Nagel. Das ist Frau Staatsanwältin Fischer. Und wer sind Sie, bitte?«

»Oh, Entschuldigung, ich bin Pfarrer Helmut Brommer, der Herbergsvater sozusagen.«

Brommer war einer dieser Menschen, die gleichzeitig reden und lächeln konnten. Unbegründete Fröhlichkeit schien typisch für Vertreter von christlichen Religionen zu sein.

»Wir möchten die Jugendgruppe aus Chemnitz und ihren Leiter sprechen.«

»Die sind heute den ganzen Tag unterwegs. Ein Ausflug nach Potsdam. Das kann dauern. Haben Sie denn Markus gefunden?«

»Zeigen Sie mir bitte Ihre Gästeliste. Ich brauche Namen und Adressen von allen Teilnehmern dieser Gruppe. Und den Belegungsplan der Herberge.«

»Jetzt sofort?«

»Gibt es ein Problem damit?«

Der Pastor schenkte ihm wieder ein strahlendes Lächeln. »Gleich wird Mittagessen serviert und ich sollte das Tischgebet – –«

»Ich dachte, Ihre Gäste sind unterwegs«, unterbrach Conni ungeduldig.

»Wir haben zurzeit noch eine andere Jugendgruppe in unserem Haus, Ruhe gibt es hier nie.«

»Heißt es nicht, keine Ruhe gibt es nur für die Gottlosen?«, sagte Torsten. »Wie sind denn Ihre Besucher untergebracht?«

»Hauptsächlich in Zweier- und Vierereinheiten. Ich müsste jetzt aber wirklich – –«

»Und mit wem hat der vermisste Junge sein Zimmer geteilt?«

»Markus war mit Tommi zusammen, ich meine Thomas Mencken.«

»Was sagt denn dieser Tommi dazu, dass sein Freund verschwunden ist?«

»Nicht viel. Er glaubt, dass Markus nicht nach Chemnitz zurück will und ohne ihn abgehauen ist. Deshalb ist er stinksauer auf seinen Freund.«

»Und Sie? Glauben Sie das auch?«, fragte Conni.

Der Herbergsvater legte endlich sein Allzwecklächeln ab. »Passiert leider immer wieder. Oft kommen sie nach ein paar Tagen zurück, weil ihnen das Geld ausgegangen ist, manchmal auch nicht. Schade.« Er kratzte sich betrübt am Kinn. »Deshalb haben wir die Vermisstenanzeige aufgegeben. Nicht dass man ihn zwingen könnte, mit seiner Gruppe zurückzufahren, er ist schließlich volljährig. Aber trotzdem hat der Betreuer ja die Verantwortung für ihn. Und seinen Personalausweis hat er auch im Zimmer liegen lassen. Hat er was angestellt?«

Torsten reichte dem Pfarrer seine Visitenkarte. »Bitte rufen Sie uns an, wenn die Truppe zurück ist.«

Von der Treppe waren Stimmen zu hören. Der Herbergsvater strahlte. »Wenn man vom Teufel spricht!« Er öffnete die Tür weit, um eine Gruppe junger Männer hereinzulassen. »Tommi, kommst du bitte mal? Die Kriminalpolizei hat ein paar Fragen wegen Markus.«

Tommi, ein Junge mit schwerer Akne, auf dessen schwarzem T-Shirt ein Wolfskopf mit aufgerissenem Rachen prangte, zögerte keine Sekunde und nahm sofort Reißaus. Torsten rannte hinter ihm her durch das Treppenhaus und auf die Straße. Der Junge lief ohne nach links und rechts zu gucken direkt zwischen zwei parkenden Autos hindurch. Ein Radfahrer konnte nur knapp ausweichen.

»Pass doch auf, Wichser!«

Der Junge kam ins Straucheln und Torsten rannte schräg über die Straße, um ihm den Weg abzuschneiden. Tommi lief ihm fast direkt in die Arme.

»Aua, was soll der Scheiß?«

»Kriminalpolizei. Hast du vielleicht Watte auf den Ohren?«

»Lassen Sie mich los.«

»Das hättest du wohl gern.« Torsten hielt den Protestierenden fest am Arm gepackt und schleppte ihn zum Eingang des Jugendheims zurück, wo Conni bereits wartete.

»Thomas Mencken? Warum sind Sie vor uns weggelaufen?«

»Ist laufen jetze verboten, oder was?«

»Hör auf mit dem Quatsch. Wir reden jetzt mal Klartext.« Torsten führte den Jungen ins Treppenhaus und deutete auf eine Stufe. »Hinsetzen.« Er nahm neben dem Jungen Platz. »Jetzt verarsch uns nicht. Dein Freund Markus ist tot. Du warst mit ihm zusammen auf der Brücke gegenüber vom Reichstag. Was ist dort passiert?«

»Weiß ich doch nicht.« Tommi stierte auf den Boden, als hätte er noch nie etwas Interessanteres gesehen. Torsten kannte diesen Totstellreflex. Das durfte gar nicht erst einreißen. Er gab dem Jungen einen Stoß.

»Erzähl keine Märchen. Ihr seid zusammen gesehen worden. Ihr habt auf der Brücke einen Obdachlosen schikaniert.«

»Keine Ahnung, was Markus gemacht hat. Ich war nicht dabei.«

Torsten zog das unscharfe Fahndungsfoto des »Rächers«, wie seine SOKO den Killer mit dem angegrauten Vollbart inzwischen nannte, heraus und hielt es Tommi vor die Nase. »War das der Mann?«

Der Junge sah weg.

Torsten stand auf und zog ihn am Arm hoch. »Wie du willst.« Er zwinkerte Conni zu. »Wir machen zusammen eine kleine Ortsbesichtigung.«

Conni schaute auf ihre Uhr, während sie zum Wagen gingen. Torsten bugsierte den Jungen auf den Beifahrersitz. »Setzen und anschnallen, oder muss ich dir Handschellen anlegen?«

Er beobachtete Conni durch den Rückspiegel, als sie hinten Platz nahm. Sie beachtete ihn nicht weiter, sondern war schon in ihr Smartphone vertieft. Er bog nach rechts ab in Richtung Reichstag. Der picklige Junge neben ihm dünstete Alkohol und Pubertätsschweiß aus.

»Also, noch mal von vorne: Du und Markus, ihr seid vorgestern am Nachmittag zusammen losgezogen. Jetzt der Reihe nach. Was habt ihr alles gemacht?«

Tommi blickte auf seine Schuhe. »Ich habe nichts gemacht.«

Torsten fühlte eine bleierne Müdigkeit in sich aufsteigen. Der Junge war wie ein schwarzes Loch, das jede Energie in sich aufsog.

»Aber du bist in der Nacht alleine in das Elisabethheim zurückgekommen. Wo hast du deinen Freund gelassen?«

»Weiß ich doch nicht. Der hatte noch was vor.«

Conni sah von ihrem Telefon auf und tippte dem Jungen auf die Schulter. »Interessiert es dich überhaupt nicht, dass Markus ermordet wurde? Ihr wart doch Freunde zu Hause in Chemnitz.«

Bei dem Wort Chemnitz schien auf einmal Leben in den Jungen zu kommen. Er hob den Kopf und schaute Torsten mit großen Augen an.

»Wann kann ich nach Hause?«

Torsten sah im Rückspiegel, wie Conni mit den Augen rollte. Es war hoffnungslos, irgendwas aus diesem kahlrasierten Schädel herauszubekommen. Keine neunzehn Jahre alt und schon den Verstand halb weggesoffen. Als er in diesem Alter war, hatten vierundzwanzig Stunden am Tag nicht ausgereicht, um alles zu erleben, was es mit der Volljährigkeit plötzlich zu entdecken gab – Sex, Autos, Punkmusik und jede Art von Droge, die man in die Finger kriegen konnte. Sie hatten gekifft und Trips geschmissen, aber nur, um noch mehr zu erleben, doch nicht weniger.

Er parkte den Wagen vor der Marschallbrücke und stieg aus. Als er die Beifahrertür für den unwilligen Tommi öffnete, trat Conni dicht an ihn heran.

»Kannst du mir vielleicht mal sagen, was du vorhast?«

»Die kleine Glatze zum Reden bringen.«

»Dann beeil dich damit, ich habe wenig Zeit.«

Er unterdrückte eine bissige Replik und griff nach Tommis Arm, der sich ins Wageninnere zu verkriechen versuchte wie eine Schnecke bei Regen in ihr Haus. »Hey, du Zipfel! Jetzt schlaf nicht ein! Los, raus mit dir.«

Tommi vermied es, die beiden anzusehen.

»Na, erkennst du die Brücke wieder?«

Der Junge schaute apathisch auf den Boden. Torsten unterdrückte seinen Wunsch, ihm ein paar kräftige Kopfnüsse zu verpassen, und stieß ihn mit sich. Reggaeklänge wehten von einer Strandbar über die Spree herüber. Er hatte richtig kalkuliert. Der Doktor saß wieder an seinem Stammplatz mitten auf der Brücke. Heute war er umgeben von einigen Punks, die seinen Vorträgen zuhörten und ihm halfen, seinen Schnapsvorrat zu vernichten.

»Ich will nach Hause«, sagte Tommi, der plötzlich alle Schläfrigkeit abgelegt hatte.

»Was ist denn? Geht's dir nicht gut? Wir wollen uns doch nur ein bisschen umsehen.«

Torsten hielt ihn fest im Griff und ging auf den abgerissenen Ex-Politiker zu. Conni folgte ihnen. Die Punks rochen offensichtlich, dass hier ein Bulle im Anmarsch war und stoben schneller auseinander und in alle Richtungen davon, als er gucken konnte.

»Hey, meine zwölf Apostel! Wohin so eilig?«, rief der Doktor ihnen nach. »Wir waren doch mitten im Text!« Er schüttelte den Kopf. »Was ist los mit den jungen Wählerinnen und Wählern? Bin ich etwa der Grund für ihre existenzielle Ungeduld? Muss ich vielleicht an meiner sokratischen Technik arbeiten?« Er nahm einen großen Schluck aus der Pulle. Dann bemerkte er Conni. »Guten Tag, schöne Herrscherin! Sind Sie

Katharina die Große? Ich muss Sie warnen: In meinem Wahlkreis haben Sie keine Chance auf eine Rückkehr zur Monarchie. Es tut mir aufrichtig leid, aber das Rad der Geschichte kann nicht gegen den Uhrzeigersinn gedreht werden, da nützt auch Ihre Schönheit nichts. Dafür gebe ich den Bürgerinnen und Bürgern mein Wort.«

Conni sah Torsten irritiert an.

»Tachchen, Doktor«, sagte Torsten freundlich und zeigte seine Dienstmarke. »Das ist Constanze Fischer. Keine Sorge, sie ist Staatsanwältin und eine lupenreine Demokratin noch dazu. Wie ich natürlich auch.«

»Guten Tag, mein Freund! Kennen wir uns?«

»Wir haben uns neulich unterhalten, nachdem Sie von zwei jungen Männern hier auf der Brücke angegriffen wurden. Erinnern Sie sich?«

»Die Erinnerung ist ein weites Feld.«

»Meine Frage heute ist, ob Sie diesen jungen Mann kennen? War das einer der beiden Angreifer?«

Tommi drehte sich weg und Torsten nahm ihn in eine freundschaftliche Umklammerung, aus der sich der Junge nicht herauswinden konnte.

»Ich erkenne noch nicht einmal mich selbst«, sagte der Doktor philosophisch. Doch dann zeigte er auf den zähnefletschenden Wolf auf Tommis T-Shirt. »Hunde, die bellen, beißen nicht.«

»Sie erkennen dieses T-Shirt also wieder?«

Der Politiker schloss die Augen und legte sich auf den Boden. »Ich berufe mich auf mein Recht, die Aussage zu verweigern.«

»Verstehe. Sie wollen niemanden in Schwierigkeiten bringen. Aber ich appelliere an Ihre Verantwortung als Bürger der Zivilgesellschaft und als Politiker. Ich muss einen Mord aufklären und Sie können mir dabei helfen.«

Der Doktor richtete sich wieder auf. »Wohl gesprochen, Staatsfreund! Ich beuge mich dem rhetorischen Appell. Neben Ihnen steht der Aggressor, ich gestehe es. Freiwillig und ohne Druck, fürs Protokoll.«

Tommi kicherte nervös. »Der Penner hat sie doch nicht mehr alle.«

Torsten reichte dem Obdachlosen die Hand. »Ich danke Ihnen. Sie haben das Richtige getan.«

Der Doktor nickte glücklich. »Das hat schon lange niemand mehr zu mir gesagt.« Er nahm einen weiteren Schluck aus seiner Flasche und ließ sich zufrieden wieder auf dem Boden nieder, wo er fast augenblicklich einschlief.

Conni wandte sich an Tommi. »Also raus mit der Wahrheit. Du und Markus, ihr wart zusammen auf der Brücke, das ist jetzt amtlich. Was ist dann passiert? Hattet ihr Streit? Hast du Markus getötet? Willst du deshalb nichts sagen?«

»Ich hab ihn nicht umgebracht«, jammerte Tommi, »wir hatten diesen Penner nur nett nach dem Weg gefragt, alles ganz harmlos, da kam auf einmal so ein Typ und hat Streit angefangen. Wegen nichts.«

Torsten zog noch einmal das Foto des Rächers hervor. »War es dieser Mann?«

Tommi nickte.

»Und dann? Wie ging es weiter?«

»Keine Ahnung. Er hat nur gesagt, wir sind tot, und hat dann Markus voll eine reingehauen. Das ist doch nicht normal.«

»Und du hast deinen Freund einfach liegen gelassen?«

»Ich hatte Angst. Ich bin abgehauen.«

»Und warum bist du nicht zur Polizei gegangen?«

»Die hätten doch nur versucht, mir was anzuhängen. Genau wie die da.« Er zeigte auf Conni.

»Und zu Recht. Das ist doch ein Lügenmärchen, was du mir hier auftischt.«

»Nein, es stimmt. Ehrlich. Ich schwöre.«

»Wie konntest du wohl so schnell fliehen? Das ist doch schwer vorstellbar. Warum hat er dich denn nicht angegriffen?«

»Hat er doch. Der hat sogar noch einen Schläger nach mir geworfen.«

»Was für einen Schläger?«

»Meinen Baseballschläger. Volle Kanne in den Rücken habe ich den gekriegt. Wenn er meinen Kopf getroffen hätte, wär ich hinüber gewesen. Aber ich habe den Schläger genommen und bin weg.«

»Und das soll ich glauben? Wo ist der Schläger denn?«

»Habe ich ins Gebüsch geworfen.« Er wies in Richtung Reichstag. »Da hinten irgendwo.«

»Dann wollen wir das mal überprüfen. Los geht's, aber ein bisschen plötzlich.«

Der Junge wirkte nervös, aber auch erleichtert.

»Dann muss ich nicht in' Knast?«

»Wenn du diesen Baseballschläger findest, lassen wir dich vielleicht gehen. Vielleicht«, sagte Conni.

Sie überquerten die Straße hinter dem Reichstag und Torsten folgte Tommi, der inzwischen jede Schluffigkeit abgelegt hatte und nun zielstrebig zwischen ein paar Büschen verschwand.

»Hier ist er!«

»Stopp!«, rief Torsten. »Nicht anfassen!«

Tommi blieb stehen und wies auf ein paar Sträucher. »Da.«

Torsten fischte einen Asservatenbeutel aus seiner Jacke und zog ihn über die Hand, bevor er den Schläger damit aufhob.

»Kann ich jetzt gehen?«

»Du musst noch mit aufs Revier. Wir brauchen deine Fingerabdrücke.«

»Warum das denn? Ich war es doch nicht.«

»Um deine Fingerabdrücke auszuschließen. Hat Markus den Baseballschläger auch angefasst?«

»Kann sein.«

Endlich eine richtige Spur, dachte Torsten, als er den Jungen wieder in den Wagen bugsierte. Conni klopfte ihm blitzschnell auf den Hintern, als wären sie ein altes Ehepaar, bevor sie, ohne eine Miene zu verziehen, in den Fond stieg. Nachdem er seine Verblüffung überwunden hatte, merkte Torsten, dass er sich wider Willen über die übergriffige kleine Geste freute.

Hoffentlich waren außer dem Orakel keine weiteren Gesellschaftsspiele geplant

Hasi stellte den Rasenmäher ab und wischte sich über die verschwitzte Stirn. Endlich sah der Garten wieder halbwegs manierlich aus. Sogar Kris, der in einer bunten Hängematte lag und sich mit einem Computerspiel beschäftigte, das er nur gelegentlich unterbrach, um Hasi nützliche Tipps zu geben, hielt jetzt seinen Daumen hoch. Gleich nach seiner Ankunft in Meikes »Hexenhäuschen«, wie sie das Haus am Elvirasteig nannte, hatte Hasi sich daran gemacht, das verwilderte Grundstück dahinter mit seinen Lichterketten und bunten Windrädern auf Vordermann zu bringen, nur um auf andere Gedanken zu kommen. Mit einem Rasenmäher durch das Gras zu pflügen, das irgendwann wohl mal ein Rasen gewesen war, ließ ihn zwar ächzen vor Anstrengung, doch immerhin war er draußen in der freien Natur. Außerdem konnte er auf diese Weise immer mal wieder Pause machen, um unauffällig zu Tante Pudels Haus hinüberzuradeln und nachzusehen, ob vielleicht ein psychedelisch angemalter Bus davorstand oder Benny wenigstens den Zettel gefunden hatte, auf dem er ihr aufgeschrieben hatte, dass er gleich wieder da sei, obwohl das ja nun leider nicht mehr der Wahrheit entsprach.

Nachdem Brezel und seine Truppe mit Tante Pudels ganzem Hab und Gut abgezogen waren wie marodierende Freischärler mit ihrer Beute, hatte er es auf einmal nicht mehr in dem Haus ausgehalten, in dessen ausgeplünderten Räumen seine Schritte auf dem Parkett wie laut gewordene Vorwürfe widerhallten.

Auf dem Weg zu Meike war er bei der Vorstellung, wie Tante Pudel über das Abhandenkommen seines Erbes ausgerastet wäre, fast mit einem heranbrausenden Lastwagen kollidiert, der ihn auf dem schmalen Fischerhüttenweg zwang, mit seinem Fahrrad auf den Bürgersteig auszuweichen. Er hätte seiner resoluten Tante durchaus zugetraut, den Laster aus dem Jenseits heraus auf ihn zugesteuert zu haben, nur um ihm einen Denkzettel zu verpassen. Was natürlich nicht hieß, dass er jetzt doch noch an Geister glaubte.

Währenddessen wirbelte Meike, die sich sonst nur in achtsamem Zeitlupentempo fortbewegte, den ganzen Nachmittag in der Küche herum. Eine Lieferung von veganem Bio-Wein war angekommen, und Hasi erfuhr, dass dieser Wein deswegen vegan genannt werden durfte, weil er hergestellt wurde, ganz und gar ohne mit irgendetwas Tierischem in Berührung gekommen zu sein, außer mit dem Winzer selbst natürlich. Dann half er dabei, am Wasserhahn in der Küche noch einen Perlator mit Halbedelsteinen anzubringen, um das denaturierte Berliner Wasser, das aus der Leitung kam, zu entwirbeln. Meike wollte ihren Gästen auf keinen Fall linksdrehendes Wasser servieren. Sie brauchte mehrere Stunden, um ein scharfes Curry aus Nüssen und frisch gepresster Kokosmilch vorzubereiten. Für heute Abend waren vier Gäste angesagt und Hasi hatte den Eindruck, dass Meike vor einem von ihnen regelrecht Bammel hatte – oder, wie sie es ausdrückte, »Respekt«. In ehrfürchtigem Flüsterton erzählte sie, dass diese Freundin als strenge Frutarierin nur Dinge zu sich nahm, die dem Menschen von der Natur freiwillig hergegeben worden waren.

»Sind Nüsse nicht im Grunde kleine Baumembryos?«, fragte Hasi grinsend und bereute seinen kleinen Scherz sofort, denn Meike sah panisch auf die Uhr. »Meinst du? Ich kann doch jetzt nichts anderes mehr besorgen!«

»Wenn der Wind die Nüsse vom Baum weht, kann man sie doch aufsammeln, das tun die Eichhörnchen auch, und die müssen es ja wissen, weil sie auf den Bäumen leben«, versuchte Hasi es wieder gutzumachen.

»Ach Hasi, du bist so kreatürlich.« Zum ersten Mal an diesem Nachmittag brachte seine angespannte Gastgeberin so etwas wie ein Lächeln zustande und hielt ihm einen Probierlöffel mit grünem Brei vor die Nase. »Magst du mal kosten? Das ist Brennnesselmousse. Von regionalen Brennnesseln für den Nachtisch. Ich habe es extra mit Stevia gesüßt. Hoffentlich nimmt sie auch Süßes zu sich. Bei ihr weiß man nie.«

»Schmeckt sehr apart«, sagte Hasi. In seiner Familie war es eigentlich verpönt, das Essen zu kommentieren, und durch

Tante Pudel war er darin geübt, jede Menge unidentifizierbares Zeug ohne Protest zu vertilgen. »Warum macht dir denn diese Person so viel Kopfzerbrechen? Ist sie keine Freundin?«

Meikes Blick verklärte sich. »Doch, doch. Aber sie ist so viel mehr als das! Sie ist eine echte Lichtarbeiterin!«

»Eine Elektrikerin? Mit Handwerkern muss man sich gut stellen, das ist wahr.«

Meike lächelte. »Danke für deinen wundervollen Humor, Hasi!« Dann senkte sie die Stimme, als könnte die Lichtarbeiterin fernhören. »Sie ist ein Engel, eine Erlöste. Seitdem sie von ihrem verstorbenen Meister gelernt hat, die Materie zu überwinden, kann sie manchmal sogar Gedanken lesen. Als ich das letzte Mal in ihrem Laden war, wusste sie sofort, was ich brauchte.« Meike seufzte. »Sie ist schon völlig im Einklang mit den kosmischen Kräften des Wassermann-Zeitalters, ich bin noch ganz klein dagegen.«

»Aber wenn sie ein Engel oder so etwas in der Art ist, kann man doch hoffen, dass sie auch engelhaft nett sein wird, oder?«, sagte Hasi. Unwillkürlich, als hätte er sich bei Meike angesteckt, sprach auch er leiser.

»Du hast ja so recht. Wir müssen positiv denken.« Sie nahm ihn an die Hand und führte ihn in den Wintergarten, den sie für den Abend besonders dekorierte hatte. Die Teller für das Essen und die Weingläser standen an der Seite auf einer Anrichte, den Gartentisch hatte sie mit einem tiefblauen Tuch bedeckt. Mitten auf dem Tisch thronte Meikes Orakelschale, in der das frische Wasser aus dem Schlachtensee in Erwartung des Abends bereits leicht zu vibrieren schien. Sechs Stühle standen um den runden Tisch herum und Hasi war erleichtert, denn er hatte schon befürchtet, es den ganzen Abend mit verknoteten Beinen auf einem der Sitzkissen im Wohnzimmer aushalten zu müssen. Hoffentlich waren außer dem Orakel keine weiteren Gesellschaftsspiele geplant. Meistens musste man irgendetwas Idiotisches durch Pantomime darstellen, und dann lachten immer alle unnötig laut, obwohl sich doch nur der Pechvogel, der drangekommen war, auf recht einfältige Weise zum Trottel gemacht hatte.

Meike schaute durch das Glasdach hoch in den wolkenlosen Himmel. »Hoffentlich bleibt das Wetter so. Für ein Orakel ist es gut, wenn man in Sichtkontakt mit dem Kosmos ist.«

»Und bei Wolken gibt es keinen Kontakt?«

»Doch, auch, aber die Sterne sind mir diese Nacht im Traum erschienen. Das ist ein Zeichen.« Sie senkte wieder die Stimme. »Es ist mir total wichtig, dass alles total schön wird heute Abend. Der Laden meiner Freundin ist die erste Adresse für Ritualien in Berlin und ich würde so gerne bei ihr mein Wasserorakel anbieten. Das geht aber nur, wenn es heute eine Superweissagung gibt.«

»Du machst das bestimmt prima. Und wenn du erlaubst, werde ich dich unterstützen, so gut ich kann«, versicherte Hasi.

»Das freut mich. Danke. Ich zähle auf dich, Hasi.«

Er half ihr dabei, ein fragiles achteckiges Gebilde aus Bambusstangen und bunten Wollfäden über der Wasserschale aufzuhängen.

»Eine tibetische Geisterfalle«, erklärte Meike. Offenbar glaubte sie, dass man Geister wie mit einer Mausefalle fangen konnte.

Bis die Gäste kamen, gab es noch genug im Haus zu tun. Kris, der vom vielen Computerspielen hungrig geworden war, machte sich über eine Tüte Kekse her und ließ überall Felder von Krümeln zurück, über die Hasi sich mit dem Staubsauger hermachte, bis Meike ihren Sohn ins Bett brachte. Hasis Magen knurrte, schließlich hatte er seit seinem Einzug nichts bekommen als einen Löffel Brennnesselmousse und den letzten Keks aus der Tüte, den Kris nicht mehr geschafft hatte.

Als Meike kurz vor neun, nachdem die Sonne untergegangen war, wieder unten erschien, trug sie ein tiefblaues, lose fallendes langes Kleid, das mit fremdartigen Symbolen bestickt war.

»Das sind tibetische Schriftzeichen. Aus dem Buch der Toten«, erklärte sie auf seinen Blick hin.

»Das macht doch nichts«, sagte Hasi, »du siehst hinreißend aus!« Er war inzwischen nicht nur hungrig, sondern auch etwas müde von der ungewohnten Anstrengung des Tages, als einige helle Glöckchen endlich den Besuch ankündigten. Während Meike sich für den Abend sammelte, öffnete er die Haustür. Auf der Schwelle stand ein älteres Paar, beide mit weißgrauen und sehr langen Haaren, Hasi schätzte sie auf mindestens sechzig. Sie waren ganz in Orange gekleidet, sodass er sich fragte, ob sie Rettungssanitäter sein könnten. Aber Meike begrüßte die beiden Gäste mit viel Wärme. Sie hießen Hans und Liselotte und waren, wie Meike erklärte, in den achtziger Jahren Anhänger des berühmten Baghwans in Pune gewesen. Jetzt wirkten sie in Neukölln als ganzheitliche Therapeuten.

»Fabelhaft. Es ist ja so hilfreich, Probleme von einem Spezialisten bearbeiten zu lassen«, sagte Hasi und kredenzte ihnen Meikes tierfreien Wein.

»Oder von einer Spezialistin«, ergänzte Liselotte. »Und wir therapieren natürlich nicht nur Menschen. Auch Tiere.«

»Auch Hunde?«

»Ja, auch Hunde«, sagte Hans ernst.

»Herrlich. Besonders Dackel sollen ja schwer zu dressieren sein. Und Katzen sind doch auch recht eigenwillig, finden Sie nicht?«

»Wir versuchen, nicht zu urteilen, sondern alle Wesen anzunehmen und da abzuholen, wo sie sind«, sagte Liselotte spitz.

»Sehr witzig! Aber wie stehen Sie zu Blumen? Das sind doch auch Lebewesen, so gesehen, jedenfalls wenn es keine Schnittblumen sind.«

Hans und Liselotte sahen ihn mit synchroner Milde an. »Pflanzen verdienen natürlich unsere Zuwendung. Aber noch ist es schwierig für uns Menschen, ihre Sprache zu verstehen.« Und dann belehrten sie Hasi, dass die Reinkarnation für alles Leben galt und sie ihren Klienten – egal ob Mensch oder Tier – halfen herauszufinden, woher sie kamen und wohin sie eines Tages gehen würden, wenn sie ihre vorübergehend bewohnte irdische Hülle verließen.

»Ja, Herkunft und Stammbaum sind natürlich wichtig«, sagte Hasi und fragte sich, wie die beiden es nur schafften, die ganze Zeit, während sie ihn auf den Arm nahmen, so ernst zu bleiben.

Er entschuldigte sich, als es wieder an der Tür bimmelte. Vor ihm im Eingang stand eine zierliche Frau mit glatten blonden Haaren, die ihr wie Seidenfäden vom Mittelscheitel herunterfielen, und in einem langen, bestickten weißen Kleid, wie eine Fee, die sich bei H&M am Ku'damm ausgestattet hatte. Hasi wich unwillkürlich einen Schritt zurück. Diese Frau war so schön wie die Assistentin eines Messerwerfers und ihm auf Anhieb unsympathisch. Geübt schluckte er seine Abneigung herunter wie ein staubtrockenes Stück von Tante Pudels selbst gemachtem Nusskuchen und legte die Hände in Gebetshaltung vor die Brust, so wie er es bei Meike beobachtet hatte.

»Namaste und herzlich willkommen zur Orakelsitzung. Ich bin Hartung, Meikes – ähm – spiritueller Assistent.«

Die Frau sah ihn eine halbe Ewigkeit schweigend an, dann berührte sie mit der Hand ihre Stirn, die Brust und die Scham. »Ich bin Inana.« Sie zeigte auf einen spirelligen jungen Mann, der sich inzwischen hinter ihr auf dem Gartenpfad materialisiert hatte. »Und das ist Sananda Ra, mein Aura-Fotograf. Er wird heute Abend ein paar Bilder machen.«

Der junge Mann sagte nicht viel. Er trug ebenfalls weiße Kleidung, ein langes Hemd über einer Schlafanzughose, und hatte sein dünnes Haar zu einem kecken Radieschen auf dem Hinterkopf zusammengebunden. Nachdem Inana und ihr Begleiter an der Tür ihre Sandalen ausgezogen hatten, schwebte Meike mit einem etwas zu lauten Glockenlachen aus dem Wohnzimmer, als hätte sie nur auf den geeigneten Moment für ihren Auftritt gewartet. Der junge Mann verbeugte sich vor ihr und Inana umarmte sie, wobei sie die Augen schloss und in großen Bewegungen über Meikes Rücken strich. Im Gegensatz zu den ersten beiden Gästen bekamen Inana und das Radieschen eine ausgiebige Führung durch die Räume. Hasi hörte, wie Inana ein paar Mal »sweet« und »super sweet« sagte. Ihr Begleiter sagte immer noch nichts, sondern schoss unablässig Fotos von der Inneneinrichtung, als wollte er das Inventar festhalten.

Dann verschwand Meike im Wintergarten, um die letzten Vorbereitungen für die Sitzung zu treffen, und Hasi sah sich in der Pflicht, den aufmerksamen Gastgeber zu spielen, damit die Gäste nicht überall herumschnupperten wie neugierige Verwandte. Als Inana sich mit einem schmalen Lächeln auf das Sofa setzte, servierte Hasi den veganen Wein.

»Ich habe gehört, dass Sie einen fabelhaften Laden für Ritualbedarf haben«, sagte er, um die Konversation in Schwung zu bringen. »Machen Sie das schon lange?«

»Das *Aquarius* ist ein Ort des Lichts. Ich habe ihn von meinem Meister geerbt«, sagte Inana.

»Der Mann ist verschollen«, ergänzte das Radieschen und nickte ernst.

»Er ist jetzt an einem besseren Ort«, sagte Inana spitz, und Hasi wunderte sich, was wohl für eine Geschichte hinter dem strengen Blick steckte, den sie ihrem Begleiter jetzt zuwarf. Vielleicht war sie eine Erbschleicherin? Schweigen breitete sich im Raum aus. Liselotte und Hans hatten die Augen geschlossen und schienen zu meditieren oder zu schlafen. Hasi beneidete sie. Aber jetzt selber einnicken, wie es ihm immer wieder in den unmöglichsten Situationen passierte und schon amtlich als Krankheit diagnostiziert worden war, durfte er nicht. Er trank sein Glas aus und der Wein stieg ihm sofort von seinem leeren Magen in den Kopf. Um wach zu bleiben, wandte er sich wieder an Inana.

»Also, wenn ich Ihnen einen guten Rat geben darf, mit einem Erbe muss man sehr sorgsam umgehen. Sonst kann man ganz schnell in Schwierigkeiten kommen und dann fliegt einem alles um die Ohren.« Warum nur hatte er das gesagt? Er merkte, dass er rot wurde. Glücklicherweise rief Meike nun alle in den Wintergarten. Doch zu Hasis Enttäuschung wurde nicht etwa das Essen aufgetragen, denn die leise und doch recht bestimmt auftretende Inana fand, dass man besser gleich mit dem Orakel beginnen sollte, um keine kostbare Zeit zu verschwenden.

Es war inzwischen stockdunkel und hatte in Strömen zu

regnen begonnen. Das Wasser prasselte auf das Glasdach und Hasi bedauerte, dass Meike jetzt nicht auf einen Sternenhimmel als Requisit zählen konnte. Zu seiner Freude ließ sie sich jedoch nichts anmerken, sondern bat die Gäste, sich zu setzen, während sie im Raum herumging und feierlich Räucherkerzen anzündete. Inana nahm am Kopfende des Tischs Platz und schaute in die Orakelschale. In ihrem Gesicht entdeckte Hasi einen Ausdruck, der ihn an Tante Pudel erinnerte, wenn sie überprüfte, ob er das Silber ordentlich geputzt hatte. Das Radieschen machte Fotos von dem Wasser in der Schale, was Hasi sehr unhöflich fand. Lauerten sie etwa darauf, dass etwas schiefgehen würde? Oder, schlimmer noch, wollten sie Meikes Ritual abkupfern?

Inana griff nach Meikes Hand und sagte mit sanfter Schlangenstimme: »Meike, meine Liebe, hast du nicht etwas vergessen?« Nach einer kleinen dramatischen Pause legte sie nach. »Den siebten Stuhl ... Für ein richtiges Orakel muss man die Ahnen herbeirufen. Du kannst das doch, meine Süße, oder willst du uns etwa mit Hydromantie langweilen?«

Zu Hasis Bestürzung geriet Meike ins Stottern. »Ja, natürlich, Inana, sicher weiß ich, wie das geht. Ich dachte nur, dass wir erst einmal das Wasser befragen. Für den Anfang nur. Aber wie du willst, wir können auch gleich das Jenseits – ich habe das tibetische Totenbuch – –«

»Mit einem Verstorbenen direkt zu sprechen wäre schon eine feine Sache«, sagte Hans, und Liselotte sekundierte mit einem strengen Blick: »Oder einer Verstorbenen. Bitte frag die Geisterperson oder das Geisttier, ob er oder sie oder es sich wieder inkarnieren will, und wenn, dann in wen oder was.«

»Genau! Und verabrede ein Zeichen, sodass wir das bei der reinkarnierten Person – –«

»Oder dem reinkarnierten Tier«, sagte Liselotte.

»Oder der Pflanze«, fügte Hans hinzu.

»– – auch wissenschaftlich überprüfen können! Der oder die oder das soll sich dann einfach bei uns in der Praxis melden.«

Hasi konnte das nicht weiter mit anhören. Wen oder was,

wem oder was oder wessen? Der absurde Dialog weckte längst verdrängte Erinnerungen an seinen Deutschlehrer im Internat. Er sprang auf und holte einen Stuhl aus der Küche. Dann drückte er Meikes Hand. »Das wird schon«, sagte er leise.

Meike lächelte dankbar und zündete eine Kerze auf dem Tisch an. »Wenn die Flamme beginnt zu flackern, dann nähert sich eine Geisterseele.« Sie schloss die Augen. »Dies ist eine heilige Orakelschale vom Ganges und das Wasser kommt frisch und unverbraucht aus dem Schlachtensee. Wir können beginnen. Bitte legt eure Hände an den Rand der Schale, sodass ihr mit den Fingerspitzen in das Wasser eintaucht.«

Sie machte es vor und alle folgten ihrem Beispiel.

»Wir schließen jetzt die Augen und entspannen uns. Tief einatmen und langsam die Luft wieder ausströmen lassen. Sehr gut. Und noch einmal. Wir haben keine Eile. Alles ist gut, alles ist ruhig. Wir fühlen nur das Wasser an den Fingerspitzen.«

Hasi schloss die Augen und konzentrierte sich auf Meikes Stimme.

»Allwissendes Wasser vereinige dich mit uns. Öffne uns das Tor zum Reich der Toten.«

Sie leierte jetzt eine Beschwörungsformel aus dem tibetischen Totenbuch herunter. Ihre Stimme wurde zu einem einschläfernden Singsang und Hasi musste wieder gegen seine Müdigkeit ankämpfen. Aber Meikes Gesang klang sehr geheimnisvoll, das musste man ihr lassen. Gespannt wartete er darauf, was als Nächstes passieren würde. Irgendeine schöne Überraschung würde sie schon vorbereitet haben, so lange wie sie diesen Abend vorgeplant hatte. Der Regen prasselte rhythmisch auf das Glasdach wie Musik und die Luft im Wintergarten wurde schwer vom Duft der Räucherkerzen. Die Scheiben beschlugen allmählich und Hasi hatte das Gefühl, in einen wohlig-warmen Kokon gehüllt zu werden. Er gähnte verstohlen. Nur die Befürchtung, vom Stuhl zu kippen, hielt ihn noch wach, und er blinzelte durch die Augenlider, um zu sehen, ob es ihm als Einzigem so ging. Verdutzt stellte er fest, dass alle außer ihm eingeschlafen waren. Hans und Liselotte waren mit geschlossenen Augen aufeinander zu gekippt und hielten sich gegenseitig aufrecht wie zwei Spielkarten. Radieschen hatte den Mund offen stehen, Meike war mit dem Kopf nach vorn gefallen, und Inana, die Lichtarbeiterin, sah aus, als hätte man in ihrem Gesicht das Licht ausgeknipst wie bei einer Schauspielerin, nachdem der Regisseur »Cut!« gerufen hat. Nur die Kerzenflamme flackerte bedenklich. Plötzlich erlosch sie wie durch einen Windstoß. Aber im Wintergarten wehte kein Wind. Hasi riss die Augen weit auf. Auf dem leeren siebten Stuhl saß Tante Pudel und runzelte missbilligend die Stirn. »Glotz mich nicht an wie ein Karpfen, Hasi.«

»Entschuldige, Tante Pudel. Ich hatte dich nur nicht erwartet.«

»Welchen Geist kennst du denn sonst, du Knallkopf? Und wer ist die Nervensäge?«

»Meike, eine Nachbarin, nur ein paar Häuser weiter. Ich glaube, sie hat dich mit ihrer Wasserschale gerufen, wahrscheinlich aus Versehen.«

»Papperlapapp. Mich ruft niemand, schon gar nicht mit so einem Hokuspokus. Wenn hier einer ruft, dann bin ich es.«

»Schön, dass du wieder da bist. Mir ist leider etwas Dummes passiert, Tante Pudel.«

»Schon gut, verschone mich mit deinen Albernheiten.« Sie machte eine ungeduldige Handbewegung, doch Hasi blieb hartnäckig.

»Entschuldigung, aber Brezel sagt, wir konnten nichts dafür. Es war ein Betrüger und jetzt ist das ganze Geld weg und dein Haus leider auch. Aber wir haben wenigstens deine Sachen in Sicherheit gebracht.«

Tante Pudel schüttelte ihren kleinen Vogelkopf. »Never complain, never explain. Wie oft habe ich dir das schon vorgebetet, du Hornochse?«

»Ich will doch nur, dass du verstehst, warum ich momentan hier eingezogen bin. Ich komme schon klar, das verspreche ich dir. Und wenn ich deine alten Bilder verkaufe, dann habe ich auch wieder etwas Geld. Die darf ich doch weggeben, oder?«

Tante Pudel rollte mit den Augen. »Bist du so blöd oder tust du nur so?« Ihre Stimme wurde vor Ärger ganz undeutlich und Hasi beugte sich vor, um sie besser hören zu können.

»Kümmere dich um den Rotkohl!«, sagte sie.

»Was hast du gesagt? Um was soll ich mich kümmern?« Dann sah er, dass sie begann sich aufzulösen.

Entsetzt schaute er auf den leeren Stuhl. Was war er nur für ein Esel! Anstatt zuzuhören, was sie ihm sagen wollte, hatte er ihre kostbare Zeit auf der Erde mit Entschuldigungen verquatscht. »Welchen Rotkohl?«, rief er ihr noch hinterher, obwohl sie gar nicht mehr da war.

Plötzlich bemerkte er, dass ihn alle am Tisch anstarrten. Er hüstelte verlegen und zog seine Hände aus der Wasserschale.

Meike beugte sich mit großen Augen vor. »Die Kerze ist ausgegangen. Hasi, hast du etwas gesehen?«

»Ich? Wieso?«

»Du bist in Trance gefallen. Und du hast dabei die Lippen bewegt. Jemand hat Kontakt zu dir aufgenommen, nicht wahr? Magst du uns davon erzählen?«

Hasi schaute verwirrt in die Runde. Sie waren es doch, die eingeschlafen waren, nicht er! Er versuchte sich nichts anmerken zu lassen. Tante Pudel war seine Privatsache. Doch dann bemerkte er Meikes Gesicht. Sie sah aus, als wollte sie ihn beschwören, bitte doch wenigstens irgendetwas zu berichten, um den Abend zu retten. Natürlich. Jetzt begriff er, was sie von ihm wollte. Er durfte sie nicht im Stich lassen und nahm Haltung an, in etwa so, wie es sich für eine offizielle Verlautbarung gehörte.

»Ja, sehr gern«, sagte er. »Ich hatte einen – Kontakt. Meikes Geisteranrufung hat fabelhaft funktioniert, sie hat ein unglaubliches Talent, das kann ich bestätigen.« Hasi sah, wie Meike Tränen in die Augen stiegen und ihr Mund ein stummes »Danke!« formte.

»Meine verstorbene Tante Pudel hat hier direkt vor mir gesessen.« Er tat so, als müsse er sich sehr konzentrieren, und wies auf den leeren siebten Stuhl. Jetzt sahen ihn alle erwartungsvoll an, sogar Inana, und das Radieschen machte ein Foto von ihm und von dem leeren Stuhl, als könnte er so noch einen Überrest der spirituellen Begegnung einfangen.

»Was hat sie gesagt? Wie sieht es dort aus?«, fragte Hans.

Hasi überlegte einen Moment, bevor er antwortete. »Es lebt sich recht angenehm im Jenseits. Sie hat zumindest keine Probleme. Mehr hat sie nicht gesagt. Sie redet nicht gerne über sich.«

»Und wird sie inkarnieren? Und in wen oder was? Hat sie dir ein Zeichen gegeben, wie wir den, die oder das erkennen, worin ihre Seele sich inkarniert hat?«, fragte Liselotte mit einem Leuchten im Gesicht.

»Ich glaube, sie hat von etwas Pflanzlichem gesprochen.«

Glücklicherweise saßen Liselotte und Hans mit dem Rücken zum Fenster, denn auf dem beschlagenen Glas sah Hasi, wie jetzt von Geisterhand das Wort »Quatschkopf!« erschien.

»Vielen Dank für deine Bemühung, meine Liebe«, sagte Inana mit ihrer süßlichen Lichtarbeiterin-Stimme. »Es kann ja nicht jedes Mal etwas dabei herauskommen, das uns spirituell weiterbringt, aber uns einen Kontakt vorspielen zu wollen, das macht mich echt traurig.«

»Wollen Sie mich etwa der Lüge bezichtigen?«, fragte Hasi und bemühte sich, empört auszusehen.

Inana schloss für einen langen Augenblick die Augen. Dann nickte sie, als wäre ihr etwas Wichtiges eingefallen. »Jeder sieht, was er sehen will, das möchte ich niemandem absprechen. Aber wenn es keine Bedeutung für die anderen hat, dann ist es für die spirituelle Entwicklung nicht hilfreich.«

Meike erhob sich und klatschte in die Hände. »Wie auch immer. Ich glaube, wir haben uns nach dieser wundervollen Séance alle eine kleine Stärkung verdient.«

»Alles natürlich rein frutarisch«, sagte Hasi und spürte, wie sein Hunger mit Macht zurückkehrte. Doch er musste enttäuscht zusehen, wie sich die Gäste einer nach dem anderen mit fadenscheinigen Entschuldigungen verabschiedeten, ohne auch nur ein Häppchen zu sich nehmen zu wollen.

»Wir telefonieren«, sagte Inana zum Abschied, und diesen Satz kannte er von etlichen Verabredungen mit schönen, elfengleichen Mädchen, die Inana ziemlich ähnlich gesehen hatten. Meike tat ihm leid, sie hatte sich eine solche Mühe mit dem Essen gegeben, und sowie die Gäste zur Tür hinaus waren, machte er sich über das Nusscurry her und aß mit einem Appetit für zwei.

»Hast du gar keinen Hunger?«, fragte er.

Sie schüttelte den Kopf und sah ihn seltsam gerührt an. »Du tust mir gut, Hasi.« Zu seiner Bestürzung fing sie an zu schluchzen.

»Was ist denn los, Meike?«

Sie schniefte in eine mit Sternen bedruckte blaue Serviette. »Das ist nur Augenpipi.« Sie langte über den Tisch und legte ihre Hand auf seinen Arm. »Wie schlimm muss das für dich gewesen sein?«

»Nein, nein, das war schon in Ordnung.«

»Ach Hasi, ich habe ein ganz schlechtes Gewissen. Du bist so ein ehrlicher Mensch und musstest für mich lügen.«

»Wieso? Ich habe nicht gelogen.«

»Aber du hast doch gesagt, du hättest deine Tante gesehen.«

Er nickte und nahm noch einen Bissen. »Das Nusscurry ist ganz wunderbar. Du solltest wenigstens mal probieren.«

Aber sie hörte gar nicht zu, sondern starrte ihn mit großen Augen an. Er schaute an sich herab. »Habe ich etwa gekleckert?«

»Du hast deine Tante wirklich gesehen?«

»Ja. Sie saß auf dem freien Stuhl. Habe ich doch gesagt.«

Meike atmete schneller. »Hasi, du willst mich nicht nur aufheitern, oder?«

»Nein, ich meine, doch, das natürlich auch. Sehr gern. Aber es stimmt, ich habe mich mit Tante Pudel unterhalten. Ihr habt ja alle geschlafen.«

Meike nickte langsam. »Und was hat sie gesagt?«

»Ich habe sie leider kaum zu Wort kommen lassen, weil ich ihr von meinem Pech erzählen wollte.«

»Aber sie muss dir doch etwas mitgeteilt haben, warum wäre sie sonst erschienen?«

Er zuckte mit den Schultern. »Das frage ich mich auch. Ist ja nicht das erste Mal.«

»Überleg noch mal ganz genau. Bitte, Hasi.«

Er dachte nach. Alles was ihm einfiel, war, dass er sich um Rotkohl kümmern sollte. Er schaute Meike an, wie sie mit ihren Blicken erwartungsvoll an seinem Mund hing. Das war einfach zu banal, er musste das Gemüse ein klein wenig aufhübschen. »Sie hat nur gesagt, dass sie im Jenseits immer ihr Lieblingsessen bekommt. Und dass sie kommen und gehen kann, wohin sie will, aber nicht sehr viel Zeit hat, weil es so viel zu tun gibt.« Irgendwie musste das seiner Vorstellung nach so halbwegs stimmen.

»Danke, lieber Hasi, danke, danke, danke! Das ist so schön. Das erste Zeichen, das ich aus der anderen Welt bekommen habe.«

Sie hatte immer noch vor Dankbarkeit Tränen in den Augen, und das rührte ihn so, dass auch ihm Tränen in die Augen traten.

Kurz vor Mitternacht hinkte Gabriel zum Bahnsteig der U7 am Adenauerplatz hinunter. Die Rolltreppe funktionierte nur in der entgegengesetzten Richtung und bei jeder Stufe schoss wieder der Schmerz durch seine Hüfte. Ohne einen echten Schmerzblocker würde er nicht mehr lange durchhalten. Der Tod der Lobbyistin Bianca Schmidt-Rodenkamp war bereits durch die Nachrichten gegangen. Die Diagnose lautete Herzinfarkt, genau wie sein Auftraggeber es gewünscht hatte. Ein Radiokommentator hatte spekuliert, ob ihr Herz etwa angesichts der Schande, die der betrügerische Gatte ihr bereitet hatte, vor Scham zu schlagen aufgehört hatte. So weit war alles gut. Aber auf dem Konto im Darknet, auf das sein Honorar sicher und anonym in Bitcoins transferiert werden sollte, war die Abschlussrate bisher nicht eingegangen. Offenbar hatte Bianca recht behalten mit ihren letzten Worten, ihr Mann werde nicht zahlen. Gabriel fühlte sich jetzt in einer ähnlichen Lage wie die um ihr Geld gebrachten Anleger, nur mit dem Unterschied, dass er sich so etwas grundsätzlich nicht gefallen ließ. Doch seitdem Schmidt-Rodenkamps Yacht in Plastikfetzen hochgegangen war, wurde sein Auftraggeber des Versicherungsbetrugs verdächtigt und saß wegen Fluchtgefahr in U-Haft. Was bedeutete, dass Gabriel noch ein paar Tage in der Stadt anhängen musste. Es gab Mittel und Wege, um an einen Schuldner heranzukommen, egal wie sicher dieser sich hinter Gittern wähnte.

Am Fehrbelliner Platz wechselte er zur U3 und fuhr bis zur Endstation Krumme Lanke. Von hier waren es nur wenige Minuten Fußweg bis zu dem Haus des Zeugen. Gabriel hatte versucht, etwas über den jungen Mann, der laut Klingelschild am Gartentor H. S. Quermaten hieß, im Netz herauszufinden, bevor er ihn aufsuchte. Der junge Mann war in keinem der sozialen Netzwerke vertreten, und bis auf eine Erwähnung in einem Boulevardblog, dass er bei einem Charity-Empfang in der Tombola gewonnen hatte, spuckte keine Suchmaschine irgendeine Information über ihn aus. Das allein war schon verdächtig genug. Der Zeuge konnte keineswegs so harmlos sein, wie er sich am Uferweg des Sees präsentiert hatte. Er hatte Verbindung zum Militär, und er musste wichtig sein, sonst hätte die kleine Truppe, die er in seinem Haus empfangen hatte, nicht vor ihm salutiert. Vielleicht war er im Geheimdienst oder hatte eine Stellung als Militärattaché. In beiden Fällen müsste er eine militärische Ausbildung absolviert haben. Folglich war davon auszugehen, dass er erkannt hatte, dass Bianca Schmidt-Rodenkamp neben ihm auf der Parkbank schon tot gewesen war. Warum sonst hatte er sich in wenigen Metern Entfernung den Schuh zugebunden? Ein alter Trick, der einen anderen vielleicht getäuscht hätte. Umso wichtiger war es jetzt, das Zeugenproblem aus der Welt zu schaffen.

Der nur von einigen Straßenlaternen spärlich beleuchtete Fischerhüttenweg war menschenleer. Um diese Zeit kreuzten höchstens ein paar Füchse und die unvermeidlichen Wildschweine die Straße am Waldesrand. Im Schutz der Dunkelheit näherte Gabriel sich dem kleinen Einfamilienhaus.

Alles war still und kein Licht war durch die Fenster zu sehen. Mit seinem kleinen Vorgarten und dem bei den Deutschen so beliebten Jägerzaun machte es nicht den Eindruck, als wohne hier ein junger Single. Das Ganze sah eher nach dem idyllischen Domizil einer ältlichen Dame aus. Gabriel öffnete lautlos die Gartenpforte und knipste für einen Sekundenbruchteil seine Mikrotaschenleuchte an, um sich den Weg um das Haus herum einzuprägen. Es gab keine Alarmanlage, der Mann musste sich sehr sicher fühlen. In Deutschland waren doch selbst die schäbigsten Kleinbürgerhütten mit Sicherungstechnik hochgerüstet. Es kostete ihn nur Sekunden, um das simple Schloss der Terrassentür zu knacken. Er ging leise von Zimmer zu Zimmer. Das Haus war leer. Nicht nur war der Zeuge ausgeflogen, hier wohnte gar keiner mehr, die Soldaten hatten das Haus offenbar komplett ausgeräumt. Nur die Sammlung der Bilder im Wohnzimmer hatten sie nicht mitgenommen.

Er beleuchtete jedes Bild einzeln mit seiner Taschenlampe.

Landschaftsmalereien aus dem neunzehnten Jahrhundert, bürgerlicher Kitsch. Er nahm eine zentral gehängte Darstellung von den Kreidefelsen bei Dover von der Wand, um nachzusehen, ob sich irgendeine Logik hinter der seltsamen Ausstellung befände. Doch das Bild verdeckte nur einen Schaden in der Tapete und das nächste ein hässliches Loch in der Wand. In der hinteren Ecke des Raumes blieb er vor einem kleinen ungerahmten Bild stehen. Es hing ein wenig schief, und ohne nachzudenken, rückte er es gerade. Mit der Kunstrichtung des amerikanischen Expressionismus kannte Gabriel sich aus. In seiner Finca hingen kleinere Werke von Motherwell und Krosigk und sein ganzer Stolz war eine Zeichnung von Twombly. Aber einen Rothko hatte er sich niemals leisten können, selbst wenn es nur eine so kleine Studie war wie an dieser Wand.

Er ging ganz dicht mit seiner Lampe heran, um sich Technik und Pinselstrich anzusehen. Das Bild war von exzellenter Qualität. Es wäre so einfach, das kleine Gemälde mitzunehmen – und eine angemessene Entschädigung für seine Mühe. Doch es war ein grundsätzlicher Fehler, sich von zufälligen Gelegenheiten verleiten zu lassen. Er war kein Dieb, und das Risiko, dass etwas schiefgehen würde, weil die Aktion nicht ordentlich geplant war und er in Sachen Kunstdiebstahl keine Erfahrung hatte, viel zu groß. Er konzentrierte sich wieder auf den Zeugen. Der junge Mann hatte offenbar ein beträchtliches Vermögen im Hintergrund. An der Terrassentür kam ihm ein anderer Gedanke. Diente die Bildersammlung, die zum größten Teil aus Schund bestand, etwa der Verschleierung eines illegalen Kunsthandels? Konnte es sein, dass unterhalb der Farbschicht dieser läppischen Landschaftsmalerei in Wirklichkeit noch weitere Meisterwerke verborgen waren? Ein knappes Lächeln überflog sein Gesicht. Die Kunst war die Achillesferse des Mannes, so oder so. Für den Rothko würde der Zeuge wieder ins Haus zurückkommen müssen. Er zog die Terrassentür sanft hinter sich zu und machte sich auf den Rückweg.

»Ha, auf frischer Tat erwischt! Hände hoch!«

Gabriel fuhr herum und blickte auf einen hageren Rentner

im Schlafanzug und mit Seemannsmütze auf dem Kopf. Der Alte fuchtelte mit einem doppelläufigen Jagdgewehr vor seinem Gesicht herum.

»Diebesgesindel! Aber da war wohl nichts zu holen! Bist ins falsche Haus eingebrochen, Schlaumeier. Hände hoch, habe ich gesagt.«

Gabriel hob beschwichtigend seine Hände. »Nicht so laut, bitte! Sie wecken ja die Nachbarn. Und im Übrigen sind Sie gerade dabei, eine polizeilichen Ermittlung zu behindern.«

»Das kannst du der Polizei gleich selber erzählen. Los, mitkommen!« Der alte Mann schwitzte vor Aufregung und das Gewehr zitterte in seinen knochigen Händen.

Gabriel rührte sich nicht, sondern sagte mit ruhiger Stimme: »Ich bin Kommissar aus dem Einbruchsdezernat. Wir sind einer Bande von georgischen Einbrechern auf der Spur. Darf ich Ihnen meinen Dienstausweis zeigen?«

Der Rentner schaute ihn verunsichert an und Gabriel konnte ihn fast denken hören. Bei den Deutschen wirkte die Autoritätskarte immer noch am besten. Bloß nichts falsch machen gegenüber einem Beamten, das würde Ärger geben.

»Sie sind doch bestimmt von der Nachbarschaftswacht, oder?«

Der Alte nahm Haltung ein. »Krasko, Jochen. Von der Bürgerwacht am Schlachtensee.«

»Sehr löblich, Herr Krasko, dass Sie so auf Ihre Nachbarn achtgeben. Genau diese Umsicht versuchen wir durch unsere Aufklärungsarbeit zu fördern.«

Der Rentner senkte für einen Sekundenbruchteil sein Gewehr. Das genügte Gabriel, um seine rechte Hand unvermittelt vorschießen zu lassen. Mit einem knirschenden Geräusch prallte sein Handballen auf den Brustkorb des alten Mannes, der ihn einen Augenblick anstarrte und dann ungläubig auf seinen Schlafanzug hinuntersah. Gabriel streckte routiniert seine Arme aus und umfing den Körper des Rentners, der mit einem pfeifenden Geräusch in sich zusammensackte. Er blickte sich um. Die umliegenden Häuser blieben dunkel und still. Trotzdem war er verärgert. Das hätte nicht passieren dürfen, er fing an, unkonzentriert zu agieren, fahrig und unpräzise. Die verfluchten Schmerzen waren schuld. In der Schlafanzugtasche des Toten fand er einen Schlüsselbund. Er drückte auf den Autoschlüssel. In der Einfahrt des rechten Nachbarhauses blinkte ein schwarzer Geländewagen auf.

Gabriel hievte die Leiche über seine Schulter und machte sich daran, sie zum Wagen zu schleppen. Der Alte war schwerer, als er gedacht hatte. Kurz vor der Nachbargarage knickte seine marode Hüfte unter ihm weg und er landete mitsamt dem Toten im dornigen Rosenbeet. Zum ersten Mal seit fast fünfzig Jahren war er in Versuchung zu beten. Um Gnade vielleicht, wenigstens doch um Erlösung von der eigenen Dummheit. Aber natürlich tat er das nicht. Ein Gott, an den er vielleicht noch glauben könnte, war entweder grausam wie ein kleiner Junge, der Fliegen mit Genuss die Beine ausriss, oder er hatte sich längst ein neues Universum gesucht, um noch mal von vorne anzufangen. Als die Welle des Schmerzes abgeebbt war, raffte er sich von der nachtfeuchten Erde auf, um das letzte Stück bis zum Wagen zu schaffen, wo er Leiche und Jagdgewehr im Kofferraum verstaute. Er quälte sich schweißgebadet auf den Fahrersitz und ließ den Motor an. Dann bog er aus der Einfahrt auf den Fischerhüttenweg und entfernte sich zügig. An der Argentinischen Allee hielt er kurz am Straßenrand, um in seinem Handy nach einer geeigneten Notdienstapotheke zu suchen, bevor er die Clayallee überquerte und durch spärlich erleuchtete Straßen mit dem endlos scheinenden Spalier von Bäumen an vornehmen Dahlemer Villen vorbeifuhr.

Die kleine Apotheke »Max und Moritz« lag in einer ruhigen Seitenstraße in Steglitz und hatte kein spezielles Notdienstfenster zum Schutz vor Junkies und Pharmaräubern, genau wie er bei der friedlichen Lage vermutet hatte. Als er klingelte, kam der Apotheker mit verstrubbelten Haaren und verschlafenem Gesicht aus dem Hinterraum geschlurft. Durch die verschlossene Glastür musterte er den nächtlichen Besucher, einen älteren, gediegenen Herrn, der sich vor Schmerzen kaum gerade halten konnte. »Guten Abend, oder besser gesagt guten Morgen, was kann ich für Sie tun?«

Gabriel sah sich unauffällig um, als der hilfsbereite Apotheker ihn eintreten ließ und hinter die Theke ging.

»Es tut mir leid, Sie geweckt zu haben. Ich hoffe, Sie werden nicht ständig gestört diese Nacht.«

»Sie sind der erste Kunde. Und wahrscheinlich auch der letzte. Wir sind eine ruhige Gegend, aber Sie kommen ja bestimmt selber aus der Nachbarschaft, oder?«

Gabriel nickte und ließ sich ächzend neben einem Wasserspender auf einen Stuhl nieder.

»Ach je, das sieht ja gar nicht gut aus.«

»Ich brauche ein Schmerzmittel. Haben Sie Optomidol vorrätig? Meine Hüfte macht mir große Probleme, ich kriege kein Auge zu.«

Der Apotheker lächelte mitfühlend. »Man sagt ja, wer schläft, sündigt nicht. Für das Optomidol haben Sie doch bestimmt ein Rezept.«

»Selbstverständlich. Mein Orthopäde sagt, ich komme um eine Operation nicht mehr herum. Aber ich mag Krankenhäuser nicht. Und ehrlich gesagt habe ich auch etwas Angst vor dem Eingriff.«

»Kann ich gut verstehen, aber machen Sie sich keine Sorgen. Eine Hüftoperation ist gar nicht so schlimm und mit etwas Glück kann sie auch minimalinvasiv erfolgen. Aber das wissen Sie ja sicher.«

Gabriel holte einen leeren Zettel mit dem Schriftzug der Pension heraus, als der Apotheker sich zur Schrankwand drehte, um das Medikament aus einer leise aufgleitenden Schublade herauszusuchen. Das dürfte genügen, denn von der Theke konnte der Apotheker das Papier nicht genau sehen, und wenn er nahe genug war, wäre es auch nicht mehr wichtig.

»So, da haben wir's. Optomidol 50 Milligramm«, sagte der Apotheker und legte die Packung vor sich auf den Tresen. »Ein sehr starkes Mittel, seien Sie vorsichtig mit der Dosierung. Sie kennen die Nebenwirkungen sicher schon?«

Gabriel nickte und erhob sich ein wenig aus seinem Stuhl, um dann mit einem Schmerzenslaut zurückzufallen. »Würde es Ihnen etwas ausmachen, mir das Medikament zu bringen? Ich scheue mich vor jedem unnötigen Schritt. Auf dem Weg zum Auto bin ich fast ohnmächtig geworden vor Schmerzen.«

»Sie sollten überhaupt nicht fahren in Ihrem Zustand. Soll ich Ihnen nicht besser ein Taxi rufen?«

»Danke, ich schaffe das schon. Ich habe es nicht weit.«

Gabriel registrierte, dass der Apotheker zögerte und seine rechte Hand unauffällig in die Kitteltasche wanderte.

»Es tut mir leid, wenn ich Ihnen Umstände mache«, sagte Gabriel verbindlich und hievte sich hoch mit einer Mühe, die keineswegs gespielt war.

»Nein, nein, bleiben Sie sitzen.« Der Apotheker nahm das Medikament und kam hinter der Theke hervor. In diesem Moment musste er etwas Verdächtiges bemerkt haben, denn er stockte mitten in der Bewegung und riss einen Gegenstand aus der Tasche. Ohne Rücksicht auf seine Hüfte hechtete Gabriel dem Mann entgegen. Den Bruchteil einer Sekunde kam er zu spät, der Apotheker hatte schon auf sein Pfefferspray gedrückt und der Reizstoff explodierte über seiner linken Gesichtshälfte. Bevor der Mann nur die Chance hatte, sich wegzudrehen, schlug Gabriel ihm halbblind, aber treffsicher mit seinem Handballen gegen den Brustkorb. Es machte ein dumpfes Geräusch, der Apotheker riss die Augen auf, öffnete noch einmal seinen Mund wie ein Fisch auf dem Trockenen, während er auf den Boden vor seinem Angreifer zusammensank. Gabriel stützte sich auf den Wasserspender, um wieder zu Atem zu kommen. Sein linkes Auge brannte, als wäre er mit dem Gesicht auf eine Herdplatte gedrückt worden, und er stieg über die Leiche, um sich im Hinterraum über einem Waschbecken das Pfefferspray abzuspülen.

Als er in den Verkaufsraum zurückkam, setzte er sich ächzend zu dem Toten auf den Boden und schloss ihm mit fahriger Geste die weit aufgerissenen Augen. Dies war schon der siebte Mensch, den er während seines Aufenthalts in dieser Stadt getötet hatte. Er versuchte, dieses Pathos heraufzubeschwören, das mit dem Gefühl von Macht und Größe einherging, wenn er sich wieder zum Herrn über Leben und Tod aufgeschwungen hatte. Doch das Einzige, was er fühlte, als er sein Opfer betrachtete, war Verdruss und Ekel. Und Langeweile. Es hatte inzwischen eine unfreiwillige Komik, wie er versuchte, dem Tod einen Sinn zu geben, wo doch sein Handeln seit Tagen nur von Zufall und Willkür gelenkt war. Widerwillig stand er auf und schleifte den Toten hinter den Tresen. In seinem Kittel fand er die Türschlüssel.

Dann nahm er das Optomidol und zur Sicherheit noch zehn weitere Packungen aus der Schublade und verstaute alles in den Taschen seines Jacketts. Er öffnete eine Packung Erfrischungstücher und wischte seine Fingerabdrücke von den Türklinken.

Am Morgen würden die Apothekenmitarbeiter die Leiche ihres Chefs entdecken, und die Polizei konnte einen weiteren Mord mit gleicher Schlagtechnik verbuchen, nur diesmal in einem ganz anderen Umfeld, was die Ermittler immerhin ins Grübeln bringen würde.

Gabriel stieg in den gestohlenen Geländewagen und fuhr von Steglitz über Schöneberg bis nach Moabit, wo er das Fahrzeug in einer Parklücke abstellte und den Autoschlüssel in einen Gully warf. Bis die Leiche des alten Querulanten im Kofferraum eines korrekt geparkten Autos gefunden wurde, würde er dieses Land längst verlassen haben. Auf dem Weg zum Taxistand bemerkte er in der Dunkelheit ein paar jugendliche Gestalten, die mit Farbsprühdosen Hassparolen gegen Immobilienspekulanten auf die Wände eines Neubaus sprayten. Zum Glück musste er nicht in dieser verrohten Stadt leben, dachte er erleichtert, als er sich von einem Taxi in die Nähe des Kurfürstendamms bringen ließ, von wo aus er zu seiner Pension humpelte.

An der Rezeption bestellte er sich eine Flasche Whisky auf sein Zimmer und hatte das Gefühl, dass der junge Rezeptionist, ein wortkarger Inder, ihn einen Augenblick zu lange anschaute. Erst in der Spiegelwand im Fahrstuhl sah er, warum.

Ein schiefer alter Mann mit einem blutroten, triefenden Auge starrte ihm entgegen. Seine Jacke war eingerissen, das schwarze Hemd vom Pfefferspray besprenkelt und auf seiner Schulter klebten Blätter und Erdkrümel von seinem Sturz in das Zehlendorfer Rosenbeet. Kein Wunder, dass der Apotheker misstrauisch geworden war. Oben auf dem Zimmer überlegte er, wie sich die Leiche des Rezeptionisten ohne viele Umstände entsorgen ließe. Dann klopfte es auch schon an die Tür und der Inder erschien mit Whisky und Glas auf einem Tablett. Gabriel schüttelte den Kopf, als er die Flasche öffnen und einschenken wollte.

»Danke, lassen Sie es einfach hier stehen.«

»Dann wünsche ich noch eine gute Nacht.« Der Rezeptionist verbeugte sich lächelnd und Gabriel ballte die Faust. Es kam ihm vor, als würde sich das Opfer freiwillig auf die Schlachtbank legen. Dann entspannte sich seine Hand wieder.

»Gute Nacht«, murmelte er und ließ den ahnungslosen jungen Mann einfach gehen. Er warf eine Handvoll Tabletten ein und trank ein Glas von dem hochprozentigen Single Malt, bevor er sich in einen Sessel setzte, um auf den Anbruch des nächsten Tages zu warten.

Manchmal hatte er das Naheliegende einfach nicht auf dem Schirm

Ecki wies mit einer Hand auf den einzigen freien Tisch, als Torsten hereinkam. »Habe dir deinen Tisch reserviert. Bin gleich bei dir.«

Torsten nahm Platz und überflog den überfüllten Frühstücksraum. Es war gerade mal acht Uhr früh, aber Ecki hatte alle Hände voll zu tun, um seine Gäste, fast ausschließlich junge Chinesen, zu bedienen. Wie immer saß Eckis Mutter in der Ecke und strickte unbeeindruckt vom Trubel an ihrem Endlosschal, als strebte sie einen Eintrag im Guinness-Buch der unsinnigen Rekorde an.

»Meine neue Webseite hat voll eingeschlagen«, erklärte Ecki, als er mit einer Kaffeekanne an Torstens Tisch trat. Er deutete auf den Fußabtreter am Eingang mit der grinsenden Katze. »Ich glaube, es liegt an der Katze. Ich habe sie als Logo genommen. Die Chinesen stehen voll drauf.«

»Vielleicht liegt es auch an deiner Mutter. Sie thront hinter dem Tresen wie Konfuzius an seinem freien Tag.«

»Ja, die Chinesen ehren noch ihre Ältesten«, sagte Ecki ernst.

»Mir soll es nur recht sein, solange du mir meinen Tisch freihalten kannst.«

»Die Pension Pflüger ist für dich doch wie das Hotel Atlantik für Udo Lindenberg. Ich kann dir aber auch ein Separée mit Vorhang einrichten. Für Nullnullsieben ist mir nichts zu teuer.«

»Musst ja nicht gleich übertreiben«, grummelte Torsten.

Ecki goss ihm Kaffee ein. Bei ihm gab es noch echten Filterkaffee wie bei den Großeltern und kein Chichi mit Vanillearoma und einer Schaumkrone, die einem beim Trinken in die Nasenlöcher kroch. Man musste froh sein über die kleinen Dinge.

»Mutti ist übrigens eingefallen, woher wir diesen Typen kennen könnten.« Ecki gab Torsten das Fahndungsfoto zurück. »Sie hat ja ein Gedächtnis für Gesichter und bei dem da hat was geklingelt. Wenn das der ist, den wir beide meinen, dann ist das aber auch schon dreißig Jahre her. Früher hatte er noch längere Haare und mehr Bart, aber trotzdem glaube ich, er ist es. Ich meine, wir werden ja alle älter.«

»Und wer soll das sein?«

»Du behältst meine Wenigkeit aber für dich, versprichst du mir das?«

»Ecki, habe ich jemals einen von uns verpfiffen?«

»Ich mein ja nur – –«

Ecki ging durch den Frühstücksraum, um sich um die Gäste zu kümmern. Torsten trank in aller Ruhe seinen Kaffee. Es brachte nichts, den Freund zur Eile zu drängen. Er wartete ab, bis Ecki endlich einen Stuhl heranzog und sich neben ihn setzte.

»Erinnerst du dich an den Anschlag auf diese Ami-Kneipe in den Achtzigern?«

Torsten nickte. »Aber sicher. Auch wenn ich da noch auf die Penne ging.«

»Gab danach jede Menge Hausdurchsuchungen in der Szene. Ein paar Genossen wurden dafür eingebuchtet.« Ecki rückte ganz dicht an Torsten heran und pochte mit dem Finger auf das Foto. »Aber dieser Typ hier ist niemals aufgeflogen.«

»Der war dabei? Woher willst du das wissen?« Torsten verschluckte sich fast und Ecki grinste.

»Wir hatten schon ein paar Geheimnisse damals. Ein Kumpel hatte mir diesen Typ angebracht, der für ein paar Tage eine konspirative Wohnung brauchte. Den ›Spanier‹ nannten sie ihn, obwohl er gar kein Spanier war, sondern Franzose. Ich weiß noch, dass ihn niemand mochte. Total arroganter Typ. Ich glaube, dem gefiel das richtig, Leute kaltzumachen. Und direkt nachdem der Laden hochging, war er dann auch weg, einfach verschwunden, ohne ein Wort. Wir waren froh, als wir ihn wieder los waren.«

»Du und Mutti, ihr seid schon ein gutes Team«, sagte Torsten. »Danke, Ecki.«

»Immer gerne zu Diensten, Nullnullsieben. Hey, möchtest

du denn kein Frühstück? Die Schrippen sind ofenfrisch aufgebacken!«

Doch Torsten war längst aufgestanden. Er trank hastig seine Kaffeetasse aus. »Keine Zeit. Ich muss gleich ins Archiv. Tschüss, Mutti!«

Eckis Mutter nickte unmerklich, ohne aufzusehen.

Als er in der U-Bahn saß, dachte er über den Spanier nach. Was machte ein Terrorist heutzutage? Es gab ja so einige, die sich neue Existenzen aufgebaut hatten. Heute waren sie ältliche, gediegene Damen und Herren, die Bücher schrieben, in Talkshows herumsaßen oder Wein in der Toskana anbauten. Was wollte dieser verrückte Spanier mit seinem ergrauten Bart, der offenbar immer noch ohne jeden Skrupel töten konnte, in Berlin? War das vielleicht eine Art persönlicher Rachefeldzug gegen die Welt, die sich an ihm vorbeientwickelt hatte? Aber warum gerade jetzt? Das war einfach zu absurd. Es musste etwas anderes dahinterstecken. Das Summen seines Handys unterbrach seine Überlegungen.

»Morgen, Torsten. Sieht so aus, als ob wir schon wieder Arbeit für dich hätten.«

Karl von der Spurensicherung informierte ihn über einen toten Apotheker. »Herz kaputt. Gleiche Schlagmethode, würde ich sagen. Obwohl du natürlich auch warten kannst, bis die Obduktion – –«

Torsten seufzte. »Ich komm ja schon.«

Als er am Rathaus Steglitz aus der U-Bahn stieg, warteten die Halbstarken bereits mit blinkendem Blaulicht am Straßenrand. Er hasste diese Wichtigtuerei, aber wenigstens hatten sie sich ausnahmsweise mal beeilt.

Die Apotheke lag in der Flemmingstraße, einem gepflegten, grünen Wohnviertel. Eine Ansammlung von Anwohnern stand aufgeregt diskutierend hinter dem Polizeiband. In dieser friedlichen Straße mit ihren gutbürgerlichen Mietshäusern hatte es bestimmt noch nie einen Mord gegeben. Nach dem Rachefeldzug eines Terroristen sah das nicht aus. Er rief Conni an, um sie auf den neuesten Stand zu bringen.

»Hast du schon überprüfen lassen, ob Medikamente fehlen?«

»Das kann dauern. Die Apothekenhelferin, die ihn gefunden hat, ist völlig durch den Wind.«

»Ich wette, er hat sich da ein Schmerzmittel besorgt. Vielleicht hat er sich doch bei dem ersten Überfall verletzt.«

»Schon möglich«, sagte Torsten. Warum war er nicht selbst darauf gekommen? Manchmal hatte er das Naheliegende einfach nicht auf dem Schirm.

»Hallo, bist du noch dran?«, hörte er ihre Stimme aus der Ferne. Er blickte auf das Handy, das er sinken gelassen hatte.

»Mir kam gerade so ein Gedanke«, sagte er, und dann erzählte er ihr, dass Ecki den Mann auf dem Fahndungsfoto wiedererkannt hatte.

»Ein Ex-Terrorist? Wer ist derjenige, der ihn erkannt haben will?«

»Einer, der damals bei den Autonomen war. Mehr kann ich nicht sagen, ich muss meine Quelle schützen. Wir haben aber inzwischen die Fingerabdrücke vom Baseballschläger. Ich wollte gerade ins Archiv. Vielleicht gibt es einen Match.«

»Was will der Mann denn hier? Warum bringt er jugendliche Schläger um?«

»Vielleicht reiner Zufall, dass sie ihm in die Quere gekommen sind. Oder ein Ablenkungsmanöver.«

»Wie kommst du jetzt darauf? Ablenken wovon?«

»Was ist, wenn dieser Terrorist einen Auftrag hat?«

»Was denn für einen Auftrag?«

Torsten hielt kurz inne, weil ihm der Gedanke gerade erst beim Sprechen gekommen war. So ging das oft. Gute Ideen kamen beim Reden und nicht etwa, wenn man alleine vor sich hin brütete. »Jemanden umzubringen. Viele ehemalige Geheimdienstler und Söldner schulen um. Leute umbringen ist ein gut bezahltes Geschäft und Steuern zahlt man auch nicht.«

»Ein bisschen weit hergeholt, aber nehmen wir mal an, du hast recht. Dann wäre doch derjenige, den er töten soll, ein ganz anderes Kaliber als diese jungen Schläger in der U-Bahn.

Jemand, für dessen Beseitigung es sich lohnt, viel Geld zu zahlen. Aber es ist meines Wissens niemand in den letzten Tagen ermordet worden, auf den das zutrifft.«

»Vielleicht ist er ja noch nicht zum Zug gekommen. Oder der Mord ist gar nicht als solcher erkannt worden. Herzversagen, Schlaganfall, ein Unfall. Es gibt viele Möglichkeiten, jemanden unauffällig zu beseitigen.«

»Dann suchen wir ja eine Nadel im Heuhaufen.«

»Ist gar nicht so wild«, sagte Torsten. »In Berlin sterben normalerweise nicht mehr als achtzig Leute am Tag.«

Diese adeligen Marotten gingen über seinen Horizont

Hasi wurde langsam wach, doch er hielt die Augen noch geschlossen und klammerte sich an die letzten Fetzen seines Traums. Benny streckte gerade ihre Hand hinter dem Duschvorhang hervor und bat ihn, die Seife hineinzureichen. Obwohl es nur ein Traum war, in dem der Fantasie eigentlich keine Grenzen gesetzt waren, merkte er mit einer Spur von Enttäuschung, dass in seinem geträumten Badezimmer alles doch sehr prosaisch vor sich ging. Und dann brach auch noch Tante Pudel in seinen Traum ein. Sie schaute ungeduldig auf den Gartentisch, wo er das Picknickgeschirr für sie gedeckt hatte.

»Der Tee ist gleich fertig, Tante Pudel.«

»Geh mir aus den Augen, du Dämlack. So weit kommt es noch, dass wir Tee aus Plastik trinken.«

»Verzeihung, Tante Pudel, aber es gibt kein Porzellan mehr im Haus.«

»Quatsch mit Soße! Was bist du nur für ein Einfaltspinsel.« Sie trat an die Wand mit ihren Bildern heran. Dann griff sie einfach in ein Stillleben hinein und nahm sich eine zierliche Teetasse aus Meißner Porzellan heraus. »So macht man das!«

Als ob das so einfach wäre, dachte Hasi ein wenig gekränkt. Etwas kitzelte ihn an der Nase und er musste niesen.

»Summ, summ«, säuselte eine Stimme in sein Ohr. Er öffnete die Augen. Neben ihm hockte Kris und war dabei, ihm ganz leicht mit einer Vogelfeder unter der Nase zu streicheln.

»Ach, du bist das!« Hasi tat erstaunt. »Und ich dachte schon, hier gibt es Bienen.«

»Haha, reingefallen«, freute sich Kris. »Ich soll dich nämlich wecken. Das Bad ist jetzt frei.«

Erst als Kris aus dem Zimmer lief, bemerkte Hasi, dass der Junge ganz nackt war. Das war ein wenig freizügig für seinen Geschmack, aber so wie er Meike kannte, gehörte das zur Erziehung ihres Sohnes und hatte bestimmt einen höheren Sinn. Ein Sonnenstrahl fiel durch die kleine Dachluke und fing sich in einem rötlichen Glasbehälter. Entgegen seiner Befürchtung hatte er auf der harten Futonmatratze ganz ausgezeichnet geschlafen. Vielleicht lag es daran, dass man sich hier wie im Urlaub vorkam. Über ihm spannte sich der Baldachin aus bestickter Seide und rund um seine Matratze waren bunte Kissen verstreut wie in einem Zeltlager. Das Einzige, was ihn noch an sein Zuhause erinnerte, war Tante Pudels kleine Porzellanfigur, die er aus einer Umzugskiste gerettet hatte.

Jetzt fiel ihm wieder ein, wie er gestern Abend bei der merkwürdigen Séance mit seiner toten Tante gesprochen hatte. Er konnte die Unterhaltung natürlich auch nur geträumt haben, was ja durchaus möglich war, weil er schon immer in den unpassendsten Momenten einzuschlafen pflegte. Aber Tante Pudel hatte so lebensecht gewirkt, als hätte Meike sie tatsächlich mit ihrer tibetischen Geistermausefalle eingefangen! Und dann hatte sie auch noch etwas auf die Fensterscheibe geschrieben. Oder hatte er sich das auch nur eingebildet? Was stimmte denn nun? Abgesehen davon hatte Tante Pudel gar nichts Vernünftiges gesagt, aber wenigstens schien sie sich über den Verlust ihres Hauses überhaupt nicht aufzuregen, und das war immerhin ein Stein weniger auf seinem Herzen. Er durfte nicht vergessen, ihr kleines Bild abzuholen, denn das würde sich hier in seiner Dachkammer mit den bunten Sachen ganz gut auf der Wand hinter dem Bett machen. Obwohl er, wenn alles nach Plan ginge und er den Job als Brezels Assistent bekäme, sich hier gar nicht allzu häuslich einrichten müsste und bald wieder eine eigene Bude bezahlen könnte. Außerdem hoffte er, dass Benny nun endlich vorbeikäme oder ihm wenigstens ihre Telefonnummer hinterlassen würde. So positiv auf den Tag eingestimmt, stand er auf, strich seinen Schlafanzug glatt und machte sich mit seinem Kulturbeutel auf den Weg zum Badezimmer.

Die mit blauen Wellen und Fischen in bunten Farben bemalte Tür lehnte halb offen, doch als er eintrat, drehte er sich blitzschnell wieder um. Denn dort stand Meike auf einem runden Bastteppich mitten in dem geräumigen Badezimmer und war splitterfasernackt.

»Guten Morgen, Hasi«, rief sie fröhlich. »Komm ruhig rein. Wollen wir gleich zusammen den Sonnengruß machen?«

Sie hatte schon einmal versucht, ihn für ihr Yoga zu begeistern, aber Dinge mit dem Kopf nach unten zu tun, war ihm nicht wirklich angenehm gewesen. Anstatt sich auf das unabdingbare Atmen zu konzentrieren, war seine ganze Aufmerksamkeit davon gefesselt gewesen, dass ihm dabei kein Lüftchen entfuhr.

»Danke, ich wollte mich nur rasieren. Aber ich kann das auch später machen.« Hasi sprach über seine Schulter, ohne in ihre Richtung zu schauen.

»Nein, bitte, ich gehe ja schon.« Sie blieb dicht vor ihm stehen, sodass er ihren Duft nach Jasmin und Vanille riechen konnte. »Ich mache den Sonnengruß immer ohne Kleidung, weißt du. Der Natur musst du so gegenübertreten, wie sie dich erschaffen hat, findest du nicht auch?

»Das klingt sehr harmonisch«, bestätigte er und versuchte sich vorzustellen, dass sie angezogen vor ihm stand.

Sie strahlte ihn an. »Wunderschön hast du das gesagt! Danke!«

»Keine Ursache«, sagte er und verriegelte schnell die Badezimmertür, als sie an ihm vorbeigegangen war.

Eine Weile später, als er frisch rasiert und angekleidet die Treppe hinunterkam, saßen Meike und Kris zu seiner Erleichterung in ihren Bademänteln am Frühstückstisch. Es gab als Erstes ein Glas heißes Wasser, was, wie Meike ihn belehrte, gut für die Verdauung sei. Hasi vermisste sein gewohntes Knäckebrot mit Schokoladennusscreme und Tee. Stattdessen gab es Sojamilch und dazu Ananas und Bananen. Meikes Vogeluhr zwitscherte und er stand auf.

»Entschuldigt mich bitte, ich habe gleich eine Verabredung in meinem alten Haus. Da gibt es noch einiges zu tun.«

»Wenn es dir nichts ausmacht, auf dem Rückweg kurz beim Supermarkt vorbeizugehen?« Meike reichte ihm einen Zettel mit einer Einkaufsliste. »Das wäre sehr lieb.«

»Natürlich, sehr gern.« Er überflog ein wenig verblüfft die

Liste. Sie schien ihn schon fest in ihren Haushalt eingeplant zu haben. Als er hinaustrat, liefen Kris und Meike ihm hinterher.

»Du hast das Geld vergessen!«

Meike kramte fünfzig Euro aus ihrem Portemonnaie, dann küsste sie Hasi auf die Wange, wobei ihr Bademantel leicht auffiel.

»Weißt du, ich bin wirklich froh, dass du da bist, du bist so süß!«

»Danke für eure großzügige Gastfreundschaft«, sagte Hasi höflich und wuschelte Kris durch die Haare, um seine Erleichterung zu verbergen, rasch von hier wegzukommen.

»Hallo, Hasi«, sagte eine Stimme hinter seinem Rücken, als er auf die Straße trat. Es war Benny und ihm blieb fast das Herz stehen, so schön sah sie aus. Heute trug sie ihr verzotteltes langes Haar zu einem armdicken Zopf gebunden.

»Benny, so eine Überraschung! Was machst du denn hier? Hast du meinen Zettel gefunden?« Er trat freudestrahlend auf sie zu und wollte ihr einen Kuss geben, doch sie wich zurück und blickte ihn kühl an.

»Ich habe angerufen, aber du warst nie da. Jetzt sehe ich, warum.«

»Ich verstehe nicht – –« Verwirrt folgte er ihrem Blick und schaute zu Meikes Haustür. »Ach so. Du meinst Meike. Das ist nicht so, wie du denkst. Oh, nein.«

»Den Spruch habe ich schon mal besser gehört«, sagte Benny. »Was soll ich nicht denken? Dass du ein Callboy bist?«

»Ein Callboy?! Natürlich nicht! Ich wohne hier!«

Benny schüttelte traurig den Kopf. »Du bist genauso blöd wie Schmidt-Rodenkamp. Nein, noch blöder.«

»Nein, bin ich nicht!«, versuchte Hasi einzuwenden, aber es klang ziemlich lahm.

»Ich meine, jemanden in Herzensdingen zu belügen und Vertrauen zu missbrauchen, das ist noch hundertmal schlimmer, als wenn es nur um Geld geht. Hätte ich echt nicht von dir gedacht.«

Und bevor Hasi irgendwas antworten konnte, hatte Benny sich schon umgedreht und war davongegangen.

»Benny, warte, ich kann das erklären«, rief er und lief hinter ihr her.

Sie blieb so abrupt stehen, dass er fast in sie hineingerannt wäre. Ihre schönen Augen funkelten böse. »Wer bist du jetzt – der Erklärbär? Ich habe genug gesehen, vielen Dank.«

An der Ecke stand ihr bemalter Bus und sie stieg ein, ohne sich noch einmal umzusehen. Hasi ließ hilflos die Arme sinken, als sie die Tür zuknallte und abfuhr. Was für eine Misere! Mit hängendem Kopf ging er langsam weiter. Erst als er Mellenhoff neben einem schwarzen Kastenwagen mit dem goldenen Schriftzug der Galerie vor Tante Pudels Haus stehen sah, straffte er sich wieder. Als ein Quermaten war es ihm von Kindheit an eingebimst worden, persönliche Empfindungen in Schubladen wegzustecken, wo sie in aller Ruhe einstauben und vergessen werden konnten. Es gehörte sich nicht, andere Personen mit Gefühlsduseleien in Verlegenheit zu bringen.

»Guten Morgen, Graf Quermaten! Genau das richtige Wetter für einen Morgenspaziergang.«

»Ich hoffe, ich habe Sie nicht warten lassen.« Hasi schloss die Haustür auf und bat ihn herein. Der gute Mann konnte es wohl kaum erwarten, Tante Pudels Gemäldesammlung abzuholen.

»Sie verlieren ja wirklich keine Zeit.« Mellenhoff ließ seinen Blick durch die kahlen Räumen wandern.

»Ihre Bilder hängen aber noch an Ort und Stelle.«

»Wunderbar. Bevor ich es vergesse – –« Mellenhoff zückte seine Brieftasche und zählte ein Bündel nagelneuer Euroscheine ab. »Minus Anzahlung genau 29.500,- Euro, wenn Sie bitte nachzählen würden.«

Hasi steckte die Scheine schnell in seine Jackentasche. Der Umgang mit Geld berührte ihn immer etwas unangenehm. »Zählen ist nicht meine Stärke. Herzlichen Dank. Darf ich Ihnen mit dem Verladen helfen?«

»Das wäre sehr freundlich.«

Sie hängten gemeinsam die gerahmten Ölschinken ab und verstauten sie in Mellenhoffs Transporter. Ein wenig geknickt betrachtete Hasi die hellen Rechtecke, die an den leeren Wänden zurückblieben und die eine oder andere Beschädigung an der Tapete überdeckt hatten. Tante Pudels selbst gemaltes Bild hing schon wieder schief und er rückte es gerade.

»Sie wollten noch einmal über dieses Bildchen nachdenken.« Mellenhoff war hinter ihn getreten und lächelte, als er sich umdrehte. »Geben Sie doch Ihrem Herzen einen Ruck. Die Sammlung wäre sonst einfach nicht komplett.«

»Es tut mir leid, Herr Mellenhoff, aber dieses Bild ist eine persönliche Erinnerung. Ich verstehe gar nicht, warum Sie so darauf bestehen wollen.«

»Sie haben ja recht, meine Obsession muss Ihnen auffällig erscheinen.« Mellenhoff zupfte ein wenig beschämt, wie es schien, an seiner Krawatte. »Ich habe Ihnen nicht die ganze Wahrheit über dieses Bild gesagt.«

»Ach.« Hasi schaute verwundert auf Tante Pudels Machwerk.

»Sie müssen wissen, es ist auch für mich ein sehr persönliches Bild«, begann Mellenhoff stockend. »Ich wollte eigentlich nicht darüber reden, denn es handelt sich, wie soll ich sagen, um eine eher delikate Angelegenheit.«

»Ich verstehe nicht ganz, worauf Sie hinaus wollen.« Hasi musterte Mellenhoff, der vor ihm stand wie ein Schuljunge, der etwas ausgefressen hat.

»Wie sollten Sie auch?« Mellenhoff seufzte. »Ihre verehrte Tante und ich, wir kannten uns schon sehr lange.«

»Tante Pudel hat Sie in der Tat gelegentlich erwähnt.«

»Aber sie hat doch nichts gesagt, ich meine über mich, oder?«

»Wie meinen Sie das? Über Ihre Galerietätigkeit?«

Mellenhoff schüttelte den Kopf. »Nein, nein, damals hatte ich die Galerie noch gar nicht. Es geht um etwas Persönliches. Ihre verehrte Tante und ich hatten eine – ja ich muss es nun so frei heraus sagen, wenn Sie entschuldigen – eine *affaire d'amour.*«

»Wie bitte? Meine Tante war doch verheiratet, oder nicht?«

»Wir teilten eine Passion für die Malerei. Ich war jung und sie eine Dame von Welt. Als der Baron für ein paar Monate in den fernen Osten abgeordnet war, hat uns die Leidenschaft überwältigt wie ein Tropensturm. Dagegen hatten wir keine Chance.«

Mellenhoff zog ein Taschentuch hervor und tupfte sich eine Träne aus dem Augenwinkel.

»Sie malte damals so gerne.« Er machte eine kleine Pause, um das Bild zu betrachten. Dann winkte er Hasi hinzu. »Für dieses Bild habe ich ihr damals Modell gestanden. Erkennen Sie mich?«

Hasi schüttelte den Kopf. »Aber es sind doch nur zwei rosa Vierecke.«

Mellenhoff lächelte wieder. »Nur auf den ersten Blick.« Versonnen fuhr er mit einem Finger ein paar Konturen nach. »Ich war nackt, wie der Herrgott mich schuf, als Ihre Tante mich malte. Sehen Sie diesen wunderbaren Klang in Fleischfarben. Man kann die Haut fast fühlen. Und dann ... das hier.« Mellenhoff zeigte diskret auf den dunkelroten Balken, der die Quadrate in der Mitte durchschnitt.

»Ach«, sagte Hasi wieder und trat einen Schritt zurück. Jetzt sah er es auch. Wenn man genau hinsah, konnte man durchaus etwas Phallisches in dem roten Balken entdecken. Hasi schüttelte sich unwillkürlich. Mellenhoffs nackter Körper in seinem Wohnzimmer war ihm nicht angenehm, und er bemühte sich, irgendwo auf die weißen Wände zu gucken, obwohl er natürlich doch alle paar Sekunden einen Blick riskierte, nur um zu sehen, ob sich das eklige Fleisch inzwischen wieder in eine harmlose Abstraktion zurückverwandelt hatte.

Mellenhoff nickte ihm zu. »In aller Bescheidenheit, ich war schon ein hübscher Adonis. Dieses Bild ist Ihrer Tante gut gelungen, es ist so voll körperlichem Enthusiasmus, finden Sie nicht? Ich habe ja nicht nur Modell gestanden. Sie kennen doch Yves Klein, oder? Ihre Tante verehrte ihn sehr. Und er inspirierte sie.«

»War das jemand von der französischen Botschaft?«

»Klein war ein Maler, der seine Aktmodelle gerne mit blauer Farbe einschmierte und über die Leinwand auf dem Boden rollen ließ. So entstanden seine berühmtesten Arbeiten.« Hasi stutzte. »Sie meinen, Sie haben sich über diese kleine Leinwand – –?«

»Nicht mit meinem ganzen Körper.«

Hasi traute sich nicht, den Gedanken zu Ende zu denken, und wandte sich von Mellenhoff ab. Sein Magen drehte sich, das anzügliche Grinsen des Galeristen war einfach unerträglich. Er kniff die Augen zusammen und betrachtete Tante Pudels Bild von der Seite. Es half nichts. Jetzt wo er die Wahrheit erfahren hatte, drängte sich der nackte Mellenhoff durch die abstrakte Form hindurch wie ein ungenierter Vertreter der Freikörperkultur. Meike würde so ein Bild vielleicht gefallen, aber er konnte sich beim besten Willen keinen nackten Mann in seiner Schlafstube aufhängen. Noch dazu, wenn er der Liebhaber seiner Tante gewesen war und sich auch noch sonst was darauf einbildete. So wollte er Tante Pudel nicht in Erinnerung behalten. Und er dachte immer, sie hätte diesen aufgeblasenen Lackaffen gar nicht leiden können.

Er nahm das Bild vom Haken und drückte es Mellenhoff in die Hand.

»Nehmen Sie es mit, aber ich habe eine Bedingung. Sie dürfen niemandem ein Wort von dieser Affäre erzählen. Ich möchte das Andenken meiner Tante nicht beschädigen.«

»Selbstverständlich nicht. Sie haben mein Wort darauf. Ich bin ein Gentleman.« Mellenhoff beeilte sich, den Rothko ohne weitere Worte zu seinem Wagen zu bringen. Erst als er das wertvolle Kunstwerk in eine Decke gehüllt und zwischen den anderen Bildern gelagert hatte, konnte er sich ein kleines triumphierendes Grinsen nicht verkneifen.

Hasi kam ihm hinterhergelaufen.

»Herr Mellenhoff!«

»Ja?« Dieser Mensch brachte ihn noch zum Wahnsinn.

»Sie haben Ihre Brieftasche vergessen.«

»Wie dumm von mir. Danke.« Er zwang sich, ruhig und freundlich zu bleiben. Jeder machte mal Fehler in der Aufregung, wenn es um eine solche Millionenbeute ging. »Ich werde mich dann auf den Weg machen. Sie haben einem alten Mann eine große Freude bereitet.«

»Können Sie mich ein Stück mitnehmen? Mein Fahrrad steht nur ein paar Straßen weiter.«

»Liebend gerne.« Mellenhoff öffnete ihm die Beifahrertür. War das Arroganz oder Dekadenz, fragte er sich. Diese adeligen Marotten gingen über seinen Horizont.

Wenn Mellenhoff seine Brieftasche überprüft hätte, dann wäre seine Meinung über den Adel noch um einiges schärfer ausgefallen, denn Hasi hatte das gesamte Geld für die Bilder wieder zurückgesteckt. Sich von einem Liebhaber seiner Tante kaufen zu lassen, war völlig undenkbar. Dass ihm sein kleiner Winkelzug das Leben gerettet hatte, konnte er nicht wissen. Wie sollte er auch ahnen, dass nur wenige Meter entfernt auf der Waldseite ein Auftragskiller im Unterholz hockte und sich gerade fragte, ob dieser junge Mann eine Art siebten Sinn für Gefahr im Verzug besaß?

Die Leiche war nirgends zu finden

Torsten hatte die Halbstarken dazu verdonnert, alle Leichenhallen in Berlin durchzutelefonieren, um eine Liste der Toten von dieser Woche zu bekommen, für die es sich vielleicht lohnen würde, einen Killer zu engagieren. Eine morbide Recherche, genau das Richtige für die abgebrühten Kollegen. Nach allen Abwägungen kam jetzt nur noch eine Handvoll Leute in Frage. Einer war Tim Dillinger, sechsundzwanzig Jahre alt und Mitbegründer des Start-up-Unternehmens »Dilli-Twist«. Er war Anfang der Woche beim Schwimmen im Müggelsee ertrunken – nur wenige Tage bevor das kleine Garagenunternehmen, das er mit seinem Bruder aufgebaut hatte, von einem Internetriesen gekauft werden sollte. Im Netz hatte es Gerüchte gegeben, dass Tim Dillinger die Source Codes ihrer Software als Freeware ins Netz stellen wollte. Gegen den Willen seines Bruders Linus, der lieber die Millionen einsacken wollte. Gerade diesen pragmatischen IT-Kids traute Torsten zu, für das große Geld über Leichen zu gehen. Tim war ein guter Schwimmer und viel zu jung für Herzversagen. Sein Bruder hätte ein erstklassiges Mordmotiv. Doch ein Anruf bei der Pathologie hatte gereicht, um den idealistischen der beiden Dillinger-Brüder als Mordopfer auszuschließen. Der junge Mann hatte ein Aneurysma, und das, wie sich bei der Obduktion herausgestellt hatte, wahrscheinlich schon von Geburt an. Es war zur Unzeit beim Kraulen geplatzt und hatte eine Embolie verursacht, die zu einem Schlaganfall mitten auf dem See geführt hatte.

Ein Anruf von Conni unterbrach seine Recherche. »Seid ihr weitergekommen, Torsten?«

»Wir haben inzwischen so gut wie alle Todesfälle ausgeschlossen. Entweder zu alt oder zu arm oder zu unbedeutend, als dass es sich lohnen würde, sie um die Ecke zu bringen.«

»Tja, diesmal ist es von Vorteil, in dieser Gesellschaft nicht zu den oberen zehn Prozent zu gehören. Einen Moment.«

Torsten hörte Zeitungsrascheln durch den Hörer.

»Habt ihr eigentlich Bianca Schmidt-Rodenkamp auf eurer Liste? Die Frau dieses Vermögensverwalters, der in Konkurs gegangen ist. Plötzlich und unerwartet verstorben. Stand im Lokalteil.«

»Todesursache?«

»Herzversagen beim Joggen.«

»Also nur eine Routineobduktion.«

»Ich hoffe für dich, sie ist noch nicht beerdigt worden«, sagte Conni und hängte ein.

Torsten verzog das Gesicht, als er kurz darauf die Leichenaufbewahrungshalle des rechtsmedizinischen Instituts betrat. An den Geruch des Todes würde er sich nie gewöhnen, und es war ihm ein Rätsel, warum Heike, eine lebenslustige junge Frau, es vorzog, als Assistenzärztin der Rechtsmedizin Leichen zu sezieren, anstatt sich um die Lebenden zu kümmern. Andererseits konnte er sich auch vorstellen, wie es einem die Laune vergällen müsste, sich den ganzen Tag mit Krankengeschichten zu beschäftigen. Da waren die Toten schon pflegeleichter.

Zusammen gingen sie die Fächer durch. Doch die Leiche war nirgends zu finden.

»Ich weiß auch nicht, Torsten. Gestern war sie noch hier«, beteuerte Heike unglücklich und schloss das letzte Fach.

»Vielleicht solltet ihr eure Leichen in Handschellen legen, damit sie in der Nacht nicht ausbüxen. Oder hat sie jemand mit nach Hause genommen? Irgendeiner hier muss es doch wissen. Wo ist denn der Chef?«

»Auf Tagung.«

»Und sein Stellvertreter?«

»Auch auf Tagung.«

Ihre Stimme zitterte und Torsten lächelte ihr zu. »Ganz ruhig. Hilf mir einfach beim Suchen, dann werden wir sie schon finden.«

Sie rang sich ein zaghaftes Lächeln ab.

»Hallo Nagel. Was machst du hier für einen Aufstand?«

An der Tür stand der Pathologe Dr. Schwalbe mit blutbeflecktem Kittel und grünen Handschuhen.

»Doch nicht auf Tagung, Schwalbe?«

»Sorry, das muss Heike immer sagen, sonst kommen wir überhaupt nicht zum Arbeiten.«

Schwalbe streifte die Handschuhe ab und warf sie in einen Treteimer. »Ich wollte gerade Kaffeepause machen, kommst du mit?«

»Ihr habt ein Problem. Euch laufen die Leichen weg.«

Schwalbe kicherte. »Ist tatsächlich schon mal passiert. Gerade als ich den T-Schnitt ansetzen wollte, richtete sich die Leiche auf und fragte: »Bin ich im Himmel?«

»Wenn du mir einen Euro geben würdest für jedes Mal, wenn du diese Story erzählst, wäre ich jetzt reich.«

»Dann musst du mir die Euros aber auch zurückgeben, wenn du wieder mit deiner Pergamon-Spukgeschichte anfängst.«

»Touché!« Torsten grinste.

Schwalbe musterte ihn neugierig. »Was gibt's denn so Dringendes? Deinen Apotheker haben wir doch schon obduziert.«

»Ich brauche Bianca Schmidt-Rodenkamp, die Frau von diesem Anlagebetrüger. Wir können sie nirgends finden.«

Schwalbe legte einen Finger auf die Stirn und dachte nach. »Wozu das denn? Mit der war alles in Ordnung. Herzinfarkt beim Joggen. Sport ist Mord, hat schon Einstein gesagt.«

»Churchill war das. Habt ihr sie auch toxikologisch untersucht?«

»Dazu bestand kein Anlass. Wonach hätten wir denn deiner Meinung nach suchen sollen?«

»Nach einem Gift, das zu Herzstillstand führt zum Beispiel. Da gibt es doch sicher einiges, was nicht gleich auffällt?«

»Ach du Scheiße.« Schwalbe kratzte sich am Kinn. »So gesehen, hätten wir da zum Beispiel all die Blumen des Bösen. Christrose, Oleander oder die niedlichen Maiglöckchen, ob du es glaubst oder nicht. Sehr beliebt ist auch der Blaue Eisenhut, die giftigste Pflanze Europas. Obwohl ich persönlich wohl eher Kaliumchlorid nehmen würde. Führt in der richtigen Dosis zu schnellem Herzstillstand und ist nur sehr schwer nachweisbar.«

»Vor dir muss man sich ja in Acht nehmen.«

»Sei besser nett zu mir.« Schwalbe kicherte wieder.

»Also bitte, wo ist sie?«

»Nicht so schnell. So eine toxikologische Untersuchung, wie du sie willst, ist extrem aufwändig und teuer.«

»Kein Problem. Die Staatsanwaltschaft hat grünes Licht gegeben. Und jetzt sag mir endlich, wo ihr die Leiche versteckt habt.«

Schwalbe warf Heike einen Blick zu, doch sie schüttelte den Kopf.

»Warte hier, ich bin gleich zurück.« Schwalbe ließ Torsten stehen und eilte davon.

Eine Minute später war er wieder da und wedelte mit einem Papier. »Die Leiche ist gestern freigegeben worden. Hier, der Schein.«

Torsten überflog das Papier. »Bestattungsinstitut Weiße Lilie? Ich brauche einen Transport, jetzt sofort, nicht dass ich die Frau noch ausbuddeln lassen muss.«

»In Berlin kommst du nicht so schnell unter die Erde. Fahr hin, die Leichenkutsche ist gerade frei.«

»Dann aber bitte mit Fahrer.«

»Du brummst mir ganz schön was auf. Ich hoffe für dich, dass es kein falscher Alarm ist.«

Der Leichentransporter wartete schon auf dem Hof, als Torsten aus dem Institut trat.

Das Bestattungsunternehmen Weiße Lilie befand sich in einem edlen Gründerzeitaltbau am Olivaer Platz. Torsten zückte seinen Ausweis, um dem schwarz gekleideten Herrn, der ihm mit einer solchen Trauermiene entgegen kam, als hätte er selbst gerade den schlimmsten Schicksalsschlag erlitten, von den üblichen Trostfloskeln abzuhalten.

»Kriminalpolizei. Sie haben gestern den Leichnam von Frau Schmidt-Rodenkamp aus der Pathologie abgeholt?«

»Ja, das stimmt. Ist was nicht in Ordnung?«

»Wir brauchen sie noch. Die Staatsanwaltschaft hat eine zusätzliche Obduktion angeordnet.«

»Ich fürchte, da kommen Sie zu spät.«

»Wieso? Wo ist sie?«

»Im Krematorium Ruhleben. Tut mir sehr leid.«

»Ich dachte, da gibt es lange Wartezeiten.«

»Wir haben Sonderkonditionen.« Der Mann erlaubte sich ein feines kleines Lächeln.

»Wann?«, fragte Torsten.

»Jetzt, oder genauer gesagt – –« Der Bestatter schaute auf seine Uhr. »In fünfundzwanzig Minuten. Zurzeit findet der Trauergottesdienst statt.«

»Geben Sie mir die Telefonnummer, schnell.«

Der Mann zog sein Handy heraus und drückte eine Taste. »Bitte sehr.«

Im Krematorium meldete sich nur ein Anrufbeantworter. Torsten drückte dem Mann das Telefon in die Hand und lief zum Transportwagen zurück.

»Beeilung. Wir müssen in zwanzig Minuten im Krematorium Ruhleben sein. Alle etwaigen Verkehrssünden nehme ich auf meine Kappe.«

Sie schlängelten sich über Busspuren, rote Ampeln und an empört hupenden Autofahrern vorbei bis zum Spandauer Damm, wo sie endlich richtig Fahrt aufnehmen konnten.

Schon von Weitem waren die Schornsteine des Krematoriums zu sehen. Vor dem Gebäude sprang Torsten aus dem Fahrzeug. Am Eingang kamen ihm schon die ersten Trauergäste entgegen. Er rannte an der Trauerhalle vorbei zur Ofenanlage. Ein aufwändig gezimmerter Eichensarg bewegte sich langsam auf dem Förderband zur Brennöffnung.

»Stopp! Sofort anhalten!«

Zwei Angestellte schauten ihn fassungslos an, ohne etwas zu tun. Der Sarg schob sich immer dichter an die Öffnung heran. Torsten rannte zum Schaltpult. Wo stellte man die Anlage ab? Ein roter Knopf schien für den Notfall zu sein. Er drückte ihn und sofort ertönte eine Alarmsirene. Der Sarg blieb kurz vor der Brennöffnung stehen. Torsten wischte sich den Schweiß von der Stirn.

»Wohl total bescheuert, oder was?« Einer der beiden Angestellten versuchte, ihn vom Schaltpult wegzudrängen.

»Kriminalpolizei, die Leiche ist beschlagnahmt.« Torsten hielt ihm seinen Ausweis vor die Nase. »Öffnen Sie den Sarg.«

Die Tote war gut präpariert, Kompliment an den hochnäsigen Bestatter. Er verglich sie mit einem Foto, das die Halbstarken aus der Webseite ihrer Stiftung kopiert hatten. Bianca Schmidt-Rodenkamp wirkte, als ob sie nur mal kurz eingenickt wäre.

»Sie beide bringen die Leiche jetzt zum Transportwagen«, sagte Torsten und folgte den Angestellten, als sie mit dem Sarg an den verdutzten Trauergästen vorbeimarschierten, die noch in Grüppchen vor dem Eingang herumstanden. Vor dem Pastor blieb er stehen. »Sie können mir bestimmt weiterhelfen. Ich suche den Ehemann der Verstorbenen.«

»Er ist leider nicht anwesend. Die beiden waren mitten in ihrer Scheidung. Seine Frau hat noch zu Lebzeiten über ihre Anwälte verfügt, dass er im Falle ihres Todes nicht zu ihrer Beerdigung kommen dürfte.«

»Als ob sie es geahnt hätte«, murmelte Torsten.

Der Pastor seufzte. »Unversöhnlich bis über den Tod hinaus, so etwas kommt leider öfter vor, als man sich wünschen würde.«

Torsten ging nachdenklich zum Wagen, wo der Sarg gerade eingeladen wurde. Bianca Schmidt-Rodenkamp war in einem Alter gewesen, in dem man nicht unbedingt ans Sterben dachte. Es gab nur zwei Möglichkeiten, warum sie so verfügt hatte. Entweder war sie krank gewesen und wusste, dass sie sterben müsste, oder sie hatte ihrem Mann zugetraut, sie beseitigen zu lassen.

Der Schmerz schoss ihm bis in die Zehennägel

Hasi hatte das robuste Gebiss seiner Mutter geerbt und seine Zähne waren eigentlich blendend in Schuss. Und doch fand er sich heute Morgen in halb liegender Haltung auf dem Stuhl seines Zahnarztes wieder. Sein Mund war viel zu weit aufgesperrt für seinen Geschmack und aus den Lautsprechern brüllte Bruce Springsteen mit dem Zahnbohrer um die Wette. Obwohl es nur die jährliche Routinekontrolle war, hatte Dr. Andreas Wagner unglücklicherweise ein kleines Loch in Zahn 27 gefunden, und Hasi wünschte sich, er wäre nicht so erzogen worden, jede Form von Betäubung auszuschlagen, weil sie als Zeichen von Schwäche galt. Das laute Schlürfgeräusch, das der Saugschlauch in seinem Mundwinkel verursachte, ließ ihn zudem bereuen, dass er nicht vor der Sitzung die Herrentoilette aufgesucht hatte.

»Ich habe gehört, du verstehst dich gut mit meiner Ex-Frau?«, fragte Andreas, während er den passenden Bohrer für die Kariesentfernung aufsetzte.

»Ahrrg«, sagte Hasi.

»Sie ist eine tolle Frau, ich vermisse sie sehr.«

»Hrrrgau«, sagte Hasi.

»Klug – und schön. Du hast sie doch bestimmt schon nackt gesehen, oder?«

»Hnngg.«

»Dieses Loch – also ich würde sagen: Schön sieht anders aus«, sagte Andreas. »Ich fange mal ganz langsam an. Wenn es wehtut, können wir immer noch eine Betäubung machen, okay?«

Hasi nickte.

»Ich weiß nicht, was Meike dir erzählt hat, aber ich liebe sie, und ich liebe meinen Sohn«, fuhr Andreas fort, während er den Bohrer in der Luft auf Hochtouren surren ließ. Er hob die Stimme, damit sein Patient ihn hören konnte, und setzte den Bohrer an den kariösen Zahn. Es surrte laut in Hasis Mund. Andreas wurde noch lauter. »Es ist dir sicher schon aufgefallen, dass Kris nicht mein leiblicher Sohn ist.«

Hasi krallte sich mit den Händen in die Armlehnen, der Schmerz schoss ihm bis in die Zehennägel. Dabei versuchte er sich auf Andreas' Stimme zu konzentrieren, um sich abzulenken.

»Ist ja unverkennbar, sein indischer Einschlag. Meike und ich haben nie darüber geredet. Nach ihrer Rückkehr aus Indien war Kris offiziell eine Frühgeburt. Mit acht Pfund allerdings ein echtes Schwergewicht.« Andreas zog mit der Bohrer-Hand sein Lid herunter und kam dabei mit dem Instrument bedrohlich in die Nähe seines Auges. »Aber das hat mich nie gestört. Für mich ist er mein Sohn, und ich liebe ihn ohne Punkt und Komma, verstehst du?

Hasi gab ein gurgelndes Stöhnen von sich.

»Das Problem ist, dass Meike jetzt offenbar glaubt, ich würde Kris ablehnen. Dabei hatte ich nur ein paar Monate lang zu viel zu tun mit der Einrichtung der Praxis, aber deshalb bin ich doch kein schlechter Vater, oder? Und Meike muss überhaupt keine Sorge haben, dass ich Kris nicht wie meinen eigenen Sohn behandle. Weißt du, was ich immer für ihn gesungen habe, als er ein Baby war?«

Andreas fuchtelte mit dem Bohrer vor Hasis Gesicht herum und fing an zu singen.

»Born to be wi-hi-hild ... Get your motor running, head out on the highway ...« Er wackelte dabei bedrohlich mit dem Oberkörper. »Da ist der Kleine richtig mitgegangen, hättest du mal sehen sollen. So was schweißt zusammen, Vater-Sohn-mäßig.«

Hasi verzog mit Mühe den Mund zu etwas, das wie ein Lächeln aussehen sollte. Andreas beugte sich dicht heran, um Hasis Zahn mit dem Mundspiegel zu betrachten. »Vielleicht könntest du ein gutes Wort bei Meike für mich einlegen? Wäre es möglich, dass du ihr von mir sagen würdest, dass ich keine Trennung will und wieder zurückkommen möchte?«

»Arrgggu«, antwortete Hasi.

»Danke, du bist ein echter Freund. Übrigens gebe ich dir jetzt doch besser eine Betäubung. Hier«, er klopfte mit dem Spiegel auf den Missetäter, »hat sich noch mehr Karies angesammelt, als wir vermuten konnten.«

Zwei Stunden später radelte Hasi mit einem gefüllten Backenzahn und einer gefüllten Einkaufstüte, die am Lenker baumelte, sodass sein Fahrrad ständig aus der Spur zu driften drohte, in Schlangenlinien den Fischerhüttenweg entlang. Wie könnte er sich bei Meike wohl am besten für Andreas einsetzen? So einfach, wie der sich das vorstellte, war die Sache nicht, dafür kannte er Meike inzwischen gut genug. Sie würde ihm nur mit nachsichtigem Lächeln erklären, dass sie Andreas gut verstehen könne, aber ihr Sohn brauche keinen Zahnarzt in seinem Leben, vielen Dank auch, sondern spirituelle Führung. Und gegen Spiritualität anzugehen war völlig sinnlos. Es sei denn, er könnte Meikes Argumente zu seinem Vorteil nutzen, so wie ein guter Judokämpfer den Schwung des Gegners in einen Gegenangriff zu verwandeln weiß.

Von der Baustelle am Ende der Straße kam ihm ein Lastwagen entgegen und er stellte das Fahrrad schnell auf dem Bürgersteig ab. Einen Sturz musste man nicht riskieren. Er hielt die Luft an, weil der Laster eine Staubwolke hinter sich aufwirbelte. Die Baufahrzeuge fuhren hier eindeutig zu schnell.

Vor Tante Pudels Haus stellte er das Rad ab, um die Rosen zu gießen, bevor er zu Meike fuhr. Er hatte einige Schwierigkeiten mit der Terrassentür, weil der Schlüssel im Schloss klemmte, als ob sich irgendetwas verzogen hätte. Auf der Terrasse bemerkte er ein paar schmutzige Fußspuren, als wäre jemand durch die Blumenrabatte getrampelt. So weit würde sein Nachbar Krasko doch nicht gehen! Hatte sich womöglich ein Einbrecher an der Hintertür versucht? Ihm war unheimlich zumute, als er sich im Haus umsah. Zu stehlen gab es hier nichts mehr. Und so konnte das merkwürdige Gefühl einer fremden Präsenz doch nur seiner Einbildung entspringen.

Hasi füllte die eiserne Gießkanne und wässerte sorgfältig die Rosen, die glücklicherweise noch nicht gelitten hatten. Dann ging er in die Küche, um sich einen Tee zu machen. Wie oft würde er noch Gelegenheit haben, am Nachmittag auf der Terrasse zu sitzen und den Garten zu bewundern? Mit seiner dampfenden Plastiktasse ließ er sich auf einem der Korbsessel nieder und sog die herrlich nach Rosen und Kiefernnadeln duftende Luft ein. Er nahm ein Schlückchen, stellte die Tasse auf den Gartentisch und lehnte sich zurück. Die Sonne war herrlich warm und leuchtete noch durch die geschlossenen Lider direkt auf sein Gemüt, sodass die Anspannung des Tages von ihm wich, und auch sein malträtierter Mund fühlte sich allmählich wieder wie sein eigener an.

»Willst du hier Wurzeln schlagen?«, hörte er plötzlich eine altbekannte Stimme. Tante Pudel saß auf ihrem Stammplatz unter dem Fenster und nippte wie ein Vogel an ihrer Porzellantasse. Hasi war fast erleichtert, sie zu sehen.

»Ach, du bist es, Tante Pudel! Sieh mal, ich habe gerade deine Rosen gegossen.«

»Na, immerhin. Sehen ja ganz manierlich aus.«

Er musterte sie verblüfft. Seit wann machte Tante Pudel Komplimente?

»Bilde dir ja nichts darauf ein. Es gibt noch viel zu tun.«

»Ja, das stimmt.« Er warf ihr einen neugierigen Blick zu. »Wie geht es dir eigentlich so? Ich meine, so nach dem Tod.«

»Das tut nichts zur Sache und geht dich auch nichts an. Hör lieber zu und unterbrich mich nicht dauernd. Deine Blödheit geht auf keine Kuhhaut.«

»Tut mir leid, Tante Pudel, aber ich tue, was ich kann.«

»Papperlapapp! Dein Umgang lässt sehr zu wünschen übrig.«

»Ach, du meinst Meike und Kris? Das bedeutet nichts, wirklich. Da wohne ich doch nur vorübergehend, bis ich eine neue Bude gefunden habe.«

»Ach was, ich rede von Mellenhoff! Die unverschämte Kanaille lügt, wenn er den Mund aufmacht, merk dir das. Kein Wort ist wahr! Und hör auf, so anzüglich zu grinsen, du Lümmel.«

»Entschuldige, Tante Pudel.« Hasi bemühte sich, einen ernsten Gesichtsausdruck zu wahren. So heftig wie sie schimpfte, war wohl doch was dran, dass sie eine Affäre mit Mellenhoff gehabt hatte.

»Pass auf, Hasi, es ist wichtig! Summ, summ.«

»Ich verstehe nicht ganz – –«

Hasi schaute auf seine Tante, die jetzt tatsächlich anfing zu summen. Und ihre Umrisse verschwammen vor seinen Augen. Er sah noch, wie sie ungeduldig mit der Hand wedelte, als ob sie damit ihre Auflösung zu stoppen versuchte. Ihre Stimme war kaum noch verständlich. Doch dann konnte er sie nicht mehr fragen, was das Wichtige nun sei, das sie ihm sagen wollte, denn sie hatte sich schon vollständig in Luft aufgelöst. Nur das Summen hing noch in der Luft wie ein Nachhall. Es wurde lauter und eindringlicher, bis er schließlich merkte, dass es von seinem Handy in der Jackentasche kam. Er zog es heraus.

»Ja bitte?«

»Brezel hier«, klang die militärische Stimme seines Vetters an sein Ohr. »Habe ich dich geweckt? Du klingst etwas dünnbrüstig für mein Gefühl.«

»Alles in Ordnung, ich genieße nur die Sonne auf der Terrasse.«

»Zu viel Information«, sagte Brezel. »Gute Nachrichten, Hasi. Ich kriege ein Extrabudget für deine Stelle beim Protokoll. Nicht üppig, aber genug für jemanden wie dich, um über die Runden zu kommen.«

»Das ist ja toll. Danke, Brezel. Wann soll ich denn anfangen?«

»Erst brauchst du einen kleinen Kursus in militärischem Drill. Habe ich alles schon eingetütet. Morgen früh. Bist du bereit?«

»Fabelhaft. Morgen habe ich noch nichts vor.«

»Ausgezeichnet. Antreten um Punkt nullsiebenhundert vor Tante Pudels Haus. Ich hole dich dort ab.«

»Um sieben Uhr? Das ist aber sehr früh. Geht es nicht – –«

Brezel hatte bereits eingehängt.

Es wurde ein wenig kühl auf der Terrasse, die Sonne war längst hinter den hohen Kiefern verschwunden. Seltsam, wie schnell doch die Zeit manchmal verging. Meike wartete bestimmt schon auf die Einkäufe.

War es nicht höchste Zeit, sich dem Kampf anzuschließen?

Die Goldelse auf der Siegessäule reflektierte die letzten rötlichen Strahlen der untergehenden Sonne, als Torsten den Wagen durch den Kreisverkehr in Richtung Moabit lenkte. Auf dem Parkplatz vor dem rechtsmedizinischen Institut sah er als einziges Auto nur den alten Porsche Targa des Pathologen stehen.

Schwalbe empfing ihn am Eingang des weiß gekachelten Sektionssaales. »Zieh dir mal einen Kittel über. Du kommst gerade rechtzeitig, meine Assistentin macht nämlich Feierabend.«

Torsten trat zurück und wedelte abwehrend mit den Händen. »Na ja, ich wollte eigentlich nur – –« Er unterbrach sich, als er Schwalbes typisches Kichern hörte.

»Da hat der Herr Hauptkommissar aber Muffensausen bekommen. Ist mal wieder typisch. Ich mache hier die Drecksarbeit, und der feine Pinkel kommt, um sich die fertigen Ergebnisse abzuholen.«

»Ach Schwalbe, ich weiß nicht, warum du dich beklagst. Du bist doch der Letzte, der mit mir tauschen möchte. Dafür macht dir das Herumgewühle in toten Körpern viel zu viel Spaß.«

Schwalbe kicherte wieder. »Aber ich habe was bei dir gut für diese Extraschicht.«

»Hast du denn was gefunden?«

Schwalbe kratzte sich am Kinn. »Also, Kaliumchlorid war es nicht und pflanzliche Gifte kann ich auch ausschließen.«

»War es denn nun eine Vergiftung oder nicht?«

»Oh ja, daran besteht kein Zweifel. Es ist eindeutig ein Neurotoxin.«

»Und weißt du schon, welches?«

»Botulinumtoxin. Die guten alten Leberwurstbakterien. Botox wird nicht nur gegen Falten gespritzt, es wird auch in biologischen Waffen verwendet.«

»Und wie kommt man an das Zeug ran?«

»Bio-Waffen stehen natürlich auf dem Index. Aber für eine Giftspritze brauchst du nur einen fitten Chemiker. Ist dir damit geholfen?«

»Und wie. Ich würde dich umarmen, Schwalbe, wenn du nicht so viele Blutflecken auf dem Kittel hättest.«

Torsten ließ seinen Wagen auf dem Parkplatz zurück und ging zu Fuß die paar Schritte die Turmstraße entlang bis zu Connis Büro im Kriminalgericht.

Sie spielte nachdenklich mit einem Bleistift, als er ihr von dem Nervengift berichtete.

»Und wer anders als ihr Ehemann könnte ein Interesse daran gehabt haben, Bianca durch einen Auftragskiller beseitigen zu lassen?«, schloss Torsten.

»Und wie willst du das beweisen?«

»Vielleicht lässt sich der trauernde Witwer aus der Reserve locken.«

»Er sitzt zurzeit in Untersuchungshaft. Das weiß du schon, oder?«

»Ich dachte, seine Anwälte hätten ihn rausgeboxt.«

»Inzwischen wird gegen ihn auch wegen Versicherungsbetrug ermittelt. Die Kollegen haben Hinweise gefunden, dass er seine Yacht selber in die Luft gejagt hat. Und seit man ihn beim Packen für einen kleinen Urlaub erwischt hat, besteht Fluchtgefahr.«

»Schon bezeichnend, wie diese reichen Trickbetrüger versuchen, ihre Finanzprobleme zu lösen«, sagte Torsten. »Wenn es ihnen dreckig geht, zeigen sie ihr wahres Gesicht.«

»Vorurteile hast du gar nicht, oder?«

»Ich gebe es zu, Investmentkriminelle sind für mich ein rotes Tuch. Berlin wird gerade von solchen Figuren zerstört, wenn nichts passiert.«

»Was müsste denn deiner Meinung nach passieren?«

Er zuckte mit den Schultern. »Die Berliner selbst müssen sich wehren, denke ich. Sonst können bald nur noch Millionäre die Mieten bezahlen und die Stadt ist tot.«

Beide schwiegen eine Weile.

»Wie wär's mit einem Bierchen zum Abschluss des Tages?«, schlug Torsten vor.

Eine halbe Stunde später saßen sie in einer Tapas-Bar am

Helgoländer Ufer. Er war erstaunt, dass sie tatsächlich mitgekommen war. Auch wenn es in erster Linie der Hunger zu sein schien, der sie dazu bewogen hatte, denn sie machte sich über die Tapas her, als hätte sie den ganzen Tag noch nichts gegessen.

Er prostete ihr zu, als der Wirt zwei Pils vor sie hinstellte. »Schön, dass wir mal außerhalb der Dienstzeit reden können.«

»Worüber willst du denn reden?«

Torsten merkte plötzlich, dass er sich noch keine Gedanken gemacht hatte, wie er das heikle Thema anschneiden sollte. Conni legte schließlich ihre Gabel beiseite und sah ihn forschend an. »Jetzt sag schon, lass dich nicht so bitten.«

»Na ja, über Privates.« Er legte schnell nach, bevor er seine Meinung noch ändern konnte. »Zum Beispiel darüber, was dich an mir wurmt.«

»Aha.«

»Du bist schon etwas – streng.«

»Vielleicht hast du ein Problem, eine Frau als Vorgesetzte zu haben.«

»Eigentlich nicht. Obwohl, mit dir schon, das gebe ich ja zu.«

»Und warum?«

»Na ja, du weißt schon. Wie sagt man so schön: Altlasten.«

»Altlasten? Haben wir das?«

»Ich weiß nicht. Was meinst du?«

»Du warst doch damals der Chef.«

»Willst du damit sagen, ich hätte dich zu irgendwas genötigt?«

»Und wenn ja, wie klingt das für dich?«

»Nicht gut. Das könnte mich meinen Job kosten. Nicht dass ich daran hänge, aber ich habe das nie so gesehen.«

»Wie hast du es denn gesehen?«

»Als etwas Schönes, das wir beide gewollt hatten. Das war doch ganz spontan.« Er klang ganz schön lahm, dachte Torsten resigniert.

»Und warum hast du mich danach behandelt, als wäre ich Luft?«

»Weil … ach, was soll ich sagen? Scheiße, ich wusste nicht, wie ich damit umgehen sollte.«

»Aber wie ich mich dabei gefühlt habe, daran hast du nicht gedacht.«

Torsten nickte. »Okay, ich habe mich arschig benommen. Jetzt verstehe ich dich.« Er schwieg einen Augenblick und schaute in sein Bier, dann grinste er plötzlich. »Du hast es mir ja ganz gut zurückgegeben. Sind wir jetzt quitt?«

Conni sah ihn ernst an. Erst als er schon dachte, dieses Gespräch sei ein Fehler, nickte sie mit einem schmalen Lächeln. Sie hob ihr Glas. »In Ordnung, Herr Hauptkommissar. Aber wir sollten uns ab jetzt siezen, würde ich sagen.«

»Ist das dein Ernst?«

»Sie meinen, ist das Ihr Ernst. Natürlich.« Conni sah auf die Uhr, ohne eine Miene zu verziehen. »Ich habe noch einen Stapel Akten durchzugehen.«

Torsten nickte. »Klar, Frau Staatsanwältin.« Er leerte sein Glas und winkte dem Kellner. »Kann ich Sie nach Hause fahren?«

»Gerne.«

Sie fuhren schweigend am Hamburger Bahnhof und an der Charité vorbei. Conni wohnte in einem futuristischen Neubau in der Brunnenstraße. Elegant sah es aus. Elegant, klinisch, gespenstisch. Die schicke Lobby, in der sie verschwand, erinnerte ihn wieder daran, was seit Tagen schon an ihm nagte wie ein schlechter Traum, an den man sich nicht erinnern wollte, der sich aber einfach nicht abschütteln ließ. Als Diener des Staates stand er eindeutig auf der falschen Seite. War es nicht höchste Zeit, sich dem Kampf gegen Gentrifizierung und Mietwucher anzuschließen, anstatt beim Feierabendbier Parolen zu schwingen und weiterzumachen wie bisher?

Konnte er seinen eigenen Tod erahnen?

Durch das schmale Flurfenster beobachtete Gabriel, wie der junge Mann die Gartenpforte öffnete. In der Nacht war er zum zweiten Mal über die Terrasse in das Haus eingebrochen und hatte dort ohne Schlaf geduldig wie ein guter Jäger auf das Erscheinen des Zielobjektes gewartet. Ein unerklärliches Gefühl der Leere überfiel ihn jetzt wie eine graue Wolke, als sein Opfer durch den Vorgarten näher kam. Es war nicht das erste Mal, dass er dieses merkwürdige Phänomen spürte.

Bei der ersten Begegnung mit dem jungen Mann war es ihm erst im Nachhinein aufgefallen – ein Anflug von Langeweile, von Ekel und Verdruss, und er hatte es sich zunächst mit seiner Reaktion auf die hässliche Stadt mit ihren hässlichen Bewohnern zu erklären versucht. Aber nach der zweiten Begegnung wusste er es besser. Es war Quermaten selbst, der diese Schwermut bei ihm auslöste. So als ob dieser unbekümmert wirkende Hans im Glück ihm durch seine bloße Gegenwart die Energie aus den Adern saugte. Mit aller Kraft musste er gegen das Gefühl ankämpfen, dass sein eigenes Leben sinnlos und hässlich war, während er beobachtete, wie Quermaten vor der Haustür stehen blieb und den Türschlüssel aus der Tasche fummelte. Er konnte es kaum erwarten, ihn endlich auszuschalten.

Doch warum zögerte der junge Mann plötzlich, als hätte er es sich anders überlegt? Schon zweimal hatte Gabriel miterlebt, wie dieser Quermaten jede Gefahr im Voraus zu wittern schien, und war wider Willen fasziniert gewesen. Wusste er etwa, was hinter der Haustür auf ihn lauerte? Konnte er seinen eigenen Tod erahnen? Das würde bedeuten, dass die Zukunft bereits feststand und es gegen jede Vernunft so etwas wie eine Vorbestimmung geben musste. Eine deterministische Vorstellung, die ihn zutiefst beunruhigte. Denn in diesem Fall wäre er selbst als Überbringer des Todes nur ein Werkzeug des Schicksals, eine Marionette, deren Fäden von einer höheren Macht gezogen wurden.

Er trat einen Schritt ins Dunkle zurück, denn der junge Mann stand nun genau unter dem Flurfenster und blickte auf seine Uhr. Was war jetzt schon wieder los? Gabriel unterdrückte den Wunsch, die Tür einfach aufzureißen und sein Opfer blitzschnell ins Haus zu zerren. Das war zu riskant. Nachbarn könnten aufmerksam werden, und schon wäre eine Situation entstanden, die er nicht mehr unter Kontrolle hätte. Irritiert verfolgte er, wie der junge Mann zur Straße zurückkehrte und vor dem Haus auf und ab ging, als wartete er auf etwas. In seiner gesamten Karriere als professioneller Killer war es ihm noch nie passiert, dass sich ein Opfer seinem Zugriff entziehen konnte. Das war nicht vorgesehen in seinem Weltbild, in dem nur das Prinzip von Ursache und Wirkung Bestand hatte, und die Kausalität machte es unabdingbar, dass er, der dank seines Handwerks, seiner Präzision und Kaltblütigkeit Leben auslöschen konnte, genau dies auch tat. So einfach war das. Und trotzdem war er bei diesem Auftrag immer wieder an der Banalität von Zufällen gescheitert. Der junge Mann verhöhnte ihn. Er wollte einfach nicht ermordet werden und verstieß durch sein dummes Glück gegen die einzige Ordnung, die Gabriel gelten ließ.

Der Mann tobte und kreischte mit hochrotem Gesicht wie am Spieß

Hasi gähnte herzhaft, während er vor dem Haus auf und ab ging, um seine Müdigkeit abzuschütteln. Es war eine ganz und gar unmögliche Zeit, den Tag zu beginnen. Nur Brezel zuliebe hatte er sich um halb sieben vom Brummen seines Reiseweckers unter dem Kopfkissen aus dem Bett scheuchen lassen. Dass er demnächst kein Haus, kein Geld und keine Arbeit hatte, schien den Vetter wirklich zu bekümmern. Schon deshalb wäre es höchst undankbar, die Stelle als persönlicher Aushilfsadjutant abzulehnen, die Brezel ihm angeboten hatte. In Hinblick auf die militärischen Besonderheiten war Hasi zwar ein wenig skeptisch, doch Brezel hatte ihm in die Hand versichert, dass ein Tag militärischer Drill noch niemandem geschadet habe.

Er schaute den Fischerhüttenweg hinunter. Brezels Vorliebe für absolute Pünktlichkeit grenzte schon an Manie. Aber jeder hatte schließlich seinen kleinen Spleen. Inzwischen war er fast schon neugierig auf das militärische Abenteuer, das der Vetter ihm versprochen hatte. Das familiäre Röhren von Brezels Saab drang an seine Ohren und er sprang beiseite, als der Wagen mit offenem Verdeck heranbrauste. Brezel öffnete die Beifahrertür.

»Beeilung, wir sind spät dran! Diese verdammten Baustellen bringen meinen Zeitplan ganz durcheinander.«

»Guten Morgen, Brezel.« Hasi setzte sich und hatte kaum die Tür zugemacht, als der Wagen schon wieder anfuhr.

»Entschuldige, aber wir dürfen Klaiber nicht warten lassen.«

»Wohin fahren wir eigentlich?«

»Zur Julius-Leber-Kaserne nach Wedding. Klaiber ist der Kommandeur des Wachbataillons. Ein guter Mann. Hat mir seine Grenadiere für deinen Umzug ausgeliehen.«

»Wie nett. Dann kann ich mich persönlich bedanken.«

»Dafür fahren wir nicht hin.«

»Was ist das für ein Kursus, bei dem ich mitmachen soll?«

»Klaiber hat sich bereit erklärt, dir heute etwas Schliff beizubringen. Sehr anständig! Mit seinem Drill-Team hat er schon Preise gewonnen.«

»Aber ist das denn wirklich nötig? Ich komme eigentlich ganz gut mit Menschen zurecht, im Allgemeinen.«

Brezel lächelte nachsichtig, während er den Wagen auf der Avus auf Tempo brachte. »Mit Zivilisten vielleicht, mein Lieber! Bei uns im Protokoll musst du Soldaten betreuen. Hohen Besuch. Ausländer zwar, aber Militär ist Militär, und da gelten besondere Regeln.«

Dagegen war wenig einzuwenden, und dass der Kommandeur sich persönlich um ihn kümmern wollte, erschien Hasi ausgesprochen entgegenkommend.

»Das Wachbataillon ist etwas Besonderes«, schrie Brezel gegen den Fahrtwind an. »Alte preußische Tradition. Die Kameraden berufen sich auf die Langen Kerls von Preußenkönig Friedrich Wilhelm. Ihr Motto heißt *semper talis*, da hängt die Latte schon ziemlich hoch.«

»Entschuldigung, mein Latein ist leider nicht so besonders«, sagte Hasi.

»Immer vortrefflich heißt das, mein Junge, immer vortrefflich!«, rief Brezel begeistert und schlug zur Bekräftigung auf das Lenkrad.

»*Semper talis*«, wiederholte Hasi, »fabelhaftes Motto.«

Wenig später bog Brezel hinter dem Flughafen Tegel in eine baumbestandene Straße. Dann umfuhren sie ein bewaldetes Gelände mit diversen Häusern und Wohnsilos. An einer Einfahrt stoppte er vor einem Schlagbaum. Ein Soldat kam aus dem Wachhäuschen neben der Schranke. Brezel zeigte ihm seinen Ausweis, worauf der Mann ruckartig Haltung annahm.

»Guten Morgen, Herr Oberstleutnant. Der Kommandeur erwartet Sie in Block zwei, das ist geradeaus und – –«

»Danke, Obergefreiter, ich kenne den Weg.« Brezel legte ebenfalls zackig seine Hand an die Stirn.

»Das ist die wichtigste der soldatischen Benimmregeln«, erklärte er Hasi, als der Posten den Schlagbaum öffnete und sie auf das Kasernengelände fuhren. »Bei jeder Begegnung wird militärisch gegrüßt und das Gegenüber mit Dienstgrad angeredet, egal wie oft man sich am Tag bereits getroffen hat. Wobei der untere Dienstgrad natürlich zuerst grüßt.«

»Und woher weiß man, welchen Dienstgrad der andere hat?«, fragte Hasi, als Brezel vor einem Bau aus roten Ziegelsteinen parkte.

»Du musst auf die Schulterklappen schauen. Klaiber wird dir das genau erklären, mein Junge.«

»Aber du trägst gar keine Schulterklappen.«

»Ich arbeite ja auch im Ministerium.«

»Und was habe ich für einen Dienstgrad?«

»Immer der Reihe nach. Erst mal brauchst du eine Uniform.«

Hasi folgte Brezel an zwei Soldaten mit Stahlhelmen vorbei, die wie Figuren aus dem Wachsfigurenkabinett links und rechts neben dem Eingang eines mehrstöckigen Gebäudes standen.

»Guten Morgen, Soldaten«, sagte Hasi, doch die Wachposten schauten mit unbewegten Gesichtern an ihm vorbei.

»Warum haben die mich nicht zurückgegrüßt, Brezel?«

»Zivilisten grüßt man nicht.«

»Das ist aber nicht gerade höflich.«

»Im Militär geht es um die Form.« Brezel zeigte auf einen stämmigen Mann in Kampfanzug, der vor dem Gebäude selbstvergessen einen funkelnden roten Sportwagen polierte. »Das ist Klaiber.« Er senkte die Stimme. »Mit seinem alten Triumph Spitfire, den liebt er über alles. Bist du bereit?«

»Mit Vergnügen.«

Vor dem Oldtimer blieben sie stehen und schauten einen Augenblick auf den Kommandeur, der ihnen den Rücken zugewandt hatte und sich gerade zu den Radspeichen bückte.

»Melde mich wie befohlen, Herr Oberstleutnant!«, schrie Brezel auf einmal in voller Lautstärke.

Klaiber blickte sich um und richtete sich dann mit breitem Grinsen auf. »Stehen Sie bequem, Herr Oberstleutnant!«, brüllte er zurück und salutierte zackig.

Faszniert folgte Hasi dem Begrüßungszeremoniell. Klaiber

hatte ein quadratisches Kinn, zu dem sein schmales Oberlippenbärtchen nicht recht passen wollte.

»Ettal, du Fischkopp«, rief er und trat an Brezel heran, um ihm mehrmals kräftig in die Seite zu knuffen.

»Klaiber, alte Pottsau«, antwortete Brezel und gab Klaiber ein paar Schläge in die Nierengegend.

Klaiber hielt keuchend inne. »Das ist also unser Sorgenkind, hm. Wie heißt er denn?«

»Quermaten«, sagte Hasi, »freut mich sehr, Ihre Bekanntschaft zu machen, Herr Klaiber. Und ganz herzlichen Dank für Ihre Unterstützung bei meinem Umzug. Die – Langen Kerle waren sehr tüchtig.«

Klaiber wandte sich an Brezel. »Jetzt versteh ich dein Problem, Ettal.«

Brezel lächelte. »Er hat gute Anlagen, ist schließlich mein Neffe! *Semper talis*!«

»*Semper talis*!«, antwortete Klaiber und schlug die Hacken zusammen. Er fixierte Hasi mit einem durchbohrenden Blick. »Das kriegen wir schon hin, was?«

»Vielen Dank, sehr freundlich«, sagte Hasi.

»Müller!«, brüllte Klaiber plötzlich so laut, dass Hasi sich vor Schreck verschluckte. Ein Soldat kam aus dem Hauseingang gestürmt und baute sich vor Klaiber auf. »Unseren Zivilisten zur Kleiderkammer bringen. Marsch, marsch. Einmal Feldanzug komplett. In zehn Minuten will ich einen anständigen Soldaten in der Schreibstube antreten sehen.«

»Zu Befehl, Herr Oberstleutnant.«

»Und schon weg sein!«

»Mir folgen«, kommandierte Müller.

»Du wirst ihn nicht wiedererkennen, wenn ich mit ihm fertig bin«, hörte Hasi den Kommandeur noch zu Brezel sagen, während Müller ihn mit sich in das Gebäude zog.

»Entschuldigung, darf ich fragen, welchen Dienstgrad Sie haben?«, sagte Hasi, während er sich beeilte, Müller eine Treppe hinunter zu folgen.

»Feldwebel.« Müller deutete knapp auf seine Schulterklappe,

wo ein kleiner Haken in einem länglichen Rechteck zu sehen war.

»Schöner Titel, der wäre vielleicht auch was für mich.«

»Warum nicht gleich General?« Müller lachte nicht. »Er trat an ein Regal und warf Hasi Stiefel und ein paar olivgrüne Kleidungsstücke vor die Füße. Das grobe Drillichzeug kratzte auf der Haut. »Kopfbedeckung bleibt immer am Mann«, erklärte Müller und reichte ihm eine Baskenmütze. Er wandte sich zum Ausgang, als Hasi die Mütze aufgesetzt hatte. »Im Laufschritt, marsch, marsch!«

Hasi versuchte, in den unbequemen Stiefeln hinter Müller den Flur entlangzujoggen. Es war nicht angenehm, deshalb ließ er den Feldwebel erst einmal vorlaufen.

Vor einer Tür blieb Müller stehen. »Los, los, los, aufschließen!«

»Wie denn? Sie haben mir doch nur einen Schlüssel für den Kleiderschrank gegeben«, sagte Hasi langsam wie zu einem Kind. Der Feldwebel stutzte und machte dann einfach die Tür auf, die nicht einmal abgeschlossen war.

»Melde mich zurück, Herr Oberstleutnant«, brüllte Müller in den Raum. Hasi fragte sich, ob Klaiber ein Hörproblem hatte. In seiner Gegenwart schien jeder, einschließlich des Kommandeurs selbst, seine Lautstärke gewaltig steigern zu müssen.

»Abtreten, Müller!«, rief Klaiber und kam mit einem breiten Grinsen auf Hasi zu. »Jetzt sehen wir ja schon halbwegs vernünftig aus.« Er blieb viel zu dicht vor Hasi stehen, zupfte ihm den Kragen zurecht und rückte seine Mütze etwas zur Seite, sodass sie über einem Ohr hing wie an einem Garderobenhaken.

»Danke, ich mache das gerne selbst, wenn Sie gestatten!«, brüllte Hasi. Wenn er eines nicht leiden konnte, dann war es, von Personen angefasst zu werden, die ihm nicht nahe standen.

»Jawoll! Immerhin haben Sie Stimme.« Klaiber runzelte die Stirn. »Wir fangen mit der Formalausbildung an. Grüßen, stehen, gehen, muss alles von der Pike auf gelernt werden.«

»Stehen und gehen?« Hasi lächelte höflich über den etwas einfältigen Scherz.

Doch offenbar hatte er zu leise gesprochen, denn der Kommandeur war zwei Schritte zurückgetreten. »Achtung!«, rief er so laut, dass Hasi die Schallwelle in seinem Ohr pulsieren fühlte. Instinktiv wich er zur Seite.

»Wenn ein Vorgesetzter Achtung ruft, nehmen Sie Grundstellung ein«, brüllte Klaiber.

»Mit Vergnügen. Und was wäre das bitte?«

»Und was ist das, *Herr Oberstleutnant!*«

»Ganz wie Sie wünschen.«

»*Wie Sie wünschen, Herr Oberstleutnant*, verdammt noch mal! Ich bin hier der Oberstleutnant und Sie haben mich immer mit meinem Dienstgrad anzureden.«

Klaiber war schon ganz rot im Gesicht. Ein Schweißtropfen stand auf seiner Stirn.

»Sehr gern, Herr Oberstleutnant, kein Problem.«

Klaiber betrachtete ihn einen Moment mit zusammengekniffenen Augen, dann schüttelte er den Kopf. »Zivilist bis ins Mark, was? Aber das stellen wir noch ab. Wir üben jetzt die Grundstellung. Achtung, stillgestanden!«

Er trat wieder so dicht an ihn heran, dass Hasi sein Aftershave in die Nase stieg. Es roch intensiv nach Holz, Tabak und Lavendel, aber er nahm sich vor, die unangenehme Nähe zu tolerieren, die sicher mit der Schwerhörigkeit des Kommandeurs zu tun hatte.

»Gerade gestanden, Knie durchdrücken, Hacken zusammen. Fußspitzen im Winkel von sechzig Grad nach außen.«

Hasi bemühte sich, ein ernstes Gesicht zu machen.

»Das Grinsen wird Ihnen noch vergehen! Brust raus, Arschbacken zusammen und Hände an die Hosennaht. Das ist die Grundstellung, kapiert?«

»Ich glaube schon.«

»Jawohl, *Herr Oberstleutnant*, heißt das!«, brüllte Klaiber. »Sie bleiben in Grundstellung stehen, bis ich ›rühren‹ sage. Vorher wird sich nicht von der Stelle gerührt, egal was passiert.«

Hasi trat einen Schritt zurück, weil er ein paar Speichelspritzer abbekommen hatte.

»Sie stehen still wie eine Salzsäule, selbst wenn Ihnen ein Schwarm Hummeln in den Arsch fliegt. Erst auf mein Kommando dürfen Sie bequem stehen. Wie heißt das Kommando?«

»Rühren«, half Hasi ihm aus und fügte schnell »Herr Oberstleutnant« hinzu, als er sah, wie Klaibers Hals bedrohlich anschwoll. »Rühren und wegtreten!«, dröhnte er, und Hasi drehte sich gehorsam und ging zur Tür.

»Kommen Sie mal her und grüßen mich.«

Hasi gab es auf, Klaibers Marotten zu hinterfragen. Er trat einfach einen Schritt näher und reichte ihm seine Hand. »Guten Tag, Herr Oberstleutnant.«

»Nein, nein, nein! Grundstellung! Hand seitlich an die Mütze, zack zack, und wieder runter an die Hosennaht. So geht das!« Klaiber schlug die Hacken zusammen, riss zackig seine Hand an die Stirn und demonstrierte den korrekten Salut.

»Stillgestanden. Sie stehen hier und rühren sich nicht, bis ich wiederkomme.« Damit ließ er ihn stehen und ging hinaus.

Zuerst fand Hasi es ganz angenehm, sich in der erholsamen Stille nach Klaibers Abgang seinen Gedanken hinzugeben. Er öffnete die Benny-Schublade in seinem Kopf und fragte sich, wo sie es sich wohl heute mit ihrem Bus gemütlich machte. Ob sie immer noch wütend auf ihn war? Oder hatte sie inzwischen erkannt, dass alles nur ein Missverständnis gewesen sein konnte? Es machte doch gar keinen Sinn, dass er sie zu sich einladen wollte, wenn er gleichzeitig ein paar Häuser weiter Frau und Kind hätte! Vielleicht gab es aber auch einen Unterschied zwischen Frauenlogik und Männerlogik? Aber selbst dann war da immer noch der gesunde Menschenverstand und außerdem studierte sie. Mit frischem Optimismus ließ er seinen Blick über die Wipfel der Bäume schweifen. Es war durchaus nicht unangenehm, einfach hier zu stehen und nichts zu tun. Doch nun hatte er das Gefühl, er hätte schon alles gedacht, was er denken wollte, und es fiel ihm nichts mehr ein. Allmählich wurde es mühsam und er setzte sich auf den Schreibtischstuhl. Gegen eine klitzekleine Ruhepause konnte doch niemand etwas haben.

Erst als eine Stimme direkt neben seinem Ohr erschallte wie eine auf drei Sekunden komprimierte dreistündige Wagner-Oper, merkte Hasi, dass er offenbar eingeschlafen war.

»Sind Sie denn noch bei Trost? Was nehmen Sie sich hier heraus?«

»Entschuldigung!«, sagte er und erhob sich verschlafen. »Ich dachte, Sie hätten mich vielleicht vergessen.«

»Bodenlos ist das, bodenlos. Ein Soldat schläft nur auf Kommando!«

Hasi hätte nicht erwartet, dass Klaiber noch lauter werden konnte, aber der Mann kreischte mit hochrotem Gesicht wie am Spieß, sodass er kaum noch zu verstehen war. Irgendwas musste man tun, um diesen Veitstanz zu beenden. Es gab eigentlich nur eins, was hier offenbar immer funktionierte.

»Achtung!«, brüllte Hasi, so laut er konnte. »*Semper talis*!« Das wirkte tatsächlich wie ein Zauberwort. Schlagartig war der Kerl still, als hätte man die Luft aus ihm herausgelassen. Nur seine Augen quollen hervor und sprangen ihm fast aus dem Gesicht.

Zum Glück schrie der Mann nicht wieder los, sondern trat hinter seinen Schreibtisch und strich mit einer fast liebkosenden Geste über eine flaschengroße Geschosshülse aus Messing, die ihm offenbar als Briefbeschwerer diente. »Rödelbahn«, sagte er ungewöhnlich leise. »Sind Sie Sportsmann?«

Hasi überlegte einen Moment. »Ich habe ein paar Mal Yoga probiert.«

»Aha, den eigenen Arsch anglotzen für den Weltfrieden. Da liegt noch viel Arbeit vor uns. Stillgestanden!«

»Vielen Dank, aber ich weiß schon: Stillgestanden, Grundstellung, pipapo.« Er sah auf die Uhr. »Ich komme schon alleine zurecht.«

»Wann Sie zurechtkommen, entscheide ich. Sie kommen mit. Rechts um. Im Gleichschritt marsch.«

»Es tut mir leid, Herr Oberstleutnant, aber ich muss mich jetzt verabschieden. Ihr Kursus war ausgesprochen abwechslungsreich, ganz herzlichen Dank.« Er streckte seine Hand aus, doch Klaiber rührte sich nicht, sondern starrte ihn nur an. Hasi tippte mit dem Zeigefinger auf das Glas seiner Armbanduhr. »Muss weg! Keine Zeit mehr!«, schrie er.

Plötzlich kam Leben in den Kommandeur. »Sind Sie des Wahnsinns, Mann?«

Hasi sprang einen Schritt zurück. Es war ein kleines Phänomen, wie es diesem Menschen gelang, immer noch ein paar Dezibel zuzulegen, wenn man glaubte, es ginge wirklich nicht mehr lauter.

»Sie gehen nirgendwo hin! Wir sind hier im Krieg, verstanden? Befehlsverweigerung ist Fahnenflucht. Nehmen Sie gefälligst Grundstellung ein, wenn ich mit Ihnen rede.«

»Es tut mir leid, Herr Klaiber, aber ich sehe hier keinen Krieg weit und breit. Und ich habe noch was vor. Machen Sie's gut.«

Mit einem dumpfen Wutschrei griff Klaiber nach der schweren Patronenhülse und schleuderte sie in Hasis Richtung. Im letzten Moment konnte er sich ducken und das improvisierte Wurfgeschoss fegte knapp über ihn hinweg und aus dem offenen Fenster. Von draußen war ein Splittern von Glas zu hören. Wenn eine Patronenhülse über ein wie auch immer geartetes Bewusstsein verfügte, dann würde sie sich über den Erfolg ihres allerletzten Einsatzes gefreut haben, denn ihre Bestimmung und der Sinn ihrer Existenz war Zerstörung.

Klaiber drängte an Hasi vorbei, beugte sich aus dem Fenster und starrte fassungslos auf seinen roten Triumph Spitfire, den der militärische Briefbeschwerer voll erwischt hatte. Die Frontscheibe war zersplittert und die Motorhaube von einer großen Beule und abgeplatztem Lack verunstaltet. Der Kommandeur merkte nicht einmal, wie Hasi sich diskret aus dem Zimmer stahl.

Nachdem er sich hastig umgezogen hatte, kam er an dem demolierten Oldtimer vorbei. Klaiber saß neben dem Auto auf dem Boden. Es kam Hasi vor, als wäre der Kommandeur in leises Schluchzen ausgebrochen, wie ein kleiner Junge, dem der Eisbecher in den Sand gefallen war.

Solche Figuren hatten durchaus die Möglichkeit, ihm das Leben schwerzumachen

Ein hässliches Summen riss Torsten aus dem Tiefschlaf. Sein Handy zeigte drei Uhr morgens. Vera, die Computerexpertin seines Teams, eine junge Frau, die nie zu schlafen schien, war am Apparat.

»Ich habe den Match für die Fingerabdrücke gefunden«, sagte sie ohne Begrüßung oder Entschuldigung, so wie es ihre Art war. »Es ist tatsächlich dieser Spanier, so wurde er auch auf der Fahndungsliste genannt. Ich dachte, du würdest das wissen wollen. Aber – viel haben wir noch nicht.«

Torsten war in Sekundenschnelle wach. Er kannte sie gut genug, um aus dem leichten Zögern etwas herauszuhören. »Was ist los, Vera?«

»Das Dossier liegt unter Verschluss beim BND. Der Typ war schließlich Terrorist.«

»Wie kommen wir da ran?«

»Du kannst auf dem Dienstweg Einsicht in die alten Akten beantragen.«

»Das dauert doch Wochen.«

»Genau.«

»Vera, rück schon raus damit. Du hast doch eine Idee.«

»Also, falls die Infos digitalisiert sind, könnte ich versuchen, mich jetzt mal in ihre Computer zu – –«

»Das will ich nicht gehört haben«, unterbrach Torsten. »Aber ich wette, du schaffst das.« Er beendete die Verbindung und schloss die Augen. Veras verrückte Nachtschichten waren noch lange kein Grund, auf den eigenen Schlaf zu verzichten.

Die Computerexpertin sah von ihrem Monitor auf, als Torsten sieben Stunden später das Büro in der Keithstraße betrat. Sie war ein bisschen zu bleich für sein Gefühl. Er nahm die Blätter, die aus dem Drucker quollen, und lächelte ihr zu.

»Gute Arbeit, Vera. Glaubst du, die Kollegen haben was gemerkt?«

Ein flüchtiges Grinsen flog über ihr Gesicht. »Kommt drauf an, wie gut die alten Nasen sind.«

»Nur für den Fall, dass sie hier aufkreuzen sollten: Du hast keine Ahnung von nichts. Ich nehme das auf meine Kappe, klar?«

»Klar, Chef. Ich verstehe ja auch überhaupt nichts von Computern.«

Torsten setzte sich an seinen Schreibtisch und kippte den Bürosessel nach hinten. Dann sah er sich die Ausdrucke an. Ein junger Mann mit lockiger schwarzer Haarmähne und einer Maschinenpistole in der Hand grinste aus dem Fenster eines Gebäudes. Das Foto war unscharf, offenbar aus großer Entfernung aufgenommen und stark vergrößert, aber Torsten erkannte ihn augenblicklich. Er sah glücklicher aus als der ernste alte Mann mit den Furchen im Gesicht. Bestimmt hatte er damals noch geglaubt, für eine bessere Welt zu kämpfen. Genau wie ich, dachte Torsten. Er war auch gegen jede Ungerechtigkeit auf die Barrikaden gegangen. Nur den letzten Schritt zur Gewalt hatte er nicht mitgemacht, obwohl einige Terroraktionen die sprichwörtliche klammheimliche Freude in ihm ausgelöst hatten. Und das zu merken hatte ihn zutiefst erschreckt. Es hätte nicht viel gefehlt, vielleicht nur ein charismatischer Anführer, und er hätte sich womöglich dem bewaffneten Kampf angeschlossen.

Torsten verglich das alte Foto mit der Aufnahme der Überwachungskamera vom U-Bahnhof Hermannplatz. Die Ironie war, dass der Ex-Terrorist heute genau dem bürgerlichen Spießertypus glich, den er damals bekämpft hatte. Und wenn der Mann tatsächlich als Auftragskiller arbeitete, dann hatte er sich inzwischen selbst an den Kapitalismus verkauft. Was für eine armselige Biografie! Torsten überflog den zweiten Ausdruck. Außer dem einen alten Fingerabdruck und einer Liste von Aktionen, an denen der Spanier beteiligt gewesen sein sollte, gab es so gut wie nichts. Spanier war er sicherlich auch nicht. In den Zeiten vor dem Internet war es noch einfach gewesen, alle seine Spuren hinter sich zu verwischen. Wahrscheinlich war irgendwo auf der Welt ein junger Mann tödlich verunglückt, seine Leiche bis zur Unkenntlichkeit verbrannt, sodass man ihn nur anhand seines Ausweises identifizieren konnte. Damit war er offiziell tot und konnte als Phantom wieder auferstehen wie ein Phoenix aus der Asche. Es war die konsequente Verwirklichung des Traums von absoluter Freiheit, dachte Torsten. Wie oft hatten sie damals in der Küche seines besetzten Hauses solche Szenarien durchgespielt, ohne Konsequenzen zu ziehen?

Er nahm sein Handy und drückte Connis Nummer. Sie hob nicht ab, sie war bestimmt mal wieder in irgendeiner Besprechung. Kaum hatte er das Handy weggesteckt, erschienen zwei Gestalten an der Tür und steuerten zielsicher auf seinen Schreibtisch zu. Ein Kleiner und ein Großer, beide in dunklen Billiganzügen wie die Mormonen, nur ohne Gebetbücher. Es fehlten nur noch die Sonnenbrillen und sie hätten in jedem drittklassigen Agentenfilm auftreten können. Torsten bemühte sich, dieses Bild gleich wieder zu verdrängen. Er durfte diese Komiker nicht unterschätzen. Solche Figuren hatten durchaus die Möglichkeit, ihm das Leben schwer zu machen.

»GTAZ Sonderermittlung«, sagte der Kleinere knapp. »Sie sind Hauptkommissar Nagel?«

Torsten nickte. GTAZ war die Abkürzung für das gemeinsame Terrorismusabwehrzentrum in Treptow, eine Koordinationsstelle aller deutschen Sicherheitsbehörden. Trotzdem musste er sich nicht alles bieten lassen.

»Mit wem habe ich denn das Vergnügen? Könnte ich vielleicht mal einen Ausweis sehen?«

Er nahm ihnen die Ausweise, die sie ihm wortlos vor die Nase hielten, aus den Händen. Klaus Meier und Franz Schröder vom Bundesnachrichtendienst, Abteilung TE für Terrorismus und organisierte Kriminalität.

»Herr Meier, Herr Schröder, was kann ich für Sie tun?«

Sie steckten ihre Ausweise mit eingefrorenen Mienen wieder ein. »Wissen Sie das wirklich nicht, Herr Nagel?«, fragte Schröder, der Größere der beiden, süffisant.

»Ich habe keine Ahnung.«

»Haben Sie im Ernst gedacht, wir merken das nicht? Ein Hackerangriff auf den BND ist strafbar, auch für das Morddezernat.«

»Landesverrat«, ergänzte Meier nickend.

Torsten hob die beiden Ausdrucke hoch. »Dreißig Jahre alte Informationen, noch dazu ohne nennenswerte Ergebnisse sind ja wohl kaum relevante Geheimnisse.«

»Für Anfragen gibt es den Dienstweg.«

Torsten winkte ab. »Wir wissen doch alle, wie knauserig der BND mit der Herausgabe von Akten ist.«

Meier lächelte dünn. »Wir wollen nur wissen, warum Sie sich so für diesen Terroristen interessieren.«

Torsten wusste, wann es Zeit war, sich geschlagen zu geben. »Ich zeige es Ihnen gerne.« Er winkte die beiden hinter seinen Schreibtisch und wies auf das Bild der Überwachungskamera neben dem alten Fahndungsfoto.

»Sehr gealtert, aber Sie erkennen ihn wieder, oder? Ich hatte jedenfalls einen Verdacht und der hat sich auch bestätigt.«

»Kompliment, Herr Nagel, aber jetzt übernehmen wir den Fall«, sagte Schröder. »Tut uns leid, aber Sie kennen das ja.«

»Sie glauben doch nicht etwa, dass es diesem älteren Herrn auf einmal eingefallen ist, in Berlin einen Terroranschlag zu verüben?«

»Die Spekulationen können Sie ruhig uns überlassen. Oder haben Sie ein Problem damit, mit der Terrorabwehr zu kooperieren?«

»Ich denke nur, dass es hier überhaupt nicht um Terrorismus geht, das ist alles.«

»Ist das wirklich alles?« Schröder schaute ihn bohrend an.

Torsten zuckte mit den Schultern. »Was denn noch?«

»Ihre eigene Akte zum Beispiel«, sagte Meier. »Aktivist, Sympathisant, Hausbesetzer. Wie radikal waren Sie eigentlich, Herr Nagel?«

»Haben Sie immer noch Sympathien mit dem bewaffneten Kampf?«, fragte Schröder. »Ich denke, Sie kennen den Mann von damals. Ein Genosse, oder?«

Torsten rollte mit den Augen. »Ich glaube es nicht! Sie führen diese Akte über mich immer noch? Das ist ja wie bei der Stasi.«

»Nur mit dem Unterschied, dass Sie bei denen in den Bau gegangen wären, anstatt die Gelegenheit zu bekommen, sich im Polizeidienst zu rehabilitieren.«

»Und? Bin ich rehabilitiert?«

»Das wird sich noch herausstellen«, sagte Meier und steckte die Ausdrucke in seine Tasche.

»Bravo!«, rief Brezel. »Niemand wirft ungestraft mit Gegenständen nach einem Quermaten!«

»Ich hatte das Gefühl, dass es Klaiber nicht gut ging«, sagte Hasi und wickelte eine Nudel auf seine Gabel. »Ich glaube, er hat nicht mehr alle Murmeln in der Schüssel. Vielleicht braucht er Hilfe.«

Sie saßen zusammen in einem kleinen italienischen Restaurant am Ufer des Landwehrkanals, nicht weit von Brezels Büro entfernt.

»Wer sich eine Patronenhülse aus dem Zweiten Weltkrieg andrehen lässt, für den kommt jede Hilfe zu spät. Als ob die Wehrmacht ihre verschossene Munition wieder zurückschleppt. Lächerlich. Ich hab's ihm gesagt, aber er hört ja nicht zu«, sagte Brezel, »und das mit seinem affigen Sportwagen geschieht ihm ganz recht.« Er schüttelte den Kopf. »So ein Knallfrosch! Empfindlich wie eine Tretmine.«

»Der arme Mann hat einen Hörschaden. Alle müssen brüllen in seiner Gegenwart.«

»Na ja, wie dem auch sei.« Brezel legte sein Besteck beiseite und blickte Hasi streng an. »Als Soldat bist du jedenfalls völlig unfähig. Der Adjutantenjob ist nichts für dich, mein Lieber.«

»Ja, das habe ich auch schon gedacht. Tut mir leid, Brezel, aber vielen Dank für deine Mühe. Es war eine – interessante Erfahrung, die man nicht jeden Tag macht.«

Brezel strahlte wieder. »Das Militär ist nicht zu toppen, was? Aber wenn du Geld brauchst, ich kenne einen Antiquitätenhändler, der Interesse an Tante Pudels Plunder haben könnte.«

»Danke, aber momentan komme ich gut aus. Ich bin ja die alten Schinken losgeworden. Darf ich dich zur Feier des Tages bitte einladen?« Und bevor Brezel protestieren konnte, hatte er dem Kellner schon ein paar Geldscheine aus Mellenhoffs Vorschuss in die Hand gedrückt. »Stimmt so.«

Sie verabschiedeten sich an der Bushaltestelle. Am Wittenbergplatz stieg Hasi aus, um den Schnellbus nach Zehlendorf zu nehmen. Der Himmel war dunkelgrau und er müsste sich beeilen, um trocken nach Hause – nein, zu Meikes Haus zu kommen, dachte Hasi resigniert. Gerade als er den Ku'damm überqueren wollte, sah er Benny mit einer Einkaufstasche aus dem KaDeWe schlendern. Als hätte ihn mitten in der Bewegung der Schlag getroffen, verharrte er mit einem Bein auf dem Bürgersteig, mit dem anderen auf der Straße und starrte ihr nach. Sie trug einen neonpinkfarbenen Blaumann, ihre Haartracht war um die Farben Lila und Blau erweitert worden, und sie sah hinreißend aus. In dem Moment riss die Wolkendecke auf und die Sonne kam zum Vorschein. Gleichzeitig löste sich seine Lähmung wie eine Spontanheilung und er rannte ihr hinterher.

»Benny! Gut, dass ich dich hier treffe.«

»Wieso? Spionierst du mir jetzt nach?« Sie erwiderte sein Lächeln nicht und setzte ihren Weg fort.

»Reiner Zufall. Entschuldige! Ich hätte dich ja schon längst angerufen, aber ich habe deine Nummer nicht. Das war ein so blödes Missverständnis neulich.«

»Was gab es denn da misszuverstehen?«

»Na, du scheinst offenbar zu glauben, ich würde mit Frau und Kind zusammenleben. Das waren aber meine Nachbarn, die Frau meines Zahnarztes. Sie haben mir angeboten, vorerst bei ihnen zu wohnen, bis ich was Neues gefunden habe. Und verheiratet bin ich natürlich auch nicht.«

»Und warum hast du mir nichts von deiner komischen WG erzählt?«

»Weil, weil – ich glaube, ich hatte das ganze Thema verdrängt. Es geht mir schon ziemlich nahe, dass mein Haus zwangsversteigert wird.«

»Was du nicht sagst.«

»Ich würde mich trotzdem wahnsinnig freuen, wenn du mich besuchen kämst. Mein Haus ist zwar inzwischen leer geräumt, aber die Dusche funktioniert noch. Tee habe ich dort auch.«

»Danke, ich denke darüber nach.«

Er folgte ihr in die Seitenstraße, wo ihr VW-Bus im absoluten Halteverbot geparkt war. »Dann bis – –« Er stockte. »Ich habe aber immer noch keine Telefonnummer von dir.«

Sie stieg in ihren Wagen und kurbelte das Fenster herunter. »Komm doch morgen Nachmittag zu unserer Grillparty.« Sie grinste, als sie sein verdutztes Gesicht sah. »Nicht in meinem Wagen. Kreuzritterstraße 40, das Haus meines Vaters. Nicht weit von der S-Bahnstation Frohnau.«

»Gerne. Ich freue mich. Wann soll ich da sein?«

»Um vier. Geh einfach um das Haus herum in den Garten, dann siehst du uns schon.«

Er winkte ihr glücklich hinterher. Erst im Bus fiel ihm ein, dass er ganz vergessen hatte, nach dem Anlass für die Grillparty zu fragen. Und er wusste nicht einmal ihren Nachnamen.

Kris erwartete ihn schon zappelig am Gartentor, als er in den Elvirasteig kam. »Können wir Krokett spielen, Hasi?«

»Gerne. Aber erst muss ich deiner Mutter ein bisschen im Haushalt helfen.«

Meike schwebte ihm entgegen, als er das Haus betrat. »Hast du die Bio-Eier mitgebracht?«

Hasi schlug sich mit der Hand an die Stirn. »Die habe ich vergessen. Ist das schlimm?«

Meike machte ein betrübtes Gesicht. »Schlimm nicht – nur schade«, sagte sie mit einem gummiartig in die Länge gezogenem »a«, in dem der ganze Vorwurf mitschwang, ihren Erwartungen nicht entsprochen zu haben. »Na dann komm rein, du kannst wenigstens bei meiner Kristallmeditation mitmachen.«

»Bitte, keine Umstände. Ich kann auch gerne staubsaugen oder abwaschen.«

Meike nahm den Köder nicht, sondern griff seine Hand und zog ihn mit sich. »Du hast meinen privaten Meditationsraum noch gar nicht gesehen.«

»Kris wollte eigentlich mit mir Krokett – –«

»Krishnadevi weiß, wie gut es unseren Körpern tut, im Gleichklang mit den Kristallen zu schwingen.«

Bevor er protestieren konnte, hatte Meike ihn schon die Kellertreppe hinuntergeführt. Erstaunt blickte er sich um. Die Wände des klammen Raumes waren ganz mit roten Stoffen behängt und von vier großen Kerzen nur spärlich erleuchtet, sodass er erst auf den zweiten Blick die ihm schon bekannte kupferne Wasserschale wiedersah, die mitten auf dem mit indischen Teppichen ausgelegten Boden stand. Darüber baumelte an einem langen Faden ein im Licht der Kerzen reflektierendes Kristall wie ein Stalaktit. Ein merkwürdiger Geruch hing in der Luft. Er musste von den Räucherkerzen stammen, die Meike bei jeder sich bietenden Gelegenheit anzündete. Vielleicht wollte sie damit irgendwelche üblen Gerüche übertünchen.

»Wie gefällt dir mein Achtsamkeitsraum?«

»Sehr angenehm, aber was hat das alles mit Achtsamkeit zu tun?«

»Weil wir hier in Ruhe auf alles achten, was in uns geschieht.« Meike schenkte ihm wieder ihr strahlendes Lächeln und zog zwei Sitzkissen heran. »Magst du dich zu mir an die Wasserschale setzen, Hasi?«

Er zögerte. »Warum? Willst du wieder eine Séance machen?«

»Wäre es nicht möglich, noch einmal mit deiner Tante zu sprechen? Ich habe das Wasser heute Morgen extra für dich aus dem Schlachtensee geholt.«

Hasi erkannte schlagartig, dass der ganze Raum bereits sorgfältig für sie beide vorbereitet worden war. Die Kerzen und die Räucherstäbchen brannten nicht umsonst. Er ließ sich auf einem Sitzkissen nieder. Meike nahm einen silbernen Stab und rührte damit im Wasser herum wie eine Hexe in ihrem Suppenbottich. Dann zog sie den Löffelstiel heraus und schwenkte ihn langsam vor seinem Kopf hin und her.

»Das ist ein Magnetstab, Hasi. Damit energetisiere ich das Wasser. Schau auf das Kristall. Es wird seine Schwingungen jetzt mit dem Wasser und uns beiden in Einklang bringen. Spürst du es schon?«

Hasi überlegte, was er gerade spürte. Der Duft war ein wenig penetrant und sein linker Fuß kribbelte. Aber von irgendwelchen Schwingungen war nichts zu merken.

»Du bist ganz entspannt, du fühlst dich gut, du bist ruhig und konzentriert«, hörte er Meikes Stimme wie einen monotonen Singsang. »Das Wasser ist jetzt bereit, seine Informationen mit uns zu teilen.«

Das energetisierte Wasser des Schlachtensees verharrte trotzig schweigend in seiner Schale. Es hatte vermutlich keine Lust, so herumkommandiert zu werden, und eine ganze Weile war im Raum nichts anderes zu hören als das Zischen der herunterbrennenden Räucherstäbchen. Hasi überkam eine Welle der Müdigkeit. Von Meikes leise säuselnder Stimme hörte er nicht länger die einzelnen Worte, sondern nur noch die Melodie. Seine Lider wurden immer schwerer, bis sie sich nicht länger offen halten ließen.

»So ein Kokolores«, sagte Tante Pudel aus einer Ecke des Raumes.

Schlagartig war Hasis Müdigkeit verflogen und er sah zu Meike hinüber. Ob sie die scharfe Stimme seiner Tante auch gehört hatte? Doch Meike schien mit dem silbernen Stab in der Hand eingeschlafen zu sein. Tante Pudel aber war dafür umso wacher. Sie stand ein paar Schritte von ihm entfernt und wackelte kritisch mit dem Kopf.

»Entschuldige, ich habe dich gar nicht gesehen.« Hasi hüstelte. Wie lange hatte sie diesem Hokuspokus wohl schon zugeschaut?

»Dieses Suppenhuhn hat nicht alle Tassen im Schrank. Lass dir bloß kein dummes Zeug aufschwatzen.«

»Ich wollte nur höflich sein. Ich bin schließlich Gast in ihrem Haus.«

»Und warum glotzt du in diese blöde Wanne? Denkst du etwa, dass da der Geist des großen Welses aus dem Wasser steigt?«

Hasi wischte sich mit seinem Taschentuch die Stirn trocken. »Tut mir leid, Tante Pudel, ich habe nur nachgedacht. Und überhaupt«, wagte er zu entgegnen, »du hast gut reden über Geisterwelse! Du bist ja schließlich auch ein Geist und erscheinst ebenfalls immer, wo es gerade nass ist, wenn ich das richtig sehe.«

»Untersteh dich, mich mit einem Fisch zu vergleichen!« Tante Pudel stieß ihr kleines Gesicht raubvogelartig nach vorn. »Und überhaupt«, äffte sie ihn nach, »was ist das eigentlich für eine Sprache? Dieser neue Umgang bekommt dir gar nicht.«

»Verzeihung, Tante Pudel. Ich wollte nur höflich fragen, ob es etwas mit dieser Wasserschale zu tun hat, dass du hier bist?«

»Dumme Frage, ich mag das Wasser. Bin ja immer gerne im Schlachtensee geschwommen, oder etwa nicht?«

»Doch, natürlich.«

»Also. Dann reiß dich am Riemen und sperr jetzt die Ohren auf! Verstanden?«

»Ja, Tante Pudel.«

»Also, du nimmst dir ein Buch über moderne Malerei. So was wird das Huhn doch wohl im Haus haben. Schlag das Kapitel über abstrakte Kunst in Amerika auf, dann wirst du schon kapieren, du Esel.«

»Das verstehe ich nicht.«

»Papperlapapp! Mach einfach, was ich dir sage.« Tante Pudel drehte sich um und verschwand durch die Kellerwand.

Er schaute ihr irritiert hinterher. Warum musste sie sich so rätselhaft ausdrücken? Das hatte sie doch im Leben nie getan, da war jeder ihrer Wünsche unmissverständlich und klipp und klar gewesen. Ob ihre Rätselhaftigkeit damit zu tun hatte, dass sie neuerdings als Geist herumspukte? Vielleicht mussten Geister sich so vage ausdrücken? Man konnte ja nicht wissen, nach was für einer Etikette sie sich zu richten hatten.

Hasi schreckte zusammen, als er zwei Hände links und rechts auf seinen Schultern spürte, die ihn sanft zu massieren begannen. »Was – –«

»Alles ist gut«, flüsterte Meike, »du warst wieder eingeschlafen.«

»Aber nein, du warst eingeschlafen! Ich habe mich nur mit

meiner Tante unterhalten, genau wie du wolltest«, protestierte er und griff mit beiden Händen hastig in die Wasserschale, um sich abzukühlen.

Meike rückte ganz nah an ihn heran und streichelte ihm sanft über die Wange. »Magst du mir erzählen, was deine Tante diesmal gesagt hat?«

»Ich soll dich fragen, ob du ein Buch über moderne Malerei hast.«

»Mich? Sie hat nach mir gefragt? Kennt sie mich? War sie hier im Raum?« Meike hatte seine Hände zwischen ihre genommen und rieb sie aufgeregt gegeneinander.

»Ja, natürlich war sie hier, sonst hätten wir doch nicht reden können.« Er versuchte, seine Hände ihrem Griff zu entwinden. »Sie stand genau dort.« Er konnte endlich seine Hände befreien, um auf die Ecke des Raumes zu deuten, wo Tante Pudel vor ein paar Minuten durch die Wand entschwunden war.

Meike trat ehrfürchtig in die angedeutete Ecke und machte einige Wischbewegungen mit den Armen, wobei sie ihre Augen schloss. »Ja, ich spüre ihre Präsenz. Sie ist noch hier, nicht wahr?«

Hasi schwieg, um sie nicht zu enttäuschen.

»Bitte, frag sie, wie das Jenseits ist? Wie geht es ihr dort?«

»Wie gesagt, sie redet nicht gerne über sich.« Er wollte Meike gegenüber auf keinen Fall zugeben, dass seine Tante vielleicht aufgrund des Wassers aus dem Schlachtensee erschienen war. Nicht auszudenken, wie Tante Pudel ihm die Leviten lesen würde, wenn Meike sie in ihrem spirituellen Eifer demnächst zu sich zitierte!

Meikes Stimme wurde schrill vor Aufregung. »Bitte Hasi, frag sie noch etwas. Egal, was. Alles ist wichtig. Das ist eine einmalige Chance.«

»Sie hat sich gerade verabschiedet. Tut mir leid.«

Meike ließ nicht locker. »Aber sie hat noch mehr gesagt! Richtig? Bitte, bitte, lieber Hasi, verrate es mir. Ich tue auch etwas für dich. Was du willst.« Sie schmiegte sich an ihn und schaute ihm tief in die Augen.

»Das finde ich sehr nett«, sagte er und rückte etwas von ihr ab. »Könntest du mir dann bitte ein Buch über moderne Kunst leihen?« Tante Pudel würde mit Sicherheit schimpfen, wenn er es nicht wenigstens versuchte.

»Natürlich, sofort!« Meike lächelte verzückt. »Hat deine Tante gesagt, wofür sie das braucht?«

»Ich weiß es nicht. Es soll irgendwas mit Amerika zu tun haben.«

»Komm mit!« Meike lief vor ihm die Kellertreppe hoch und er folgte ihr durch den Flur zum Hinterzimmer. »Mein Atelier.«

Hasi überflog den Raum mit hochgezogenen Augenbrauen. Bis auf ein Regal mit Kunstbüchern und eine Staffelei neben dem Fenster war alles dicht an dicht mit Bildern von Sonnenaufgängen und Sonnenuntergängen in Rot, Orange und Gelb zugehängt und zugestellt.

»Das sind meine Werke«, sagte Meike und warf ihm einen glücklichen Blick zu.

»Sehr schön«, sagte er mechanisch.

»Und hier sind meine Kunstbücher.« Sie zog einen Katalog aus dem Regal. »Amerikanische Kunst des zwanzigsten Jahrhunderts. Meint sie das?«

»Ich hoffe.«

Hasi nahm das Buch und sie gingen hinüber ins Wohnzimmer, wo Meike ihm einen Sessel anbot, damit er in Ruhe Tante Pudels Kunstbedürfnisse im Jenseits zufriedenstellen konnte. So wie sie ihn von der Seite anschaute, beschlich Hasi der Verdacht, dass Meike ein wenig neidisch auf seinen übersinnlichen Kontakt war. Es erschien ihm in der Tat ungerecht, dass sie, die sich ständig mit solchen Dingen zu beschäftigen schien, noch nie einen echten Geist zu sehen bekommen hatte. Er blätterte durch das Buch. Abstrakte Kunst aus Amerika, hatte Tante Pudel gesagt. Sie brachte ihn ganz durcheinander, aber das war schon zu ihren Lebzeiten so gewesen. Plötzlich stockte er und blätterte zurück. Diese Abbildung sah ja fast so aus wie das kleine Machwerk, das Tante Pudel von Mellenhoff gemalt hatte. Mark Rothko hieß der Künstler. Ein paar kleinere Bilder von ihm waren auf der gegenüberliegenden Seite abgebildet. Eines hatte genau die gleichen Farben wie das von Tante Pudel. Aber warum legte sie so einen Wert darauf, dass er sich das jetzt anguckte?

»Möchtest du einen Yogitee?«, unterbrach Meike seine Gedanken.

»Danke, sehr gerne.«

Als sie den Raum verlassen hatte, erkannte er plötzlich in aller Klarheit, was Tante Pudel ihm mitteilen wollte. Was bin ich doch für ein Trottel, dachte er. Die ganze Zeit hatte sie diesen Rothko gemeint. Wollte sie damit etwa sagen, dass ihr kleines Bild gar nicht von ihr selbst, sondern von diesem Künstler gemalt worden war? Dann war es inzwischen bestimmt viel Geld wert und Mellenhoff hatte ihn hereingelegt mit seiner unverschämten Geschichte von einer Liebesaffäre. Kein Wunder, dass Tante Pudel sich noch posthum aufregte. Hasi stand auf. Das durfte man diesem Schurken nicht durchgehen lassen.

»Ich habe schon alles aufgebaut.« Kris stand wie ein lebendiger Vorwurf in der Terrassentür.

Hasi klappte das Kunstbuch zu. »Ich hoffe, du hast auch gut trainiert!« Er folgte Kris zum Rasen und hob einen der Krokettschläger auf. »Du darfst anfangen.«

Sie spielten eine komplette Runde durch alle Tore, und natürlich ließ er Kris gewinnen, ohne es ihn merken zu lassen, und freute sich über dessen Jubel.

»Kann ich dich mal was fragen, Hasi?«, fragte Kris. »Kannst du nicht mein Vater werden? Dann brauchst du auch nicht mehr auszuziehen.«

»Aber du hast doch einen Vater.«

»Ja, schon«, sagte Kris, »aber den will meine Mutter nicht mehr.«

Der Mann konnte offenbar auf Kommando weinen

Torsten saß in Connis kleinem Büro und schaute über ihren mit Akten beladenen Schreibtisch hinweg aus dem kleinen Fenster auf die gegenüberliegende JVA Moabit mit ihren Wachtürmen und vergitterten Fenstern. Die Untersuchungshäftlinge konnten von dort durch einen unterirdischen Gang direkt ins Kriminalgericht gebracht werden.

Conni kam herein und knallte einen neuen Aktenstoß auf ihren Schreibtisch.

»Tut mir leid, heute ist hier Chaos. Ein Kollege ist krank geworden.« Sie setzte sich Torsten gegenüber. »Aber jetzt habe ich ein paar Minuten. Also, was gibt's?«

»Unser Mann war tatsächlich vor dreißig Jahren Terrorist.«

»Nicht zu fassen. Was will er dann hier in Berlin? Seine Opfer sind ja nun nicht gerade terroristische Ziele.«

»Das scheint der BND anders zu sehen. Zwei Typen von der Terrorabwehr sind heute Morgen in mein Büro gewalzt und haben mir den Fall weggenommen.«

»Ohne mich zu informieren!« Conni trommelte mit den Fingern auf die Tischplatte. »Woher wussten die überhaupt davon?«

»Tja, das ist wohl meine Schuld.«

»Was hast du angestellt?« Conni war zu Torstens Erleichterung kommentarlos wieder zum Du zurückgekehrt. Alles andere hätte ihn auf die Dauer nervös gemacht.

»Wir haben uns nur ein bisschen in ihr Netzwerk gehackt, um den Dienstweg abzukürzen. Sonst hätten wir ewig warten können.«

»Du bringst mich in eine ziemlich dumme Lage.«

»Keine Sorge, da passiert nichts weiter. Wäre zu peinlich für sie, wenn das rauskäme. Nur den Fall sind wir jetzt leider los.«

»Schätze, das müssen wir uns unter diesen Umständen gefallen lassen.«

Torsten konnte sich ein kleines Grinsen nicht verkneifen, als ihm plötzlich ein Ausweg einfiel. »Dafür kann ich mich jetzt ganz auf Schmidt-Rodenkamp und die Vergiftung seiner Ehefrau konzentrieren.«

»Moment, das gehört doch auch zum Fall«, sagte Conni.

»Das weiß aber der BND nicht! Diese Wichtigtuer haben mich nicht mal nach meiner Einschätzung gefragt, selber schuld.«

Conni grinste auch und drehte sich zu ihrem Computer. »Dann eröffne ich jetzt einen ganz neuen Fall.«

Auf der Treppe zog Torsten sein Handy heraus und rief die JVA an. »Hauptkommissar Nagel hier. Können Sie mir Schmidt-Rodenkamp in den Verhörraum bringen? Ja, am besten sofort.«

Es war der übliche Trick, ein Verhör ohne Voranmeldung durchzuführen, um dem Verdächtigen keine Zeit zu geben, sich auf die Konfrontation vorzubereiten.

Schmidt-Rodenkamp saß schon am Verhörtisch, als ein Schließer Torsten die Tür aufmachte.

»Guten Tag, ich bin Hauptkommissar Nagel.«

Schmidt-Rodenkamp lächelte ihn an wie ein guter Gastgeber. »Guten Tag, Herr Nagel. Ich freue mich über jeden Besuch, aber ohne meinen Anwalt darf ich mich nicht zu den gegen mich erhobenen Vorwürfen äußern, tut mir leid. Wenn Sie wünschen, können Sie ihn gerne informieren, und dann führen wir das Gespräch in seinem Beisein fort. Wäre das in Ihrem Sinne?«

»Danke, aber das wird nicht nötig sein«, sagte Torsten. Er verstand jetzt, wieso so viele Anleger auf diesen Mann hereingefallen waren. Schmidt-Rodenkamp strahlte eine solche Heiterkeit und Freundlichkeit aus, dass er sich fast zwingen musste, ihn nicht auf der Stelle zu umarmen und sich für seine sofortige Freilassung einzusetzen. »Ich ermittle gar nicht in den finanziellen Tatbeständen, die Ihnen zur Last gelegt werden.«

»Was wollen Sie denn dann von mir?«

»Es geht um Ihre verstorbene Frau. Sie waren nicht bei der Beisetzung?«

»Leider nein. Ich hätte sogar Freigang für den traurigen Anlass bekommen, aber die Scheidungsanwälte haben mir mitgeteilt, dass Bianca in ihrem Testament niedergelegt hat, dass ich im Falle ihres Todes nicht an ihrer Beerdigung teilnehmen dürfte. Sehr traurig und so ein Jammer. Man sollte doch im Tod seinen Frieden finden, meinen Sie nicht auch?«

»Das wäre sicher erstrebenswert, ist aber nicht immer möglich. Vor allem nicht, wenn man unfreiwillig aus dem Leben scheidet.«

»Ja, da haben Sie recht. Bianca war noch viel zu jung. Sehr tragisch, aber sie hat sich zu viel zugemutet. Lobbyarbeit ist ein Stressjob. Diese ganze Überzeugungsarbeit! Und wenn andere Feierabend haben: After-Hour-Partys, Cocktails, Abendessen mit Klienten – man ist immer noch im Dienst. Zu wenig Schlaf und dann noch der Sport – –«

Schmidt-Rodenkamp schüttelte traurig den Kopf, als trüge er die Last der Welt auf seinen Schultern. Ein großartiger Schauspieler, das musste man ihm lassen.

»Meine arme Frau. Ich habe ihr immer gesagt, sie soll sich schonen. Aber die Presse trägt auch eine Mitschuld an ihrem Tod. Bianca hat das alles nicht verkraftet, die gehässigen Anschuldigungen gegen mich, diese Schmierenkampagne, um meinen guten Ruf in den Schmutz zu ziehen. Auch wenn man mir in der Vermögensverwaltung nichts zur Last legen können wird, etwas bleibt immer hängen, wissen Sie. Meine gesellschaftliche Position ist ruiniert. Meine Familie wird gedemütigt. Meine ehrenamtlichen Tätigkeiten sind nicht mehr erwünscht. Und jetzt noch die Sache mit meinem schönen Schiff. Es trug ihren Namen. Wer Erfolg hat, der hat auch Feinde, und die warten nur darauf, dass man verletzlich ist, um nachtreten zu können.«

Schmidt-Rodenkamps Stimme nahm einen jammernden Ton an. »Alle wenden sich von mir ab, sogar die Leute, denen ich zu einem Vermögen verholfen habe. Die Welt ist undankbar. Selbst diejenigen, die Geld verloren haben, habe ich doch auch jahrelang glücklich gemacht. Und jetzt? Alles vergessen. Ich existiere für sie nicht mehr.«

»Nun ja«, warf Torsten ein, »wenn das Geld weg ist, geht das Glücksgefühl auch schnell den Bach runter. Das können Sie den Leuten ja schlecht vorwerfen, deren Erspartes Sie in den Sand gesetzt haben.«

»Wieso?«, fragte Schmidt-Rodenkamp und seine Augen nahmen ein Leuchten an. »Wenn man jahrelang die Gewissheit hat, dass einem in der Zukunft ein großer Gewinn bevorsteht, dann lebt man doch jeden Tag aufs Neue mit einem erhebenden Gefühl! Diese schöne Zeit ist für immer konserviert, sie kann ja nicht nachträglich verdorben werden durch die Enttäuschung, dass die erwartete Vermögensoptimierung doch nicht eingetreten ist. Hoffnung lässt das Gehirn mehr Glückshormone ausschütten als die Niagarafälle Wasser, die Erfüllung dagegen ist selbst im besten Fall immer ein kleiner Tod.«

Torsten lachte trocken auf. »Ob das wirklich ein Trost ist für die Anleger?«

»Ja, doch! Es müsste ein Trost sein, gerade in philosophischer Hinsicht. Was die Lebensqualität meiner Klienten betrifft, so habe ich viel mehr Glück gebracht als Unglück.«

»Ich bin Polizist und kein Philosoph. Aber Sie haben ja jetzt Zeit genug, in Ruhe über ihre Qualitäten als Glückbringer nachzudenken.«

Schmidt-Rodenkamp seufzte dramatisch. »Es geht mir doch nicht nur um mich. Das Gerede und die Gehässigkeit der Leute haben meiner Frau das Herz gebrochen, und das kann ich ihnen einfach nicht verzeihen. Auch wenn wir getrennt waren, so habe ich sie doch immer noch geliebt.«

»Ihre Frau ist nicht an gebrochenem Herzen gestorben, sie ist ermordet worden«, sagte Torsten und beobachtete sein Gegenüber scharf. Für den Bruchteil einer Sekunde gingen seine Augenlider zu und wieder auf. Das geschah so schnell, dass er den Moment nur gesehen hatte, weil er darauf vorbereitet gewesen war und genauestens aufgepasst hatte. Psychologen kannten dieses Phänomen der Mikromimik. Ein blitzschnelles Schließen der Augen, nicht absichtlich, sondern vom Unterbewusstsein gesteuert, entlarvte den Lügner. Versuche mit Kameras, die ehrlich wirkende, aber in Wahrheit gelogene Aussagen in Zeitlupe aufnahmen, hatten diese Reaktion überzeugend dokumentiert.

Schmidt-Rodenkamp hatte sich sofort wieder gefangen und blickte Torsten empört an. »Wenn das ein Scherz sein soll, dann ist er geschmacklos! Meine Frau ist an einem Herzinfarkt verstorben. Es gab eine amtsärztliche Untersuchung. Sehen Sie sich ihren Totenschein an.«

»Wir haben eine Nachuntersuchung veranlasst und dabei Botulinumtoxin entdeckt, ein äußerst wirksames Nervengift. Der Tod tritt innerhalb von Minuten ein.«

Torsten beobachtete fasziniert, wie schnell sich Schmidt-Rodenkamps Empörung in Bestürzung verwandelte.

»Das ist ja furchtbar. Haben Sie den Mörder gefasst?«

Torsten schüttelte den Kopf. »Dafür brauchen wir Ihre Hilfe. Hatte Ihre Frau Feinde? Gibt es jemanden, der ein Motiv hätte?«

Schmidt-Rodenkamp stützte seinen Kopf in die Hände und schwieg. Er machte seine Sache nicht schlecht, fand Torsten.

»Denken Sie in Ruhe nach. Jedes kleine Detail, egal wie unwichtig es Ihnen vorkommen mag, kann uns weiterbringen.«

Schmidt-Rodenkamp hob den Kopf. »Natürlich hatte meine Frau Feinde. Sie war Lobbyistin. Sie hat ein Büro in Mitte, gegenüber vom Reichstag. Am besten schauen Sie sich dort mal um.«

»Können Sie mir etwas zum Privatleben Ihrer Frau sagen? Hatte sie vielleicht eine neue Beziehung? Gab es jemanden, der von ihrem Tod profitieren könnte?« Torsten beobachtete Schmidt-Rodenkamp unauffällig aus den Augenwinkeln, während er sich ein paar Notizen machte. Dem Mann war kaum etwas anzumerken. Nur zwei Finger seiner rechten Hand hatten sich ein wenig verkrampft.

»Tut mir leid, da kann ich Ihnen nicht weiterhelfen. Wir waren in Scheidung, wie Sie wissen. Ich habe keine Ahnung, was Bianca privat machte und wen sie traf. Wir wohnten zwar noch im gleichen Haus, aber in getrennten Bereichen. Die Villa ist sehr groß.« Schmidt-Rodenkamp wischte sich eine Träne aus dem Auge – der Mann konnte offenbar auf Kommando weinen – und hob den Blick. »Bitte finden Sie den Mörder, Herr Hauptkommissar! Und halten Sie mich auf dem Laufenden, vielleicht kann ich doch noch helfen.«

»Danke, wir tun unser Bestes«, sagte Torsten und bemühte sich, seinen Widerwillen angesichts dieses Schmierentheaters zu unterdrücken, als er Schmidt-Rodenkamp zum Abschied die Hand schüttelte. Der Mann war ein Lügner, er hatte diesen Killer angestiftet, seine Frau zu ermorden, darauf würde er seine Polizistenrente verwetten. Aber für einen Richter waren das nur Spekulationen, und solange es keine konkreten Beweise gab, konnte es nicht schaden, den Verdächtigen in Sicherheit zu wiegen.

Trotzdem musste Torsten auf dem Weg zurück ins Dezernat unentwegt über die Frage nachdenken, ob Schmidt-Rodenkamp in einer Sache nicht doch irgendwie recht hatte. War das Glück der Vergangenheit, selbst wenn es auf falschen Hoffnungen beruhte, nicht wirklich etwas Schönes, das vor den Anfeindungen der Gegenwart geschützt war – wie ein Schatz hinter Panzerglas? Schließlich tat er die ganze Pseudophilosophie als blanken Unsinn ab. Es ging hier überhaupt nicht um falsche Hoffnungen, sondern nur um reine Gier, und daran war nichts Schönes. Fast wäre er Schmidt-Rodenkamp auf den Leim gegangen. Dieser Betrüger verstand sein Handwerk und konnte bestimmt noch einer Leiche eine Lebensversicherung aufschwatzen. Kein Wunder, dass die Leute auf ihn reingefallen waren. Aber das Kalkül hinter seinen Krokodilstränen zumindest hatte er nicht vor ihm verbergen können.

Alle erdenklichen Szenarien hatte er sich vorgestellt, sogar bis hin zu einer körperlichen Konfrontation

Normalerweise gehörte die Königsallee zu Hasis Lieblingsstrecken. Es gab kaum etwas Schöneres, als bei gutem Wetter durch den Grunewald zu radeln, unter den riesigen Eichen und Robinien hindurch, deren Baumkronen sich hoch über seinem Kopf die Äste reichten wie zu einer majestätischen Schlosskuppel, nur dass statt von der Decke baumelnder Kristalllüster hier die Sonne durch die Blätter glitzerte. Doch heute trat er nur verbissen in die Pedale, ohne einen Blick für die malerische Natur übrig zu haben.

Daran schuld war dieser Schurke Mellenhoff. Wie konnte ein Mensch nur so niederträchtig sein? Kein Wunder, dass Tante Pudel ihn zu ihren Lebzeiten und sogar bis über ihren Tod hinaus verachtete! Selbst Hasi, den sonst nichts so schnell aus der Ruhe brachte, konnte nicht umhin, sich richtig zu ärgern über die Art und Weise, wie perfide der Lügenbold sich in sein Vertrauen geschlichen hatte, um das kleine Bild in seine Finger zu bekommen, das Meikes Kunstbuch zufolge ein echter Rothko war. Von wegen »*affaire d'amour*« und »selbst gemaltes Aktporträt«! Die ganze schlüpfrige Geschichte mit Tante Pudel war erstunken und erlogen, um ihm den Anblick des Bildes zu verleiden. Und das hätte ja auch fast geklappt. Mellenhoffs angebliche Beichte war so unverfroren intim gewesen, dass er gar nicht auf den Gedanken gekommen war, sie hätte erfunden sein können. Nicht dass ihm dieses Machwerk jetzt besser gefiel, nur weil es von einem berühmten Künstler gemalt worden war, doch so halbgar Tante Pudels Bild auch aussah, das all die Jahre unbeachtet in der hintersten Ecke des Wohnzimmers gehangen hatte, seine finanziellen Probleme wären durch den Verkauf auf einen Schlag gelöst, und er sollte eigentlich vor Freude jubeln. Wenn er dieses wertvolle Kunstwerk denn nur in seinem Besitz hätte. Aber es befand sich dummerweise in Mellenhoffs Galerie und man konnte nur hoffen, dass der Halunke es noch nicht verhökert hatte.

Hasi krallte die Hände fester um den Lenker. Wie hatte er nur glauben können, dass Tante Pudel eine Affäre mit diesem Lackaffen gehabt hatte? Hatte sie selbst ihn nicht vor Mellenhoff gewarnt? Sogar noch vom Jenseits aus? Er trat fester in die Pedale, in der Hoffnung, auf diese Weise seinen Ärger hinter sich zurücklassen zu können. Kiki, die Hobby-Psychologin in der Familie, pflegte zu behaupten, dass Ärger eine Art Energie sei, die man herauslassen sollte, weil man sich danach besser fühlen würde. Dem konnte er nicht beipflichten. Ärger war ausgesprochen unangenehm und sollte nach Möglichkeit vermieden werden, denn er verleitete einen dazu, sich unhöflich zu verhalten. Mit dem Ergebnis, dass man sich am nächsten Tag auch noch über sein eigenes ungebührliches Benehmen ärgerte. Und so setzte sich dann der Ärger in einer Spirale immer weiter fort, bis man schließlich ein echter Griesgram geworden war. Was sollte denn das für eine Energie sein? Er persönlich war immer am besten damit gefahren, sich mit einer Tasse Tee in eine stille Ecke zu setzen, bis sein Groll wieder verpufft war.

Doch heute war keine Zeit, in Ruhe abzuwarten, bis der Ärger von alleine verging. Er war auf dem Weg zu Mellenhoffs Galerie am Fasanenplatz, um den Gauner mit einem unangemeldeten Besuch zu überrumpeln. Schon die Aussicht auf diese Konfrontation ließ Hasi vor Empörung das Blut ins Gesicht schießen. Er musste wirklich aufpassen, nicht handgreiflich zu werden, obwohl ein paar wohlgesetzte Backpfeifen sicher genau in Tante Pudels Sinne wären.

Hasi passierte jetzt die verschnörkelten weißen Villen im oberen Teil der Königsallee. Es ging ein wenig bergauf und er kam langsam außer Atem und ließ sein Fahrrad ausrollen, als die Straße am Königssee vorbei wieder bergab führte. Es war nicht opportun, verschwitzt und derangiert vor Mellenhoff aufzutreten, wenn er dem Schuft die Leviten lesen wollte. Vielleicht hätte er Vetter Brezel um Unterstützung bitten sollen. Ein militärischer Kommandoton würde in dieser Situation genau die richtige Wirkung zeigen. Aber zum Glück hatte er ja in seinem kleinen Ausbildungskurs selber ein paar Erfahrungen in dieser Hinsicht machen können, die man jetzt anwenden konnte, sollte es sich als nötig erweisen.

Hasi ließ die Königsallee hinter sich und fuhr über den Rathenauplatz, vorbei an einer Betonskulptur, aus der an allen Seiten Autoteile herausragten, als hätte sich hier ein Verkehrsunfall zugetragen. Künstler fabrizierten schon absonderliche Dinge. Aber da das Gebilde auf einem öffentlichen Platz stand, musste es wohl künstlerisch bedeutend sein. Auch das kleine Rothko-Bild war schließlich bedeutende Kunst, obwohl es nur aussah wie rosa und gelbe Butter, die dick auf Leinwand geschmiert worden war wie auf ein Pausenbrot. Für den Rest der Fahrt verbot er sich jeden weiteren Gedanken über schlechte Kunst, schließlich war es nicht hilfreich, etwas schlechtzumachen, was man gerade zurückhaben wollte. Am Cinema Paris bog er in die Uhlandstraße und radelte von dort über die Ludwigkirchstraße direkt zum Fasanenplatz. Schon von Weitem sah er die großen Schaufenster der Galerie Mellenhoff im Erdgeschoss eines palastartigen, mit Säulen und Stuckwerk reich verzierten Gründerzeitgebäudes. Er kettete sein Fahrrad auf der anderen Straßenseite an einen Laternenpfahl, rückte seinen Schlips zurecht – er hatte wie eine Rüstung für diesen Anlass eine gestreifte Krawatte in den Farben seines Familienwappens gewählt – und ließ für einen Augenblick den stilvollen Fasanenplatz mit seinen vornehmen Häusern auf sich wirken. Auf diese Weise innerlich gefestigt, fühlte er sich gewappnet, den Kampf aufzunehmen, und überquerte mit festem Schritt die Straße.

Entschlossen stieß er die Glastür auf und schritt durch den langen Raum, ohne die an den Wänden hängenden monochromen Kunstwerke eines Blickes zu würdigen. An der Rezeption saß ein blondes Mädchen, das ihm ein Standardlächeln spendierte, als er an das Pult herantrat.

»Kann ich Ihnen helfen?«

»Danke. Ich möchte Herrn Mellenhoff sprechen.«

»Herr Mellenhoff ist in einem Meeting. Haben Sie einen Termin?«

Hasi blickte an ihr vorbei auf ein ganz und gar dottergelbes Kunstwerk, dessen lächerliche Farbe seinen Ärger wieder anfachte. »Herr Mellenhoff wird sein Meeting unterbrechen müssen. Holen Sie ihn her.«

Die junge Frau zögerte verunsichert und er setzte in seinem besten Kommandoton nach. »Jetzt sofort. Ich habe nicht unbeschränkt Zeit.« Er verkniff sich gerade noch »Und schon weg sein!«, wie es ihm der verrückte Kommandeur vorgemacht hatte.

»Einen Augenblick bitte.« Das Mädchen ging in einen Hinterraum und schloss die Tür hinter sich.

Hasi betrachtete jetzt doch die Kunstwerke an den Wänden. Eigentlich waren es gar keine Bilder, sondern große quadratische Metallplatten, gelb, schwarz oder grau lackiert. Wer sollte sich so etwas an die Wand hängen wollen? Offenbar waren die Kunstsammler noch verrückter als die Künstler. Er ging ein paar Schritte auf und ab über die graubraunen Marmorfliesen des Fußbodens. Alles in dieser Galerie war von erlesenem Geschmack. Nur die Kunstwerke nicht. Und der Service ebenso wenig. Es grenzte langsam an Unhöflichkeit, ihn noch länger warten zu lassen. Er trat zu der Hintertür, durch die das Mädchen verschwunden war. Abgeschlossen. Was sollte er tun, wenn Mellenhoff einfach nicht erschien? Alle erdenklichen Szenarien hatte er sich vorgestellt, sogar bis hin zu einer körperlichen Konfrontation, aber dass der Galerist sich vor ihm verstecken könnte, um die Sache einfach auszusitzen, war ihm nicht in den Sinn gekommen.

Ratlos ließ Hasi seinen Blick durch die Galerieräume schweifen. Gab es irgendetwas, das er tun konnte? Zum Beispiel ein anderes Bild als Pfand mitnehmen, wenn er schon mal hier war? Er betrachtete die Kunstwerke. So eine lackierte Metallplatte war viel zu schwer und zu sperrig, um sie auf dem Fahrrad abtransportieren zu können. Außerdem bestand die Gefahr, dass Mellenhoff womöglich mit dem Tausch einverstanden war, und dann wäre er der Gelackmeierte. Hasi blickte wieder zur Hintertür. Nichts rührte sich, alles war totenstill, die Galerie kam ihm vor wie ein Mausoleum. Mellenhoff lachte sich hinter der Tür jetzt bestimmt ins Fäustchen. Wahrscheinlich beobachtete er ihn zusammen mit seiner hübschen Rezeptionistin durch eine versteckte Überwachungskamera. Wie konnte er den Kerl nur aus der Reserve locken? Hasi trat an die verwaiste Rezeptionstheke. Er blätterte ein wenig durch die Seiten eines aufgeschlagenen Buches. Dort konnte man seinen Namen eintragen wie in ein Kondolenzbuch. Ihm kam eine Idee.

»Der Rothko gehört MIR!«, schrieb er in großen Druckbuchstaben mitten über die nächste freie Seite und setzte seinen kompletten Namen darunter. Manchmal war es schade, dass man keinen Siegellack parat hatte, um seine Unterschrift mit dem Familienwappen zu bekräftigen.

Ein Telefon klingelte, aber er sah keinen Apparat. Nach ein paar Tönen hörte es wieder auf. Was konnte er noch anrichten? Außer einem Stapel Kataloge, einem Haufen Kunstpostkarten und einigen abgeschlossenen Schubladen gab es hier nichts von Wert oder Bedeutung. Ein modernes Designersofa aus hellbraunem Leder stand in der Ecke, aber man konnte ja schlecht ein Möbelstück mitnehmen. Nur weil er Mellenhoff noch ein wenig in seinem Versteck schmoren lassen wollte, setzte er sich auf den eleganten Bürostuhl hinter der Rezeption. Unter normalen Umständen wäre das gar kein schlechter Job für ihn, hier zu sitzen und Besucher zu begrüßen. Aber natürlich dürfte die Kunst nicht so affig sein, denn was konnte einer schon Vernünftiges zu diesen Sachen sagen? Während er ein paar Mal auf- und abwippte, fiel ihm eine Karte ins Auge. Eine Einladung zum Brunch anlässlich des bevorstehenden Gallery Weekends. »American Masterworks« nannte Mellenhoff seine neue Ausstellung. Ob er die Frechheit hatte, den Rothko auszustellen? Hasi steckte die Einladungskarte ein, als die Glastür zur Straße aufging. Zwei dunkel gekleidete Männer traten herein.

»Guten Tag«, grüßten sie synchron mit gutturalem russischen Akzent.

Die Besucher schlenderten gemächlich durch die Galerie, bis sie vor Hasi an der Rezeption stehen blieben. Es waren imposante Gestalten, breitschultrig, sicherlich zwei Meter groß, mit muskelbepackten Oberarmen, die den Stoff ihrer dunklen Anzüge zum Zerreißen spannten. Wie Kunstliebhaber sahen sie eigentlich nicht aus, aber was wusste er schon über Leute, die sich für lackierte Metallplatten interessierten?

Die beiden Männer blickten auf Hasi hinab. »Schöne Galerie haben Sie. Kompliment. Sehr viel Geschmack.«

»Tut mir leid«, sagte Hasi, »ich bin nicht der Galerist. Ich warte hier nur auf den Herrn.«

»Warten ist nicht gut«, sagte einer der Männer mitfühlend.

»Schlecht für die Gesundheit«, ergänzte der andere.

»Vielleicht klären Sie das besser mit Herrn Mellenhoff persönlich.« Hasi wurde etwas mulmig zumute.

Einer der Russen lächelte sanft. »Und wo ist er?«

»Das wüsste ich auch gern.«

»Würden Sie bitte aufstehen«, sagte der andere, aber es klang nicht wie eine Bitte.

Hasi erhob sich und sah zu, wie der Mann den Bürostuhl untersuchte und dann hinter der Rezeption hervorrollte. »Charles Eames.«

Der andere nickte ernst und deutete auf das Ledersofa in der Ecke. »Marcel Breuer.«

Erstaunt sah Hasi zu, wie die beiden den Stuhl vorsichtig auf das Sofa legten und dann beide Möbel hinaustrugen.

»Wir kommen wieder in zwei Wochen«, sagten sie zum Abschied.

Als die Männer nicht mehr zu sehen waren, verließ Hasi schnell die Galerie. Er war sich zwar nicht sicher, ob diese beiden Herren Gerichtsvollzieher waren, aber Mellenhoff schien ganz ähnliche Probleme zu haben wie er selbst.

Die wirklich Schlimmen waren diese Geländewagenfahrer

Polizeimeister Peter Ullermann schaltete das Blaulicht ein und fuhr an einem vor der roten Ampel wartenden Nachtbus vorbei über die Gotzkowskybrücke.

»Leg mal einen Zahn zu.« Sein Kollege PM Hans Stahnke starrte angestrengt auf den nächtlichen Gehweg. »Ich wette, das sind wieder die kleinen Wichser mit ihren Mountainbikes. Diesmal kriegen wir sie.«

»Warum? Bringt doch sowieso nichts. Selbst wenn wir uns einen von denen krallen, holt ihr Anwalt ihn gleich wieder raus.«

»Aber löhnen können sie dann. Und zwar für alle drei Wagen, die sie heute Nacht abgefackelt haben. Ein Mercedes, ein Porsche, ein Jaguar, da müsste doch ganz gut was zusammenkommen.«

»Na und? Eine Spendenaktion in Neukölln und sie haben das Geld wieder drin.«

»Da sind sie!«, rief Ullermann und deutete auf drei vermummte Fahrradfahrer, die im Scheinwerferkegel des Polizeiwagens mit ihren Mountainbikes über die Bordsteinkante sprangen und in der Dunkelheit des Parks verschwanden. Er schaltete das Blaulicht aus und verlangsamte die Geschwindigkeit.

»Los, mach hinne, wir schneiden ihnen am nächsten Parkeingang den Weg ab.«

Ullermann sah, wie Stahnke die Dienstwaffe zog und entsicherte. Er trat auf die Bremse. »Sag mal, bist du blöd? Willst du die Jungs etwa erschießen?«

»Gib Gas, Mann, das ist unsere Chance.«

Ullermann blieb stehen und stellte den Motor ab. »Nee, ohne mich.«

»Hast du sie nicht mehr alle? Jede Nacht lassen wir uns von den Idioten verarschen und jetzt willst du schlappmachen?«

»Erst wenn du dich wieder einkriegst. Sonst passiert noch was.«

»Stell dir vor, die fackeln deinen Wagen ab«, sagte Stahnke.

»Kann nicht passieren, hab keinen von diesen Bonzenschlitten.« Ullermann ließ den Motor wieder an. »Okay, lass uns mal sehen, was für eine Karre sie diesmal angesteckt haben.«

»Ich will ja nichts sagen, aber ich frage mich schon, ob das Strafvereitelung ist, was du hier abziehst.«

»Komm schon. Findest du es gut, dass Leute wie wir uns kaum noch leisten können, in unserer eigenen Stadt zu wohnen?«

»Nein, aber das steht jetzt gar nicht zur Debatte.«

»Ich meine, klar, Autos abfackeln ist der falsche Weg, aber wenn das so weitergeht, dann können wir bald die Miete für unsere eigene Wohnung nicht mehr zahlen. Und zum Dank dafür beschützen wir auch noch die Leute, die uns aus der Stadt vertreiben.«

»Ist ja gut, ich hab's verstanden.«

Ullermann stoppte vor einer verglasten Neubauzeile auf der linken Straßenseite. Ein qualmender Geländewagen stand direkt davor.

Sie stiegen aus und traten an das verkohlte Fahrzeug heran. Nur die Sitzpolster und Seitenverkleidungen loderten noch. Die Hitze hatte die Fenster zerbersten lassen.

»War offenbar zu wenig Sprit im Tank für ein richtiges Feuerwerk.«

»Die Kiste ist trotzdem Schrott.«

Während Ullermann versuchte, das verrußte vordere Nummernschild zu entziffern, ging sein Kollege um den Wagen herum. »Ach du Scheiße. Komm mal her.«

Die Heckklappe des Fahrzeugs war aufgesprungen und beide starrten in den Kofferraum, wo neben einem Jagdgewehr eine zusammengekrümmte Leiche in einem völlig unversehrten karierten Bademantel lag.

»Deine Mountainbiker kannst du vergessen«, sagte Ullermann zu Stahnke, nachdem sie den Leichenfund durchgegeben hatten. »Die wirklich Schlimmen sind diese Geländewagenfahrer.«

Zu dumm, dass ihm auf die Schnelle kein passendes Schimpfwort einfallen wollte

Hasi studierte den gerahmten Stadtplan vor dem S-Bahnhof Frohnau und marschierte dann dem Gedächtnis nach die Welfenallee entlang, bog von dort in den Knappenpfad ab, der ihn direkt bis zur Kreuzritterstraße führte. Die Stadtplaner, die sich diese Straßennamen ausgedacht hatten, mussten ein Faible für die Ritterzeit gehabt haben. Hasi bemühte sich, seine Niedergeschlagenheit wegen Tante Pudels wertvollem Kunstwerk zu verdrängen. Seine Vorfahren, die alten Raubritter von der Burg Quermaten, hätten nicht lange gefackelt, um einen gestohlenen Besitz wieder zurückzuerobern. Doch leider brauchte man dazu heute statt getreuen Vasallen ein Heer von guten Anwälten, und ob ausgerechnet die sich durch Treue auszeichneten, war fraglich. Grübeleien verdarben ihm nur die gute Laune, die er eigentlich haben sollte, weil er auf dem Weg zu Benny war.

Die Kreuzritterstraße Nummer 42, zu der sie ihn bestellt hatte, war ein etwas von der Straße zurückgesetztes Gebäude aus rotem Backstein. Ein halbes Dutzend Geländewagen parkten vor dem Haus, einer wuchtiger als der andere. Entweder hatte Bennys Vater nur Landwirte und Jäger als Freunde, oder seine Gäste gehörten zu diesen immer öfter zu sehenden Neuberlinern, die offenbar zu befürchten schienen, dass sich der Asphalt in Berlin bei Unwetter in eine Schlammwüste verwandeln würde. Passend für eine Gartenparty trug Hasi sein legeres Tweedsakko und dazu ein weißes Hemd und eine von Vetter Brezels eher sportlichen Krawatten. Er nahm zwar nicht an, dass Benny viel für Krawatten übrig hatte, aber ein Hauch Formalität musste sein, schon um dem Hausherrn Respekt zu zollen. Diesmal durfte er Benny auf gar keinen Fall enttäuschen, noch eine Chance würde sie ihm wohl nicht geben. Abgesehen davon, dass ihr Vater geschieden war, wusste er nichts über ihn. Der Mann konnte ein Freigeist sein, vielleicht Professor für Soziologie, was zu Benny passen würde, oder aber auch ein erfolgreicher Unternehmer, der Bennys Proteste provozierte, weil er ein Loblied auf das kapitalistische Wirtschaftssystem sang und dabei seine Arbeiter ausbeutete. Es war schon komisch, sich zu so einer Rebellin hingezogen zu fühlen. Er war ja nun beileibe kein Protestler und er würde es nie über sich bringen, selbst Gaunern wie Schmidt-Rodenkamp oder Mellenhoff irgendwelche Lebensmittel ins Gesicht zu werfen.

Hasi ging, wie Benny ihn instruiert hatte, am Haupteingang vorbei um das Haus herum. Aus dem Garten waren die Stimmen der Gäste zu hören. Eine von hohen Kiefern umrahmte Rasenfläche war mit bunten Lampions und Girlanden geschmückt. Er fühlte in seine Jackentasche. Wenigstens hatte er ein kleines Geschenk mitgebracht. Tante Pudels Meißner Porzellanvögelchen könnte Benny vielleicht als Maskottchen für ihren VW-Bus gefallen. Er blieb stehen und überflog die Versammlung. Benny war nirgends zu sehen. Niemand kam heran, um ihn zu begrüßen und vorzustellen, wie es sich gehörte. Die Gäste standen in Grüppchen auf dem Rasen und unterhielten sich, ohne ihn weiter zu beachten. Bennys Freunde hatte er sich anders vorgestellt. Die Damen hatten sich von den Herren abgesondert und führten ihre eigenen Gespräche, die amüsant zu sein schienen, wie er aus dem gelegentlichen Gekicher folgerte. Es erweckte fast den Eindruck, als machten sie sich über die Männer lustig. Die Herren wiederum standen fachsimpelnd und mit Bierflaschen bewaffnet um einen Grill herum, der aussah wie eine Mondlandefähre. Sie trugen allesamt T-Shirts, kurze Cargohosen und Sandalen, als hätten sie gemeinsam in einem Laden für Campingkleidung eingekauft.

Hasi trat ein wenig näher an die Männer heran, weil er unter ihnen den Hausherrn vermutete. Man diskutierte über Fragen der Technik, wobei er sich nicht sicher war, ob es um ihre Autos ging oder um den Hightechgrill. Es war wirklich schwer vorstellbar, dass Benny solche Freunde hatte. Mit ihren kurzen Haaren und ihrem insgesamt ein paar Dezibel zu jovialem Ton wirkten sie eher wie die Mitarbeiter eines Baumarkts. Vielleicht war dies eine Betriebsfeier und Bennys Vater war der Firmenchef. Dann machte es auch Sinn, dass Benny ihn dabeihaben wollte. Sie würde sich ja hier alleine unter Heimwerkern zu Tode langweilen.

Plötzlich sah er ihre verfilzten Haare mit den bunten Strähnen. Benny saß ein wenig verloren auf einer Sitzbank an einem der aufgestellten Klapptische neben einer aufgetakelten Blondine, die ohne Punkt und Komma auf sie einredete.

»Darf ich kurz stören?« Er verbeugte sich vor den beiden.

»Hasi! Wie schön, dass du gekommen bist.« Benny gab ihm einen Kuss auf die Wange. Dann wies sie auf die Blondine. »Ulla, die neue Frau meines Vaters. Und das ist Hasi, ein neuer Freund von mir.«

»Süß«, sagte Ulla. »Ich liebe Männer mit Krawatten.« Sie warf einen Blick über die grölende Kohorte am Grill und rollte mit den Augen.

»Angenehm«, sagte Hasi und wollte sich zur Andeutung eines Handkusses hinunterbeugen. Doch gleichzeitig gab ihm Benny einen kleinen Schubser, sodass er kurz ins Taumeln geriet, und die ganze Eleganz seines Auftritts war dahin.

»Wir gehen mal nach dem Geburtstagskind suchen«, rief Benny und zog Hasi weiter. »Pass auf mit Ulla«, flüsterte sie Hasi ins Ohr. »Ihr Hobby ist es, meinen Vater eifersüchtig zu machen.«

»Hat er etwa heute Geburtstag?«

»Hab ich das nicht gesagt?«

»Nein«, sagte Hasi. »Ich hatte gehofft, das Fest sei für dich.«

Benny lachte. »Glaubst du etwa, ich würde meinen Geburtstag hier in Spießerhausen feiern?«

»Warte mal bitte«, sagte Hasi und zog sein kleines Päckchen hervor. »Auch wenn du nicht Geburtstag hast, ich habe dir was mitgebracht.«

»Ein Geschenk!«, jubelte sie. »Danke!« Sie gab ihm einen Kuss und begann, das Papier aufzureißen.

»Für deinen Vater habe ich leider gar nichts. Ist das schlimm?«

»Keine Sorge. Er hat von allen diesen Supergrillpanzer bekommen. Darauf könnte man ein Nilpferd braten. Damit ist er gut bedient.«

Benny wickelte das Geschenk aus der Verpackung. »Oh wie schön! Ein kleines Vögelchen. Was meinst du, ob ich das auf das Armaturenbrett stellen kann, oder ist es zu wertvoll dafür?«

»Aufs Armaturenbrett, natürlich! Genauso habe ich mir das vorgestellt.« Hasi gab ihr spontan einen Kuss.

»Da drüben ist mein Vater«, sagte Benny. »Der Große mit der Grillschürze.« Sie wies auf einen stämmigen Mann mit Quadratschädel, der mit einer Bierflasche herumging und kumpelhaft mit ein paar Männern anstieß, bevor er sich unter beifälligen Kommentaren wieder am Grillfleisch zu schaffen machte. »Komm mit, ich stelle ihn dir vor.«

»Wie heißt er? Ich weiß deinen Nachnamen gar nicht«, sagte Hasi.

»Klaiber«, antwortete sie. Aus dem Haus tönte ein Klingeln und Benny blieb stehen. »Ich habe Türdienst, bin gleich zurück.«

Hasi blickte ihr hinterher, wie sie über den Rasen lief und im Haus verschwand. Sie trug ein Kleid aus ungefärbtem Leinen, dass wie eine Art Ballon geschnitten war. Es passte perfekt zu ihr.

Plötzlich klingelte eine Alarmglocke in seinem Kopf. Hatte sie nicht gerade »Klaiber« gesagt? Klaiber, so wie der verrückte Kommandeur? Er wagte nicht, sich umzudrehen. Es gab sicher viele Klaibers im Berliner Telefonbuch. Ein Allerweltsname. Warum sollte Bennys Vater nicht auch so heißen? Das war völlig normal und nicht mehr als ein lustiger Zufall. Er lächelte über seine grundlose Panik und wandte sich um. Dort hinter dem Grill stand in voller Größe wahrhaftig der ihm bekannte Oberstleutnant Klaiber, auch wenn er ihn in kurzen Hosen und Schürze statt Uniform glatt verwechselt hätte. Aber jetzt erkannte er das akkurat geschnittene Oberlippenbärtchen über dem großen Mund, der momentan zwar ein breites, gutmütiges Grinsen zeigte, aus dem aber, wie Hasi aus Erfahrung wusste, jederzeit ein ochsenartiges Brüllen kommen konnte. Und seine Gäste waren demnach bestimmt keine Baumarktangestellten, sondern Soldaten in Freizeitkleidung mit ihren gestylten Soldatengattinnen. Hasi unterdrückte ein Schwindelgefühl. Sich wegzuducken kam natürlich nicht infrage. In solchen Situationen musste man einen kühlen Kopf bewahren, und so holte er tief Luft und ging auf den Grill zu, wo der Kommandeur mit Grillbesteck und frischem Fleisch über dem qualmenden Rost hantierte. Ein paar angerußte Schweißperlen rannen ihm über das Gesicht und ließen schwarze Runen wie eine Kriegsbemalung auf seinen Wangen zurück. Aber solange der große Grill zwischen ihnen stand, konnte eigentlich nicht viel passieren.

»Guten Tag, Herr Klaiber.« Hasi atmete einen Rauchschwall ein und musste husten. Auf der Grillschürze des Kommandeurs prangte das Cartoon eines zähnebleckenden blauen Elches.

Klaiber schaute auf und starrte ihn für einen Moment wortlos an. »Sie? Quermaten?«, sagte er dann erstaunlich leise.

»Meine allerbesten Glückwünsche zu Ihrem Ehrentag.« Hasi bemühte sich, verbindlich zu lächeln, während er beobachtete, wie Klaibers Gesicht die ungesunde Tönung annahm, die er bereits kannte. »Tut mir leid um Ihren Wagen. Ich hoffe, der Schaden ließ sich beheben«, fügte er schnell hinzu.

»Was tun Sie hier?«, fragte Klaiber scharf.

»Ihre Tochter hat mich eingeladen. Entschuldigen Sie bitte, ich wusste nicht, dass Benny Ihre Tochter ist, sonst hätte ich Sie natürlich vorher – –«

»Halten Sie den Mund, Sie … Sie – –« Klaiber holte tief Luft. »Nein, ich rege mich nicht auf, nicht an meinem Geburtstag. Und schon gar nicht wegen Ihnen!«

Hasi nickte zustimmend. »Wunderbar! Das wollte ich auch gerade vorschlagen. Ich werde auch nie wieder einen militärischen Kursus belegen, großes Indianerehrenwort. Und Sie haben eine sehr nette Tochter, wenn ich das sagen darf.«

Das musste wohl ein Tick zu viel gewesen sein. Klaiber kniff den Mund zusammen und seine Backen wurden ganz prall, als ob er sich von innen aufblasen würde. Dann platzte er. »Sie lassen gefälligst die Finger von meiner Tochter, Sie Flacharsch, Sie Systemfehler, ist das klar? Verschwinden Sie. Aus meinen Augen. Sofort! Zack, zack! Und schon weg sein!«

Hasi bemerkte erst jetzt, wie interessiert die Umstehenden ihre Auseinandersetzung verfolgten. Durch das Kriegsgeschrei angelockt, kamen auch einige der Damen hinzu und bildeten einen Halbkreis um den Grill. Das durfte er dem aufgeblasenen Popanz nicht durchgehen lassen. Die Ehre der Familie Quermaten stand hier auf dem Spiel.

Er straffte sich. »Ich muss doch sehr bitten, Herr Klaiber.«

Das, was überlegen und am besten noch eine Spur martialisch herüberkommen sollte, klang leider ausgesprochen dürftig, und er bemerkte aus den Augenwinkeln, wie ein paar Soldaten mitleidig grinsten. Sogar Klaiber ignorierte ihn verächtlich und spießte ein frisches Stück Fleisch auf eine Grillgabel. Zu dumm, dass ihm auf die Schnelle kein passendes Schimpfwort einfallen wollte. Hasis Blick fiel auf Klaibers Schürze mit dem blauen Elch. Er hob seine Stimme. »Wissen Sie, was Sie sind?«

Klaiber schaute überrascht auf, als wunderte er sich, dass Hasi immer noch die gleiche Luft atmete wie er.

»Sie sind ein Grill-Elch!«, sagte Hasi mit leicht krächzender Stimme, und alle sahen ihn an. Schweigen breitete sich aus. Er überlegte fieberhaft, wie sich diese nicht gerade optimale Gesprächsentwicklung mit dem Gastgeber in zivilisierte Konversation zurücklenken ließe, als Klaiber seinen langen Spieß zückte und Anstalten machte, um den Grill herumzukommen. Schneller als sich die Synapsen in seinem Gehirn zusammenfunken konnten, schlugen bei Hasi die alten Rittergene des Geschlechts der Quermaten durch. Egmont, der Familienheld und im Volksmund der Blutige genannt, hatte der Legende nach die Burg Quermaten eigenhändig mit dem Schwert gegen ein Heer von Mamelucken verteidigt. Das kriegerische Gen gab er an seinen Sohn Gisebert den Rotnasigen weiter, der sich jedoch nicht entscheiden konnte, ob er lieber als Rauf- oder als Saufbold in die Familienchronik eingehen wollte. Seitdem mäanderte das Gen durch die Generationen, machte in Schlachten, Duellen oder Skandalen von sich reden und schlummerte durch friedlichere Zeiten, immer bereit, im rechten Moment seinem Träger zu Ehre und Ruhm gereichen. So riss nun Hasis Hand ganz von selbst einen Grillspieß vom Rost. Er ging in Fechtstellung und parierte Klaibers groben Angriff mit einer eleganten Parade. Seine fechterfahrene Hand ließ das Eisen mit einer bogenförmigen Finte durch die Luft kreisen und brachte seinen Gegner mit einer zielsicheren Riposte in die Bredouille. Dann stieß Hasi mit einer gekonnten Rimesse nach, um schließlich dem zurückweichenden Klaiber in einer perfekten Battutta den Spieß aus der Hand zu schlagen. »Sie entschuldigen sich jetzt in aller Form«, sagte er leise.

Doch Klaiber schien nicht mit den Regeln des ritterlichen Degenkampfes vertraut zu sein. Er streckte seine Hände einfach an Hasis Grillspieß vorbei und rüttelte kräftig an seinen Schultern.

»Hasi, wach auf, bitte!«

Er öffnete die Augen und merkte, dass er flach auf dem Rasen lag. Benny war über ihn gebeugt und rüttelte noch einmal an seinen Schultern.

»Was ist passiert?«, fragte er benommen.

»Du bist plötzlich umgekippt. Wie geht es dir? Der Krankenwagen muss gleich da sein.«

»Danke, das ist doch nicht nötig!« Hasi richtete sich auf. Es war wieder mal seine dumme Unpässlichkeit, die Narkolepsie, die ihn bei zu großer Aufregung zu unpassenden Gelegenheiten einfach einschlafen ließ.

Die ganze Grillgesellschaft war um ihn herum versammelt. Vor ihm stand Klaiber und drückte ihn energisch auf den Boden zurück. »Ganz ruhig bleiben. Nicht bewegen. Sie werden mir hier nicht abkratzen und meinen Geburtstag versauen!«

»Ich schau mal, ob der Arzt schon da ist«, sagte Benny verhalten und erhob sich.

»Aber mir geht es gut! Ich hab doch nur – –«

»Platz machen für die Sanis!«, unterbrach ihn ein Kommando, und schon erschienen zwei Sanitäter mit einer Trage und hievten Hasi fachmännisch hoch, ohne sich um seinen Protest zu kümmern.

Benny begleitete ihn, als ihn die Sanitäter in den Krankenwagen bugsierten.

»Das wird schon wieder«, sagte sie in einem Ton, den Hasi als mitleidig empfand. Bevor er antworten und erklären konnte, was es mit seiner Narkolepsie auf sich hatte, fielen die Hecktüren zu.

Geschlagene zwei Stunden musste Hasi in der Notaufnahme verbringen, bis man ihm endlich glaubte, dass er nichts Ernstes hatte. Außer natürlich der traurigen Erkenntnis, dass er sein souveränes Duell nur geträumt und sich vor Benny gründlich blamiert hatte. Sie musste ihn ja für einen Schwächling halten, der schon beim Anblick ihres Vaters in Ohnmacht fiel.

Der Feind musste schon Knall auf Fall überrumpelt werden, damit er sich nicht wieder verdünnisieren konnte

Die ersten Sonnenstrahlen schienen durch das bunte Papiermosaik, das Meike zur Verschönerung des Gästezimmers auf die Fensterscheibe in der Dachluke geklebt hatte und das wie eine Martinslaterne grüne und blaue Lichtquadrate auf Hasis Gesicht warf. Nachdem er sich halb aufgequält hatte von der dünnen Futonmatratze, auf der es sich schlief wie auf einem alten Pfannkuchen, ließ er sich wieder in die Kissen fallen. Warum sollte er überhaupt aufstehen, wenn er es mit Benny vermasselt hatte? Bestimmt hatte sich ihr Vater den Rest des gestrigen Tages über ihn lustig gemacht und wahrscheinlich auch noch sein kurzes Gastspiel in der Kaserne genutzt, um ihn als Trottel hinzustellen.

Er blinzelte ins Licht, dann schloss er die Augen wieder, damit ihm nicht die Tränen kamen. Gleichzeitig wurden seine Gedanken von einer unbarmherzigen Welle Poesie überrollt. Bennys Lachen war so unbeschwert wie die Möwen am Strand von Usedom, oder besser wie eine Nachtigall in der Nacht – obwohl er eigentlich in der Nacht zu schlafen pflegte und es in Berlin keine Nachtigallen gab, sodass er auch nicht genau wusste, wie sie sangen. Und ihre Haare dufteten wie ein Heuhaufen im warmen Sommerwind, dachte er vage und ein wenig unzufrieden mit seiner Dichterkunst. Wenigstens hatte sie die schönsten, allergrünsten Augen, die im Zorn funkelten wie, wie ... wie die Saphire in Tante Pudels goldenem Collier ... Oh nein, was hatte Tante Pudel in seinen Fantasien verloren? Warum musste er ständig an sie denken? Vielleicht weil er in diesen Tagen mehr von ihr sah als von Benny, was ihm, so dankbar er natürlich sein sollte, seiner verstorbenen Tante wieder Angesicht zu Angesicht gegenüberstehen zu können, umgekehrt doch lieber gewesen wäre.

Er öffnete vorsichtig die Augen. Bei Tante Pudel konnte man nie wissen, wann und wo sie ihm als leibhaftiger Geist erscheinen würde. Und sie hatte ja allen Grund, ihm hinterherzuspuken, solange Mellenhoff den Rothko besaß.

Hasi richtete sich auf. Eine Chance gab es noch, auch wenn es unangenehm werden konnte.

Auf dem Weg ins Badezimmer sprang ihm Kris mit einem Plastikgewehr entgegen.

»Hände hoch oder du bist tot.«

Hasi hob gutmütig die Hände. »Eigentlich schießt man nicht auf seine Gäste.«

»Ist doch nur ein Spiel. Bleib stehen.« Kris verschwand in seinem Zimmer und kam mit einem zweiten Sturmgewehr zurück, das er Hasi in die Hand drückte. »Jetzt kannst du zurückschießen.«

»Danke.« Hasi wog die Waffe in seiner Hand. Sie hatte einen durchsichtigen Tank, der mit einer grünen Flüssigkeit gefüllt war.

»Abwaschbare Farbe«, sagte Kris. »Wir gehen damit in den Wald. Wer getroffen wird, ist total eingesaut. Echt super.« Er senkte die Stimme. »Du darfst es aber nicht meiner Mutter sagen. Sie findet, schießen macht negative Energie.«

Hasi schluckte. »Ich habe jetzt leider keine Zeit.«

»Das stimmt doch gar nicht! Meine Mutter sagt, du hast jede Menge Zeit, weil du sowieso nicht arbeitest und den ganzen Tag nur rumhängst. Du bist total blöd!«

Kris riss Hasi die Waffe aus der Hand, lief in sein Zimmer und knallte die Tür so fest hinter sich zu, dass die Wände im ganzen Haus wackelten.

Der Junge tat Hasi leid. Er brauchte dringend einen Vater – aber nicht ihn natürlich. Es musste etwas getan werden, um Meike und Andreas miteinander zu versöhnen. Beim Rasieren strengte er seinen Grips an, bis die kleinen Zahnräder auf Hochtouren ratterten und er das Gefühl hatte, ihm müsste gleich Rauch aus den Ohren steigen. Aber alles, was ihm in den Kopf kam, war der Vater von Benny, dieser ohrenbetäubende Brüllaffe, der ihm jetzt noch den Schweiß auf die Stirn trieb. Erst unter der Dusche hatte er plötzlich eine Idee, die funktionieren könnte, auch wenn man dafür nicht ganz saubere Mittel einsetzen müsste. In Tante Pudels Sinn war die Sache garantiert auch nicht, vielleicht würde sie ihm sogar eine Szene machen, aber das musste er riskieren.

Eine halbe Stunde später trat Hasi in dunklem Anzug, seinem letzten gebügelten Oberhemd und der Krawatte in den Farben des Familienwappens auf die Terrasse. Meike, die auf dem Rasen mit ineinandergeknoteten Beinen einen Kopfstand machte, fiel fast um.

»Wie siehst du denn aus?«, fragte sie von unten. »Ist jemand gestorben?«

»Keine Sorge. Nur ein Brunch. Ich wollte dich fragen, ob du mir vielleicht eine große Tüte leihen könntest. Ich muss noch eine Besorgung machen.«

»Gerne.«

Nachdem sie sich entknotet hatte, trat sie mit ihm ins Haus und reichte ihm einen Jutebeutel.

»Danke. Sag mal, könnten wir nachher mal reden, wenn ich zurück bin?«

»Natürlich. Immer. Worüber denn?«

Er senkte den Kopf. »Meike, ich bewundere deine – spirituelle Gabe. Und ich wollte dich in dem Zusammenhang um einen Gefallen bitten.«

Sie strahlte ihn an. »Das finde ich toll, Hasi. Ich wusste die ganze Zeit, dass du jemand bist, der an seiner Spiritualität arbeiten will.«

»Danke.« Er lächelte zurück, ohne weiter darauf einzugehen, und schloss sein Fahrrad auf. Nachdem er den Jutebeutel verstaut und seine Hosenbeine mit Klammern geschützt hatte, schwang er sich in den Sattel und radelte davon. Auf der Fahrt nach Charlottenburg bemühte er sich, die Gedanken an Meike und Kris zu verdrängen. Es war ja nicht auszuschließen, dass Tante Pudel womöglich in seinen Kopf hineinsehen und seinen Plan schon im Vorfeld sabotieren konnte.

Eine Dreiviertelstunde später schloss Hasi sein Fahrrad im Schutz eines Müllcontainers an einen Laternenpfahl und rückte seine Krawatte zurecht. Er war noch ein bisschen früh, denn die Besucher, die zum Brunch kamen, trudelten gerade erst ein, und es war besser, nicht unter den allerersten Ankömmlingen zu sein. Der Feind musste schon Knall auf Fall überrumpelt werden, damit er sich nicht wieder verdünnisieren konnte, bevor man sein Ziel erreicht hatte. Aus der Deckung des Containers ließen sich die Schaufenster der Galerie gut beobachten. Einige ältere Herrschaften, die jetzt die Räume betraten, kannte er von Tante Pudels Empfängen. Wunderbar, von Gewährsleuten flankiert, ging es ihm gleich besser. Von seiner Warte aus verfolgte er, wie Mellenhoff seine Gäste begrüßte. Ein paar ausgesprochen hübsche Assistentinnen boten Getränke und Häppchen an. Unwillkürlich suchte Hasi nach seinem Gefrierbeutel. Aber dann zog er wie ertappt die Hand aus der Tasche. Normalerweise wäre das ein Empfang ganz nach seinem Geschmack, aber heute durfte er sich nicht von Lappalien ablenken lassen.

Die Galerie füllte sich zunehmend. Es war schon erstaunlich, wie viele Leute sich an einem späten Vormittag Zeit für Kunst nahmen. Zu diesem Gallery Weekend pilgerten offenbar die reichen Sammler aus aller Welt nach Berlin. Und Mellenhoff hatte ihnen bestimmt schon den Mund wässrig gemacht. Auf einmal bemerkte Hasi ein paar alte Bilderrahmen, die neben ihm aus dem Müllcontainer ragten. Er beugte sich über den Rand des rostigen Behältnisses. Normalerweise waren solche Eisencontainer voll mit Bauschutt und herausgerissenen Toiletten, die einer Sanierung zum Opfer gefallen waren. Aber in diesem Fall ging das Opfer eindeutig auf Mellenhoffs Konto, denn es handelte sich um Tante Pudels komplette Sammlung aus dem neunzehnten Jahrhundert, die noch vor wenigen Tagen an den Wänden im Fischerhüttenweg gehangen hatte. Dieser Schurke! Wenn Hasi noch Zweifel an der Halunkennatur des Galeristen gehabt hatte, so wurden sie jetzt vom Saharawind seiner Empörungshitze weggefegt.

Er gab sich einen Ruck und überquerte mit zügigem Schritt die Straße. Als er die Galerie betrat, schlängelte er sich zielstrebig zwischen den Besuchern hindurch. Eine der schönen Assistentinnen hielt ein Tablett und lächelte ihn so bezaubernd an, dass er sich nur mit großer Willensanstrengung zurückhalten konnte, eins der angebotenen Garnelenschälchen zu nehmen. Mellenhoff stand neben der Rezeption und war bereits in Verkaufsgespräche verwickelt. Kurz bevor Hasi ihn erreichte, schaute er auf. Seine Augen verengten sich für einen Augenblick, doch sofort hatte er sich wieder gefangen und setzte sein windiges Begrüßungslächeln auf.

»Graf Quermaten, so eine Überraschung, das freut mich aber sehr.«

Hasi war gerade im Begriff, dieser frechen Heuchelei mit einer entsprechenden Antwort zu begegnen, wie zum Beispiel, dass er noch sein blaues Wunder erleben werde oder dass man nicht mehr auf solche Tricks hereinfalle, als er hinter Mellenhoffs linker Schulter an der Wand im nächsten Ausstellungsraum seinen Rothko erblickte. Hasi dachte an die verwegenen alten Raubritter der Quermatens und marschierte an dem verblüfften Mellenhoff vorbei, ohne ihn eines weiteren Blickes zu würdigen.

Vor Tante Pudels kleinem Bild blieb er stehen und nahm es mit einer flinken Handbewegung vom Wandhaken. Mehrere Besucher schauten ihn erstaunt, wenn nicht gar vorwurfsvoll an, einige tuschelten miteinander, während andere ihn wiedererkannten und ihm zunickten. Hasi grüßte freundlich nach allen Seiten, als er sich mit seinem Bild unter dem Arm wie selbstverständlich den Weg zum Ausgang bahnte. Mellenhoff stand mit eingefrorenem Lächeln auf seinem Platz und wagte es nicht, ihn aufzuhalten, da sich bereits das Wort verbreitete, dass es sich hier um den jungen Erben der Baronin von Rettwitz handelte und man diesen Rothko früher bei ihr im Teesalon gesehen hatte. Hasi war selbst ein wenig verblüfft, als er ohne Widerstand mit dem Bild nach draußen treten konnte. Neben seinem Fahrrad blieb er stehen und zog den Jutebeutel aus der Tasche. Als er den Rothko einpackte, kam doch noch jemand aus der Galerie hinter ihm hergelaufen.

»Einen Moment, bitte!«

Es war zum Glück nicht Mellenhoff oder die Polizei oder ein Sicherheitsdienst, wie er für einen Augenblick befürchtete, sondern der weiß gelockte Rechtsanwalt Erich Löw, wie immer in einem verwegen gemusterten Sakko, das ihn eher wie einen Conferencier als einen Rechtsanwalt wirken ließ.

»Brauchen Sie Hilfe, Herr Graf?« Der Anwalt lächelte wie eine Cheshire Katze, nur dass sie sich nicht in Luft auflöste wie die, der Alice im Wunderland begegnete.

»Was meinen Sie genau mit Hilfe, Herr Löw?«, fragte Hasi vorsichtig. Löw war nicht nur ein alter Bekannter von Tante Pudel aus der Orientgesellschaft, sondern auch ein gerissener Advokat, mit dem man sich nicht anlegen sollte.

»Es ist mir nicht entgangen, dass es bei diesem Bild gewisse Unstimmigkeiten über Eigentumsrechte zu geben scheint.«

»Keineswegs. Der Rothko gehörte meiner Tante und ich habe ihn geerbt.«

»Aber das Bild stand in der Galerie zum Verkauf, wenn ich mich nicht irre. Haben Sie es Herrn Mellenhoff in Kommission gegeben?«

»Ganz bestimmt nicht! Er hat mir weismachen wollen, dass meine Tante dieses Bild selbst gemalt hätte und es nur für ihn von persönlichem Wert sei, als Andenken ihrer – ähm – Freundschaft.«

»Haben Sie es ihm denn verkauft? Wie viel hat er Ihnen gezahlt, wenn Sie die Frage gestatten?«

»Er wollte mir dreißigtausend Euro zahlen für die gesamte Sammlung meiner Tante. Dann hat er mir fünfhundert Euro Anzahlung gegeben, aber den Rest, neunundzwanzigtausendfünfhundert, habe ich ihm zurückerstattet.«

»Ein Rücktritt vom Vertragsangebot! Exzellent.«

»Außerdem hat er die anderen Bilder aus der Sammlung, die ihm angeblich so gut gefielen, einfach in den Müll geworfen. Hier, sehen Sie.« Hasi zeigte auf den Müllcontainer und musste sich ein paar Tränen der Wut aus dem Gesicht wischen. »Wenn meine arme Tante das sieht.«

»Das kann sie zum Glück nicht mehr«, sagte Löw mitfühlend, natürlich ohne eine Ahnung von Tante Pudels irdischer Umtriebigkeit zu haben. Er inspizierte die ineinander verkeilten Bilderrahmen im Container und schoss mit seinem Smartphone ein paar Fotos. Dann nickte er zufrieden. »Besser geht es nicht. Ein klarer Fall von arglistiger Täuschung. Damit kommen wir auf jeden Fall durch, auch wenn Sie die kleine Anzahlung behalten haben.«

»Wieso *wir*?«, fragte Hasi.

»Weil Sie jetzt einen Anwalt brauchen.« Löw strahlte. »Am besten geben Sie mir den Rothko. Ich bewahre das Kunstwerk treuhänderisch für Sie auf, was meinen Sie?«

Hasi zögerte.

»Es besteht ansonsten die Gefahr, dass ein Gerichtsvollzieher es pfändet. Oder eine einstweilige Verfügung gegen Sie könnte – –«

»Schon gut, Sie haben mich überzeugt.« Hasi reichte ihm den Jutebeutel mit dem Bild.

»Danke für Ihr Vertrauen«, sagte Löw. »Nur aus Neugier. Wenn dann die Eigentumsrechte geklärt sind, was würden Sie dafür haben wollen?«

Hasi zuckte mit den Schultern. »Keine Ahnung. Ich will nur das Haus meiner Tante zurück. Es soll gepfändet werden.«

»Ah ... Schmidt-Rodenkamp? Ich verstehe Ihre Situation. Dieses schöne Haus am Fischhüttenweg darf man nicht verlieren. Noch dazu, wenn es mit so lieben Erinnerungen verknüpft ist.«

Hasi nickte traurig.

»Wissen Sie was? Ich kümmere mich darum. Sie bekommen Ihr Haus und ich das Bild. Ein bargeldloses Tauschgeschäft. Meine Anwaltskosten verstehen sich selbstverständlich inklusive.«

Hasi brauchte keine drei Sekunden, um sich zu entscheiden. Löw griff seinen Arm und zog ihn mit sich zu seinem Jaguar, wo er das Bild im Kofferraum deponierte und einen auf schweres Papier gedruckten Briefbogen seiner Anwaltskanzlei hervorzog. »Kommen Sie! Wir setzen gleich einen kleinen pro-forma-Kaufvertrag auf. Dann müssen Sie sich um nichts mehr kümmern.«

»Danke.« Als Hasi unterzeichnete, fiel ihm eine große Last vom Herzen.

Es fühlte sich fast so an, als wollte irgendeine Kraft ihn manipulieren

Heißer Wasserdampf stieg Gabriel zischend ins Gesicht, während er in Boxershorts mit dem kleinen Reisebügeleisen seine geknitterte Kleidung bügelte. Die letzten achtundvierzig Stunden hatte er wie paralysiert auf dem Hotelbett gelegen und die Zeit damit verbracht, Schmerztabletten zu schlucken, Whisky zu trinken und sich von Erdnüssen aus der Minibar zu ernähren. Er war sich nicht sicher, was genau der Grund für seine Apathie war. Lag es an der hässlichen Stadt, dem geizigen Auftraggeber, oder war es die Tatsache, dass er ausgerechnet seinen letzten Job angesichts der säumigen Abschlussrate nicht als Erfolg verbuchen konnte? Hinzu kamen sechs weitere Tote, die als Kollerateralschäden mehr als den Schatten eines Makels auf seine sonst einwandfreie Arbeit warfen. Nicht dass er ihretwegen Skrupel hatte. Was ihm jedoch Kopfzerbrechen bereitete, war die außergewöhnliche Häufung der Zufälle in diesen Tagen. Natürlich hatte es auch früher Probleme bei dem einen oder anderen Auftrag gegeben, aber ein so ungünstiges Zahlenverhältnis von sechs zu eins hatte er noch nie erlebt. Es fühlte sich fast so an, als wollte irgendeine Kraft ihn manipulieren und ihn gegen seinen Willen zwingen, automatisch wie eine Maschine zu töten – doch wozu eigentlich? Ein höherer Sinn war darin nicht zu erkennen.

Nur mit größter Disziplin hatte er sich jetzt wieder aufgerafft, um den untragbaren Zustand der Verwahrlosung zu beenden. Es war wichtig, die Kontrolle über sein Leben zurückzugewinnen. Schon aus Prinzip und um seine innere Ruhe wiederzuerlangen, musste dieser Auftrag zu einem befriedigenden Abschluss gebracht werden, und deshalb war es jetzt nötig, sich um das noch ausstehende Honorar zu kümmern. Als Erstes brauchte er eine unauffällige neue Unterkunft, wo er anonym und ungestört nach einem geeigneten Hebel suchen konnte, um Schmidt-Rodenkamps Fantasie anzukurbeln, wie sich doch noch eine Geldreserve locker machen ließe. Es gab viele Möglichkeiten, einen Schuldner im Gefängnis unter Druck zu setzen. Eine kleine Entführung wirkte zum Beispiel immer Wunder. Der Telefonanruf der verängstigten Geliebten, besser noch der eines jammernden Kindes, aber auch schon Haustiere, der Lieblingshund oder das Rassepferd, konnten helfen, das harte Herz eines Zahlungsunwilligen weichzuklopfen. Und wenn das nicht reichte, gab es Mittel und Wege, um dem Mann den drohenden Verlust seiner Gesundheit oder seines Lebens vor Augen zu führen.

Gabriel zog seine wieder ordentlich aussehende Kleidung an, packte seine Sachen zusammen und ließ das Schloss seines Handkoffers zuschnappen. Mit einem letzten Blick über das Zimmer überzeugte er sich davon, kein persönliches Utensil vergessen zu haben. Die starken Schmerztabletten taten zwar seiner Hüfte gut, bewirkten aber, dass er alles doppelt und dreifach überprüfen musste. Er bückte sich, um die leeren Tablettenverpackungen wieder aus dem Papierkorb zu nehmen. Sie konnten gefährliche Rückschlüsse auf ihn zulassen. Bevor er die Zimmertür hinter sich schloss, wischte er noch seine Fingerabdrücke von der Whiskyflasche und dem Glas.

Ein Geräusch ließ ihn innehalten. Leises Getrappel von Kinderfüßen drang gedämpft durch die Decke wie ein Echo aus einer anderen Welt. Die Pension nahm nur das Erdgeschoss und die erste Etage des Charlottenburger Altbaus ein, und es war ihm bei seiner Ankunft aufgefallen, dass es über der Pension noch Privatwohnungen im Haus gab. Von oben klapperte es laut, offenbar war ein Stuhl umgefallen, und der Krach wurde quittiert mit Kinderlachen und Gekreische. Gabriel fühlte sich auf einmal wie paralysiert. Ohne dass er sich hätte wehren können, strömten Erinnerungen aus einer dunklen Kiste im hintersten Winkel seines Bewusstseins und durchfluteten sein Gehirn. Er sah sich wieder in der riesigen Pariser Wohnung, ein siebenjähriges Kind. Damals natürlich nicht Gabriel de Ville, sondern der litauische Vlad Meskauskas. Der Junge, der immer alleine war, der nie ein gleichaltriges Kind zu sich einlud. Denn so reich sein Vater Sascha Meskauskas auch war, der Immigrant, der sein Vermögen in Paris als Juwelier gemacht hatte, er konnte ihm keine Freunde kaufen. Ein Mal im Jahr machte die Familie Dupin, die über den Meskauskas wohnte, ein Geburtstagsfest für ihre Zwillinge Jacques und Julie. Jedes Jahr hoffte Vlad, dieses Mal doch eingeladen zu werden. Aber die Tage bis zur Geburtstagsparty verstrichen immer wieder, ohne dass eine Einladung im Briefkasten lag. Und so musste er den Jubel und die trampelnden Füße der Kinder in der oberen Etage allein in seinem viel zu großen Kinderzimmer mithören. Die Mutter hatte ihn getröstet, doch vom Vater hatte er die Lektion seines Lebens erhalten. Er schärfte dem kleinen Vlad ein, dass die Einsamkeit nicht etwa als Strafe zu sehen sei, sondern als Quell von Stolz und Stärke. Es sei sogar gut, dass die Familie Dupin ihn nicht zum Spielen einlud, gebe es ihm auf diese Weise doch die Chance zu lernen, sich selbst zu genügen. Jede Abhängigkeit von anderen bedeute Unfreiheit.

Als kleiner Junge hatten ihn die Worte verwirrt. Doch später, als junger Erwachsener, hatte er gemerkt, dass seine ganze Lebensphilosophie auf diesem einen Prinzip beruhte, der Notwendigkeit, in einer kalten und gleichgültigen Welt auf niemanden angewiesen zu sein. Die Inszenierung seines eigenen Todes war der Höhepunkt dieser Befreiung von jeder Erwartung und Verantwortung gewesen.

Während der fröhliche Lärm von oben zu ihm herabdrang und eine warme Frauenstimme sich zu dem Kindergeschrei gesellte, erkannte Gabriel, warum ihn die Erinnerungen an den Vater gerade jetzt eingeholt hatten. Es war eine Warnung. Er war im Begriff, seine Freiheit aufs Spiel zu setzen. Waren die vielen Zufallsopfer nicht klare Zeichen dafür, dass er auf dem falschen Weg war, dass er dabei war, sich in einen Sklaven zu verwandeln, der wie alle anderen nur dem banalen Geld hinterherstolperte? Sieben Tote, wie die sieben Todsünden. Habsucht, Stolz, Zorn und auch Trägheit waren vier davon, die er sich bereits vorzuwerfen hatte. Es gab nur eine Chance, seine Selbstachtung wiederzuerlangen. Er musste sich von der Bezahlung für diesen Auftrag unabhängig machen, um nicht

Opfer seines gekränkten Stolzes zu werden und sich von der Befriedigung seines Egos in die Unfreiheit hinunterziehen zu lassen. Es war höchste Zeit, einen Schlussstrich zu ziehen.

Überwältigt von einem Gefühl der Erleichterung, nahm Gabriel seinen Handkoffer und verließ das Hotelzimmer. An der Rezeption beglich er seine Rechnung in bar, nicht ohne dem glutäugigen Rezeptionisten, der nichts von der fast zufälligen Verschonung seines Lebens ahnte, ein zwar großzügiges, aber nicht auffällig hohes Trinkgeld zu hinterlassen.

Am Olivaer Platz winkte er sich ein Taxi herbei, das ihn zu einer Autovermietung brachte. Sein neuer Plan war es, nach Hamburg zu fahren und den Intercity nach Kopenhagen zu nehmen, von wo er dann einen Flug buchen konnte, ohne befürchten zu müssen, mit Berlin in Verbindung gebracht zu werden.

Als er vom Ku'damm aus auf die Autobahn bog, schnitt ihm, von der Überholspur kommend, ein Porsche den Weg ab. Gleichzeitig setzte sich ein Laster von rechts auf die mittlere Fahrspur, sodass die beiden Fahrzeuge direkt vor Gabriel mit einem ohrenbetäubenden Krach kollidierten. Geistesgegenwärtig riss er das Steuer herum und schaffte es gerade noch, mit quietschenden Reifen nach rechts in eine Ausfahrt abzubiegen.

Einen Moment brauchte er, um sich zu orientieren, bis er erkannte, dass er sich jetzt in entgegengesetzter Richtung auf der Avus befand. Bei der nächsten sich bietenden Möglichkeit wollte er wieder umkehren. Dabei sah er verblüfft, dass es sich bei der Abfahrt um den Hüttenweg handelte und er unfreiwillig in Zehlendorf gelandet war. Anstatt zurückzufahren, hielt er am Straßenrand, um nachzudenken. Dieser Auftrag war die ganze Zeit über von Zeichen begleitet gewesen, die er bislang konsequent ignoriert hatte. Im Mittelpunkt hatte der junge Zehlendorfer Zeuge gestanden, der alle Versuche, ihn auszuschalten, erfolgreich abgewendet hatte. Was konnte ein kleiner Umweg groß anrichten? Wenn er schon sein Auftragshonorar gehen ließ, so tat sich hier, wieder durch einen unerklärlichen Zufall, wenigstens die Chance auf, vielleicht noch eine Antwort auf seine Frage nach der Vorsehung zu erhalten. Wieso hatte dieser junge Mann den Instinkt, sich vor Angriffen, die er doch nicht ahnen konnte, zu schützen? War es möglich, die Zukunft vorherzusehen? Und wenn ja, unter welchen Umständen? Musste man dafür ein guter Mensch sein oder nur mit dem Universum im Einklang stehen? Gab es feststehende Todesdaten für jeden Menschen? In diesem Fall war er dann vielleicht doch nur ein Erfüllungsgehilfe der Vorbestimmung, um jemandem den Tod zu dessen rechter Zeit zu bringen, pünktlich und banal wie ein einfacher Fahrradbote? Das wäre ein Beweis dafür, dass es einen Gott gab. Einen Gott, der ihn, den Erzengel Gabriel, als sein Werkzeug benutzte. Denn wo es eine Marionette gab, musste es auch einen Strippenzieher geben.

Angesichts dieser Fragen fand er es jetzt, wo er sich schon ganz in der Nähe befand, geradezu unumgänglich, Quermaten einen letzten Besuch abzustatten. Er hatte das sichere Gefühl, den seltsamen jungen Mann dieses Mal anzutreffen, da er heute nicht kam, um ihn zu töten, sondern nur, weil er ihm in aller Freundlichkeit ein paar Fragen stellen wollte. Ein harmloses Gespräch, weiter nichts, also würde das Opfer seinen Besuch in diesem Fall auch nicht vorhersehen können. Das war nur logisch. Und wenn er genug erfahren hatte, würde er ihn natürlich erst recht beseitigen müssen. Das lag in der Natur dieser kleinen Paradoxie.

Vielleicht war es aber auch nur ein besonders abgefeimter Trick

Helles Morgenlicht zwängte sich durch Hasis halb geschlossene Augenlider. Während er sich noch räkelte und sein Verstand langsam aus den Untiefen des Schlafes emporstieg wie ein Tiefseetaucher, der vom schwarzen Meeresgrund der leuchtenden Oberfläche entgegenschwebt, merkte sein Körper bereits, dass etwas hier nicht stimmte. Wo waren die Lichtquadrate von Meikes St. Martins-Laternen, die sonst beim Aufwachen ihr verwirrendes Farbspiel auf sein Gesicht warfen?

Er riss die Augen weit auf und blickte auf eine helle, nicht ganz saubere Zimmerdecke. Seine Matratze lag mitten auf einem kahlen Parkettfußboden in einem Raum ohne jedes Mobiliar, Baldachin oder Traumfänger. Sah er wieder einmal Dinge, die gar nicht da waren, oder jedenfalls nicht so, wie sie sein sollten? Schnell schloss er die Augen und summte sicherheitshalber ein paar Mal hintereinander »Momm«, seinen persönlichen meditativen Schlachtruf, den er auf therapeutischen Rat tönen lassen sollte, um Störungen seiner Befindlichkeit Herr zu werden. Es dauerte trotzdem noch einen Moment, bis er wieder wusste, wo er sich befand. Er lag im Schlafzimmer von Tante Pudel. Nur dass der leer geräumte Raum ohne Möbel und Teppiche und ihren ganzen persönlichen Krimskrams sich nicht mehr wie ihre viel zu intime Schlafstube anfühlte. In ihrem Dunstkreis oder womöglich gar in ihrem Bett zu übernachten wäre auch völlig indiskutabel gewesen. Stattdessen hatte er hier fabelhaft auf dem Fußboden geschlafen und überhaupt kein Problem damit gehabt, sein Lager genau an der Stelle aufzuschlagen, wo einmal Tante Pudels barockes Bett gestanden hatte.

Hasi verschränkte die Arme hinter dem Kopf und schloss noch einmal die Augen, um Revue passieren zu lassen, wie er hierher gekommen war. Vor allem beschäftigte ihn die Frage, ob es richtig gewesen war, Meike eiskalt zu beschwindeln.

»Weißt du, neulich, bei deiner Séance, waren meine Tante

und ich im Gespräch und – dann war sie leider schon wieder verschwunden«, war seine noch von Skrupel gehemmte Ouvertüre gewesen. Mehr hatte er zum Glück gar nicht sagen müssen, denn Meike hatte ihm daraufhin sofort einen Vortrag über die Eigenwilligkeit von Geisterwesen gehalten, der es ihm bestens ermöglicht hatte, seinen Plan umzusetzen. »Wäre es vielleicht möglich, dass du mir meine Tante mit deinem Orakel noch einmal in den Keller holst? Ich glaube, sie wollte mir etwas Wichtiges sagen, und ich kann seitdem nicht mehr richtig schlafen. Es scheint ihr viel bedeutet zu haben, und ich möchte sie nicht brüskieren. Wir waren uns im Leben doch sehr – nah.«

So hatte er Meike geködert, und sie hatte auch gleich angebissen. Man konnte nur hoffen, dass Tante Pudel ihm den Zinnober nicht übel nehmen würde, den er daraufhin mit ihr veranstaltet hatte.

Sie waren feierlich in den modrigen Keller hinabgestiegen und hatten sich vor die Orakelschale gesetzt. Nachdem Meike ihr übliches rituelles Zeug veranstaltet hatte, zählte Hasi innerlich noch einmal bis hundert, um nicht gleich mit der Tür ins Haus zu fallen. Dann räusperte er sich und sprach in den leeren und absolut pudelfreien Raum hinein. »Guten Tag, Tante Pudel. Ähem, und herzlich willkommen. Schön dich zu sehen«, begann er feierlich. »Nein, ich bin nur Gast hier.« Er hielt inne, als hörte er ihre Stimme. »Ach, du wolltest gar nicht mit mir sprechen? Ja, sie ist überaus spirituell, und ihr Sohn wird eines Tages ein wichtiger Lehrer werden für die neue Zeit, die dann anbrechen wird.«

Hasi machte eine kleine Pause. An Meikes schnellem Ausatmen merkte er, dass sein kleines Manöver durchaus klappen könnte.

»Was soll ich ihr sagen?« Ausgerechnet jetzt ließ ihn sein Gedächtnis im Stich. Er hatte den Namen des Liedes verschwitzt, den er sich für die Séance extra auf einen Zettel geschrieben hatte. Er blinzelte und sah, dass Meike ihn gespannt anstarrte. Unter ihren Luchsaugen konnte er schlecht seinen Schummelzettel aus der Tasche ziehen. Nach drei weiteren

Minuten, die sich wie eine Ewigkeit anfühlten, ohne dass ihm das Lied einfiel, gab Hasi auf. Es musste eben auch ohne gehen.

Er hob die Stimme. »Natürlich, gerne. Ich richte es ihr aus.« Dann wartete er wieder eine Weile und ließ seine Augen ein wenig wandern, so als liefe Tante Pudel durch den Keller. »Gut, ich verstehe. Auf Wiedersehen, Tante Pudel.« Er nickte in Richtung Kellerwand und zog seine Hände aus der Wasserschale. »Du meine Güte, ist das Wasser kalt geworden. Meine Finger sind ja halb erfroren.«

Meike nahm seine Hände wie zwei kleine Vögel zärtlich in ihre und blickte ihn bewundernd an. »Hasi, du warst wieder in Trance.«

»In Trance?« Er strich sich wie verwirrt über die Stirn.

»Erinnerst du dich nicht? Du hast mit deiner Tante gesprochen.«

»Ach so. Ja, sie war hier.« Er zeigte auf die Wand hinter Meike. »Dort stand sie. Aber sie hatte nicht viel Zeit.«

»Sie hat von mir gesprochen? Solltest du mir etwas ausrichten? Hasi, bitte! Was hat sie gesagt?«

»Ja, jetzt erinnere ich mich. Ich sollte dir was Wichtiges sagen. Sie macht sich Sorgen um Kris.«

»Warum? Was ist mit Krishnadevi?« Meikes Stimme nahm einen leicht schrillen Ton an.

»Kris ist ein guter Junge, sagt sie, mit ihm ist alles in Ordnung. «

Hasi zögerte. Wenn er jetzt mit der Lüge herauskam, gab es keinen Weg mehr zurück.

»Nun sag schon, es ist doch wichtig.«

»Ich soll dir von meiner Tante ausrichten, dass Kris seinen Vater braucht und dass sein Vater ihn liebt«, improvisierte er. Und dann fiel ihm doch noch der Titel des Liedes ein. »Born to be wild, sagte sie. Du würdest schon wissen, was das bedeutet.« Seine Stimme nahm wieder einen feierlichen Ton an. »Denn wer sein acht Pfund schweres Kind mit Gesang in den Schlaf gewiegt hat, ist ein wahrhaftiger Vater, das hat sie gesagt.«

Hasi spürte, dass er rot anlief. Hatte er nicht viel zu dick aufgetragen?

Meike starrte ihn an. »Den Song hat Andreas Kris als Baby vorgesungen! Und Kris konnte dabei tatsächlich gut einschlafen. Hat deine Tante gesagt, warum das für Krishnadevi wichtig ist?«

»Sie – sie hat gemeint, das sei bedeutsam für das Universum und du solltest dich auch mit Andreas versöhnen. Er ist ein guter Mann.«

Zu Hasis Bestürzung brach Meike in Tränen aus. Er nahm sie in den Arm. »Oje. Wenn du nicht willst, rede ich noch mal mit ihr. Vielleicht meinte sie es ja irgendwie anders.«

»Nein, ich – dachte nur die ganze Zeit, Andreas nimmt Kris gar nicht an. Dabei war er immer für ihn da.« Sie schniefte eine Weile leise vor sich hin, schließlich wand sie sich aus Hasis Arm. »Danke für alles, Hasi. Ich möchte jetzt einen Moment allein sein, ist das für dich in Ordnung?«

Der Hokuspokus schien gewirkt zu haben. Er hatte sich folglich nichts vorzuwerfen, jedenfalls nicht Meike gegenüber, denn wie es aussah, hatte sie lediglich einen kleinen Anschubser aus dem Jenseits gebraucht, um ihre malade Familiensituation wieder in den Griff zu bekommen.

Am Abend war der Erfolg dann amtlich. Meike hatte nicht gezögert, Andreas anzurufen, und der hatte nichts lieber getan, als gleich herbeizueilen. Nachdem die beiden sich endlich über ihren Sohn ausgesprochen hatten, machten sie auf Hasi einen durchaus zufriedenen Eindruck. Das Problem war dann auf einmal er selbst gewesen. Mit den zwei frisch Versöhnten war er plötzlich einer zu viel und Meike nahm ihn beiseite.

»Mein armer Ehemann ist schon ganz eifersüchtig, obwohl ja zwischen uns überhaupt noch nichts passiert war.« Sie lächelte Hasi an. »Abgesehen von der spiritueller Ebene. Da haben wir etwas sehr Schönes geteilt, findest du nicht?«

»Ja durchaus, sehr schön.«

»Und deshalb wollen wir Andreas jetzt etwas Gutes tun, nicht wahr, das willst du doch auch?«

»Wenn ich kann.«

»Natürlich kannst du die Matratze mitnehmen. Andreas hilft dir beim Transport. Brauchst du sonst noch etwas?«

Und so war er bewaffnet mit einer Tüte Kekse und einer Packung biologisch angebautem grünen Tee für sein Frühstück wieder in Tante Pudels Haus gelandet. Meike hatte ihn zum Abschied auf die Stirn geküsst, Kris hatte ihn umarmt und Andreas ihm bis ans Lebensende fünfzehn Prozent Rabatt auf seine Zahnprophylaxe angeboten.

Als Hasi in der Küche stand und seinen Frühstückstee aufsetzte, versickerte das Gefühl, etwas Gutes getan zu haben, wie das Wasser, das er gerade in den märkischen Sand von Tante Pudels Garten gegossen hatte. Es war ein kolossales Donnerwetter zu erwarten, wenn sie herausbekäme, dass er ihren Geist verulkt hatte. Wenn sie ihn denn überhaupt zu Wort kommen ließe, konnte er ihr höchstens die gute Nachricht überbringen, dass er das Haus zurückbekäme, und vielleicht würde sie das wieder etwas besänftigen. Andererseits bestand auch die Hoffnung, dass Tante Pudel seinen Budenzauber gar nicht mitbekommen hatte, weil sie gerade mit anderen Dingen beschäftigt war, zum Beispiel damit, ihren Vorfahren das Leben beziehungsweise den Tod schwer zu machen. Was wusste er schon, sie schien ja alle Hände voll zu tun zu haben.

In seine Grübeleien hinein klingelte es an der Haustür. Ein älterer Herr in dunklem Anzug mit graumeliertem Bart und zerfurchtem Gesicht stand im Eingang. So kritisch wie der Mann ihn taxierte, konnte das nur der Gerichtsvollzieher sein. Sein Schreiben, in dem er einen Besichtigungstermin für wann auch immer angekündigt hatte, musste in einer von Brezels Umzugskisten gelandet sein. Doch der Besuch kam gerade richtig, denn so konnte man ihm gleich persönlich mitteilen, dass eine Zwangsvollstreckung gar nicht mehr erforderlich war.

»Guten Morgen«, rief Hasi und öffnete die Haustür weit. »Ich habe Sie schon erwartet.«

Gabriel stockte nur unmerklich. »Sie haben mich bereits erwartet? Das finde ich – ungewöhnlich.«

»Halb so schlimm. Ich bin ja hier und Sie tun nur Ihre Pflicht.«

»Meine Pflicht?«

Hasi bemerkte, dass der Besucher sich am Türrahmen abstützte. Er sah etwas grün um die Nase aus. Nicht dass Hasi auch nur ein Wort darüber verloren hätte, man sprach niemals den Gesundheitszustand eines Gastes an und tat selbstverständlich so, als würde man dessen Unpässlichkeiten nicht bemerken, während man natürlich versuchte, es ihm so angenehm wie möglich zu machen.

»Bitte, kommen Sie doch herein, auf der Terrasse gibt es noch ein paar Stühle, da können wir uns setzen.«

Der Mann humpelte. Wahrscheinlich hätte er heute besser zu Hause bleiben sollen, die Gerichtsvollzieherei war sicher eine anstrengende Sache und es war anerkennenswert, dass er sich extra aufgerafft hatte, um diesen Termin wahrzunehmen.

»Darf ich Ihnen einen Tee bringen und dazu ein paar Kekse?«, fragte Hasi, als der Herr auf einem der Gartenstühle Platz genommen hatte.

Weil er nicht antwortete, verzog sich Hasi diskret in die Küche. Aber als er den Tee aufsetzte und sich umdrehte, um das Plastikgeschirr von der Spüle zu nehmen, stand der Mann plötzlich hinter ihm wie ein Geist.

»Kann ich helfen?«

»Danke, bemühen Sie sich nicht.«

Hasi goss den Tee in die Plastiktassen. »Einen schönen Schluck Tee kann ich nur empfehlen, bevor Sie sich an die Arbeit machen.«

»Was meinen Sie mit *sich an die Arbeit machen*?« Gabriel sah sich misstrauisch in der Küche um.

»Na, Ihre Aufgabe. Es kann nicht einfach sein, den Leuten das zu nehmen, was ihnen am liebsten ist, oder?« Hasi folgte dem prüfenden Blick des Besuchers über Tante Pudels alte Kücheneinrichtung, von deren Abtransport Brezel ihm abgeraten hatte. »Ich möchte Ihre Arbeit keinesfalls bewerten. Das ist ja sozusagen Ihr tägliches Brot, nicht wahr? Sie bekommen einen Auftrag und machen nur Ihren Job.«

»Was wissen Sie über meinen Auftrag?«

Der Gerichtsvollzieher starrte ihn so prüfend an, dass Hasi schon dachte, er sei ihm zu nahe getreten.

»Nicht sehr viel natürlich. Aber in meinem Fall gibt es zum Glück eine ganz einfache Lösung.«

Hasi lächelte verbindlich und ging voraus auf die Terrasse.

Nachdem sie sich gesetzt hatten, stutzte er. Aus diesem Blickwinkel kam es ihm so vor, als wäre er dem Herrn schon einmal begegnet. Vor nicht allzu langer Zeit auf einem Gartenfest, vielleicht auch beim jährlichen »Adel auf dem Radel«. Oder war es die Open-Air-Benefizgala von seiner Cousine Kiki gewesen?

»Sie wissen also schon, wer ich bin«, sagte jetzt der Mann.

»Natürlich.« Hasi fuhr sich ein wenig verlegen durch die Haare, da dies nun definitiv nicht stimmte und er keine Ahnung hatte, wo er dem Gerichtsvollzieher schon einmal begegnet war.

»Ich muss Ihnen ein Kompliment machen«, fuhr der Besucher fort. »Noch nie hat mir jemand in dieser Situation einen Tee angeboten.«

»Sie kommen ja auch nicht gerade mit guten Absichten. Obwohl ein heißes Tässchen Tee die Zusammenarbeit doch einfacher macht, finden Sie nicht?«

Der Mann kniff die Augen zusammen und wirkte so erschöpft, als hätte er die halbe Nacht durchgearbeitet. »Ich frage mich, ob es in Ihrer Lage möglich ist, in die Zukunft zu sehen. Glauben Sie an die Vorsehung?

»Interessante Frage«, sagte Hasi. »Ich glaube, dass man sich immer ein wenig vorsehen sollte, wobei – man darf auch nicht auf Zehenspitzen durchs Leben gehen.«

»Ich meine eher, haben Sie eine Ahnung davon, was Ihnen heute passieren wird?«

»Oh ja! Mein Tagesablauf ist recht vorhersehbar. In Ihrem

Beruf sind die Tage sicher viel abwechslungsreicher. Sie sollten übrigens Ihren Tee trinken, bevor er kalt wird.«

Gabriel nickte, ohne seine Tasse anzurühren. »Sie bleiben erstaunlich gelassen. Woher nehmen Sie Ihre Zuversicht? Glauben Sie vielleicht an ein Leben nach dem Tod?«

»Seitdem ich fast täglich meiner toten Tante begegne, schließe ich das nicht mehr aus. Sie kann schon sehr überzeugend sein, wissen Sie.« Hasis Gesicht hellte sich auf. »Jetzt weiß ich es wieder! Woher wir uns kennen! Wir haben uns am Schlachtensee gesehen. Wie geht es Ihrer Frau? Es gibt doch nichts Schöneres, als ein Weilchen am Wasser zu sitzen und die Enten zu beobachten, nicht wahr?«

Hasi fragte sich, ob er etwas Falsches gesagt hatte, denn sein Gast schaute ihn plötzlich finster an. Um Gottes willen, wenn diese Frau auf der Parkbank gar nicht seine Ehefrau gewesen war, sondern vielleicht seine Sekretärin, dann war er ja in ein schönes Fettnäpfchen getreten! »Entschuldigen Sie, ich wollte Ihnen nicht zu nahe treten. Von mir braucht niemand ein Sterbenswörtchen zu erfahren. Wir kennen uns ja auch gar nicht, und ich weiß nicht einmal, ob Sie überhaupt verheiratet sind. Aber falls dem so sein sollte, versichere ich Ihnen selbstverständlich meine allergrößte Diskretion. Wer auch immer die Dame gewesen ist, ich schweige wie ein Grab.«

Gabriel runzelte die Stirn. Der Zeuge wollte mit ihm spielen. Er hatte gute Lust, ihm für diese Frechheit den Kehlkopf zu zerschmettern. Wenn der Mann seinen eigenen Tod, der doch unmittelbar bevorstand, nicht vorhersehen konnte, dann gab es keine Vorbestimmung, und mit seiner Eliminierung wäre hier und jetzt der Beweis erbracht, dass Gott sich nicht im Mindesten um diese Welt kümmerte. Es herrschte Willkür und Chaos. Richtig und Falsch, Recht und Unrecht, Gut und Böse waren nichts weiter als abstrakte Begriffe. Es war völlig egal, wie man handelte, denn es gab so oder so keine Konsequenzen zu befürchten.

Hasi musste gähnen. Ein Gespräch mit diesem etwas einsilbigen Besucher aufrechtzuerhalten, war doch recht anstrengend, noch dazu vor dem Frühstück. Die Lider wurden ihm schon ganz schwer. Es wäre vielleicht besser gewesen, den Rechtsanwalt Löw anzurufen, bevor er weiter mit dem Gerichtsvollzieher sprach. Aber es würde sich sowieso bald alles klären, das war das Schöne, konnte er gerade noch denken, bevor ihm wieder mal die Augen zufielen.

Gabriel betrachtete den jungen Mann ratlos. War das Opfer tatsächlich vor seinen Augen gerade eingeschlafen? Noch dazu mit einem friedlichen Lächeln auf den Lippen? In seinem langen Arbeitsleben hatte er schon alles mögliche erlebt – Opfer, die um ihr Leben bettelten, Opfer, die jammerten und auf sein Mitleid hofften, Opfer, die noch zu kämpfen oder zu fliehen versuchten, aber noch nie war jemand in dieser Situation einfach eingenickt. Und jetzt schnarchte der Mann auch noch leise vor sich hin. Entweder ahnte er nichts von der Todesgefahr, in der er schwebte, oder er war sich völlig sicher, dass die Vorbestimmung ihn im letzten Augenblick retten würde. Gabriel musterte den Schläfer. Vielleicht war es aber auch nur ein besonders abgefeimter Trick.

Er nahm einen Kugelschreiber aus der Jackentasche und stupste sein Opfer zuerst vorsichtig, dann etwas beherzter gegen die Brust. Dieser Mann schlief wirklich. Und auch er fühlte auf einmal eine merkwürdige Schwere in seinen Gliedern, ein Gefühl, das er seit vierzig Jahren nicht mehr gespürt hatte. War es tatsächlich Müdigkeit? Bevor er es sich versah, musste er gähnen. Er ließ sich zurücksinken, um diese unerwartete Reaktion seines Körpers in aller Gründlichkeit zu überprüfen. Es konnten eigentlich nur die Schmerzmittel sein, die nun eine unerwünschte Nebenwirkung zeigten.

Der junge Mann, der inzwischen ihm gegenüber in seinem Stuhl zusammengesackt war, verschwamm vor seinen Augen. Gabriel kniff die Augen zusammen und riss sie wieder auf. Wach bleiben, er musste auf jeden Fall wach bleiben, war sein letzter Gedanke, bevor der Schlaf ihn überrollte, so unausweichlich wie eine Alpenlawine.

Der Revolutionär muss sich bewegen wie ein Fisch im Wasser

Torsten blickte sich verwundert um, als er eintrat. Der Frühstücksraum der Pension war gähnend leer, bis auf Eckis Mutter, die wie jeden Tag, einer Kunstinstallation gleich, ausdruckslos in ihrer Ecke hinter der Theke saß. Wenn sich ihre Stricknadeln nicht bewegt hätten, hätte man meinen können, sie sei entschlafen und würde bereits Mehltau ansetzen.

Ecki kam mit der Kaffeekanne aus der Küche und schaute grimmig. »Morgen, Nullnullsieben. Heute hast du freie Platzwahl.«

Torsten setzte sich an seinen Stammplatz. »Was ist los, Bettenwechsel bei den Chinesen?«

»Nee. Alles abgereist und der Rest der Woche storniert.«

»Nanu, ist der Yuan abgewertet worden?«

»Schön wär's.« Ecki bückte sich zu Torsten hinunter und senkte die Stimme.

»Es ist wegen Mutti.«

»Ich dachte, die lieben das mit deiner Mutter. Verehrung der Ältesten und so.«

»Genau das. Irgendeiner von der letzten Touri-Gruppe aus Shenyang hat spitzgekriegt, dass ich Mutti gelegentlich an einen Künstler für seine Performance verticke. Scheint in China gegen die guten Sitten zu verstoßen. Und jetzt tobt im Netz ein Shitstorm gegen meine kleine Pension. Dabei hatte ich bisher immer super Bewertungen.«

»Das wird sich schon wieder geben, meinst du nicht?«

»Nee, nee. Der Chinese vergisst nie. Gedächtnis wie ein Elefant. Hat mit den vielen Schriftzeichen zu tun, die sie sich merken müssen.«

»Na, wenigstens ein Gutes hat es. Jetzt kannst du deine goldene Katze endlich auf den Müll werfen. Das ewige Gewinke auf dem Tresen ist schon nervig.«

»Sag nur nichts zu Mutti. Die muss das nicht wissen. Was kriegst du?«

»Heute nehme ich mal dein Luxus-Frühstücksgedeck.«

Ecki kam mit einem Korb Schrippen und den üblichen abgepackten Marmeladen- und Butterportionen an seinen Tisch und setzte sich dazu.

»Was gibt es Neues von der Verbrechensbekämpfungsfront? Hast du den alten Terrorheini gekriegt?«

Torsten schüttelte den Kopf. »Man hat mir den Fall weggenommen.«

»Heißer Scheiß! Das beste Zeichen, dass du an was richtig Großem dran warst. Welche Herren haben dich denn kaltgestellt? BND? MAD? Verfassungsschutz?«

»Ist doch scheißegal. Ich höre sowieso auf.«

Ecki verschlug es für einen Moment die Sprache.

Torsten nickte. »Du hast richtig gehört, ich kündige. Ich will hier im Kiez mitarbeiten. Also, falls du hörst, ob es irgendwo einen Job für mich gibt, sag Bescheid.«

»Klar, ich könnte dir einen super Ein-Euro-Job besorgen. Die Grünstreifen im Kiez werden gerade neu gemacht«, sagte Ecki.

»Ich meine es ernst, du Blödmann. Irgendwas in der Szene. Komm schon, du hast doch Kontakte.«

»Du willst alles hinwerfen, nur weil du eine Runde nicht mitspielen darfst? Das ist doch Bananenscheiße.«

»Ach was. Ich habe es einfach satt, tatenlos zuzusehen, wie man uns unsere eigene Stadt wegnimmt.«

»Und du glaubst, mit deiner Kündigung wird alles heile, heile Gänschen, oder wie?«

»Ich kann immerhin etwas tun, vielleicht wieder Häuser besetzen.«

Ecki grinste. »James Bond mit Helfersyndrom. Süß.«

»Was auch immer. Ich wollte es dir nur sagen.«

»Aber was wäre James Bond ohne den Secret Service? Doch nur ein Säufer in gutem Anzug.«

»Danke für deine moralische Unterstützung.«

Torsten stand auf, doch Ecki zog ihn auf den Stuhl zurück.

»Jetzt spiel nicht gleich die beleidigte Currywurst. Ich meine doch nur, dass du ein klasse Bulle bist. Echtes Talent darf man nicht verschleudern, das ist Sünde, Mann.«

»Ich kann mich auch woanders einbringen.«

»Ohne richtigen Job bist du nur einer von vielen, die am Kotti rumhängen und sich über die Stadtpolitik aufregen. Aber ein Bulle, der seine Ideale nicht verloren hat, das ist ein echter Diamant im Heuhaufen.«

»Seit wann bist du so ein Fan der exekutiven Gewalt?«

»Du weißt doch, was Marx gesagt: jeder nach seinen Fähigkeiten. Als Polizist hast du dein Ohr am Puls der Zeit.«

Torsten stutzte. »Aha, jetzt versteh ich. Ich bin wohl dein nützlicher Idiot, oder was? Klar, ist immer gut, einen Informanten bei den Bullen zu haben.«

Ecki machte ein empörtes Gesicht. »Was hast du dich so? Der Revolutionär muss sich bewegen wie ein Fisch im Wasser. Wäre doch toppi, wenn du ein paar Genossen mal mit einem Tipp helfen könntest. Besser auf jeden Fall, als hier rumzuhängen.«

Torsten stand wieder auf und warf seine Serviette hin. »Ich bin nicht dein Spitzel, und ich muss hier auch nicht rumhängen. Und übrigens, es heißt Nadel im Heuhaufen, nicht Diamant.« Er ließ die Pensionstür hinter sich zuknallen.

»Keine Panik, Mann! War doch nicht böse gemeint«, rief Ecki ihm hinterher.

Torsten trat auf die Straße. Trotz seines Ärgers konnte er nicht übersehen, dass heute einer dieser selten brillanten Berliner Sommertage war. Der Himmel setzte sich preußisch blau gegen die orangefarbenen Baukräne ab und unerschrockenes Spatzengezwitscher stemmte sich in der kleinen Seitenstraße tapfer gegen den vom Kottbusser Damm herüberschallenden Baulärm. Die Fassade eines der neuen Stadtpalais bekam gerade falsche Säulen verpasst, die per Kran vom Himmel herabgesenkt wurden und aus der Entfernung aussahen wie Fischstäbchen. Auf der Motorhaube seines Dienstwagens war ein Spruch in den Lack gekratzt. »Kackbonzen verpisst euch«. Er ritzte mit dem Autoschlüssel noch ein Ausrufezeichen dahinter, nur um seinem Ärger gegen Ecki Luft zu machen, und versuchte sich daran zu erinnern, ob er in letzter Zeit irgendeine polizeiliche Info an ihn weitergeben hatte. Gerade als er losfahren wollte, klingelte das Handy, und er musste sich zusammennehmen, um nicht gleich hineinzuschnauzen. Es war Conni.

»Gute Neuigkeiten zur Abwechslung. Der richterliche Durchsuchungsbeschluss für Schmidt-Rodenkamps Villa ist da.«

»Schön«, sagte er gleichgültig.

»Alles okay bei dir?«

»Klar.«

»Ich habe nämlich noch was. Geht dich ja eigentlich nichts mehr an, aber dein Auftragskiller hat schon wieder zugeschlagen.«

»Bist du sicher?«

»Gleiche Handschrift wie bei den anderen.«

»Könnte auch ein Nachahmungstäter sein.«

»Wenn jemand diese Schlagtechnik beherrscht.«

»Wer ist denn das Opfer.«

»Jochen Krasko, pensionierter Lehrer aus dem Fischerhüttenweg am Schlachtensee, übrigens gar nicht weit von der Villa, wo du – –«

»In der Nähe wurde Bianca Schmidt-Rodenkamp ermordet.«

»Wie ich schon sagte, dieser Krasko ist nicht dein Fall.«

»Natürlich nicht.«

Vielleicht wurde doch noch was aus diesem Tag.

Torsten rief das Team zusammen und machte sich auf den Weg nach Zehlendorf. Während er das Auto aus der Parklücke manövrierte, spürte er den ungewohnten Druck der Dienstwaffe im Schulterhalfter. Seit einigen Tagen trug er sie wieder. Keine Ahnung, warum er das tat. Es war albern, er war kein James Bond, nicht mal ansatzweise.

Über die Hermannstraße bog er am Britzer Damm auf die Stadtautobahn. Nur eine halbe Stunde Fahrt und er war in einer Welt, auf die Neukölln ungefähr so fremdartig wirkte wie der Mars. Schmidt-Rodenkamps Villa sah aus, als hätte ein Riesenbaby einen großen weißen Bauklotz auf einem kleineren zu balancieren versucht. Die Haustür stand bereits offen, als er aus dem Wagen stieg. Die Halbstarken waren dabei, auf ihre gewohnt feinfühlige Art die völlig aufgelöste Putzfrau des Hauses hin- und herzuscheuchen, damit sie ihren Spaß haben konnten. Genau ihr Ding, dachte Torsten: sich durch die Sachen anderer Leute zu wühlen und sich über die Fundstücke lustig zu machen. Er trat ins Haus und schaute den Kollegen unbeteiligt zu, wie sie Schmidt-Rodenkamps trautes Heim in ein Trümmerfeld verwandelten. Es fehlte nur noch, dass sie die Polstergarnituren aufschlitzten wie in alten amerikanischen Gangsterfilmen.

»Chef, ich habe hier was. Lag in der Schublade vom Nachttisch.« Einer der Halbstarken reichte Torsten einen Asservatenbeutel mit einer kleinen Taschenpistole aus Aluminium.

»Eine Beretta 21«, sagte Torsten. »Unser Mann hat wohl Angst vor Einbrechern gehabt. Oder vor Investoren, die ihr Geld zurückholen wollen. Schau mal, ob er einen Waffenschein für das Spielzeug besitzt.« Er stellte sich in die Mitte des Raumes. »Alle mal herhören! Schmidt-Rodenkamp hat jemanden engagiert, um seine Frau umzubringen, davon gehen wir inzwischen aus. Sucht schwerpunktmäßig nach allem, was auf einen Auftragsmord hinweisen könnte. Hohe Bargeldbeträge, ungewöhnliche Kontobewegungen, Terminkalender. Er blickte in Richtung eines silbernen Computermonitors. »Was ist damit?«

Der Halbstarke neben ihm zuckte mit den Schultern. »Passwortgesichert.«

»Dann ruf Vera an. Sie soll sein Kennwort knacken, das macht sie mit links. Und beeilt euch, seine Anwälte können jeden Moment hier aufkreuzen.«

Die Halbstarken gingen wieder an die Arbeit und Torsten wanderte durch die pompöse Villa, ohne sich große Hoffnungen zu machen. In Wirklichkeit war Schmidt-Rodenkamp wahrscheinlich viel zu raffiniert, um belastendes Material in seinem Haus zu verstecken. Der Mann widerte ihn an. Vielleicht sollte ihm die traurige Bilanz dieses Falls einfach nur zeigen, dass es an der Zeit war, den ganzen Kram endlich hinzuschmeißen. Schon der Gedanke daran, Waffe und Dienstausweis für immer abzugeben, hob seine Stimmung.

»Ich muss mal kurz weg«, sagte er zu einem der Halbstarken, der ihm auf dem Flur entgegen kam. »Ruft mich an, wenn ihr was Interessantes findet.«

Er verließ die Villa und stieg in seinen Wagen. Fünf Minuten später bog er in den Fischerhüttenweg mit seinen Jägerzäunen, Plattenwegen und kleinen Vorgärten, in denen jeweils eine einzelne Tanne stand, als gäbe es im Viertel eine besondere Verordnung zur synchronen Tannenbestückung. Das Einzige, was nicht zu dieser ländlichen Idylle passte, waren mehrere Lkw, die kurz hintereinander an ihm vorbeirasten, als hätten sie die nahe gelegene Avus auf die kleinen Wohnsträßchen verlegt und zu ihrer persönlichen Rennstrecke gemacht. Keine Menschenseele war zu sehen und nirgendwo lag auch nur ein Fitzelchen Abfall herum. Torsten erinnerte sich an seine Mutter, die immer stolz verkündete, dass man bei ihnen zu Hause vom Fußboden essen könne, so sauber sei es. Und als er sie als Kind mit ehrlicher Neugierde gefragt hatte, warum man das denn tun solle, wo sie doch einen schönen Esstisch besaßen, hatte sie ihm eine gelangt.

Er fuhr langsam an dem Haus des ermordeten Rentners vorbei und parkte seinen Dienstwagen an der nächsten Straßenecke. »Dr. Jochen Krasko« stand auf dem Klingelschild am Gartentor. Die Haustür war mit einem polizeilichen Siegel verschlossen worden. Also folgte er dem schmalen Plattenweg, der zwischen zwei Rhododendronbüschen um das Haus herum führte. Irgendwelche Kampfspuren waren nicht zu sehen. Allerdings war er kein Indianer, der in jedem umgeknickten Grashalm eine Fährte erkennen konnte. Auch wenn sie sich im besetzten Kreuzberg Stadtindianer genannt hatten. Wer hätte gedacht, dass einer dieser Stadtindianer heute einem der damals heimlich bewunderten Terroristen auf den Fersen war? Es war schon unfreiwillig komisch, was die Zeit mit der Perspektive anstellte. Wie konnte man im Leben überhaupt noch etwas ernst nehmen, wenn sich alles mit ein paar Jahren Abstand ins Gegenteil verkehren ließ?

Er zog einen Dietrich aus der Tasche und öffnete die Terrassentür. Auch im Haus hatte kein Kampf stattgefunden. Alle Bücher, vor allem Atlanten und Lehrbücher, standen wie mit dem Lineal aufgereiht wie die Soldaten in ihrer Schrankwand aus imitierter Eiche. Geografie und Biologie hatte Krasko offenbar unterrichtet. Torsten musste an seine eigene Schulzeit zurückdenken. Wie er seinen Biologielehrer mit treuherzigem Gesicht gefragt hatte, wie man Gras anbaut. Und wie der ahnungslose Mann unter dem Gekicher der Klasse von verschiedenen Rasensorten erzählt hatte, ohne auch nur den leisesten Schimmer zu haben, was wirklich gemeint war. In seiner Zeit waren die Lehrer Spießer, und wenn er sich in diesem Wohnzimmer umschaute, dann war Jochen Krasko sicher keine Ausnahme gewesen.

Torsten setzte sich und dachte nach. Was wäre, wenn der Mann sich erst später in den spießigen Lehrer mit Eichenschrankwand und Zwergen im Vorgarten verwandelt hätte? Dann konnte er während seines Studiums Kontakt zu linken Gruppen gehabt haben oder sogar in extremistische Kreise involviert gewesen sein. Lag hier etwa das Mordmotiv? Wer aus der Szene ausstieg, wurde schnell zum Verräter abgestempelt, das kannte er aus eigener Erfahrung. Einige Mitstreiter aus der Hausbesetzerszene hatten ihm bis heute nicht verziehen, dass er zur Kripo gegangen war. Vielleicht hatte Krasko sich sogar als Informant für den Verfassungsschutz anwerben lassen. Und so konnte ein rachsüchtiger alter Ex-Terrorist, der nichts vergessen und vergeben wollte, ihn über vierzig Jahre später aufspüren und ihn in einem Aufwasch mit dem lukrativen Auftragsmord gleich mit erledigen.

Torsten stand wieder auf. Das war alles viel zu kompliziert gedacht. Seine frühere Chefin in der Mordkommission, die inzwischen pensionierte Lydia Klimm, sprach gerne von »Occams Rasiermesser«, dem nach William von Occam benannten Prinzip, das verlangte, von allen möglichen Erklärungen für einen Sachverhalt immer die einfachste Theorie allen anderen vorzuziehen. Auch für sein eigenes Leben konnte er so eine einfache Lösung gut gebrauchen, dachte er.

Er trat wieder auf die Terrasse und schaute auf den Ziergarten mit akkurat geschorenem Rasen und einem grünen Gartenhäuschen. Die Tür des Schuppens war mit einem Vorhängeschloss gesichert. Er überquerte die manikürte Rasenfläche und hielt unwillkürlich Ausschau nach einen Schild »Betreten verboten«, bevor er sich bückte, um das Schloss zu untersuchen. Durch eine Lücke in der Rosenhecke war ein kleiner Ausschnitt der Nachbarterrasse zu erkennen. Auf einem Gartenstuhl am Tisch saß jemand. Die Gestalt war unnatürlich weit nach vorn über den Tisch gebeugt. Torsten kniff die Augen zusammen. Es schien ein Mann zu sein, und im Schatten auf der gegenüberliegenden Seite des Tisches sah er jetzt noch eine zweite Figur nach hinten über einen Stuhl drapiert. Vor seinem geistigen Auge spielten sich schon verschiedene Varianten ab. Ein Doppelselbstmord, die Tötung des Ehepartners mit anschließender Selbsttötung. Möglich war auch ein schiefgelaufener nächtlicher Einbruch oder gar ein rituelles Massaker. Oder war er heute Morgen dank seines Ärgers nur überempfindlich?

Torsten klatschte eine Mücke von seiner Stirn und richtete sich ächzend auf. Er kam sich dämlich vor, noch länger durch das Loch in der Hecke zu spionieren, ohne dass die beiden Gestalten einen Mucks gemacht hatten. Aus dem Nachbarhaus war nichts zu hören. Nur für alle Fälle zog er die Dienstpistole und entsicherte sie. Dann schritt er die Hecke ab, bis er sich durch eine Lücke auf das Grundstück nebenan zwängen konnte. Als er mit gezückter Waffe auf das Haus zuging, sah er, dass er sich nicht getäuscht hatte. Auf der Terrasse saß ein dunkel gekleideter Mann mit auf die Brust gesunkenem Kopf am Gartentisch, der andere war weit über den Stuhl nach hinten zurückgelehnt, sodass nur ein blonder Haarschopf zu sehen war. Bei beiden schien die Leichenstarre bereits eingesetzt zu haben. Der Dunkle mit graumeliertem Vollbart war unschwer als der gesuchte Auftragsmörder zu identifizieren. Als Torsten einen Gartenstuhl aus dem Weg schob, schlug der andere die Augen auf und blickte ihn erstaunt an.

»Was machen Sie denn hier?« Der junge Mann blinzelte ein paar Mal. »Sie sind doch einer der Kommissare – –«

Torsten kannte diese Schrecksekunde, wenn etwas passierte, das seine bisherigen Beobachtungen auf den Kopf stellte. In solchen Situationen setzte der Verstand kurz aus, und er hatte sich daran gewöhnt, auf eine neue Lage zu reagieren, ohne darüber nachzudenken. Der Blonde war niemand anderes als der Pechvogel Quermaten, mit dem er vor einem Jahr im Pergamonmuseum zu tun gehabt hatte. Diese Konstellation passte überhaupt nicht in sein Konzept.

»Was haben Sie mit diesem Mann gemacht?«

»Meine Konversation war offenbar ein wenig einschläfernd. Vielleicht kennen Sie ihn, der Herr ist Gerichtsvollzieher.«

Torsten stieß den Mörder, der sich heute offenbar als Angestellter des Gerichts ausgegeben hatte, mit seiner Waffe an. »Aufwachen!«

Der Schläfer bewegte sich leicht und murmelte etwas Unverständliches. Torsten rüttelte ihn an der Schulter. »Hallo, Sie!«

Blitzschnell schoss eine zur Faust geballte Hand vor, doch Torsten war bereits zurückgesprungen und richtete nun die Waffe auf sein Gegenüber. »Nehmen Sie die Hände hoch. Schön langsam.«

Der Mann ignorierte Torstens Kommando, hob seinen Kopf und wandte sich an den Blonden. »Ich war eingeschlafen, oder? Wie lange war ich denn weg?«

»Ich weiß nicht. Schauen Sie doch mal, ob Ihr Tee noch warm ist«, sagte Quermaten und sah irritiert auf die Waffe.

Der vermeintliche Gerichtsvollzieher steckte einen Finger in seinen Becher. »Kalt«, murmelte er.

»Hallo? Hören Sie schlecht? Sie sind festgenommen«, sagte Torsten.

Der Mann schaute ihn an, als hätte er ihn jetzt erst bemerkt. Dann wandte er sich wieder Quermaten zu, als ob es nichts Wichtigeres gäbe. »Sie waren aber zuerst eingeschlafen. Ihre Müdigkeit hat mich angesteckt.«

»So was passiert mir auch gelegentlich. Also, neulich bei einem Abendessen, da rüttelte mich plötzlich meine Tischdame – –«

»Das reicht jetzt«, sagte Torsten.

»Sie verstehen das nicht. Ich habe seit über vierzig Jahren nicht mehr geschlafen. Ich brauche keinen Schlaf. Und jetzt bin ich hier trotzdem eingeschlafen. Gegen meinen Willen.«

»Sie haben sieben Menschen ermordet und sorgen sich um Ihren Schlaf?«

»Wie kommen Sie auf sieben?«

»Ich habe Bianca Schmidt-Rodenkamp mitgezählt. Da haben Sie Botulinumtoxin benutzt«, sagte Torsten.

»Ein schwer nachzuweisendes Gift. Gute Arbeit. Respekt. Aber was hat das mit mir zu tun?«

»Ein alter Genosse hat Sie wiedererkannt. Den Spanier hat man Sie damals genannt, nicht wahr? Wir haben die Fingerabdrücke in den Akten aus den Achtzigern. Der Sprengstoffanschlag auf eine amerikanische Einrichtung geht doch auf Ihr Konto.«

»Ist das so?«

»Allerdings. Ihre Fingerabdrücke haben wir in den letzten Tagen an mehreren Ihrer Opfer gesichert. Wie soll ich Sie eigentlich – –«

Eine Hand schnellte hoch und packte Torstens Arm. Er schrie auf, als sein Handgelenk knackte und die Pistole den Besitzer wechselte.

»Setzen«, befahl der Spanier.

Torsten ließ sich stöhnend in einen Gartenstuhl fallen. Er tastete nach seinem Handgelenk. Es schwoll bereits an und tat höllisch weh. Aber die Schmerzen hatte er verdient, dafür dass er sich hatte ablenken lassen wie ein Anfänger.

»Nennen Sie mich Gabriel, wie der Erzengel.« Er wog Torstens Dienstwaffe in der Hand. »Solche Spielzeuge sind eigentlich nicht mein Stil. Zu laut, zu plump und hinterlassen zu viele Spuren.«

»Sie sind aufgeflogen. Meine Kollegen werden gleich hier sein«, sagte Torsten und hoffte, dass dies gegen alle Wahrscheinlichkeit auch stimmen könnte. Zumindest Conni könnte eine Ahnung haben, wo er war.

Der Mann, der sich Gabriel nannte, langte an Torstens Lederjacke und fischte seinen Dienstausweis heraus. »Was sind Sie Ihrer Behörde wohl wert, Herr Nagel? Freies Geleit, einen Hubschrauber, etwas Reisegeld, wie in den guten alten Zeiten.«

»Geiselnahmen gehen selten gut aus, das wissen Sie. Sie haben alleine viel bessere Chancen.« Torsten massierte vorsichtig sein Handgelenk.

»Dürfte ich Ihnen vielleicht einen frischen Tee anbieten?«, sagte Quermaten unvermittelt und machte Anstalten, sich zu erheben.

»Sie bleiben hier.« Gabriel wedelte mit dem Lauf der Pistole, und der Blonde setzte sich schnell wieder.

»Ich dachte ja nur, man kann es sich etwas angenehmer machen, wenn wir schon hier sitzen.«

»Dass ich eingeschlafen bin – das kann auch an Ihrer Stimme liegen«, sagte Gabriel, der sich für Torstens Gefühl ziemlich obsessiv mit dem Thema Schlaf beschäftigte. »Sie macht mich müde. Tun Sie das etwa mit Absicht? Nein, beantworten Sie die Frage nicht. Kein Wort mehr, sonst bin ich gezwungen, Sie zu eliminieren.«

Quermaten lächelte verbindlich wie ein guter Gastgeber. Er schätzte die Lage völlig falsch ein, dachte Torsten. Der blässliche junge Mann würde ihm keine Hilfe sein.

»Bis Ihre Kollegen hier sind, können wir noch ein wenig plaudern«, sagte Gabriel und wandte sich an Torsten. »Sie haben da eben einen alten Genossen erwähnt. Wer war das?«

»Ein Freund von mir.«

Gabriel musterte Torsten amüsiert. »Haben Sie etwa die linke Szene unterwandert?«

»Jeder hat ein Vorleben. Ich war nicht immer bei der Polizei.«

»Das heißt, Sie haben die Seiten gewechselt. Ein Verräter hat den Tod verdient. Sie haben Glück, dass ich Sie noch für die Verhandlungen mit Ihren Kollegen brauche.«

»Sie haben Ihre Ideale doch schon längst verraten. Was ist aus Ihnen geworden? Ein Auftragskiller, der für genau die Bonzen arbeitet, die er damals bekämpft hat.«

»Der große Unterschied zwischen uns ist, dass Sie das System unterstützen, während ich dabei helfe, den Kapitalismus zu Grabe zu tragen. Das ist wenigstens konsequent.«

Torsten lachte auf. »Ist ja großartig, wie Sie sich das schönreden. Hut ab, kann nicht leicht sein, sich mit dieser Lebenslüge jeden Morgen im Spiegel zu betrachten. Was hat Ihnen Schmidt-Rodenkamp denn für den Job bezahlt?«

Gabriel schwieg und Torsten grinste. »Verstehe. Er hat nicht gezahlt. Sie gucken in die Röhre, genau wie die anderen Gläubiger. So ein Pech aber auch.«

»Mich hat er auch betrogen«, warf Quermaten ein. »Da haben wir ja etwas gemein-«

»Sie halten den Mund«, sagte Gabriel.

»Wie Sie wünschen. Ich wollte sowieso gerade aufbrechen.«

Torsten sah überrascht hoch, denn Quermaten stand einfach wieder auf und wandte sich zum Gehen.

»Setzen«, kommandierte Gabriel und hob die Waffe.

»Ich erwarte aber noch Besuch. Und ich habe noch nichts vorbereitet.«

»Warten können Sie auch hier.«

»Das stimmt im Prinzip schon, aber ich muss erstens noch eine Torte einkaufen gehen und zweitens habe ich einen Termin mit meinem Anwalt«, sagte Quermaten, und Torsten fragte sich, ob der junge Mann angesichts dieser Gefahrenlage verrückt geworden war oder was für ein Spiel er spielte.

»Warum? Geht es um Ihre kleinen Kunstgeschäfte?«, fragte Gabriel.

Quermaten setzte sich verblüfft. »Woher wissen Sie das?«

»Mich können Sie nicht täuschen.«

»Wieso ich? Mellenhoff, der Galerist, vielleicht kennen Sie ihn ja, hat doch versucht, mich zu täuschen, um mir ein Bild abzuluchsen.«

»Den kleinen Rothko?«

»Ja, aber – –«

»Ich habe das Bild hier im Haus gesehen. Eine schöne Arbeit.«

»Dann waren Sie also schon mal zu Besuch? Kannten Sie denn meine Tante? Komisch, ich habe eigentlich ein ganz gutes Gedächtnis für Gesichter, aber vielleicht liegt Ihr Besuch schon länger zurück. Ich habe ja auch nur ein paar Monate hier gewohnt. Sie wissen schon, dass Tante Pudel vor einem Jahr verstorben ist, oder? Sie können sie also gar nicht besuchen, falls Sie das vorhatten, jedenfalls ist sie sehr eigensinnig, was ihr Er scheinen betrifft, wenn Sie verstehen, was ich meine. Und ihr Haus gehört jetzt mir, mein Anwalt hat mir jedenfalls versprochen, dass ich es zurückbekomme. Eigentlich war es in die Konkursmasse von Schmidt-Rodenkamp eingeflossen, wie man mir gesagt hat, aber das ist alles Schnee von gestern. Damit Sie es wissen: Es wird keine Zwangsvollstreckung mehr erforderlich sein, das wollte ich Ihnen die ganze Zeit schon gesagt haben. Aber das dürfte ja nun nicht mehr notwendig sein, da Sie sowieso gar kein Gerichtsvollzieher sind, wenn ich das richtig verstanden habe.«

Torsten sah, wie Gabriel gähnte, während Quermaten mit seiner gepflegten, leisen Stimme sinnlos auf ihn einredete. Die Augen fielen ihm zu, ein paar Mal riss er sie noch auf und versuchte schläfrig, die Waffe zu heben, dann verlor er den Kampf gegen die Müdigkeit, seine Augen schlossen sich, die Hand sackte ihm auf den Tisch und die Pistole entglitt seinen kraftlosen Fingern. Torsten nutzte seine Chance, sprang auf und riss die Waffe an sich. Dann schaute er von dem zusammengesunkenen Gabriel zu Quermaten, der seinen Smalltalk beendet hatte und den eingeschlafenen Gesprächspartner ratlos betrachtete.

»Wie machen Sie das? Mit Ihrer Stimme? Haben Sie irgendwelche hypnotischen Fähigkeiten?«

»Nicht dass ich wüsste.«

Torsten stieß Gabriel an. »Aufwachen und Hände hoch.«

Gabriel blinzelte schlaftrunken und hob kurz die Hände, um sie gleich wieder sinken zu lassen. Er nickte Quermaten zu. »Gott in seiner unendlichen Grausamkeit hat Sie geschickt. Ich habe verstanden.«

»Wie bitte?«

Gabriel lächelte zum ersten Mal. »Sie sind auch nur sein Werkzeug. Er spielt mit uns.«

»Tut mir leid, Sie sind bei mir an der falschen Adresse. Ich spiele selten. Höchstens mit einem Nachbarjungen. Krokett, wenn Sie es genau wissen wollen.«

»Seine Botschaft bedeutet, dass er für mich keine Verwendung mehr hat«, murmelte Gabriel und erhob sich.

»Bleiben Sie sitzen, wir sind hier noch nicht fertig«, sagte Torsten und richtete die Waffe auf ihn. »Ich will wissen, ob Schmidt-Rodenkamp Sie beauftragt hat, seine Frau zu töten.

Gabriel blieb stehen. »Ja, das hat er, auch wenn er nicht bezahlt hat. Aber was macht das jetzt noch für einen Unterschied?« Er wandte sich zum Gehen.

»Halt! Stehen bleiben!«

Gabriel zuckte mit den Schultern. »Sie werden doch nicht auf einen alten Genossen schießen.« Er überquerte die Terrasse, ohne sich noch einmal umzusehen, und stieg die Stufen zwischen den Rosen hinunter.

»Verdammt.« Torsten zielte auf Gabriels Rücken, dann ließ er die Pistole sinken und folgte ihm um das Haus herum.

Als er den Gehweg erreichte, sah er, wie der Spanier, ohne nach links und rechts zu schauen, auf die Straße trat.

»Vorsicht!«, schrie Quermaten, der hinter Torsten aus dem Haus trat.

Einer der viel zu schnell fahrenden Lastwagen kam von der Baustelle am Ende der Straße angebraust. Es gab ein kreischendes Geräusch von Gummi auf dem Asphalt, und der schwere Lkw schlingerte gefährlich, bis er ein paar Häuser weiter zum Stillstand kam.

Mit einem Aufschrei rannte Quermaten an Torsten vorbei auf die Straße. Der rüstete sich für einen grausigen Anblick. Doch da lag kein zermalmtes Unfallopfer und auch unter dem Lastwagen war nichts Schlimmes zu sehen. Der geschockte Lkw-Fahrer erklärte Torsten, dass der lebensmüde Fußgänger sich in letzter Sekunde mit einem Sprung in Sicherheit gebracht hatte. Hasi und Torsten sahen sich um, doch der Spanier war spurlos verschwunden. Torsten nahm sein Handy, um das Team über die Flucht des Mannes zu informieren und eine Ringfahndung zu veranlassen. Bis die Truppe ankam, war gerade noch genug Zeit, mit seiner eigenen Lebenslüge ins Reine zu kommen. Er wählte Connis Nummer, um ihr mitzuteilen, dass er den Dienst quittieren würde. Doch dann hängte er schnell wieder ein. Es gab jetzt Wichtigeres zu tun.

»Als Erstes gehört die pickelige Raufaser auf den Müll, wir leben doch nicht mehr in der Steinzeit. Und die ausgelatschten Dielen müssen ordentlich abgezogen werden, oder sie kommen gleich zum Brennholz. Terrakotta im Landhausstil ist sehr *en vogue* und dazu noch leicht zu putzen. Für die Wände nehmen wir Lichtgrau in Tupftechnik, für die Bodenleisten Eierschale matt und die Decken machen wir ganz schlicht in hellem Magnolia. Habe ich mal in Palm Beach gesehen, mit dem richtigen Licht kommt das super und die alte Hütte ist nicht mehr wiederzuerkennen«, sagte Kiki und strahlte Hasi an. »Eigentlich sollte man Schmidt-Rodenkamp dankbar sein, denn ohne diesen Betrüger hättest du den Hintern niemals hochgekriegt, um die Bude leerzuräumen. Du bist ja so zu beneiden, Häschen! So ein Haus hätte ich auch gern, eins in dem man sich mal kreativ austoben darf. Aber mein Herr Gemahl, na ja, du kennst ihn ja. Langeweile pur.«

Hasi nickte mechanisch, während er seiner mit Klemmbrett und Stift bewaffneten Cousine durch die leeren Räume folgte. Er konnte es noch gar nicht richtig fassen, dass Tante Pudels Haus nun tatsächlich wieder ihm gehören sollte. Doch er hatte es schwarz auf weiß von der Anwaltskanzlei, dass Löw alles genau wie versprochen geregelt hatte. Kiki hatte zwar rumgemosert, dass dieser Winkeladvokat sich das wertvolle Kunstwerk viel zu billig unter den Nagel gerissen hatte, aber er musste sie nur daran erinnern, dass sie selbst es doch gewesen war, die Tante Pudels Rothko ein schlampig gemaltes Machwerk genannt hatte, das man am besten entsorgen sollte. Prompt hatte sie das Thema gewechselt.

Um Kiki nicht noch mehr Grund zum Meckern zu geben, hielt er es für besser, ihr den rätselhaften Besuch des falschen Gerichtsvollziehers zu verschweigen. Und erst recht nichts davon zu sagen, dass der Kerl in Wirklichkeit ein gemeingefährlicher Auftragskiller gewesen war. Sonst würde sie mal wieder denken, er sei plemplem, und ihn zu einem ihrer Therapeuten schleppen, um sich seine Einbildungen austreiben zu lassen. Hinzu kam, dass dem Verbrecher leider die Flucht gelungen war, wie der Kommissar ihm bei einem Besuch ein paar Tage später gestanden hatte. Zumindest hatte Hasi dem guten Mann helfen können zu bezeugen, dass der Killer vor seiner Flucht zugegeben hatte, von Schmidt-Rodenkamp beauftragt worden zu sein, dessen Frau umzubringen. So konnte wenigstens dieser Schurke überführt werden.

»Nur damit du es weißt: Gardinen sind das Allerletzte. Du willst lichtdurchflutete Räume und einen offenen Blick in die Natur. Hörst du mir überhaupt zu?«, fragte Kiki und drehte sich zu ihm um.

»Entschuldige, Kikilein, ich war gerade in Gedanken.«

»Wenn du keine Lust hast, dann sag es ruhig. Überhaupt kein Problem. Fahr einfach zwei Wochen in Urlaub und lass dich überraschen. Ich krieg das schon alleine hin. Es wird megacool, das kann ich dir garantieren.«

Er schüttelte den Kopf. »Ich weiß nicht recht.«

»Was ist denn jetzt schon wieder?«

Hasi zögerte. »Du machst das wunderbar und hast fabelhafte Ideen.«

»Danke. Mehr will ich gar nicht hören.«

»Ich meine nur, wenn du mit allem fertig bist – ist es dann auch wirklich mein Haus?«

»Wem soll es denn sonst gehören? Ich verspreche dir, dass nichts von Tante Pudels Fünfzigerjahre-Muff mehr übrig ist, wenn ich damit fertig bin. Du wirst es nicht wiedererkennen.«

»Da hast du sicher recht«, sagte er und schloss für einen Moment die Augen, um sich eine Wohnstube in Pink und Grau vorzustellen. Vor seinem inneren Auge sah er ein Hotelzimmer – ein teures und bestimmt geschmackssicheres Ambiente. Aber er reiste nicht gerne und er mochte auch keine Hotels.

Hasi öffnete die Augen wieder. »Tut mir leid, Kiki, es geht einfach nicht.«

»Was meinst du? Was geht nicht?«

»Dass du mein Haus renovierst. Du machst das bestimmt

wahnsinnig cool und modern, aber grau und elegant – das bin ich doch gar nicht.«

Kiki lachte. »Häschen, du wächst da schon rein! Guter Stil hat noch keinem geschadet.«

»Das glaube ich dir ja, Kiki. Aber ich brauche meinen eigenen, sonst geht es mir hier nicht anders als vorher bei Tante Pudel.«

Kiki schob beleidigt ihr Kinn vor. »Was stellst du dir denn vor?«

»Ich weiß nicht, darüber habe ich noch nicht nachgedacht.«

»Du meine Güte, da will man helfen und jetzt soll ich dir beim Nachdenken zuschauen.« Sie verschränkte die Arme und wippte ungeduldig auf und ab. »Dann streng deinen Grips mal an, ich habe nicht ewig Zeit.«

Er überlegte angestrengt, aber sein Kopf war so leer wie die Wüste Gobi. »Ich meine ja nur, dass ich selber was machen will.«

»Was?« Sie war ehrlich verblüfft. »Ausgerechnet du willst Wände streichen und so?«

»Warum nicht?« Kiki brachte ihn auf eine Idee. »Ich will nur ein bisschen pinseln, und wenn es nicht klappt, kannst du immer noch dein Ding machen.«

»Okay, das ist doch ein Wort.«

Als Kiki sich vor dem Haus verabschiedete, war ihr Unmut schon wieder verraucht und Hasi nahm gerne ihr Angebot an, ihm Wandfarben und das nötige Zubehör von einer Malerfirma vorbeibringen zu lassen.

Am nächsten Morgen machte er sich ans Werk. Über Nacht hatte er doch noch eine Idee gehabt. In Andenken an Tante Pudels Rothko wäre es wundervoll, alle Wände in den Farben des kleinen Bildes anzumalen, dem er sein Glück zu verdanken hatte. Das Wohnzimmer butterblumengelb, das Esszimmer mohnrot, das Schlafzimmer orange, der Flur hellgelb und die Küche fliederrosa. Er ging sogar noch einmal zu Meike, um sich ihren Kunstkatalog über amerikanische Malerei auszuleihen, wo mehrere Werke von Rothko in solchen Farben abgebildet waren. Er blieb auf ein Glas Gurkenwasser und ließ sich die Neuigkeiten erzählen. Meike und Kris waren definitiv glücklicher, seitdem Andreas zurück war. Außer dass Meike ihren Orakelraum räumen musste, damit der Hobbykeller ihres Mannes dort wieder Einzug halten konnte, doch alles hatte schließlich seinen Preis.

Nachdem Kikis Malerfirma die gewünschten Farben angeliefert und er die Böden mit Schutzfolie ausgelegt hatte, konnte es endlich losgehen. Die Malerei war zwar ein herrlicher Spaß, aber je größer die bemalte Wandfläche wurde, desto mehr wuchs auch seine Befürchtung, Tante Pudel könnte urplötzlich hinter einer Ecke hervorspringen, um ihn mit der Nase darauf zu stoßen, was er als Hornochse doch für einen unverbesserlich grässlichen Geschmack habe. Kiki glaubte zwar, dass Tante Pudels Geist nichts anderes sei als eine Manifestation seines Unterbewusstseins und seines schlechten Gewissens, aber es änderte ja nichts daran, dass sie da war, und wenn sie ihm leibhaftig erschien, halfen auch die klügsten psychologischen Theorien nicht weiter. Gerade als er schon dachte, ungeschoren davongekommen zu sein, ließ ihn ein vorwurfsvolles Hüsteln hinter seinem Rücken fast von der Leiter fallen.

Tante Pudel stand mitten in der Wohnstube und betrachtete die halb fertig gestrichene Wandfläche. Ihre Miene erinnerte Hasi an die leeren Gesichter, die er bei den Besuchern einer minimalistischen Kunstperformance im Zehlendorfer Kunstverein beobachtet hatte. Schnell kletterte er von der Leiter und wischte sich die Hände an seiner Arbeitshose ab.

»Ich mache mal ordentlich Hausputz und streiche ein bisschen, wie du siehst. Gefällt es dir?«

Sie überging die Frage mit einer gehobenen Augenbraue. »Du hast also meinen Rothko zurückbekommen. Wurde ja auch Zeit.«

»Ja, ähm, nein, ich musste, ich meine, Löw, der Rechtsanwalt, wollte mir das Haus – –«

Tante Pudel winkte ab. »Hat mir nie gefallen, das Bild, schon allein diese Farben. Affig. Aber wenn ich mich hier so umsehe, du scheinst ja was dafür übrig zu haben.« Sie schnaubte verächtlich.

»Entschuldigung, Tante Pudel, aber es war mir wichtig – –«

»Wichtig, wichtig. Das sind ja ganz neue Töne.« Sie musterte ihn streng, aber auch ein wenig überrascht, wie es ihm schien. »Warum?«

»Ich muss das tun, damit ich mich hier wohlfühle. Das ist ja jetzt mein Haus.«

Tante Pudel stemmte die Hände in die Hüften.

»Du bist zwar nicht das hellste Licht im Lampenladen, aber wo du recht hast, hast du recht.«

»Ich darf also weitermalen?«

»Wer dumm fragt, kriegt dumme Antworten, du Dusseltier. Mach schon, geh an die Arbeit, sonst wird das sowieso nichts.«

»Ja, sofort, Tante Pudel. Und danke.« Hasi nahm beschämt seine Malerrolle auf und stieg die Leiter hoch. Während er so sorgfältig wie möglich das nächste Stück Wandfläche bearbeitete, hörte er Schritte hinter seinem Rücken. Sie konnte also doch nicht loslassen, sondern musste ihm einfach auf die Finger schauen.

»Ach Tante Pudel, was ich dir noch erzählen wollte. Ich habe da ein wunderbares Mädchen kennengelernt, ganz anders als die anderen. Ich mag sie sehr und vielleicht kommt sie mich hier besuchen, nur damit du Bescheid weißt.«

»Verlass dich drauf«, sagte eine helle Stimme, die bestimmt nicht Tante Pudel gehörte. Hasi wäre fast das zweite Mal von der Leiter gefallen, als er sah, wer da gerade hereingekommen war.

»Wer ist Tante Pudel?«, fragte Benny. »Und wieso sprichst du mit jemandem, der nicht da ist?«

Hasi sah Tante Pudel in der Ecke des Raumes stehen und mit den Augen rollen.

»Ähm, sie ist meine verstorbene Tante. Ihr Geist besucht mich manchmal.«

»Du meinst, es spukt hier?«

»Nur ein bisschen.«

Benny schaute sich um. Sie hatte sich noch pink- und grün- und orangefarbene Strähnen ins Haar gemacht, und sie nickte anerkennend.

»Ich finde es aber gar nicht spukig. Bei dir ist es ja so bunt wie bei Goethe zu Hause.«

»Nein, das ist wie bei mir, mit einem Schuss Rothko allenfalls. Oder wie deine Haare. Du hast dein Farbspektrum ja auch erweitert.«

»Ich finde es super. Machst du das alles ganz allein?«

»Ja. Meiner Cousine Kiki musste ich gerade als Innenarchitektin kündigen«, sagte Hasi vorsorglich, denn er wollte Benny nie wieder eine Frau in seinem Leben verschweigen.

»Ist das nicht super anstrengend, so ganz allein?«

»Keine Sorge, ich schaffe das schon.«

»Ich könnte dir helfen.«

»Wenn du nichts anderes vorhast.«

»Ich habe auch noch eine Buttercremetorte im Bus.«

»Zum Werfen oder zum Essen?«

»Kommt drauf an«, sagte Benny und grinste ihn herausfordernd an.

Hasi stieg von der Leiter, wischte sich die Hände an der alten Hose sauber, und dann küsste er sie.

»Und? Schaut dein Hausgespenst uns jetzt zu?«, fragte Benny, als sie seinen etwas vorsichtigen Kuss erwidert hatte.

»Das wäre ausgesprochen unhöflich«, sagte Hasi und blickte streng über Bennys Schulter zu Tante Pudel hinüber, die sich mit einem nur für seine Ohren hörbaren Schnauben abwandte, um durch die nächste Wand zu verschwinden. Dann zog er Benny an sich und küsste sie richtig.

Sue & Wilfried Schwerin von Krosigk

Das Autorenpaar Sue & Wilfried Schwerin von Krosigk schreibt seit über zwanzig Jahren gemeinsam Drehbücher für das Fernsehen. Geprägt sind beide von langjährigen Auslandsaufenthalten in New York und London, von wo sie unter anderem ihre Vorliebe für den angelsächsischen Humor mitgebracht haben.

Inzwischen leben sie in Berlin, und wenn sie nicht in ihrer Charlottenburger Wohnung vor den Computerbildschirmen sitzen, dann erforschen sie die Stadt, die sie jeden Tag aufs Neue überrascht. Nach »Der Minutenschläfer« und »Die Pergamon-Morde« ist »Der Totenversteher« der dritte Roman, in dem Hasi in einen Kriminalfall verwickelt wird.

Sue & Wilfried
Schwerin von Krosigk
Die Pergamon-Morde
Kriminalroman
12,00 €
ISBN 978-3-89809-545-7

Das weltberühmte Pergamonmuseum wird von einer grausigen Mordserie erschüttert. In Verdacht gerät ausgerechnet der frisch gebackene Museumspraktikant Hartung Siegward Graf von Quermaten zu Oytinghausen, von allen Hasi genannt. An der Seite seiner attraktiven Chefin findet er sich bald in einem Geflecht aus Verbrechen, Verschwörung und obskuren Ritualen wieder. Und er muss erkennen, dass auch sein eigenes Leben nur noch am seidenen Faden hängt …

»Die Autoren jonglieren virtuos mit mystischen und pseudowissenschaftlichen Theorien und beschreiben ihre Charaktere liebevoll ironisch.«

Der Tagesspiegel

»Ein gut gezeichnetes Ermittler-Duo, ein kniffliger Fall, ganz viel Lokalkolorit und reichlich schwarzer Humor ergeben zusammen volle Punktzahl für diesen gelungenen Krimi! Bitte mehr davon!«

Dresdner Woche

Sue & Wilfried Schwerin von Krosigk
Der Minutenschläfer
KRIMINALROMAN
berlin.krimi.verlag
be.bra verlag